U0840722

Charles Dickens

狄 更 斯 别 集

中短篇小说选

〔英〕狄更斯 著　项星耀 译

Selected Short Stories

上海译文出版社

目　次

译本序

中短篇小说不是狄更斯文学遗产中的主要部分,除了《圣诞欢歌》等少数几篇,也几乎很少有人提及;这并不奇怪,狄更斯一生写了将近十五部长篇小说,其中绝大多数都脍炙人口,盛誉不衰,它们的光辉掩盖了他的其他成就。但是狄更斯是从特写和短篇故事开始他的文学生涯的,他的长篇小说也往往是一些短篇的汇集,即使不然,作者有时也喜欢插入一些短篇故事,甚至不惜为此牺牲情节和结构的完整。此外,狄更斯办过两份杂志,这使他不得不时常写些中短篇小说,他又爱好圣诞节,每年到这时候总要写些应景文字。这种种原因使狄更斯一生写了不少特写和短篇故事之类的作品,它们构成了狄更斯文学遗产中不可分割的部分。

狄更斯的中短篇小说与他的长篇小说一样,体现了他的创作思想、美学追求和艺术造诣。无论就创作方法和批判精神而言,它们与他的长篇小说都是一致的。遗憾的是有些批评家在有意无意之间,贬低了狄更斯的中短篇小说,认为这是他批判精神和现实主义创作方法衰退的表现,似乎狄更斯在主持两份期刊的编辑工作中强调趣味性的主张已直接危害了他的创作实践。但是我们不应忘记,狄更斯不是一个理论家,他的强调趣味只是在思想内容已确定的前提下,单纯从创作技巧这个角度讲的。这种观点实际是所有小说家一贯的主张,它无非是贺拉斯"寓教于乐"的理论的继续,也是文学作品向创作实践必然提出的要求。狄更斯只是沿着这条古老的道路,要求有志于创作活动的年轻人必须牢记这条简单的原则,应该写得有趣一些,写得引人入胜一些而已。事实上,尽管狄更斯喜欢设计一些曲折离奇的情节,有时甚至不惜故弄玄虚,有时还要玩弄一些小聪明，搞些文字游戏，而有些狄更斯式的幽默也往往只是逗人一笑，并无深刻的含义可以追究，然而从整体说来，狄更斯的每一篇作品从来不是为趣味而趣味的产物。

狄更斯总是怀着强烈的社会热情写作的，不论什么作品，在他的笔下，都会变成对当时英国的专制官僚体系，对唯利是图的贵族资产阶级，对社会上一切不公正现象的抨击和批判。例如，《一个穷人谈专利权》表面上只是埋怨申请专利的烦琐手续，实际它的矛头却指向了当时英国机关重叠、人员臃肿的整个官僚制度。《走进上流社会》虽然形式有些怪诞，像一幅漫画，却借一个小人物之口，对整个上流社会和宫廷贵族发出了愤怒的谴责。《马格比的小堂倌》这一篇著名的小故事，谈的只是一个车站上的小小饮食店，但它的锋芒却指向了整个英国社会和制度。有些作品虽然看似无关大局，狄更斯有时却会把笔锋突然一转，展开政治性的讽刺和批判。例如，《马利高德大夫的处方》本来只是一个流动小贩在信口胡诌，他却忽然提到了所谓“高等小贩”——议员、政治家、传教士、精通法规的辩护士等一切靠要嘴皮子过活的人。那位小贩说：“我得宣布，在大英帝国所有的职业中，受到不公平待遇的，首先就是小贩……为什么我们不能享受特权？为什么我们非得领取小贩执照不可，政治贩子却从来不需要执照？我们与他们有什么不同？除了我们是下等小贩，他们是高等小贩以外，我看不出我们有哪一点比不上他们……谈到高等小贩自吹自擂、骗人上当的伎俩，我们只能甘拜下风。”在《咧咧破太太的公寓》中，狄更斯顺便对议会开会作了挖苦，在《咧咧破太太的遗产》中，又对当时英国火车的状况作了抨击，对群众只有掏钱的份儿、无权过问它的一切表示了不满。在《此路不通》中，那位资产阶级市侩奥本赖泽突然发表了一篇祝酒词，对英国大唱颂歌，认为英国的法律已把“正义的永恒原则与英镑、先令和便士的另一永恒原则融为一体，可以把它应用于一切民事纠纷，从损害一个人的荣誉起，到损害一个人的鼻子为止！你糟蹋了我的女儿，好，若干英镑，若干先令，若干便士！你朝我脸上一拳，把我打翻在地，好，若干英镑，若干先令，若干便士！”可以说，这一切都与故事本身毫无关系，只是狄更斯的“神来之笔”，然而它们却发人深省，狄更斯也正是以这种嬉笑怒骂的方式，发泄了他对社会的不平之鸣。

狄更斯出于对现实的不满，总是力图在他的作品中宣扬他的人道主义理想。《理查·双狄克的故事》便是这样，他在这里鼓吹了民族间的和平友爱。在《某某人的行李》第二章中，他又颂扬了人与人之间的宽容和爱。当然，这一切只是狄更斯的理想，在现实中并无基础，因此正如在他的长篇小说中一样，这些人物往往显得苍白无力。实际上，狄更斯本人也早已意识到这点，因此在1852年写的《穷亲戚的故事》中，他已不得不承认，在爱和友谊这人道主义的两个主要方面，他的理想只是空中楼阁，理想与现实是完全不同的；他只是出于自己的社会热情，不得不进行这种人道主义的呼吁。然而在狄更斯立足于现实的时候，他还是在自己的小人物身上，真实地表现了这种人道主义精神，如有关咧咧破太太的两篇故事便是这样。这个咧咧破太太和她的朋友杰米·杰克曼曾经赢得了广大读者的喜爱，这些人物尽管有各种缺点，显得固执、迂阔，还有些狭隘，然而他们的心却是善良的，对人充满了同情，与上流社会的人物截然不同。这类小人物，包括马利高德大夫和那个忠于职守的信号员（《信号员》），实际都是狄更斯心目中的人道主义者，也是英国真正的民族精神的代表。

狄更斯的中短篇小说大多是与别人合写的，在他主编的两份刊物一年一度的“圣诞专号”上，他也总要单独或与别人合作编写一些短篇故事，这些故事大多没有共同的情节，但是却有一个总的框架，形式有些像《十日谈》和《坎特伯雷故事集》，因此虽然在一个总题目下分成了各章,其实并无必然的联系。这是读者要注意的一点。

本集各篇均按写作年代排列,现简单说明如下:

《一个穷人谈专利权》最初发表于1850年。《穷亲戚的故事》发表于1852年的《家常话》。《理查·双狄克的故事》发表于1854年的《家常话》"圣诞专号",系《七个穷旅人》中的一篇,《七个穷旅人》讲七个穷苦的旅人在圣诞节会集在一家客店中,于是各人讲了一个故事。这组文章除开端和结尾部分外,狄更斯只写了这一篇,这是第一个旅人讲的故事。

《走进上流社会》发表于1858年的《家常话》,系总名为《出租房子》一组小说中的一篇。这组小说按照狄更斯的设计,是环绕一所出租房屋展开的,因此《走进上流社会》便从那幢所谓出租房子讲起。在这组小说中,狄更斯只写了这一篇,其余为威尔基·柯林斯等所写。

《跟踪追击》最初发表于1859年的《纽约纪事报》上,系应该刊物的要求写的,后来又转载于1860年11月的《一年四季》上。这个故事看似不可信,但据说倒是根据真人真事写的。这个真人便是托马斯·韦恩赖特(1794—1852),当时的一个艺术评论家,曾伪造证件,用砒霜把人害死,然后侵吞人寿保险赔偿金。罪行暴露后,这人被判流放至澳大利亚的塔斯马尼亚,死在那里。随着资本主义的发展,谋财害命的事当时在英国已屡见不鲜,以致1851年英国还通过了法律,对砒霜的出售实行各种限制。总之,这种骇人听闻的故事并不全是狄更斯虚构的。

《某某人的行李》发表于1862年《一年四季》的"圣诞专号"上。在这里狄更斯以幽默的笔触创造了一个著名的茶房的形象,在谈到这个人物时,作者自己也认为他"非常有趣"。作品发表后立刻赢得了读者的交口赞誉,成为狄更斯最著名的短篇之一。第二章与第三章的两个故事与茶房的故事在情节上并无联系,写作手法也不同,但同样属于狄更斯的手笔,尤其是第三章实际是象征性地提出了天才在资本主义社会中的遭遇问题。

《咧咧破太太的公寓》和《咧咧破太太的遗产》分别发表于1863年和1864年的《一年四季》上。小说发表后,立即赢得了读者的广泛兴趣。狄更斯在一封给威尔基·柯林斯的信中,曾谈到《咧咧破太太的公寓》获得了异乎寻常的成功,使《一年四季》的"圣诞专号"一下子售出了二十二万份,咧咧破太太的名字也不胫而走,成了伦敦城中家喻户晓的人物。

《马利高德大夫的处方》发表于1865年的《一年四季》,这也是狄更斯最著名的短篇小说之一。狄更斯本人很喜欢这篇小说,尤其是那个流动小贩的形象,后来这部分内容成了狄更斯时常朗诵的材料之一。

《马格比的小堂倌》和《信号员》均发表于1866年的《一年四季》,它们同属于《马格比车站》这一组小说,那是狄更斯与一些青年作者共同创作的,他本人写了四篇故事,《小堂倌》和《信号员》是最成功的,尤其是《小堂倌》。小说发表后,小堂倌的形象立刻引起了读者的兴趣,使刊物的销售量达到了最高记录,据说超过了二十五万份。促使狄更斯写这短篇的是他在英国马格比车站饭店中遭到的不礼貌待遇,正如故事中所写的,当时店里的女招待对他不理不睬,他正想自己动手取糖和牛奶时,却遭到了吆喝和奚落,并引起了站在旁边的一个小堂倌的大笑。狄更斯经常出外旅行,对英国饭店对待顾客的粗鲁态度有不少体会,因此故事中所讲的,当然不限于这一件小事。

《此路不通》发表于1867年的《一年四季》"圣诞专号"上。这个中篇小说是由狄更斯设计后,由他和威尔基·柯林斯共同执笔的。为了刺激读者的好奇心,狄更斯故意不让人知道哪一部分是谁写的，当时他在盖茨山别墅的卧室中放了两张桌子，他和柯林斯便在那里一起写作，随时互相商讨补充。据说，仅“序幕”和“第三幕”完全由狄更斯执笔，“第二幕”主要由柯林斯执笔，但是我们看到，即使在“第二幕”中也显然带有狄更斯的风格。因此可以说，这个中篇几乎是分不出彼此的两人的集体创作。

本书根据《狄更斯文库》（伦敦教育图书出版公司）的第14卷及第16卷译出。

译　者

一个穷人谈专利权

我不习惯给报纸写文章。一个工人,除了几个星期一、圣诞节和复活节以外,一天至少劳动十二至十四个小时,他会写什么呢?但是有人要我把我想说的,老老实实写下来,这样我才提起了笔,让我尽我的力量做吧,如果写得不对,请读者原谅。

我出生在伦敦附近,但自从满师以后,我几乎一直在伯明翰的一家作坊做工(你们称作工厂的,我们叫做作坊)。我的学徒生活是在德特福度过的,它离我出生的地方不远;我的职业是铁匠。我的名字是约翰,但从我十九岁起,大家便管我叫"老约翰",因为我的头发稀稀拉拉,没有几根。眼前我五十六岁了,有意思的是,我的头发比起上述十九岁那年,既没多些,也没少些。

到下一个4月,我结婚便满三十五年了。我是在愚人节①结婚的。让大家笑我在这一天成亲吧,我那天娶的可是一个好妻子,对我说来,这一天跟别的日子一样,是个聪明的日子。

我们生过十个孩子,其中六个还活着。我的大儿子在意大利班轮"南方号"上当轮机员,轮船来往于马赛和那不勒斯之间,中途停靠热那亚、里窝那和契维塔韦基亚。他是一个出色的工人,发明过不少有用的小东西,然而什么好处也没捞到。我两个儿子在澳大利亚新南威尔士的悉尼干得不错——直到上次来信,他们还是单身。我的一个儿子(詹姆斯)发疯似的,去当了兵,在印度负了伤,肩胛骨上带着一颗枪弹在医院里躺了六个月,这是他亲自写信告诉我的。他死了,他是最漂亮的一个。我两个女儿,一个(玛丽)境况还不错,但胸腔积水。另一个(夏洛特)的男人卑鄙无耻,丢下她跑了,她只得带着三个孩子跟我们住在一起。我最小的儿子才六岁,他对机械有些天赋。

我不是宪章派②,以前也从来不是。这并非说我没有看到社会上存在许多叫我生气的弊端,然而我认为那不是纠正它们的办法。如果我认为那样,我就成了宪章派。但我不认为那样,我不是宪章派。我读报,参加讨论会,这是在伯明翰我们所说的“交谊室”里,我认识了不少好人和宪章派工人。注意,这都不是有实力的人。

我不想吹牛,但应该说,我是生来就有些发明才能的,因为不先声明这点,我就没法把我要讲的事讲清楚。我为一种螺丝钉拿到过二十镑,它至今还在应用。二十年来,我断断续续反复试验,想完成一项发明。去年圣诞节前夕夜里十点钟,我终于把它完成了。完工以后,我把老婆叫来,我们站在那儿,再也忍耐不住,眼泪直挂到了模型上。

我有一个朋友,名叫威廉·布彻,他是宪章派工人,属于温和派。他能说会道,口才很好,又非常活跃。我常常听他说,我们工人在这世上每走一步都困难重重,尤其这几年中机关林立,许多不该当官的都当了官,可是我们只能服从,掏钱支持那些不该支持的衙门。威廉·布彻说:“确实,所有的老百姓都得这么做,但最沉重的负担落在工人身上,因为他们本来已一无所有,非常贫困,同时也不应该在他们要消除不幸,伸张正义的时候,再给他们增加困难。”注意,我写的都是威廉·布彻的原话。他是为了上述目的,特地讲这番话的。

现在言归正传,谈我的模型。它在圣诞节前夕夜里十点钟完成了,离现在已将近一年。我省吃俭用,把节省的钱都花在模型上;遇到日子不好过,或者我女儿夏洛特的孩子生了病,或者两者兼而有

① 按西方习俗,4 月 1 日是愚人节。
② 19 世纪 30 年代起,英国工人阶级提出了《人民宪章》,从而形成了声势浩大的宪章运动,50 年代后运动逐渐低落。

之的时候,我只得把它丢下,有时一丢就是几个月。为了精益求精,我装了又拆,拆了又装,反复试验了不知多少次。它终于完工,成了上述那个美好的模型。

在圣诞节那天,威廉·布彻与我为这个模型作了一次长谈。威廉相当聪明,但有时不免偏激。威廉说:“约翰,你打算把它怎么办?”我说:“申请专利。”威廉说:“怎么申请专利,约翰?”我说:“领取专利证。”于是威廉声称,专利法是残忍的骗局。他说:“约翰,要是你在取得专利权以前,就把你的发明公开,任何人都可能窃取你辛勤劳动的成果。你的处境是进退两难,约翰。如果你想事先找个人合作,让他来负担申请专利权的大量费用,你非吃大亏不可;如果你想少吃一些亏,你势必找许多人商量,东奔西跑,把你的发明弄得尽人皆知,结果它给人暗中偷走你也不知道。”我说:“威廉·布彻,你胡诌什么呀?你有时有些偏激。”威廉说:“不,约翰,我告诉你的是实话。”接着,他又把这番话发挥了一通。我对他说,我要自己为我的发明申请专利。

我的大舅子乔治·伯里,住在西布拉米奇(不幸他的老婆喝酒成瘾,把什么都典卖光了,在伯明翰监狱蹲过十七次,最后才算脱离苦海,归天去了),他死后留给他的妹妹也就是我的妻子一笔遗产,一共一百二十八镑十先令英格兰银行债券。我和老婆还从没动用过这笔钱。注意,我们也会年老,丧失工作能力。现在我们同意,要为发明申请专利。我们说,不妨用它几个——我是指上述那笔钱——为我的发明申请专利。威廉·布彻给我写了封信给伦敦的托马斯·乔依。乔依是木工,身高六英尺四英寸,爱玩掷铁圈游戏。他住在伦敦切尔西区,教堂附近。我向作坊告了假,讲好回来再去上班。我是一个熟练的工人。我不是戒酒主义者,但从不喝酒。过了圣诞节,我便搭廉价列车前往伦敦,在托马斯·乔依家租了一间屋子,讲明租一星期。他结婚了,有个儿子在当水手。

《一个穷人谈专利权》

托马斯·乔依对我说(根据他手头的一本书),为发明申请专利,第一步应该做的,是写一份向维多利亚女王提出的申请书。威廉·布彻也这么说过,已为我拟就了一份。注意,威廉是一个笔头很快的人。另外还要附一份给大法官庭长官的呈文。这我们也同样写好了。费了不少周折,我总算在圣堂石门附近大法官庭巷的南安普敦大厦①找到了一位长官,递上了呈子,我付了十八便士。他们叫我把呈文和申请书送交白厅的内务部;等我找到那个衙门以后,我把它们留在那儿,等待内务大臣批示,为此我付了两镑两先令六便士。六天后,他批了,并通知我把它送往总检察长公署,留在那儿等待审批。我照办了,又付了四镑四先令。注意,在这整个过程中,非但没有一个人为那些钱谢过我一声,而且对我很不客气。

这时,我在托马斯·乔依家租的房间,已续租一周,现在五天又过去了。总检察长公署办了他们所说的例行公事(正如威廉·布彻在我动身前说的一样,我的发明权是不容否定的),我又带着这公事回到内务部。他们把它正式抄了一份,那就是所谓许可书。为这许可书,我付了七镑十三先令六便士。它得呈送女王签署。女王签署后,又把它送回内务部。内务部又签了字。等我去时,一位先生把它扔给了我,说道:"现在把它送往林肯法学协会内的专利局。"那时我已在托马斯·乔依家住到第三周了,由于那些费用,我过得非常节省。我觉得自己有些泄气了。

在林肯法学协会内的专利局,他们起草了关于我的发明的"女王敕令"和"敕令摘要"。我为此付了五镑十先令六便士。他们"把敕令正式抄了两份,一份送交印章局,一份送往御玺局"。我为此付了一镑七先令六便士。三镑印花税不包括在内。该局文书又恭录了一份供女王签字用的女王敕令。我付了他一镑一先令。外加印

① 这是指当时设在该处的一个咨询机构,还不是正式受理机关。

花税又是一镑十先令。然后我再把女王敕令送往总检察署签了个字。我领回时,又付了五镑。我拿着它,又跑进内务部。内务大臣又把它呈送女王陛下。女王又签了字。我为此又付了七镑十三先令六便士。我在托马斯·乔依家已住了一个多月。我精疲力竭,耐心快完了,钱袋也快空了。

托马斯·乔依把进行的情形通知了威廉·布彻。威廉·布彻又在伯明翰的三个交谊室中谈起了它,从那儿又传到了其他交谊室,后来我听说,英国北方的每一家作坊都知道了这事。注意,威廉·布彻在交谊室的讲话中说,这是宪章派扩大阵容的专利道路。

但我的事还没办完。女王敕令还得送往河滨大道萨默塞特大厦的印章局——印花税局也在那里。印章局文书在敕令上"盖了大印,以便呈送掌玺大臣"。我付了他四镑七先令。御玺局文书在敕令上"盖了御玺,以便呈送大法官阁下"。我付了他四镑两先令。盖了御玺的敕令又送到了专利局文书手中,他根据它填写了专利证。我付了他五镑十七先令八便士;同时,我又为专利证一次付了印花税三十镑。然后我得为"专利品木箱"付九先令六便士。注意,这木箱如果让托马斯·乔依做,他只要十八便士,还可以赚钱。接着,我得付给"大法官办公厅掌印官、副掌印官手续费"两镑两先令。我还得付给"卷宗处处长手续费"七镑十三先令,付给"卷宗处副处长手续费"十先令。接着,我得再付给大法官庭手续费一镑十一先令六便士。最后,我得付给"卷宗封存员和火漆员手续费"十先令六便士。我住在托马斯·乔依家已超过六周,我的发明取得的不容否定的专利权,花了我九十六镑七先令八便士,还仅仅限于英国本土。如果我要在整个联合王国境内取得专利权,恐怕非三百镑不可。

好吧,我年轻时只受过极有限的教育。你会说,这对我太糟了。我也这么说。威廉·布彻比我年轻二十年。他知道的比我多一百年。如果威廉·布彻要为一项发明申请专利,在这形形色色的官员之间来回奔波的时候,他会比我精明一些,不过我想他的耐心也许比不上我。注意,每逢提到那些看门的、收发的和办公的老爷,威廉·布彻往往便会火冒三丈。

我并不想说,在我为我的发明申请专利的时候,我对这种生活感到多么讨厌。但我得指出:一个人好心好意想作些发明创造,结果却落到这步田地,仿佛他犯了什么过错,这合理吗?他每走一步都困难重重,怎么会不产生这样的感觉呢?这是每一个想取得专利权的发明者必然有的感觉。再瞧瞧那笔费用。如果我确实有些能耐(谢天谢地,我的发明现在已得到承认,发挥了作用),在我动手工作以前,先得付出那些代价,这对我,对国家,都多么残忍!你们自己算一算吧,那一共是九十六镑七先令八便士。不多也不少。

威廉·布彻抱怨机关林立,我还有什么好反对的呢?瞧,内务部,总检察长公署,专利局,文书科,大法官庭,御玺局,还有大大小小的官员,什么文牍,抄写,掌印官,卷宗处长,副卷宗处长,卷宗封存员,火漆员。在英国,一个人哪怕要为一根橡皮筋,或者一只铁环申请专利权,恐怕也非得在所有这些关口付钱不可。有的还得付几次。我经历了三十五道手续,从女王陛下开始,到火漆员为止。注意,我真不知道这火漆员是个啥玩意儿,这是一个人,还是一件东西?①

我要讲的话都讲了。我已写下了一切。但愿已写得很清楚。主要不是指我的文章(在这方面我没有什么好夸耀的),是指它的内容。现在我得用托马斯·乔依的话作结束。我们分手时,他对我说:"约翰,如果这个国家的法律真像它理所应当的那样,那么你只

① 火漆员是调制和管理封文件用的火漆的官员,属大法官办公厅。原文只用火漆两字,因此才有这说法。

要到伦敦来,把你的发明作个准确说明,画出图样,大致付那么半个克朗,马上就可以领到专利证了。”

我的意见与托马斯·乔依的一样。再说一句。我同意威廉·布彻的话,他说:“什么卷宗处,火漆员,这些家伙应该统统滚蛋,在英国当官的已经太多,老百姓早已受不了啦。”

穷亲戚的故事

他一再辞谢，说一家人围坐在炉前欢度圣诞节并预备轮流讲故事的时候，要他当着这么多长辈的面第一个发言，这是他万万不敢当的；他谦逊地提出，如蒙"我们尊敬的主人约翰"（他要求为他的长寿干杯）允诺，肯带这个头，那就合适多了。他说，就他本人而言，他从来不会当带头人，那实在……但刚讲到这儿，大家便异口同声嚷了起来，一定要他开头，说他可以、能够、应该、也必须开这个头，他只得不再搓手，从安乐椅底下伸出了脚，开始讲了。

我相信（穷亲戚说），我接着要作的这番自白，一定会使亲属中在座的各位，尤其是我们尊敬的主人约翰——多蒙他的盛情款待，我们今天才得以欢聚一堂——大吃一惊。但是既蒙各位错爱，不计较我这个在家族中毫无地位的人信口雌黄，我只得说，我将尽量谨慎从事，表达得准确无误。

我并非大家所设想的我。我完全是另一个样子。也许在我往下讲以前，最好先把大家所设想的我画一个轮廓。

也许我错了——这是很可能的（讲到这里，穷亲戚向周围谦虚地瞧了瞧，看有没有人反对），如果这样，那就请在座各位予以指正——但是如果不错的话，大家一定认为我是一个不会害人、只会自己害自己的人；认为我从来没有在任何方面有过任何特殊的成就；认为我在商业上失败，是因为我不会做生意，把别人的话都当了真的，对合伙人别有用心的算计缺乏必要的准备；认为我在爱情上失败，是因为我轻信得可笑，相信克利斯蒂安娜不可能对我变心；认为我得罪了彻冷舅父，得不到他的遗产，是因为我待人处世不像他希望的那么精明；认为我一生都是受骗上当，以致一事无成；认为我现在到了花甲之年，还是个老光棍，只能靠每季度领些津贴，过节衣缩食的生活——关于这一点，我看到，我们尊敬的主人约翰不希望我多谈论。

我的住所在克拉彭路——那是一幢相当体面的房子中一间非常整洁的后间——不过白天在那里找不到我，除非我身体不好。一般我在早上九点出门，借口上店里办事。我在威斯敏斯特桥附近一家开设多年的小餐馆里吃早饭——面包和白脱油，半品脱咖啡——然后不知干什么好，于是前往城区，在加勒韦咖啡馆里坐坐，在交易所街溜达溜达，不时拐进几家公司的办公室和账房间瞧瞧热闹，这得感谢我的一些亲戚朋友，他们心肠好，让我随便乱闯；遇到天气太冷，我也可以站在那儿烤一会火。我就这么混过白天，到了五点以后，我便去用膳，这平均一天花一先令三便士。如果身边还有几个零钱，可以供我晚上消遣，回家时我就拐进那家开设多年的小餐馆，要一杯茶，也许还吃一客吐司。等钟上的时针又转到午夜以后，我才回转克拉彭路，走进房间上床便睡——点火既费钱，又为这家人家所反对，因为它容易引起火灾，弄脏屋子。

有时承蒙亲友的好意，邀请我吃顿饭。那大多是节日，饭后我便上公园走走。我孤身一人，很少跟什么人同行。这不是因为我衣衫不整，没人愿意和我做伴，因为我穿得根本不坏，经常着一套很好的黑西装（还是牛津深灰色毛料做的，接近黑色，十分经穿）；但是我养成了习惯，讲话很轻，沉默寡言，缺少朝气，我知道我不是人们喜欢结交的朋友。

这条普遍规律的唯一例外，是我堂弟的孩子小弗朗克。我对这孩子特别喜欢，他对我也非常亲切。这是一个天生腼腆的小男孩，可以说在人群中谁也不会注意他，仿佛他并不存在。然而他和我相处得非常好。在我的想象中，这可怜的孩子总有一天会继承我在这家庭中的地位。我们谈话很少，然而我们彼此是了解的。我们携着手一起散步,不用多讲,他便明白了我的意思,我也明白了他的意思。确实,在他还很小的时候,我常带他站在玩具店的橱窗前面,指给他看橱窗内的玩具。令人惊讶的是,很快他便发觉,只要我的环境允许,我会给他买许许多多的礼物。

小弗朗克常跟我去看伦敦大火纪念塔①——他非常喜欢纪念塔——看泰晤士河上的桥梁,以及一切可以免费参观的景物。我与他时常上伦巴底大街②闲逛,因为我告诉他这是伦敦的首富之区,他非常喜欢这条大街;有一天我们正在街上溜达,一位先生走过我们身旁,喊住我道:"先生,你儿子的手套掉了。"这件事很小,原谅我提起它,可是确实,尽管他把这孩子称作我的儿子是无心的,它却深深打动了我,使我的眼睛流出了愚昧的泪水。

后来小弗朗克给送往郊外读书了,我非常难过,简直不知道怎么办,但我决定每月到那儿去一次,利用他的半天假日探望他。据说这时他大多在附近的荒地上玩耍;我担心有人反对我这么做,认为这会使孩子不安心读书,但我可以不让他知道,只是站在远处瞧瞧他,然后便回来。他的母亲出身名门望族,我知道,她不赞成我们经常接触。她认为,我对改进他的孤僻性格没有帮助;但我相信,如果我们完全分开,他不仅当时会觉得心里难受,以后还会老是惦记我。

当我在克拉彭路死去时,我留在这世上的不会比我要带走的多出多少;但是我正好有一幅小画像,画像上的男孩脸色红润,满头鬈发,敞开的衬衫褶边从胸口蜿蜒而下(这是我母亲请人为我画的,但我不相信这就是我);出售的话它分文不值,于是我想把它留给弗朗克。我给亲爱的孩子写了一封短信,与画像放在一起,我告诉他,我

① 为纪念1666年伦敦一次空前大火灾而建立的石塔,高达两百多英尺。
② 伦敦的繁华大街,银行大多集中于此。

跟他分开觉得很难过，尽管我不得不承认，我看不出我有什么理由还留在世上。我向他提出了一条小小的忠告——这是我所能做的最好的事——我对他说，要提防成为一个不会害人、只会自己害自己的人；我尽力安慰他，怕他为了失去我感到伤心，我给他指出，除了他，我对任何人都是多余的，在这个社会中，我既然找不到一个立足之地，那么不如离开它的好。

这便是对我的一般印象（穷亲戚说，清了清喉咙，开始讲得响了一些）。不过话说回来，我讲这故事的目的和意图，只是要说明这一切都是错的。这不是我的生活，这些也不是我的习惯。我根本不住在克拉彭路。相对说来，我是很少在那儿的。我主要住在一个地方，我几乎不好意思说出它的名字，因为我好像根本不配住在那里，那便是一个名叫蜃楼的公馆。我不想说这是一幢豪华的古老住宅，然而提起蜃楼，恐怕没有人不知道。我一生的际遇都与它联系在一起，请听我慢慢道来。

这是从我与约翰·斯帕特（他本来是我的办事员）合伙经商开始的，那时我还很年轻，不到二十五岁，住在彻冷舅父家中，他的财产将来大多应由我继承。我冒冒失失向克利斯蒂安娜求了婚。我对她倾心已久。她非常美丽，各方面都惹人喜爱。她母亲是个寡妇，我对她没有好感，总担心她是个工于心计、贪得无厌的老太婆，但为了她的女儿，我尽量把她想得好一些。除了克利斯蒂安娜，我从没爱过任何女人，从我们还是孩子的时候起，她对于我来说就是整个世界，啊，远远不止整个世界！

克利斯蒂安娜得到她母亲的同意，接受了我的求婚，这确实使我欣喜若狂。我在彻冷舅父家的生活非常枯燥乏味，我住的顶楼房间又沉闷、又简陋、又寒冷，就像北方某些森严的古堡顶上的牢狱。但是有了克利斯蒂安娜的爱，我在世上便别无所求了。我不愿意跟任何人交换我的命运。

不幸,彻冷舅父的主要缺点便是贪婪。他虽然富有,但吝啬、刻薄、爱钱如命,过着守财奴的生活。由于克利斯蒂安娜没有财产,我犹豫了好久,不敢把我们订婚的事告诉他。但是最后我给他写了封信,说明全部事实。一天夜里上床以前,我把信亲手交给了他。

第二天早上下楼时,我瑟瑟发抖,因为这是12月,天气寒冷,舅父家里又很少生火,比街上更冷,街上有时还被太阳照得暖洋洋的,即使没有阳光,来来往往的行人也会用愉快的笑容和声音把它点缀得生气勃勃。我怀着一颗惴惴不安的心,跨进了长而低矮的早餐室,舅父已坐在那儿。屋子很大,火却很小,那扇大凸肚窗夜里给雨点打得斑斑驳驳,好像洒满了无家可归者的眼泪。窗面对着荒凉的院子,院子的石板地面大多拆裂了,生锈的铁栏杆一半离开了地面,一间难看的外屋从那儿瞪着院子,它从前做过解剖室(这幢房子本来是一位著名的外科医生住的,后来他把它典押给了我的舅父)。

我们一向起得很早,在这个季节里是点着蜡烛吃早饭的。我进屋时,舅父冷得裹紧了衣服,在椅子上缩成一团,面前又点着一支昏暗的蜡烛,以致直到走近以后,我才看到他。

我向他伸出手去,他却抓起手杖(他老态龙钟,哪怕在屋里走动,也得拄着手杖),向我挥舞,口里说道:"你这傻瓜!"

"舅父,"我回答道,"我没想到你会冒这么大的火。"确实,虽然他心肠硬,脾气大,我从没想到他会这样。

"你没想到!"他说,"你什么时候想到过?你这条不识抬举的狗,你什么时候有过头脑,什么时候考虑过将来?"

"这些话太过分了,舅父!"

"过分?一点也不过分,对你这么一个白痴还太客气了,"他说。"喂,贝西·斯纳普,你瞧瞧他!"

贝西·斯纳普是一个干瘪的黄脸老太婆,满面皱纹,我们家唯一的佣人,每天早上这个时候,总得给我的舅父捶腿。她正跪在舅父身旁,他要她瞧我,便把瘦棱棱的手按在她脑瓜顶上,硬把她的脸扭向我这边。他们这副样子叫我吓了一跳,我不禁想起了那间解剖室,我想,在外科医生那时候,这种现象在那里一定是经常发生的。

"瞧这个不中用的贱骨头!"我的舅父说。"瞧这个乳臭未干的娃娃!这就是人们说的那种不会害人、只会自己害自己的先生。这就是自己不会拿主意的先生。这就是那个做生意挣了大钱,却在前几天还想找一个人来合伙的先生。这就是打算娶一个一文不名的老婆的先生,他落进了一些耶洗别①的手里,巴不得我快死,好让他们享福呢!"

现在我才明白,舅父的火气有多大,因为要不是到了发疯的边缘,他不可能讲到死,这是他最忌讳的一个字,在他面前,任何人都绝对不准讲到或提起这个字。

"巴不得我死,"他重复道,仿佛表示他不怕这个讨厌的字,因此也不必把我放在眼里。"巴不得我死,死,死!但是我要打破你们的如意算盘。你这个贱骨头,这是你在这家中的最后一顿饭了,呛死你才好呢!"

你们想象得到,我被他骂得狗血喷头,哪里还有胃口吃早饭;但是我照例在我的位子上坐下。我看到,我从此已给我的舅父抛弃,然而我赢得了克利斯蒂安娜的心,我可以忍受这一切。

他照常吃完了他的面包和牛奶,不过他把椅子从我坐的桌边挪开了一些,是把膝盖当桌子吃完这顿早餐的。吃完后,他便仔细掐灭了蜡烛;寒冷的、灰白色的、阴惨惨的日光这时照到了我们身上。

"现在,迈克尔先生,"他说,"在我们分手以前,我希望当着你的面,与两位女士讲几句话。"

---

① 《圣经》人物,以无耻、放荡著称,见《圣经·旧约·列王纪下》第9章。

"随你的便,舅舅,"我回答,"但是如果你以为,这婚约除了纯洁的、没有利害打算的、忠诚的爱情以外,还有别的想法,那么你这是欺骗了自己,也残忍地错怪了我们。"

对这话,他只是答道:"你胡诌!"别的什么也没说。

我们穿过半融化的雪地和半冰冻的雨点,前往克利斯蒂安娜母女俩的住处。舅父与她们本来熟识。她们正在吃早饭,看到我们这时候上门,吃了一惊。

"打扰了,太太,"舅父对那位母亲说。"我想,你猜到我拜访的目的了,太太。我知道,这屋里蕴藏着大量纯洁的、没有利害打算的、忠诚的爱情。我很荣幸能使它如愿以偿,得到它需要得到的一切。太太,我把你的女婿,小姐,你的丈夫,带来了。从现在起,这位先生已与我脱离甥舅关系,我希望他这次聪明的行为给他带来幸福。"

他把我骂了一顿便走了,我从此再没见到他。

你们以为(穷亲戚继续道),我亲爱的克利斯蒂安娜在她母亲的劝导和威逼下,嫁给了那个财主,他的马车在这种气候突变的日子从街上驶过时,常溅我一身泥浆,她却安然坐在车上,那么你们完全错了。不,不,她嫁给了我。

我们不久就结婚了,比我希望的还快,原因是这样。我租了一所简陋的房子,为了她,我量入为出,省吃俭用,一天,她怀着满腔热忱对我说道:

"亲爱的迈克尔,我已把我的心给了你。我说过我爱你,我也向你保证过要作你的妻子。可以说,在我讲那些话时,我们已经结婚了,不论今后变好变坏,我都是你的人了。我完全了解你,我知道,如果我们分开,我们的结合破裂,你的一生便会蒙上阴影,尽管现在你有足够的意志战胜这个世界,到那时,它便会消失殆尽,只剩下一个影子了!”

“上帝保佑我,克利斯蒂安娜!”我说,“你讲得一点不错。”

“迈克尔!”她按着我的手说,表现了少女的忠贞,“让我们别再分开。我要说的只是,我愿意按照你目前的条件与你一起过活,我会过得很愉快,我知道你也是愉快的。我是打心眼里讲这话的。不要再一个人奋斗,让我们一起奋斗吧。亲爱的迈克尔,有一件事,尽管你没有猜到,但它使我的整个生活充满了悲伤,我不应该再向你隐瞒。我的母亲不考虑你是为了我、为了相信我的忠诚才失去了一切,依然向往荣华富贵,逼我嫁给别人,这使我十分痛心。我再也不能容忍,因为容忍就意味着对你变心。我宁可与你一起奋斗,不愿看你一个人吃苦。我只要你给我的家,不要更好的。我知道,我们结了婚,你会提高生活的勇气,更好地努力和工作,那么,只要你愿意,让我们马上结婚吧!”

那天我真的幸福极了,新世界向我打开了大门。我们不久就结婚了,我带着我的新娘走进了我幸福的家。这就是我讲的那个住所的开始,从那时起,我们便一起生活在蜃楼中。我所有的孩子都出生在那里。我的第一个孩子是个女儿,也取名为克利斯蒂安娜,她已出嫁了。她的儿子那么像小弗朗克,我简直分不出谁是谁。

关于我的合伙人对我的态度,一般人的印象也是完全错误的。在我和我的舅父决裂后,他没有把我当作可怜的傻瓜冷酷地对待我;后来也没有逐步侵吞我的产业把我挤走。相反,他对我始终忠诚不渝,光明磊落。

我们中间的事是这样的:在我与舅父分手的那天,甚至在我的箱笼物品运到我们的账房间以前(那些东西是舅父打发车夫送去的,但他没付车钱),我已到店铺去过,它在泰晤士河边,小小的码头上，我把经过告诉了约翰·斯帕特，他听了以后并没有说富裕的亲戚是明确的事实，而爱情和真诚却是月光和假象。他与我的谈话是这样的：

"迈克尔，"他说，"我们曾经在一起读书，我总是瞧不起你，认为我比你好，前途比你远大。"

"过去是这样，约翰，"我回答。

"然而，"约翰说，"我借了你的书，却弄丢了；借了你的钱，又从不归还；我的小刀子坏了，却硬要你买它，给的钱比买新的还贵；我打碎了窗玻璃，又要你承认是你干的。"

"一切都不值得一提，约翰·斯帕特，"我说，"尽管这都是真的。"

"这个小企业是你一手创办的，多亏你苦心经营才有今天，"约翰继续道，"当初我来看你，可以说只是想找一个糊口的地方，可是你马上雇用了我。"

"这也是不值一提的，亲爱的约翰·斯帕特，"我说，"尽管这同样是真的。"

"你发现我有办事才能，对企业又确实有用，便不再让我当普通的职员，要我作合伙人，认为这才公平合理。"

"这比你讲到的其他小事更不值得一提了，约翰·斯帕特，"我说，"因为不论过去和现在，我都感到了你的优点和我的缺点。"

"现在，我的好朋友，"约翰说，像从前在学校里一样，挽住了我的胳臂，这时，账房间的窗户——它们的形状有些像船尾窗——外面，两条船正随着潮水从河上轻轻漂过，仿佛约翰和我在生活的海洋中和衷共济地航行似的，"但愿这些友好的经历在我们之间建立了正确的了解。迈克尔，你的心太好了。你对任何人没有害处，只对自己有害处。如果在我们的交往中，我使你蒙受损害，还不以为意，只是耸耸肩、摇摇头、叹口气，如果我将来辜负了你给予我的信任……”

“但是你永远不会这样，约翰，”我指出。

“当然不会！”他说，“但我是说假定，假定我将来辜负了你的信任，在我们共同的事业中弄虚作假，明一套，暗一套，账外有账，营私舞弊等等，那么我就会一天天扩大我的实力，削弱你的地位，最后，我发了财，走上了成功的康庄大道，你却依然站在荒地上，毫无指望，比我落后了一大截。”

“确实这样，”我说。

“为了不让这种事发生，迈克尔，”约翰·斯帕特说，“不让它得到丝毫的机会，我们之间必须开诚布公。什么也不应该隐瞒，我们的利益必须一致。”

“亲爱的约翰·斯帕特，”我告诉他，“那正是我所希望的。”

“由于你的心太好，”约翰又道，脸上充满了友好的热情，“你必须答应我，使你性格中的这个缺陷不致再给任何人利用；你必须允许我不迁就你……”

“亲爱的约翰·斯帕特，”我打断了他的话，“我决不希望你迁就我的缺点。我要求你纠正它。”

“我也一样，”约翰说。

“那就好了！”我喊道。“我们两人有共同的目标，我们要正直地实现这目标，彼此充分信任，我们的利益是一致的，我们的合作一定前途无量，十分愉快。”

“我完全相信这点！”约翰·斯帕特答道。我们热情洋溢地握了手。

我把约翰带到我的蜃楼中，过了非常愉快的一天。我们的合作是卓有成效的。正如我所预料的，我的朋友和合伙人提供了我所缺乏的东西，使企业和我本人都获益不浅，我给予他的任何细小帮助，都得到了他的充分报答。

我并不十分富裕(穷亲戚说,一边望着炉火,慢慢搓着手),因为我从来不想发财,但我已经够了,我可以过丰衣足食的小康生活了。我的蜃楼不是一幢豪华的别墅,但很舒服,住在里面觉得温暖而愉快,它便是我理想的家。

我们的大女儿非常像她的母亲,她嫁给了约翰·斯帕特的大儿子。在其他方面,我们两家也亲密无间。到了晚上,我们常常聚集在一起,过得非常愉快,约翰和我谈着从前的一切,我们之间从没发生过利害冲突。

在我的蜃楼中,我真不知道什么叫寂寞。我们的孩子或孙儿孙女,总有几个住在那儿,小辈们年轻的声音足以娱悦我的晚年,是的,我听了总是多么高兴!我最亲爱的、最真诚的妻子永远忠于我,永远爱我,永远帮助我,支持我,安慰我,她是我家中的无价之宝,幸福的源泉,其他一切幸福都来源于她。我们的家可以说生活在音乐中,不论什么时候,克利斯蒂安娜看到我有些疲倦或忧郁,便偷偷走向钢琴,唱一支优美的乐曲,那是我们订婚期间她常唱的曲子。我是一个很会伤感的人,听到别人唱这曲子便受不了。有一次我和小弗朗克上剧场看戏,演员在台上唱起了这支曲子,弗朗克突然讶异地说道:“迈克尔表叔,这眼泪热热的,掉在我的手上,是谁在哭啊?”

这便是我的蜃楼,我在那儿过的日子便是这样,那都是真的。我常常带小弗朗克上那个家中玩儿。我的孙儿们非常喜欢他,他们一起玩得很好。在一年的这个时候——圣诞节和新年——我很少离开我的蜃楼。因为与这个季节有关的一切使我不忍心离开它,关于这个季节的观念也对我说,我应该留在那儿。

“那么这蜃楼在……”听众中响起了一个严肃而亲切的声音，向穷亲戚问道。

“是的。我的蜃楼，”穷亲戚道，一边频频摇头，一边依然望着炉火，“它在空中。我们尊敬的主人约翰猜到了它准确的地点。我的蜃楼是在空中！我讲完了。你们谁愿意接着讲，就请讲吧。”

理查·双狄克的故事

公元1799年,我的一个亲戚拖着沉重的腿,步行来到这个查塔姆城。我称它查塔姆城,因为在座各位,如果谁能准确说明罗彻斯特在哪里结束,查塔姆在哪里开始①,那么我不如他,我办不到。那是一个穷苦的旅人,口袋里没有一个子儿。他就坐在这间屋子的火炉前面,在一张床上过了一夜,这张床是今晚你们中间也有一人要睡的。

我的亲戚到查塔姆来,是想参加骑兵部队,如果哪一个骑兵队愿意要他的话,如果不要,他打算随便投靠一个步兵下士或中士,只要他们能让他的帽子上有几条缎带。他的目的是让枪弹打死,只是他认为最好骑在马上死,这比步行省力一些。

我亲戚的教名是理查,但人们大多叫他狄克②。他在路上抛弃了他的姓,用两个狄克代替它。这样他便成了理查·双狄克,年纪二十二岁,身高五英尺十英寸,原籍埃克斯默斯,然而他从没到过家乡一带。当他穿着破靴子,风尘仆仆过了桥,来到查塔姆时,这里没有骑兵部队,于是他参加了一个步兵团,兴冲冲地喝了顿酒,把一切丢到了九霄云外。

你们一定认为,我这个亲戚头脑不正常,有点疯了。其实他的心仍在原处,只是被他贴上了封条。他和一个善良美丽的小姐定了亲,他爱她之深是她,也许甚至是他自己所没有料到的。但是在一个不祥的时刻,他不知怎么得罪了她,于是她向他郑重宣告:"理查,我决不会嫁给别人。为了你,我愿意终生独身,但是玛丽·马歇尔的嘴,"(玛丽·马歇尔是她的姓名)"今生今世不会再跟你讲一句话。走吧,理查!愿上帝宽恕你!"从此他便一蹶不振。这使他来到了查塔姆,也使他成了二等兵理查·双狄克,决心死在子弹下。

在1799年,查塔姆的营房中,没有一个人比二等兵理查·双狄克更放荡不羁,更会胡闹。他跟每个团里的渣滓混在一起,几乎成天喝酒,也经常受处罚。整个营房的人都相信,二等兵理查·双狄克随时可能遭到鞭笞。

理查·双狄克的连长是个年轻人,比他大不了五岁,他的眼睛里有一种神采,它对二等兵理查·双狄克的影响是显而易见的。那是双黑眼睛,明亮、美丽,即是大家所说的含笑的眼睛,然而在不笑的时候,与其说是严厉,不如说是坚定;在二等兵理查·双狄克的狭小天地中,这是唯一叫他受不了的一双眼睛。他不怕名声不好,不怕处罚,任何事、任何人都不在他心上,但只要发觉那双眼睛在瞧他,哪怕只一会儿,他也会感到羞愧。在街上,别的军官他都不怕,只怕见到汤顿连长。他挨了训斥,便惊慌失措——只担心可能给连长看见。遇到万不得已的时候,他宁可向后转,跑得远远的,免得面对那双明亮、美丽的黑眼睛。

一天,他刚关了四十八小时禁闭——这对他已是家常便饭——从黑房子出来,便接到命令,要他上连部去。一个人刚出牢房,自然是一副没精打采、邋邋遢遢的样子,比平时更加不想见到连长,然而他还没有放肆到违抗命令的地步,因此只得走上了俯瞰练兵场的平台;连部便设在那儿。他一边走,一边捻弄着手里的一根麦秆,把它掐碎,那是黑房子里的装饰品,他出来时随手带走的。

他用指关节打了门,听见连长喊道:"进来!"于是二等兵理查·双狄克摘下帽子,大踏步朝前走去,充分意识到自己已站在那对明亮的黑眼睛面前。

---

① 罗彻斯特和查塔姆是伦敦以东邻接的两个小城。
② 理查的昵称。

暂时谁也没有开口。二等兵理查·双狄克先前已经把麦秆塞进嘴巴，慢慢折断，吞进喉管，这使他差点透不出气。

“双狄克，”连长说，“你知道你在走向哪里吗?”

“走向地狱吧，连长?”双狄克嗫嚅道。

“对，”连长答道。“而且走得很快。”

二等兵理查·双狄克在嘴里转动着黑房子里的麦秆，可怜巴巴地应了一个“是”字。

“双狄克，”连长说，“我参加王上的部队时才十七岁，从那时到现在看到不少有希望的青年走上了那条路，这叫我很痛心。但是最痛心的还是看到一个人决心要走那条可耻的道路，这是你到团里来以后，我才看到的。”

二等兵理查·双狄克开始发现，一层薄翳似乎悄悄覆盖了他注视着的地板，还发现连长那张早餐桌的腿像浸在水中似的，有些扭曲了。

“我只是一个小兵，连长，”他说。“这样一个可怜虫走什么道路，完全无关紧要。”

“你是一个人，”连长严肃而气愤地答道，“你受过教育，有不少优点。如果你讲的话是当真的，那么你的堕落比我估计的更深。这种堕落意味着什么，请你自己考虑吧；这是耻辱，我知道，你也知道，我看到，你也看到。”

“我但愿快些死在子弹下，连长，”二等兵理查·双狄克说，“免得我再留在这个团里和这个世界上。”

桌子腿扭曲得更厉害了。为了稳定自己的视觉，双狄克抬起了头，又遇到了那双对他有强大影响的眼睛。他把手举在眼前，那耻辱的上衣胸部开始膨胀，仿佛要崩裂似的。

“我宁可看到你这样，双狄克，”年轻的连长说，“这比看到你把五千几尼放在这桌上送给我的母亲，更叫我高兴。你有母亲吗?”

"谢谢上帝,她早死了,连长。"

"如果对你的赞美,"连长又道,"传遍了整个团队,整个军队,整个国家,你会希望她还活着,让她怀着骄傲和欢乐说:'他是我的儿子!'"

"别讲啦,连长,"双狄克说。"她永远不会听到我有什么成就。她永远不会因为做了我的母亲感到骄傲和欢乐。慈爱和同情她是可能有的,据我所知,也是永远有的,但是,不——别再折磨我吧,连长!我是一个不可救药的废物,请您宽恕我吧!"他把脸转过去对着墙壁,伸出了祈求的手。

"我的朋友……"连长开始道。

"愿上帝保佑您,连长!"二等兵理查·双狄克啜泣道。

"你的一生已到了危急关头。再不悬崖勒马,改弦易辙,你知道会发生什么。也许你还没想到,但我看得很清楚,到那时你便完了。一个可能流出这种眼泪的人,不可能忍受得了那样的污点。"

"我完全相信这点,连长,"二等兵理查·双狄克说,声音轻轻的,有些发抖。

"但是一个人不论处在什么岗位上,都可以做到忠于职守,"年轻的连长说,"只要他尽了责任,哪怕他非常不幸,与一般情况完全不同,得不到别人的尊敬,他也可以问心无愧。尽管你刚才说,一个士兵只是可怜虫,但我们生活在风云变幻的时代,它有一个优点,那就是只要我们尽了职责,总有许多同情的眼睛会看到我们。难道你不相信,这么做的人会得到整个团队、整个军队、整个国家的赞扬吗?在你还来得及亡羊补牢,改正错误的时候,努力这么做吧。"

"我愿意这么做!我只要有一个人看到就成了,连长,"理查喊道,激动得哭了。

"我了解你。我会注视着你,我相信你。"

二等兵理查·双狄克亲口告诉我,他当时跪在地上,吻了那位连长的手，然后站直身子，离开了那对明亮的黑眼睛，他成了一个新人。

就在那1799年，法国兵占领了埃及，占领了意大利，占领了德国，哪儿没有他们啊？同时，拿破仑·波拿巴开始在印度向我们挑衅，许多人都看到了大祸即将临头的迹象。到下一年，我们与奥地利结成了反对他的同盟，汤顿连长的团队被派往印度执行任务。那时整个团里，不，整个军队里，最出色的军士便是下士理查·双狄克。

1801年，印度驻军调到了埃及沿海一带。次年宣布了暂时停火，军队召回了。那时，所有的人都知道，汤顿连长和那双明亮的黑眼睛出现在哪里，著名的中士理查·双狄克也一定会出现在哪里，只要他们的心脏还在跳动；他总是像磐石一般坚定，像太阳一般忠诚，像战神一般勇敢，站在连长的身边。

1805年，是特拉法尔加大战①的一年，也是印度发生激战的一年。那年，一位军士长创建了不少奇迹，他单身一人杀进重围，夺回了团旗，因为原来的旗手给枪弹击中心脏牺牲了；他还救出了负伤的连长——那时他倒在无数马蹄和军刀中间；我说，这个勇敢的军士长创造了奇迹，并临时担任了他夺回的团旗的旗手；就这样，理查·双狄克从士兵中脱颖而出，被擢升为少尉军官。

在那些血雨腥风的日子里，少尉理查·双狄克夺回的团旗，那面在战火中打了不少窟窿的旗子，鼓舞了所有的人，为了保卫它的荣誉，最英勇的战士不断补充到了团里，这个团经历了整个半岛战争②，直到1812年围攻巴达霍斯为止。它一再鼓舞着整个英国军

① 1805年10月，英法海军在特拉法尔加海角大战，英军的胜利打破了拿破仑入侵英格兰的计划。

② 指伊比利亚半岛的战争，1808—1814年英军在这里抗击拿破仑的军队。巴达霍斯是西班牙的要塞，1812年惠灵顿率领英军攻占该地。

队,大家一听到这些强大的英国人的消息便热泪盈眶,勇气百倍;没有一个年轻的鼓手不知道那个故事:哪里有汤顿少校和他那双明亮的黑眼睛,哪里便有忠于他的少尉理查·双狄克,而哪里有他们两人,英国军队中最英勇的战士便会奋不顾身,追随他们去夺取胜利。

一天,在巴达霍斯——不是在大举进攻时,而是在被围的敌人疯狂突围,向我军战壕猛扑,战壕中的士兵进行反击有些支持不住的时候——那两位军官正在向前冲杀,突然与一队法国步兵遭遇,法军站住了。带领这支队伍前进的,是个勇敢、漂亮、英俊的军官,大约三十五岁,双狄克虽然几乎只是匆匆看了一眼,但看得很清楚。他特别注意到这个军官挥着剑,正在拼命喊叫,那些士兵在他的指挥下开了枪,汤顿少校倒下了。

十分钟后战斗便结束了,双狄克回到了人类有过的最好的朋友身边——他已经把上装铺在潮湿的泥地上,让他躺着。汤顿少校的制服在胸口敞开,衬衫上有三处小小的血迹。

"亲爱的双狄克,"他说,"我快死了。"

"为了上帝的爱,千万别这么说!"另一个喊道,跪在他的旁边,用一条胳臂搂住他的脖子,扶他抬起头来。"汤顿!你挽救了我,你是我的保护神,我的见证人!你是最可爱、最真诚、最亲切的人!汤顿!你一定要活下去!"

那双明亮的黑眼睛——这时在苍白的脸上更显得乌黑乌黑的——向他笑着,十三年前他吻过的那只手深情地按在胸口。

"写信告诉我的母亲。你会重见家园的。你告诉她,我们是怎么成为朋友的。这可以安慰她,正如可以安慰我一样。"

他不再说话,只是无力地指了一下正在风中飘拂的头发。少尉明白他的意思。他看到后,又笑了笑,仿佛为了休息,从扶住他的胳臂上轻轻扭转脸去,就这么死了,那只搭救过一个灵魂的手搁在胸口。

《理查 · 双狄克的故事》

在这悲惨的一天，每一双看见少尉理查·双狄克的眼睛都湿润了。他在野外埋葬了朋友，觉得孤零零的，像失去了亲人。除了他的职责，生活中似乎只有两件事是他关心的，一件是保存好预备交给汤顿的母亲的一小包头发，另一件是寻找那个命令士兵开枪打死汤顿的法国军官。我们的军队中开始流传一则新的故事，故事说，他和那个法国军官一旦重新遇到，法军非遭殃不可。

战争仍在继续，但是法国军官的准确图像和那个真实具体的肉身始终没有会合，最后发生了图卢兹战役①。在送回国内的伤亡报告中有这么一句话："中尉理查·双狄克负重伤，但无生命危险。"

到了1814年仲夏季节，理查·双狄克中尉已经是一个老兵，三十七岁，负了伤回到英国。他的胸前藏着那束头发。从那天以后，他见到过不少法国军官；为了寻找自己的伤员，他带了士兵，拿着灯火，在战场上度过了不少可怕的夜晚，但是他心中的那幅画像和那个真实的肉身从未会合。

虽然他身体虚弱，伤还没有痊愈，但他没有耽搁，立即赶往萨默塞特郡的弗洛姆镇——汤顿的母亲便住在那里。那些温柔的、怜悯的话今晚自然涌上了他的心头："他是他母亲的独生儿子，而她是个寡妇。"

这是星期日晚上，老太太坐在安静的花园窗前，正在读《圣经》；据他告诉我，她一直在用战栗的声音向自己念着一句话。他听到的是："年轻人，我吩咐你起来！"②

他必须经过窗前；以往那失落的时代里的那双明亮的黑眼睛似乎在望着他。她的心告诉她，他是谁；她立刻走到门口，扑到了他的脖颈上。

① 半岛战争中的最后一次战役，以英军胜利、法军失败结束。
② 《圣经》中的话，指上帝使人复活，见《圣经·新约·马可福音》第5章41节等。

“他从毁灭中挽救了我,让我重新做人,摆脱了恶名和耻辱。啊,愿上帝永远保佑他!上帝一定会保佑他!”

“上帝一定会保佑他!”老太太答道。“我知道他在天上!”然后她怜惜地喊道:“但是,啊,我亲爱的孩子,亲爱的孩子!”

从二等兵理查·双狄克在查塔姆入伍的那一天起,在他当二等兵、下士、中士、军士长、少尉、中尉的漫长过程中,除了他的拯救者,谁也没有听他讲过他的真实姓名或者他生平的经历,也没有听他讲过玛丽·马歇尔的名字。过去的让它过去吧。他下定决心,为了赎罪,他要从此隐姓埋名,不再干扰那颗从前他得罪过、现在已恢复了平静的心;等他死后,让人们发现他挣扎过、痛苦过、从没忘记过她,然后,如果他们能宽恕他,相信他……好吧,时间还来得及,还来得及!

但是那天夜里,他想起了两年来一直珍藏在心头的话:“告诉她我们是怎么成为朋友的。这可以安慰她,正如可以安慰我一样。”他说出了一切。他逐渐觉得,仿佛在他进入中年之后,忽然发现了一位母亲;她逐渐觉得,仿佛她失去了儿子之后,又找到了一个儿子。在他滞留英国期间他作为一个陌生人缓慢而痛苦地进入的那个宁静的花园,成了他自己的家园。到春天他能够返回部队时,他才离开花园,心里觉得这是他第一次带着一个女人的祝福回到原来的旗子下!

他跟着这面旗子——它现在已破旧不堪,百孔千疮,几乎不像一面旗子了——走到了卡特勒布拉斯和利格尼[①]。滑铁卢战场上,6月一个下着毛毛细雨的上午,在到处是人的可怕的沉寂中,他站在旗子旁边。直到那时,他心中那幅法国军官的画像,还没有找到它真实的原型。

---

① 滑铁卢附近的村庄,1815年6月拿破仑与英军在此激战。

那个著名的军团很早就开始行动了，在这些多事的岁月中，它第一次遭到了挫折，人们发现中尉理查·双狄克倒下了。为了替他复仇，整个团冲了上去，除了不省人事的他，没有留下一人。

他给运走了，一路上到处是泥潭和雨水积聚的土坑；原来的大路现在经过炮弹的捶打，辎重车的碾压，人和马的踹踏，运送伤兵的大车轮子的蹂躏，已变得坑坑洼洼，布满深沟；战场上横满了已死的和未死的人，血肉模糊，很难辨认人的形体了；人在呻吟，马在嘶叫，只是他都没有听到；那些马刚离开和平的生活道路，受不了躺在路边的掉队者的悲惨景象，但是它们再也不能进行重度劳累的旅程了；就在这一切中间，理查·双狄克中尉带着响彻英国的荣誉，给运到了布鲁塞尔，就生命得有感觉来说，他是死了，然而他还活着。他给小心翼翼送进医院，在那儿躺了一个星期又一个星期。漫长明朗的夏季过去了，终于秋收季节到了，战争留下的谷物也成熟了，收刈了。

太阳一再在拥挤的城市上空升起又落下，月光一再流泻在夜色朦胧的宁静的滑铁卢平原上，然而所有这些日子对理查·双狄克中尉说来，只是一片空白。兴高采烈的军队开进布鲁塞尔，又开走了；兄弟和父母、姊妹和妻子拥向那里，接受欢乐或悲伤的命运，然后又纷纷离开；钟声每天不断敲响，大建筑的阴影每天不断变换，亮光不断从黑暗中升起，街上不断有人走过，睡眠和阴冷的夜晚不断相继到来，然而那张大理石般的脸躺在床上，对这一切毫无反应，仿佛这是理查·双狄克中尉墓上卧倒的雕像。

在漫长的噩梦中，经历了混乱的时间和空间之后，理查·双狄克中尉终于逐渐醒来，恢复了知觉，他看到了他所认识的一些军医的模糊影子，看到了青年时代熟悉的一些面貌——其中最可爱、最亲切的，是玛丽·马歇尔的脸，它显得忧虑重重，比他所能辨认的任何事物更像真的。他回到了秋季傍晚宁静美丽的景色中，回到了窗明几净的和平生活中,屋里的大窗户敞开着,窗外是阳台,阳台上飘拂着绿叶和清香扑鼻的鲜花,阳台外又是那明朗的天空;阳光普照着大地,把金黄的光线投射在他的床上。

周围这么安静,这么可爱,他认为他已进入了另一个世界。他用微弱的声音说道:"汤顿,是你在我身边吗?"

一张脸俯在他上面。不是他的脸,是他母亲的脸。

"我是来照料你的。我们照料你好多个礼拜了。你早已搬到了这儿。你什么都不记得吗?"

"不记得。"

老太太吻了他的面颊,握住他的手,安慰着他。

"我的团在哪里?发生了什么事?让我叫你母亲吧。母亲,发生了什么事?"

"我们取得了伟大的胜利,亲爱的。战争结束了,你的团是作战最英勇的一支部队。"

他的眼睛亮晶晶的,嘴唇翕动着,他呜呜咽咽哭了,泪水淌到了面颊上。他还非常虚弱,虚弱得不能移动一下手。

"现在天黑了吗?"他随即问。

"没有。"

"那么只是我觉得黑?好像有个黑糊糊的影子飞过。但是它过去后,太阳,啊,那神圣的太阳,美丽的太阳!它照到了我的脸上。我想,我看到一片轻轻的白云从门口飘过。刚才没有人出去吗?"

她摇摇头,过了一会儿他睡着了,她依然握着他的手,安慰着他。

从那时起,他逐渐复原了。复原得很慢,因为他头部受了重伤,身上中了子弹,每天只有一点点进展。等他有了足够的力气可以躺在床上讲话以后,他马上开始发现,汤顿太太一直在引导他回忆自己的经历。于是他记起了他的拯救者临终时的话,心想"这可以安慰她”。

一天他从梦中醒来，精神很好，便要求她给他念点什么。每逢他醒后，她总把帐子撩开一些，使她坐在床边做针线时可以看到他，但这时为了使光线柔和一些，她没有撩开帐子。他听到了一个女人的声音，那不是她的。

“你能见见一个陌生人吗？”那声音温柔地问，“你愿意与一个陌生人见面吗？”

“陌生人？”他反问道。那声音唤醒了记忆中的往事，他成为二等兵理查·双狄克以前的日子。

“现在是陌生人，但过去有一段时间不是，”那使他战栗的声音说。“理查，亲爱的理查，这么多年不通音信，我名叫……”

他喊出了她的名字：“玛丽！”她搂住了他，他的头靠在她胸口。

“我不是要破坏我草率的誓言，理查。这不是玛丽·马歇尔的嘴巴在讲话。我有了另一个名字。”

她结婚了。

“我有了另一个名字，理查。你听到过吗？”

“从没听到！”

他望着她的脸，它泛出了沉思似的美丽神采，那透过泪花的微笑叫他不能理解。

“再想想吧，理查。你能肯定，你从没听到我改变姓名吗？”

“从没听到！”

“不要转过头来看我，亲爱的理查。让它靠在我身上，我告诉你这个故事。我爱上了一个慷慨高尚的人，我用整个心爱着他，年复一年地爱着他，忠实地、真诚地爱着他；我爱他，但不指望他的报答，我爱他，却对他的崇高品质一无所知——甚至不知道他还活着。他是一个勇敢的战士。千千万万的人尊重他，热爱他；后来他亲密朋友的母亲找到了我，告诉我，他身经百战，但从没忘记我。在一次伟大的战役中，他负了伤。他给送到了布鲁塞尔，住在这儿，已奄奄一息。我到这儿照料他，护理他——为了这个目的，哪怕要我走遍天涯海角，我也心甘情愿。在他不认识任何别人的时候，他会认识我。在他最痛苦的时候，只要把他的头靠在你现在靠的地方，他便能默默地忍受痛苦。在他躺在床上等待死亡的时候，他与我结了婚，使他可以在死前叫我一声妻子。我亲爱的人，在那被遗忘的夜里，我接受的名字是……"

"现在我明白了！"他哽咽道。"模糊的回忆逐渐清楚了。它回来了。感谢上帝，我的心完全清醒了！我的玛丽，吻我吧，让我困倦的头颅靠在你的身上，否则我会被感激憋死。他临终的话实现了。我又见到了家园！"

好啦！他们得到了幸福。恢复期是漫长的，但他们始终是幸福的。地上的冰雪融化了，飞鸟在早春没有树叶的林子里歌唱，这时三个人第一次可以一起坐车外出，人们拥向敞篷马车欢呼，向理查·双狄克上尉表示祝贺。

但即使这时，上尉还不能回英国，为了完全康复，他必须在法国南方的气候中继续疗养一个时期。他们在罗讷河边找了个地方，离古城阿维尼翁不远，可以望见它那断裂的石桥，这已使他们十分满意。他们在那里共住了六个月，然后返回英国。三年后，汤顿太太老了——当然还不算太老，只是那对明亮的黑眼睛有些模糊了——想起她曾经由于换了个住地，身体变强壮了，决定再到那一带住一年。她带了一个忠心的仆人同行，这仆人是曾经抱过她的儿子的；他们约定，一年后由理查·双狄克去接她回国。

她时常写信给她的孩子们（她现在这么称呼他们），他们也常给她去信。她住在埃克斯一带，租了一个农民的房子，附近有一幢别墅。她认识了别墅的主人，他们是当地的法国人。这友谊的开始是她在葡萄园中常常遇见一个漂亮的孩子，那是个小姑娘，非常富有同情心,总是不知厌倦地听孤独的英国夫人讲她可怜的儿子和残酷的战争的故事。那家人家也像孩子一样和蔼可亲,最后她熟识了他们,接受了邀请,要在寓居的最后一个月住在他们家中。所有这一切,她都在写回国的信中陆续提到过,在最后一封信中,她附了一张别墅主人的便柬,那位主人客气地邀请德高望重的先生,理查·双狄克上尉莅临该地时,务必赏光住在他家。

双狄克上尉现在正当壮年,变得魁梧、漂亮,胸部和肩膀都比以前宽阔了,他写了谦恭有礼的回信,随后人也到了。和平已经三年了,在辽阔的国土上旅行时,他一路上祝福这个世界又得到了比较美好的生活。金黄色的谷物上不再沾染不自然的红色,它们给一捆捆扎着供人食用,而不是在硝烟弥漫中给人踩在脚下。炊烟从和平的屋顶上冉冉升起,不再见到熊熊燃烧的废墟。大车上载的是土地的丰富物产,不是伤员和尸体。对于看惯了相反的可怕情景的他,这一切确实显得赏心悦目,它们使他充满了温情,就这样,在一个深蓝色的晚上,他到达了埃克斯附近的古老别墅。

它本来是一座大城堡,年代久了,阴森森的,周围尽是圆形塔楼和熄灯器形状的建筑,铅屋顶高高耸起,窗户比阿拉丁的宫殿里还多①。由于天气热,格子百叶窗全都打开了,可以望见屋内杂乱的墙壁和走廊。一些宽敞的附属房屋已十分破旧,阴暗的树木密集成林,屋前的平台上花木扶疏,围着栏杆,蓄水池太浅,不能喷水,也太脏,不能使用了。到处是雕像、野草和一簇簇灌木丛,灌木丛周围的栏杆生满了青苔,似乎也成了树木,长出了奇形怪状的树枝。大门洞开——在那个乡下,每天炎热过去之后,门照例都是开的。上尉看到没有门铃和门环,便径自走了进去。

① 阿拉丁是《天方夜谭》中的人物,他靠神灯建造的宫殿中,一间屋子有二十四扇窗户。

他跨进了一间高大的石厅，由于刚离开南方火热的阳光，石厅显得十分阴凉，昏暗无光。它的四周是高高的回廊，通向一套套房间，光线来自屋顶。他在那里也没看到铃。

“我的天，”上尉说着站住了，为自己靴子的嘎达声感到不安，“这像走进了幽灵的天地！”

他蓦地吃了一惊，退后了一步，觉得脸色也发白了。一个人站在回廊上向下注视着他，这就是那个法国军官，那个多年来一直藏在他心头的画像的原型。这画像终于找到了它的主人，多么相像，每一条轮廓都一样！

他走开了，消失了，理查·双狄克上尉听到了他匆匆下楼，走向大厅的脚步声。他穿过拱形通道，进入了厅内。脸上那开朗而讶异的神色，与它在那个不祥的时刻的表现何其相似。

阁下是理查·双狄克上尉？能够接待他真太好了！非常非常对不起！仆人全都到屋外去了。花园里正好在庆祝一个小小的节日。就是说，这是我女儿的生日，承蒙汤顿夫人喜爱和保护的小女的生日。

他这么彬彬有礼，这么坦率，理查·双狄克上尉不能不伸出手去。“这是一个勇敢的英国人的手，”法国军官说，握住了手不放。“一个勇敢的英国人，哪怕他是我的敌人，我也应该像朋友一样尊敬他！我也是军人。”

“他不像我一样，不记得我了；他不像我，那天没有记住我的脸，”理查·双狄克上尉想。“我怎么告诉他呢？”

法国军官把客人带进花园，介绍给他的妻子，那是一个惹人喜爱的美貌女人，正与汤顿夫人一起坐在一个古色古香、奇形怪状的凉亭里。他的女儿奔上前来拥抱他，美丽年轻的脸上洋溢着欢乐的笑容。一个小男孩从几棵枯树中间的宽阔台阶上跌跌撞撞地爬下来，要抓住父亲的腿。不少小客人正在轻快的音乐伴奏下跳舞，所有的仆人和别墅周围的农民也在跳舞。这是一个天真快活的场面，似乎是为了把上尉旅途中的所见所闻，那些使他感到欣慰的和平景物推向高潮，才特地安排的。

他望着这一切，心里千头万绪，最后铃声响了，法国军官要求带他上他的屋里看看。他们走上楼梯，进入刚才军官俯视他的回廊，理查·双狄克上尉给殷勤地领进了一套屋子，外面那间很大，里面一间小些，每间里都有钟和帷幔、壁炉和黄铜架子，地上铺着花砖，还有各种凉快的设备，显得富丽堂皇、宽敞舒适。

“你到过滑铁卢吧，”法国军官说。

“到过，”理查·双狄克上尉回答，“还到过巴达霍斯。”

留下一人后，他的严峻声音仍在耳边回响，他坐在椅上思考：“我该怎么办，怎么告诉他呢？”很不幸，由于最近那场战争，英国军官和法国军官之间发生了许多次可悲的搏斗；这些搏斗，以及怎样避免那位军官的款待，成了理查·双狄克上尉心头最主要的思想。

他思考着，让时间逐渐流逝，却没有更衣准备用膳，这时汤顿太太在门外喊他了。她问，现在能不能把玛丽托他捎来的信给她。上尉心想：“尤其是他的母亲，我怎么告诉她呢？”

他赶紧让她进了屋子，她说道：“但愿你与这儿的主人成为终生的好友。他这么真诚，这么豪爽，理查，你们不可能不彼此尊敬。如果他还活着，”她吻了一下里面装着她儿子头发的小金匣（不免流下了眼泪），“他一定会喜欢他，因为他是高尚的，他会为那些使这样的人成为敌人的不祥日子终于过去而感到由衷的高兴。”

她走出了屋子，上尉在踱来踱去，先是走到一个窗口，从那儿可以望见花园中的舞会，然后走向另一个窗口，从那儿可以望见欢乐的景色与和平的葡萄园。

“我朋友的在天之灵啊，”他说，“这是你要这些美好的思想出现在我的心头吗？是你在我来到这儿，见到这个人以前，让我一路上看到这新时代的幸福景象吗？是你把你受过打击的母亲派来找我，使我放下了愤怒的手吗？是你在我耳边说，这个人也像你所做的，或者像我在你的帮助下获得新生后，在你的指导下所做的一样，只是为了尽自己的责任，别无其他吗？”

他坐下了，把头埋在手里，当他站起来的时候，他作出了一生中第二次强有力的决定：在法国军官，或者他故世的朋友的母亲还活着的时候，他决不把只有他知道的秘密告诉他们，或者任何别人。在那天用膳时，他一边与法国军官举杯祝酒，一边在心中以宽恕一切的、慈悲的上帝的名义，宽恕了他。

我的作为第一个穷旅人的故事到此结束了。但是，如果我今天再来讲它，我得附带说一句：现在时代变了，理查·双狄克少校的儿子和那个法国军官的儿子，已像他们的父亲一样成了朋友，为了共同的事业，代表各自的国家在并肩战斗，正如长期分开的弟兄在美好的时代中又会重新聚首，紧密地结合在一起。

走进上流社会

这幢房子也经历过逆境,有段时期它落到了一个杂耍团老板手里。他租下它以后,作为它的承租人,在教区登记过,因此用不到费心查考他的姓名。然而他本人却不容易找到,因为他过的是流浪生活,定居的人轻易见不到他,何况那些自封为有身份的人,也耻于承认与他有任何交往。最后,在德特福和附近一带的菜园之间,靠河边的一块沼泽地上,出现了一个白发老人;他穿一身平绒衣服,那张久经风霜的脸好像刺了花纹,只见他坐在一所活动木房子门口吸烟斗。到了冬天,这木房子通常便停在泥泞的海湾口;附近的一切,那浓雾笼罩的河道、那烟霭迷漫的沼泽、那蒸汽回荡的菜园,仿佛都与白发老人在一起吸烟斗。在这一片吞云吐雾的氛围中,活动木房子的漏斗形烟囱也不甘落后,配合其他一切,喷吐着自己的烟雾。

穿平绒衣服的白发老人听到别人问他有没有租过那幢招租的房屋,露出了惊异的神色,但答说租过。那么他名叫马格斯门?一点不错,托比·马格斯门,合法的教名是罗伯特,但在杂耍圈内,他从小就被叫做托比。托比就托比,托比·马格斯门有什么不好?要是谁认为不好,但说无妨!

没有人认为不好,他可以放心。但是关于那房子,有些事想请教一下,他愿意告诉大家,他为什么离开它吗?

当然愿意,为什么不愿意呢?他离开它是为了一个矮子。

为了一个矮子?

马格斯门先生加重语气,郑重其事地又说了一遍:为了一个矮子。

那么,如果马格斯门先生不反对,觉得方便的话,是否可以讲得详细一些？

马格斯门先生便谈了下面一些细节。

首先，那是很久以前的事——那时彩票等等还没有禁止。① 马格斯门先生想物色一个恰当的表演场所，他看到了那房子，对自己说："如果可以得到你，我就要得到你。如果可以用钱租到你，我就要用钱租到你。"

邻居们冒火了，纷纷表示反对；但是马格斯门先生不明白这有什么好反对的。要知道，这是一个有趣的玩意儿。首先，那儿要挂上一大幅画，画的是一个巨人，穿着西班牙灯笼裤，脖子上围着轮状绉领，画有屋子的一半高，用绳子和滑轮吊在屋顶的一根柱子上，这样，他的头就与阳台的栏杆达到了同一高度。还要挂上一大幅画，画的是一个患白化病女人，正把她的满头白发对着全副戎装的海陆军士兵。还有一大幅画，画的是一个印第安野人，正在剥一个外国人的头皮。还有一大幅画，画的是英国种植园主的一个孩子，被两条大蟒蛇卷住——那种我们从未见过的孩子和从未见过的蟒蛇。同样，那儿还要挂一大幅画，画的是大草原上的一只野驴——不是我们平常见到的那种野驴，也不是英国运进过的野驴。最后，还有一大幅画，画的是一个矮子，就相貌而论有些像他，使乔治四世见了吃惊得瞠目结舌，简直不知该把自己高贵文雅的仪表和发胖的身子怎么办才好。就这样，房屋前面挂满了这些画，没有一点光线可以从这一边照进屋子。"马格斯门娱乐场"的横幅长十五英尺，宽两英尺，高悬在前门和客厅窗户上面。入口处有一条由绿呢和树木搭成的过道。一只手摇风琴在那儿不停地奏乐。要说体面，如果三便士还不够体面，怎么才够体面？

但现在要谈的主要是那个矮子，他是值些钱的。他的名字写的

① 英国于1826年通过法案，禁止抽彩活动。

是皇家保加落得旅特不死丑夫基少校。这个名字谁也念不清楚,也不想念清楚。观众照例随意乱叫,把他叫成了丑不基。在同行中,他便叫做丑不死;这一部分是由于那个原因,一部分也由于他的真名——如果他有真名的话(那是值得怀疑的)——是叫斯打克死。

他是一个不寻常的矮子,名不虚传。当然,并不像大家想象的那么矮,但是个矮子是没有疑问的。他身体非常小,脑袋却非常大,至于脑袋里装着些什么,那只有他自己明白了——这是说如果他思考过这问题,尽管这种事他是很难胜任的。

这个矮子心地之好是世上少有的!他朝气蓬勃,但并不傲慢。他跟穿花衣服的小丑一起旅行时,虽然他知道,他是天生的矮子,小丑却是靠那身花衣服假扮的,他还是像母亲一样关心他。你从没听他诽谤过“巨人”。确实,对那个来自诺福克的胖太太,他是讲过她一些坏话的;不过这含有感情因素,一个人的感情遭到了一位太太的玩弄,她把他看得还不如印第安人,他自然无法控制自己的言行了。

当然,他经常在恋爱,这是人之常情嘛。可是他恋恋不舍的偏偏是一个大块头女人;据我所知,没有一个矮子会爱小个子女人。正是这点使他们成了与众不同的宝贝。

他脑袋里有一个古怪的念头,这必然是有它的道理的,要不然它不会出现在那里。他始终相信,他是注定要发财的。他永远不会在任何文书上签名。他学过写字,那是一个没有胳膊的年轻人教他的,这年轻人在靠脚趾挣钱过活(他是一个书法家,在杂耍行业中教过不少人),但是丑不死若要靠写字过日子,他非饿死不可。这想法特别奇怪,因为他没有财产,也没有希望得到财产,他所有的只是一间房子,一只盘子。我说的房子是一只木箱,木箱油漆过,从外表看,像是一幢六个房间的屋子,他通常便爬进箱子,伸出食指上戴着一只钻戒(或者看上去像钻戒的东西)的手,从观众相信是客厅的窗口摇小铃铛。至于我说的盘子，那是只瓷盘子，每逢表演结束，他便拿了它在观众中收钱。他这是得自我的言传身教："女士们，先生们，小矮子现在要绕大篷车兜三圈，然后退场啦。"在私生活中，每逢有大事要谈，他也用这句话作开场白，夜里上床以前，又用这句话作告别辞。

我认为，他有一颗美好的心——一颗诗人的心。他坐在手摇风琴旁边摇它的时候，头脑里那个发财的念头总是特别活跃。只要旋律进入他的意识，他便会忘乎所以，大声喊叫："托比，我觉得我的财产快到手了——用力摇啊！托比，我的金币滚滚而来，数也数不清呢——用力摇啊！托比，我会成为一个大富翁！托比，我觉得大洋钱一个个在滚进我的口袋，我身上装满了钱，简直成了英格兰银行！"这就是音乐对一颗诗人的心发生的作用。除了手摇风琴，他对别的乐器没有好感，相反，还讨厌它们。

谈起观众，他总是牢骚满腹，这并不奇怪，凡是要靠他们给钱过活的人，大多这样。他对他干的营生特别反感的是，它把他排斥在上流社会之外。他老是唠叨："托比，我的志向是走进上流社会。我诅咒我的职业，我对观众不满，原因就在于它使我不能跨进上流社会。这对印第安人那样的下贱胚子自然算不得什么，他本来不是上流社会的料子。这对穿花衣服的小丑也算不得什么，他也不是上流社会的料子。但我是的。"

谁也不知道丑不死把他那些钱干什么用了。他拿的工钱不少，每到礼拜六晚上便拼命摇手风琴，何况伙食还免费——他食量大，吃东西跟啄木鸟似的，不过凡是矮子无不这样。盘子也能带来一笔小收入，他把许多半便士铜币包在一块手帕里，一星期也有不少。然而他还是没有钱。人们本来以为，这是诺福克的胖太太干的好事，其实不是，因为可想而知，你既然仇恨印第安人，见了他便咬牙切齿，在他跳野人舞的时候，也忍不住要嘘嘘喝倒彩，你自然不会拿钱给胖太太，让她养汉子，跟印第安人逍遥快活。

一天在埃格姆赛马场上，秘密揭开了，这完全出乎人们的意料。当时观众寥寥无几，丑不死为了招揽生意，在他的客厅窗口拼命摇小铃，他的身子跪着，两条腿伸到了后门外面——因为他必须跪下，才能钻进小房子，它容不得他站直身子——他从肩上回过头来向我嚷嚷："瞧，这就是你的好观众，真见鬼，他们干吗不滚进来啊?"正在这时，人群中来了一个人，他举起一只信鸽喊道："这儿有人买过彩票没有？刚才开奖啦，头奖号码是三七四二！三七四二！"我恨不得揍这个人一家伙，因为他一嚷嚷，观众的注意力便分散了，要知道，只要出了什么新奇事儿，观众随时都会走开，你如若不信，不妨试试，随便找个借口，把大伙儿召集拢来，只要有两个人迟到，大家便会回头瞧这两人，不来听你的。总之，我对那个嚷嚷的人很不高兴，心里在骂他，但蓦地看到丑不死的小铃子给扔到了窗外，落在一个老太婆身上，他本人也一跃而出，踢翻了箱子，把它的秘密统统公之于众了。他抓住我的小腿，对我说："带我到车上去，给我浇一桶凉水，要不我非死不可，我中奖啦，发财啦!"

丑不死得到的奖金是一万两千多镑。一张彩票的全部奖金是两万五千镑，他买了半份，现在中奖了。他干的第一件事是提议与印第安人决斗，每人打赌五百镑，他的武器是一枚毒针，印第安人的武器是一根棍子；但是没有人肯掏那笔钱给印第安人撑腰，事情只得作罢。

他发狂似的过了一个礼拜——他的心情如何可想而知。要是我让他摇风琴，我相信不消两分钟，他就会把它摇破，幸亏我们已把风琴藏好。后来他清醒了，对所有的人都十分慷慨，花钱大手大脚。那时他把他认识的一个年轻人找来。那人外表非常文雅，实际是赌场里拉人下水的骗子（他的出身相当体面，父亲开马车行发了财，可惜生意上遭了一次挫折，因为他把一匹灰色老马漆成栗色，冒充纯种马出售），他自称名叫诺曼第，实际并不是。丑不死对他说道：

“诺曼第，我现在要走进上流社会了。你愿意跟我一起去吗？”

诺曼第答道：“丑不死先生，如果我没有听错，你的意思是，今后一切费用都归你负担？”

“不错，”丑不死先生说，“你还可以得到一大笔津贴。”

骗子立刻把丑不死先生抱到椅子上，跟他热烈握手，眼睛充满了泪水，用诗歌回答道：

“我的船在岸上，
我的舟在海上，
我现在别无要求，
只想与你一起出游。”

他们穿着丝绸衣服，坐上四匹灰色马拉的马车，前往上流社会。到了伦敦，他们住在蓓尔美尔大街，从此杳无音信。

第二年秋天，我正在巴托罗缪市场表演，一个仆役打扮得奇形怪状，穿着乳白色灯芯绒裤子和长统马靴，给我送来了一张请帖，于是我在指定的一个晚上，洗得干干净净，来到了蓓尔美尔大街。高贵的先生们已用过晚餐，正在喝酒，在丑不死先生的大脑袋上，那对眼睛呆滞无神，使我不免替他担心。那儿共三位仁兄（我是指一起作乐的共三人），第三个人我也认识，曾看到他穿一件罗马式衬衫，戴一顶披豹皮的主教冠，在野兽杂耍团的乐队里乱吹单簧管。

这先生装作不认识我，于是丑不死先生介绍道：“先生们，这位是我从前的老朋友。”诺曼第从眼镜后面望望我，说道：“马格斯门，欢迎你！”——不过我发誓，他并不欢迎。丑不死先生为了便于喝酒，把椅子垫得高高的，像坐在御座上（颇有大画幅上乔治四世的架势），但是除了这点，从任何其他方面看，他都不像王上，倒是那两个朋友指手画脚的,很有帝王气派。他们都穿得花里胡哨,像过五朔节似的!至于酒,真是应有尽有,但喝无妨。

我每瓶都尝了一下,起先分开,喝完一杯再斟一杯,然后把各种酒调在一起,喝了一杯,又把两种对半掺在一起,接着又把另两种掺在一起。总而言之,我过了一个非常愉快的晚上,喝得差点酩酊大醉,幸好及时想起应该适可而止,于是赶紧起身告辞:"丑不死先生,最好的朋友也得分手;谢谢你用各种外国酒款待了我,你过得不错,现在我用红葡萄酒祝你健康,我得告辞了。"丑不死先生答道:"马格斯门,劳驾你用右手把我提出椅子,我得送你出去。"我说我实在不敢当,但他坚持要送,我只得把他提出了他的宝座。他满嘴马德拉酒的气味,我抱他下楼时不由得想,我好像是捧着一大瓶葡萄酒,瓶口装着一个难看的塞子,大得异常。

我把他放在大厅门口的地席上,可他抓住我的上装领圈,不让我站直身子,对着我的耳朵小声道:

"马格斯门,我并不幸福。"

"丑不死先生,你有心事吗?"

"他们待我并不好。这些人忘恩负义,只要我不给他们喝香槟酒,他们便把我放在壁炉架上,只要我不给他们钱,他们便把我锁在柜子里。"

"那就叫他们滚蛋,丑不死先生。"

"这不成。我们是一起走进上流社会的,那上流社会将怎么说我呢?"

"那你就离开这个社会!"我说。

"这不成。你不明白你在讲什么。一个人一旦走进上流社会,就没法离开它。"

"那么,如果你不计较的话,丑不死先生,"我一边讲,一边严肃地摇摇头,"我得说,你根本不应该进去。"

丑不死先生拼命晃动他那个大脑袋,简直有些吓人,还用手把它捶了六七次,那副恶狠狠的样子是我从未料到的。然后他说:“你是一个好人,但是你不明白。晚安,走吧。马格斯门,小矮子现在要绕大篷车跑三圈,然后退场啦。”这次他留给我的最后一个印象,是他用手和膝盖一级级爬上楼梯。尽管很吃力,他好像毫无知觉。要是他头脑清醒的话,这么陡的楼梯,他是不敢爬的;但这已无法改变。

那以后不久,我在报上看到,丑不死先生进宫引见了。报上写道:“人们会记住”——我一生总是发现,凡是不必记住的事,报上偏偏说会记住——“丑不死先生是一个身材极端矮小的人,他在上次国家彩票中荣获头奖,使举世震惊。”好吧,我对自己说,生活就是这样!他终于如愿以偿,进了王宫!他使乔治四世大吃了一惊!

(就为这件事,我添制了那一大幅画,在画中,他拿了一袋金币献给乔治四世,还赢得了一位夫人的爱情,夫人帽上饰有鸵鸟翎毛,他则戴着丝袋假发,佩着剑,钮扣扣得整整齐齐。)

你们现在要问这幢房子,是的,我租下了它——虽然与诸位还无一面之交——在这里开办马格斯门游乐场,前后共十三个月,有时表演这个,有时表演那个,也有时并无特别节目,但是那些画始终挂在外面。一天夜里,表演刚刚结束,送走了最后一批不太热心的观众,由于天不作美,下着大雨,我坐在后面楼梯上吸烟斗,那个用脚趾写字的年轻人跟我在一起(可惜他从来不会用脚趾吸烟,只会用脚趾写字)。正在这时,我听得前面有人踢门。我对年轻人说:“喂,老伙计,这是怎么回事?”他用脚趾揉了揉眼睛,说道:“我不知道,马格斯门。”真的,他从来什么也不知道,这是一个枯燥的伙伴。

声音断断续续,没有停止,我放下烟斗,拿起蜡烛,走下楼梯,开了门。我向街上张望,但周围毫无动静,连个人影也没有,我正在诧异,猛然觉得有个东西从我胯下钻进了过道,我赶紧转过身子,原来

《走进上流社会》

这是丑不死先生！

“马格斯门，”他说，“收下我吧，条件照旧，我给你干活；你同意的话，就说同意。”

我给弄糊涂了，但我还是答道：“同意，先生。”

“我也同意，双方同意！”他说。“你屋里有什么吃的没有？”

我一直记着我们在蓓尔美尔街喝的那些闪闪发光的外国酒，因此现在只能给他吃冷香肠和掺水杜松子酒，觉得很不好意思，但他毫不在乎，拿了不少食物，用一只椅子当餐桌，像从前一样，坐在小凳子上大吃起来。直到这时，我还不明白这是怎么回事。

他终于把香肠一扫而光（那是牛肉香肠，据我估计，至少有两磅四盎司），吃完以后，那个小矮人心头的智慧才像出汗似地向外渗透。

“马格斯门，”他说，“你瞧我！站在你面前的，就是进了上流社会，又走出上流社会的人。”

“啊！丑不死先生，你离开它了？先生，你是怎么离开的？”

“我给骗光了！”他说。想不到他能说出这句话，可见他的脑袋一点不笨，根本不像人们想象的那样。

“我的朋友马格斯门，我不妨把我的一大发现告诉你，这是花了代价的，它值一万两千五百镑呢；你终生都用得到它。我发现的这个秘密就是：与其说一个人走进上流社会，不如说是上流社会吞没了这个人。”

我不能准确领会他的意思，只得摇摇头，装出深思的表情，说道：“丑不死先生，你讲得有道理。”

“马格斯门，”他说，扭住了我的大腿，“上流社会吞没了我，把我的每个便士都吞没了。”

我觉得我的脸色发白了，尽管我天生能说会道，这时却开不得口，只是勉强问道：“诺曼第在哪儿？”

“跑掉了。还偷走了一只盘子，”丑不死先生说。

“那另一个呢?”我是指从前戴主教帽子的那个伙计。

“跑掉了。偷走了我的珠宝，”丑不死先生说。

我坐下，望着他，他站直身子，望着我。

“马格斯门，”他说，这时我觉得他虽然声音变粗了，但人却变得聪明了，“上流社会从整个说来，只是一群矮子。在圣詹姆士宫中，他们都在干我干的老行当——绕着大篷车跑三圈。只是他们穿着古老的朝服，而且都是阔人。在别处，他们都是摇着小铃铛在玩骗人的把戏。到处都有瓷盘子向人收钱。马格斯门，这盘子就是无往而不在的衙门!”

你们明白，我看到他的不幸把他弄得非常伤心，因此对他很同情。

“至于那些胖女人，”他说，把脑袋朝墙上狠狠撞了一下，“在上流社会，这种女人有的是，比我们那个更坏。我们那个只是不知好歹，低级趣味，叫人瞧不起，以致自作自受，落在一个印第安人手中!”说到这儿又把头撞了一下。“但她们呢? 马格斯门，她们是为了钱不要廉耻。她们披着羊毛围巾，戴着手镯，把你的屋子弄得到处都是漂亮的扇子之类的东西，因为她们知道，只要奉承你几句，你便会把钱当水一样送给她们。这不是跟着你的风琴上场的那种胖女人，不论你是谁，她们都会从各个角落拥到你的身边来。她们像过滤器一样，要把你心中的血滤光。等你没有什么可以给她们的时候，她们就当着你的面嘲笑你，把你被吸干了血的身体丢在那儿喂秃鹫，像大草原上的死野驴一样，但这是你咎由自取!”说到这里，他又把脑袋死命撞了一下，倒在地上了。

我以为他死了。他的脑袋这么大，撞得又那么凶，轰隆一声掉在地上，肚子里那些香肠一定兜底翻了个身，因此我以为他死了。但是不久他慢慢苏醒了，坐在地上，眼睛中露出从未有过的智慧的光芒，对我说道：

“马格斯门！在你这个不幸的朋友经历的两种生活方式中，最本质的区别就在这里，”他伸出可怜的小手，眼泪淌到了胡子上——应该说他还是个男人，他的胡子不少，只是它并不能保证人们赢得爱情，“那就是，在上流社会外面，我给人观看是别人付给我几个小钱；在上流社会里面，我给人观看却要自己付出一大笔钱。哪怕没有人强迫，我也宁可要前者，不要后者。明天用号角宣传吧，说我回来了，照旧参加表演。”

这以后，他又回到了杂耍团，干得那么轻松，好像完全换了个人。但是我们没有再让他摇手风琴，在朋友们面前也不再提他的财产。他一天天变得聪明了，他对上流社会和公众的观点，既光辉灿烂，又令人费解，让人感到可怕；随着他的智慧的增长，他的脑袋也越变越大了。

他干得很好，吸引了不少观众，这样过了九个礼拜。到这个时期结束时，他的脑袋已成为一大奇观；一天晚上，送走最后一批观众，关上大门以后，他表示希望听听音乐。

“丑不死先生，”我说（我从不漏掉“先生”这称呼，哪怕别人都直呼他的名字，我也不干），“丑不死先生，你真的认为，你的身体和心情都允许你听风琴了吗？”

他的回答是：“托比，下一次跑码头能遇到的话，我要宽恕她和印第安人。就这样。”

我开始摇手风琴，但有些害怕，手直哆嗦；他一言不发，乖乖坐着。直到我死的一天，我都相信，他那么坐着的时候，脑袋在越变越大；因此你们可以断定，他头脑里的思想一定非常多。他一直坐着，听着音乐，然后突然醒了。

“托比，”他说，露出了安详的笑容，“现在小矮人要绕大篷车跑三圈，然后退场啦。”

第二天早上，我们叫他的时候，发现他已到另一个社会去了，那个社会比我的和蓓尔美尔街的都好得多。我尽一切力量，为丑不死先生举办了值得欣慰的葬礼，我作为葬礼的主持人跟在他的后面，乔治四世的那一大幅画则作为先导，像一面旗子似的。但是这房子以后显得那么阴沉凄凉，我退租了，重新回到了大篷车上。

跟踪追击

1

我们大部分人都在生活中见过一些离奇事件。我作为一家人寿保险公司的总经理,我想我三十年来见到的离奇事件比一般人多一些,尽管乍看起来,我的机会似乎不多。

由于我已经退休,生活悠闲自在,我得到了平生少有的闲暇来思考我见过的一切。在回顾中,我的经历比当初身历其境的时候,更显得引人入胜。现在我已卸了装回到家中,灯光、内心的困惑、剧场的嘈杂都不再存在,可以回味刚才落幕的戏剧中的一场场情景了。

让我谈一下现实世界中的一则离奇故事吧。

把相貌和举止结合起来考察一个人,这是比什么都可靠的。永恒的智慧迫使每个人必须把他或她的个性,写在这摊开的一页上,但怎样阅读这本书,这是不容易掌握的艺术,也许还研究得很不够。它需要一些天赋的能耐,还必须(因为什么事都这样)有些耐心,肯花些力气。通常人们不愿这么做;大多数人看到了一些普通的面部表情,便认为这已把人间的一切性格特征网罗无遗,既不想探索,也不想知道那些最真实的细微差别。比如,你愿意把许多时间和精力花费在音乐、希腊文、拉丁文、法文、意大利文和希伯来文上,可是对你的男教师或女教师教你时从你背后伸过来的脸,却不想读懂它们——这种情形,我可以大胆说一句,发生的可能性比不可能性超过五百倍。也许,根源在于过分自满,你认为面部表情不值得仔细推敲,你天生就具有识别能力,它骗不了你。

从我来说，我承认我受骗过，而且一再受骗。熟人骗过我，朋友也骗过我(这是当然的)；朋友骗的次数还比其他各类人多得多。我怎么被骗的呢？是我真的看错了他们的脸吗？

不是。相信我，我对这些人的第一个印象完全建立在面貌和举止上，它们无一例外都是正确的。错误在于我容忍他们接近我，向我花言巧语，混淆黑白。

2

在伦敦城区，我的私人办公室与外面的大办公室是用厚玻璃板隔开的。我可以通过它，看到大办公室的活动，但听不到声音。从这幢房子建成起，多年来那儿一直是墙壁，是我用玻璃板代替了它。我作这种改变，是不是为了让我可以从前来洽谈业务的陌生人脸上获得我的第一个印象，不受他们的任何谈话的影响，这一点无关紧要。我要说的只是，我的玻璃板壁发挥了那种作用，而一家人寿保险公司随时面临着人类中最狡猾、最残忍的人的蒙骗。

我现在要谈的那位先生，我便是通过玻璃板壁第一次看到的。

他进屋时我没有注意，他把帽子和伞放在宽阔的柜台上，俯出身子从一位办事员手中拿了几张纸。他大约四十来岁，黑皮肤，穿一身十分精致的玄色西装——是在服丧——那只彬彬有礼地伸出的手上戴着大小适中的黑山羊皮手套。他的头发梳得整整齐齐，还搽了油，从正中分开；他把这条笔直的头路对着办事员，那副神气仿佛在说(在我的想象中)：“我的朋友，你看到我是什么样子，就应该相信我是什么样子。来吧，走我指给你看的这条路，这是条平坦的石子路，请你不要违背我指定的轨道，我不允许任何人的干扰。”

当时我对这个人就是这么看法，我对他非常反感。

他来要我们印的几份表格，办事员给了他，还解释了一番。他的脸上堆起了感激和欣慰的笑容，眼睛露出快活的目光对着办事员。（我听得不少人讲，坏人不敢正视你的脸，这纯粹是胡说。不要相信那种流行的谬论。一星期中任何一天，只要有利可图，邪气就会盯住正气，弄得它不敢抬头。）

我从他的眼角发现，他已意识到我在看他。他立刻把脑袋瓜上那条头路转向了玻璃板壁，仿佛带着谄笑在向我说："请你走我指定的这条路，我不允许违背我的要求！"

几分钟后他便戴上帽子，拿起阳伞走了。

我向办事员招招手，要他上我的办公室来；我问他："那人是谁？"

他手里有那位先生的名片。"住在中堂法学会馆的朱利叶斯·史林克顿先生。"

"一个律师，亚当斯先生？"

"我想不是，先生。"

"他的样子倒有点像牧师，可惜我们跟他没有缘分，"我说。

"从外表看，他可能在准备当牧师，"亚当斯先生答道。

我得提一下，他戴着精致的白领巾，内衣也非常考究。

"亚当斯先生，他来做什么？"

"只是要一张投保单和一份查询表，先生。"

"是介绍来的？他说过没有？"

"是的，他说是您的一位朋友介绍的。他看到了您，但是说他与您还不认识，因此不想打扰您了。"

"他知道我的名字？"

"当然，先生！他说：'我看见桑普森先生在那儿！'"

"看来，这位先生能说会道？"

"可会讲呢，先生。"

"看来，还很会恭维讨好？"

"确实这样，对人恭维备至，先生。"

"哈!"我说。"现在没有事了,亚当斯先生。"

那天以后不到两周,一位朋友邀我吃饭,他是经商的,为人风雅,喜欢收藏画和书;在他的朋友中,我见到的第一个人便是朱利叶斯·史林克顿先生。他站在壁炉前面,脸上有一对和蔼的大眼睛,一副开诚布公的表情,但依然(我这么想)要求每人按照他规定的方式,而不是别的方式看待他。

我听到他在要求我的朋友介绍桑普森先生,我的朋友照办了。史林克顿先生见到我很高兴。但他没有说久仰之类的话,也没有夸大的举动,那是一种完全合乎礼数、毫无其他用意的高兴。

"我以为你们已经见过面,"主人说道。

"没有,"史林克顿先生说。"蒙你介绍,我上桑普森先生的公司去过,但我确实觉得不必为了区区小事打扰桑普森先生本人,我只要找一个普通职员就成了。"

我说,只要是我的朋友介绍的,我都乐于接待。

"我也相信这样,"他说,"我非常感激。下一次我也许会冒昧拜访,不过也得确实有事商量,因为我知道,桑普森先生,业务时间是多么宝贵,而这个世界上不懂礼貌的人又多不胜数。"

我稍微点了点头,对他的想法表示赞赏。我说:"你是自己想参加人寿保险吧?"

"哦,根本不是!说来惭愧,桑普森先生,我并不是你所想象的那种深谋远虑的人。我只是替一个朋友了解一些情况。可是你知道,在这类事情上,朋友是怎么回事。这是什么结果也不会有的。我最不愿意为了给朋友打听一点事儿,便去麻烦工作繁忙的人;我知道,要这些朋友同样对待你,只有千分之一的可能性。人是这么反复无常,这么自私自利,这么无情无义。桑普森先生,你日常工作中接触的人不是这样吗?"

我不能完全同意他的观点,本想回答几句,但他把光滑的白白的头路转向了我，似乎在说："请你走我指定的这条路，不要违背我的意思！"于是我答道："对！"

"我听说，桑普森先生，"他接着又说，因为我们的朋友雇了个新厨子，开饭不如平常那么准时，"你们保险行业近来蒙受了重大损失。"

"是钱吗？"我问。

他听到我一下子把损失跟钱连在一起，大笑起来，答道："不，不，我是指人才和活力。"

我一时摸不着头脑，不知他指什么，思忖了一会。"它遭到了那种损失吗？"我说，"我没有发觉。"

"听我说，桑普森先生。我不是认为你已经不管事了。事情还没坏到那个地步。但是梅尔塞姆先生……"

"哦，我明白了！"我说。"是的！梅尔塞姆先生，'无价公司'的年轻统计员。"

"一点不错，"他用安慰的口吻回答。

"那确实是重大的损失。他既渊博，又有见识，又勤奋，在人寿保险这个行业中，他是我所认识的最杰出的人才。"

我故意夸大其词，因为我对梅尔塞姆极为器重和钦佩，而我眼前这位先生的态度却有些暧昧，我怀疑他是要贬低那个人。他那条整齐的头路老是对着我，好像在恶狠狠地说："请你走我这条路，不要违背我的意思"，这使我不得不提高警惕。

"史林克顿先生，你认识他？"

"只是闻名而已。我倒很愿意认识他，或者与他交个朋友，如果他还在社会上活动，这是我应该争取的光荣，只是我的地位低得多，也许我永远无法如愿以偿。我想，他恐怕还不满三十岁吧？"

"三十来岁。"

"唉！"他叹了口气，还是刚才那种安慰的口气。"我们人多么脆弱！一下子便完了，桑普森先生，正当壮年时期，却再也无法工作！这么不幸的事有什么原因可以解释吗？”

（我望着他，心想：“哼！我可不想跟着你走，我偏要违背你的意思。”）

“史林克顿先生，难道你听到过什么原因不成？”我直截了当地问他。

“那大多是无稽之谈。你知道，流言并不可信，桑普森先生。我从不传播谣言，这是斩断它的手足，砍掉它的脑袋的唯一办法。但如果你问我，关于梅尔塞姆先生从人们中间消失的事，我听到过什么原因，那可是另一回事了。不过我并不相信流言蜚语。桑普森先生，我听说，梅尔塞姆先生抛弃了他的一切职务和前途，因为他实在太伤心了。据说他在爱情上遭到了挫折——不过，对一个这么杰出、这么可爱的人说来，这似乎不大可能。”

“可爱和杰出不是对抗死亡的铜墙铁壁，”我说。

“怎么，她死了？请原谅。这我没有听说。难怪他那么伤心。可怜的梅尔塞姆先生！她死了？唉，我的天！太惨了，太惨了！”

我还是认为，他的同情并不全是真的，我依然怀疑，在这一切背后隐藏着不可理解的嘲笑。终于宣布宴会开始了，我们也像其他的闲谈者那样分手了；分开时，他又说道：

“桑普森先生，你看到我为一个从无一面之缘的人如此激动，一定觉得奇怪。其实这不像你想象的那样与我毫无关系。我近来也遇到了死亡的威胁。我有两个漂亮的侄女，一直与我相依为命，不想其中一个最近死了。她还很年轻——刚刚二十三岁，甚至她丢下的那个妹妹也很虚弱。世界就是一座坟墓！”

他这是怀着深情讲的，我为我的冷漠感到了内心的谴责。我知道，由于我的坎坷遭遇，冷漠和猜疑已深入我的心头；它们不是与生俱来的，但是我常常想到，我在生活中失去的多么多，因而也失去了对人的信任,我在生活中得到的又多么少,因而也得到了一颗冷酷的防人之心。这种心理状态在我已习以为常,我为这场谈话感到的烦恼超过了我为一些大事感到的烦恼。在酒席上,我注意听他的话,观察别人有些什么反应;他悠闲自在、从容不迫,总是使自己的话题适合交谈者的认识和习惯。正如与我谈话时,他轻而易举便提到了我应该最了解、也最感兴趣的事一样,在与别人谈话时,他也奉行着同样的指导原则。酒席上各式各样的人都有,但我发现,不论什么人,他都应付自如,万无一失。他对每个人的心思,既似乎了如指掌,因而他的谈话总能引起别人的好感,又似乎一无所知,因而他的谈话显得那么自然,仿佛他之提及某事,只是为了谦逊地向别人讨教。

他不断讲着——但实际讲得不太多,因为他的话似乎都是别人要他讲的——我终于对自己生气了。我在心里把他的脸当表一样拆开,审查它的每一个零件。我发现,这张相貌分开看,我没有什么可指责的,合在一起,我更无话可说。于是我问自己:"只因为一个人正好把头发在正中分开,勾出了一条笔直的头路,我便要怀疑他,甚至讨厌他,这不是太荒谬了吗?"

(我得插一句:这并不证明我的感觉正确与否。一个人在观察别人时,发现陌生人身上某一显著的小缺点引起了自己强烈的反感,自然会对这缺点夸大其词,因为它可能成为解开整个秘密的一条线索。一两根毛可以泄漏狮子隐藏的地点。一把小小的钥匙可以打开一扇笨重的大门。)

后来我也参加了与他的谈话,我们谈得很投机。喝完酒来到会客室,我问主人,他与史林克顿先生认识多久了。他答道不到一年,他是在当时也在场的一个著名画师家中遇到他的,画师与他相当熟,在他为两个侄女的健康,带她们上意大利旅行的时候,已认识了他。那个侄女的死破坏了他的生活计划,他本来打算回学院读书,完成必要的手续，获得学位后，担任牧师的职务。我只能承认，这是他对可怜的梅尔塞姆发生兴趣的真实解释，我先前不信任这个单纯的人，未免太残忍了。

3

刚刚过了一天，我像上次一样，正坐在玻璃板壁后面，他也像上次一样，走进了外面的大办公室。我还是看到他的人，却听不到他的声音，我对他的厌恶更大了。

但这只是一会儿工夫，因为我刚看见他，他已挥动着那只戴着大小适中的黑手套的手，闯进了我的办公室。

“桑普森先生，你好！你瞧，蒙你许可，我就不揣冒昧来打扰你了。我说过不应为一点小事打扰你，现在却违背了自己的话，因为我在这儿要办的公事——恕我滥用这个词——实在微不足道。”

我问他，有没有需要我效劳的地方？

“谢谢，没有。我只是在外面问一声，我那位拖拖拉拉的朋友是不是真的对自己也那么不负责任，不肯切切实实马上就办。果不其然，他什么也没做。你们的表格是我亲手交给他的，他似乎也迫不及待，但事实上他什么也没做。当然，对应该做的事不肯马上照办，这是人的通病，但我总觉得，在有关生死的问题上，是不在此例的。它像写遗嘱那么迫切。因为人总是那么迷信，相信他们随时可能死去。”

他坐在那儿向我微笑，那条叫人受不了的头路不偏不倚正对着我的鼻梁，使我不由得感到他好像在说：“请你走这条路，不要迟疑，桑普森先生。别偏向右边，也别偏向左边。”

“毫无疑问，这种想法有时是难免的，”我答道，“但我认为那不是普遍的想法。”

“好吧，”他说，耸耸肩膀，笑了笑，“但愿善良的天使引导我的朋友走上正确的道路。我一时鲁莽，向他在诺福克的母亲和姐姐保证，一定把这事办好，他也答应她们照办。但现在看来，他根本不打算办。”

他又坐了一两分钟，谈了些无关紧要的事便走了。

第二天早上，我刚打开写字台的抽屉，他又来了。我看见他径直朝玻璃板壁的门走来，没有在外面停顿。

“亲爱的桑普森先生，我可以找你谈一两分钟吗？”

“当然可以。”

“非常感谢，”他说，一边把帽子和阳伞放在桌上，“我这么早就来打扰你，实在抱歉。事情是这样，我的朋友送来的投保单要我作证明人。”

“他把投保单送来了吗？”我问。

“是呀，”他回答，一眼不眨望着我，然后头脑中似乎闪过了一个新的想法，“或者他只是这么对我说。也许那是他回避问题的新花招。我的上帝，我怎么没想到这点！”

亚当斯先生正在外面办公室拆阅今天的信件。我问道：“史林克顿先生，他叫什么名字？”

“贝克韦斯。”

我走到门口，问亚当斯先生有没有那个名字的投保书，有的话拿给我。他已把信件摊开，放在柜台上。这是很容易找的，他把它给了我。阿尔弗莱德·贝克韦斯向我们提出人寿保险申请，保险金额两千英镑，日期是昨天。

“我看到了，是住在中堂法学会馆的，史林克顿先生。”

“不错。他与我住在一个楼上，是对门邻居。不过我从没想到他会要我作证明人。”

“他这么做是很自然的。”

“说得有理，桑普森先生，只是我从没想到罢了。让我看看，”

他从口袋里掏出印就的查询表。“叫我怎么回答这些问题呢?”

“当然按照事实回答,”我说。

“哦,那当然!”他答道,从纸上抬起头来笑了笑,“我的意思是它们这么多。但是你们这么仔细是对的。理所当然,你们必须这么仔细。你能让我用一下你的笔和墨水吗?”

“当然可以。”

“还有你的写字台呢?”

“当然也可以。”

他从他的礼帽和阳伞之间腾出了一个写字的地方。于是他在我的椅子上坐下,对着我的吸水纸和墨水瓶,又把头上那条长长的纹路纤毫不爽地呈现到了我的眼前——这时我背对壁炉站着。

在回答每个问题以前,他先得把它念一遍,斟酌一下。他认识阿尔弗莱德·贝克韦斯先生多久了?于是他扳着指头算算有多少年。他有什么习惯?这没什么困难,他滴酒不饮,如果还有什么,那就是过分注重锻炼身体。所有的问题都得到了满意的回答。写完以后,他又检查了一遍,最后用漂亮的笔法签了字。他认为现在他已完成了任务。我对他说,大概不会再有什么要麻烦他了。这些纸就留在这儿吗?这也可以。非常感谢。再见。

他来以前,我已接待过一个客人,不过不在办公室,是在我家中。那位客人天刚亮便来到了我的床前,除了我忠实可靠的仆人,谁也没看见他。

第二份查询单(因为我们规定要两份)送到了诺福克,不久便寄回给了我们。这份也对每个问题作了满意的回答。我们的表格都齐全了,我们接受了投保申请,收了一年的保险费。

4

六七个月过去了,我没再见过史林克顿先生。他到我家中找过我一次,但我不在;有一天,他还曾邀我上法学会馆吃饭,但我另有约会。他朋友的保险是3月生效。在9月末或10月初,我前往斯卡伯勒度假,呼吸一些海边的新鲜空气,在海滩上我遇到了他。那是一个炎热的傍晚,他把帽子拿在手里,朝我走来;可是我已下定决心,绝对不让那条头路再不偏不倚对准我的鼻梁了。

他不是独自一人,还挽着一位小姐。

她穿着丧服,我怀着很大的兴趣,端详着她。她的外表看来非常文雅,她的脸却异常苍白和忧郁,但是她相当漂亮。他介绍说,这是他的侄女妮纳小姐。

"桑普森先生,你在散步吗?想不到你也有这种闲情逸致?"

有,因为我是在散步。

"我们一起走走好吗?"

"欢迎。"

小姐走在我们中间,我们在海边凉快的沙地上,朝着费利的方向漫步。

"这儿有车轮的痕迹,"史林克顿先生说。"现在我又瞧了一下,这是手推车的轮子!玛格丽特,亲爱的,毫无疑问,这是你的影子。"

"妮纳小姐的影子?"我问道,不禁俯视了一下沙地上的阴影。

"不是那个影子,"史林克顿先生笑着答道。"玛格丽特,亲爱的,讲给桑普森先生听听。"

"其实没什么好讲的,"小姐转过脸来对我说,"只是有一位生病的老先生,不论我走到哪里,都会看到他。我向叔父讲了这事,他便把老先生称作我的影子。"

"他住在斯卡伯勒吗?"我问。

"是临时住在这儿。"

"你住在斯卡伯勒吗?"

“不,我也是临时住住的。为了我的健康,叔父安排我住在这儿一家人家。”

“你的影子呢?”我笑道。

“我的影子,”她回答,也笑了笑,“他恐怕像我一样,身体也不太强健,因为有时我见不到我的影子,正如我的影子有时也见不到我一样。我们两人似乎常常得关在屋里。我已有好多日子没见到我的影子了,但有时很奇怪,不论我走到哪里,往往接连许多日子,都能遇到这位先生。我们曾经在这海岸上人迹最少的地方遇见过。”

“这是他吗?”我说,指指我们前面。

车轮曾向海边滚去,拐弯时在沙上画出了一个大圆圈。现在车子向我们滚回来,便把圆圈延伸到了我们这儿,这是由一个人拉的小车子。

“不错,”妮纳小姐说,“叔父,这确实是我的影子。”

车子靠近我们,我们也靠近车子时,我看到车上坐的是一个老人,他的头垂在胸前,身上裹着各种东西。拉车的是一个非常安详、又显得非常精明的人,铁灰色的头发,脚有些瘸。他们经过我们身边后,车子停了,车上的老先生伸出胳臂,喊着我的名字。我走回去,与史林克顿先生和他的侄女分开了大约五分钟。

我与他们重新会合后,是史林克顿先生首先发话。事实上,我还没走到他身边,他已拉开嗓子对我讲了:

“幸好你离开不太久,桑普森先生,否则我侄女的好奇心真忍不住了,她很想知道她的影子是谁。”

“东印度公司从前的一个董事,”我说,“与我们那位朋友很熟,你还记得吧,我们第一次便是在这朋友家相遇的。一个名叫班克斯少校的人。你听到过这名字吗?”

“从没听到过。”

“他非常有钱,妮纳小姐,但相当老了,腿又不能行走。这是一个和蔼可亲、通情达理的老先生,他对你很有兴趣。他看到了你和你叔父之间的感情,刚才正跟我谈这来着。”

史林克顿先生又把帽子拿在手里,举起手摸了一下那条笔直的头路,仿佛他自己也打算跟我走那条平静的道路。

“桑普森先生,”他说,温柔地挽紧了侄女的胳臂,“我们的感情始终是很深的,因为我们的近亲不多。现在更少了。我们的关系把我们连结在一起,它不是属于这个世界的,玛格丽特。”

“亲爱的叔父!”少女喃喃地说,别转了头,不让人看到她的眼泪。

“我的侄女和我有着共同的回忆和共同的忧伤,桑普森先生,”他感伤地继续道,“如果我们之间的关系变得冷漠或淡薄,那倒是奇怪的。我们有过一次谈话,你记得的话,你会理解我提到的这一切。高兴一些,亲爱的玛格丽特。不要垂头丧气,不要垂头丧气。我的玛格丽特!你垂头丧气叫我受不了!”

可怜的小姐非常伤心,但是克制了自己。他的心情也极其悲痛。总之,他觉得必须采取一些恢复精神的办法才成,因此立即前往海边洗海水澡去了,留下我和小姐单独坐在一块突出的岩石旁边;也许他相信——不过你会说,这是一种可以原谅的奢望——她会全心全意地称赞他。

她确实这么做了,可怜的孩子!她怀着深信不疑的心情向我赞美他,说他怎么关心她故世的姐姐,在她最后病重时如何不倦地照料她。姐姐患的是慢性病,体力逐渐消耗,弥留时期,荒唐的、可怕的幻梦笼罩在她的心头,但是他从没对她丧失耐心,或者发过脾气,他总是温柔体贴,关怀备至,保持着镇静。姐姐也像她一样,相信他是世上最好的人、最亲切的人,也是性格坚强、可敬可佩的人,在她们可怜的生命还没结束以前,他是她们软弱的天性的最强有力的支持者。

“我很快就要离开他了,桑普森先生,”少女说,“我知道我的生命即将到达终点。等我走后,我希望他能结婚,生活过得美满幸福。我相信,他一直保持独身,只是为了我,也是为了我那可怜的故世的姐姐。”

小手拉车在潮湿的沙滩上又画了一个大圆圈,再度掉过头来,慢慢在地上转出了一个细长的8字,足足有半英里长。

“小姐,”我说,向周围瞥了一眼,把手按住她的胳臂,压低了嗓音,“时间很紧迫了。你听到海水的潺潺细语了吧?”

她望着我,露出非常诧异和惊骇的神色,说道:

“是的。”

“你知道暴风雨到来时,它的声音会变得怎样吧?”

“是的。”

“你瞧,它在我们面前多么平静,多么安宁,可你知道,就在今天夜里,它也可能迸发出无情的力量,使天地间顿时变得多么可怕吗?”

“是的。”

“但是如果从未听到或看到这一切,或者从未听到它如何残忍无情,你能相信它会把一切挡在它路上的无生物毫不怜惜地撕成碎片,把一切生命毫不留情地消灭吗?”

“先生,请你行行好,不要用这些问题吓唬我吧!”

“这是为了救你,小姐,为了救你!看在上帝份上,请你鼓起勇气,坚强起来吧!哪怕你现在孤身一人,周围尽是比你高出五十英尺的惊涛骇浪,你面临的危险也不比你现在的处境更可怕。”

沙滩上的数字给碾乱了,扭成了一条长长的曲线,终点是在离我们很近的山壁那儿。

“在上帝面前,在全人类的审判者面前,我作为你的朋友,你故世的姐姐的朋友，庄严地要求你，妮纳小姐，连一分钟也不要浪费，立即随我去找那位先生!"

如果小车子离我们不这么近，我怀疑我是否能把她弄走，但是它这么近，以致在她匆匆被迫离开岩石，还没清醒过来以前，我们已经到达那里。我在那儿与她待在一起的时间不超过两分钟。而没过五分钟，当然，我便放心了，我看到她——从我们刚才坐的岩石上，因为我已回到那里——由一个手脚灵活的人半搀半抱着，正从山壁上凿出的粗糙的梯级往上走。有那个人在她身边，我知道不论到哪里，她都安全了。

我独自坐在岩石上，等史林克顿先生回来。暮霭浓了，黑影也深了，这时他才回到岩石边，他的帽子挂在钮扣洞上，一只手抚摩着湿漉漉的头发，另一只手拿着一把小梳子，正在梳理那条原有的头路。

"桑普森先生，我的侄女不在这儿?"他说，向周围瞧瞧。

"太阳落山后，妮纳小姐觉得有些冷，便先回家了。"

他有些诧异，似乎没有他，她从来不会做什么，哪怕这么小的行动，她也不会自作主张。

"是我劝妮纳小姐这么办的，"我解释道。

"啊!"他说，"她是很听话的——只要是为她好。谢谢你，桑普森先生，她还是回家的好。说实话，我没想到，洗海水澡的地方这么远。"

"妮纳小姐很虚弱，"我指出。

他摇摇头，深深叹了口气。"对，很虚弱。你记得，我也这么说过。从那时到现在，她的身体毫无起色。我很担心，我看到，她姐姐的夭折在她心头投下了沉重的阴影，而且阴影在逐渐加深。亲爱的玛格丽特，亲爱的玛格丽特!但是我们不能丧失希望。"

手拉车摇摇晃晃，越走越远了，它一点也不平稳，不像是病人坐

的,在沙滩上留下了一些极不规则的弧线。史林克顿先生用手帕拭干眼睛,注视着它,说道:

“如果照外表判断,桑普森先生,你的朋友恐怕要摔出车子了。”

“是的,看样子很可能,”我回答。

“那个仆人一定喝醉了。”

“给老人当差的仆人有时难免贪酒,”我说。

“少校看来很轻,桑普森先生。”

“少校是很轻,”我回答。

这时车子已消失在黑暗中,我松了一口气。我们在沙滩上又并排走了一会儿,没有说话。过了不多时候,他开口了,仿佛还在为他的侄女的健康担忧,声音有些悲戚:

“桑普森先生,你在这儿要住很久吗?”

“哦,不。我今天夜里就走了。”

“这么快?但是工作总是使你不能脱身。桑普森先生,像你这种人对别人太重要了,很难得到休息和安闲,满足自己的需要。”

“我没有这种感觉,”我说。“不过我得回去了。”

“回伦敦吗?”

“回伦敦。”

“你走后,我也快回伦敦了。”

关于这点,我像他一样清楚。但是我没有告诉他。我也没有告诉他,我在他身旁散步时,右手一直按在口袋中的自卫武器上。我还没有告诉他,为什么夜深后,我不肯与他在海边散步。

我们离开了沙滩,到了分路的地方,我们互相道了晚安。告别后,他又转身说道:

“桑普森先生,我可以问一下吗?可怜的梅尔塞姆,我们上次谈到的那个人,已经死了吗?”

“我上次听人谈到他时，他还没死，但消沉潦倒，活不长了，没有希望重操旧业了。”

“我的天，我的天！”他非常伤心地说。“太悲惨了，太悲惨了！世界就是一座坟墓！”说完后，这才走开。

如果世界不是坟墓，这不是他的过错；但我没有在他后面向他指出这点，正如我没有告诉他上面提到的那些事一样。他走他的路，我走我的路，我们不会走到一起。我刚才已说过，这是9月底或10月初的事。下一次我见到他已到了11月下半月，那是最后一次。

5

我在中堂法学会馆有个非常特殊的约会，要在那儿用早餐。这是一个寒冷的早晨，正刮东北风，街上的冰雪和污泥有几英寸深。我叫不到车子，不久就连膝盖都湿了；但是我必须前往，哪怕困难重重，雪水深到我的脖子上，也得赴约。

约会地点是在中堂法学会馆的一套住房里。它位于转角一幢偏僻的房子的顶层，俯瞰着泰晤士河。外边门上写的名字是：“阿尔弗莱德·贝克韦斯先生”。就在楼梯平台对面的门上，写着另一个名字：“朱利叶斯·史林克顿先生”。两套房间的门都敞开着，因此一套房间里讲的话，另一套里也能听到。

我以前从没到过这些屋子。它们阴暗、沉闷，不合卫生条件，使人窒息；家具本来不坏，年代也不久，但已经褪色，也很肮脏屋里凌乱不堪，还有一股浓得触鼻的鸦片、白兰地和烟草的味道；壁炉围栏和火钳等等都布满了难看的锈斑。在安排好早餐的屋里，靠近壁炉的沙发上斜躺着贝克韦斯先生本人，完全是一副酒鬼的样子，一望而知，他在这条可耻的道路上已走了很久，离死不远了。

“史林克顿还没有到，”那人看见我进屋，摇摇晃晃站起身子，说道,“让我叫他。喂!朱利叶斯·恺撒![1] 快来喝酒!”

他瓮声瓮气地这么嚷嚷,一边发疯似地敲打火钳和煤铗,似乎这是他召唤伙伴的惯常手法。

在铁器的击打声中,从楼梯对面传来了史林克顿先生的嗓音,接着他便进屋了。他没有料到我的光临。我见过各种弄虚作假的滑头怎样给弄得目瞪口呆,可是我从没见过一个人像他看到我那么惊慌失措。

“朱利叶斯·恺撒,”贝克韦斯摇摇晃晃站在我们中间喊道,“这是桑普森先生!桑普森先生,这是朱利叶斯·恺撒!桑普森先生,朱利叶斯是我的心腹朋友。朱利叶斯供我喝酒,早上、中午、晚上源源不断。朱利叶斯是我真正的恩人。朱利叶斯看到我平时喝的茶或咖啡,便把它们丢出窗外。朱利叶斯把所有的水壶倒空,统统装上了烈酒。朱利叶斯是我的救世主,活命的源泉。煮白兰地,朱利叶斯!”

炉灰似乎已几个星期没有打扫,灰烬上放着一只铁锈的长柄平底锅,锅底积满了垢;贝克韦斯在我们中间趔趔趄趄、摇摇摆摆走过去,好像打算一头跳进壁炉似的,拿起平底锅,想塞在史林克顿手里。

“煮白兰地,朱利叶斯·恺撒!来!干你的老行当。煮白兰地!”

他举着平底锅,动作变得这么粗暴,我不由得担心他会拿它打破史林克顿的脑袋。因此我伸手挡住了他。他一个踌跚,跌回了沙发,坐在那儿直喘气,身子哆嗦,眼睛红肿;他裹在那身破破烂烂的睡衣中,望着我们两人。我这时才发现,桌上什么酒也没有,只有白

① 古罗马著名统帅恺撒名朱利叶斯,史林克顿也名朱利叶斯,因此贝克韦斯这么称呼他,含有调笑之意。

兰地，什么吃的也没有，只有腌鲱鱼和一块不堪下咽的、撒满胡椒的炖肉。

“桑普森先生，”史林克顿说，又把那条光滑的石子路呈现在我的眼前，但这已是最后一次，“不管怎么说，我得感谢你在这个倒霉鬼的暴力面前保护了我。不论你为什么，或者出于什么动机到这儿来，桑普森先生，至少我得为这点向你道谢。”

“煮白兰地，”贝克韦斯嘟哝道。

我没有满足他的愿望，告诉他我为什么到这儿来，只是平静地说道：“史林克顿先生，你的侄女好吗？”

他狠狠瞪了我一眼，我也狠狠瞪了他一眼。

“我很遗憾，桑普森先生，不瞒你说，我的侄女忘恩负义，背叛了她最好的朋友。她没有留下一句话说明原委便跑掉了。毫无疑问，她受了骗，中了哪个坏人的奸计。大概你也知道这事吧？”

“我听说，她被哪个坏人设计骗走了。事实上，我还可以证明这点呢。”

“你认为这是真的？”他说。

“一点不假。”

“煮白兰地，”贝克韦斯嘟哝道。“招待朋友吃早饭，朱利叶斯·恺撒。干你的老行当——照规矩供应早饭、午饭、茶点、晚饭。煮白兰地。”

史林克顿瞧瞧他，又瞧瞧我，考虑了一会以后，说：

“桑普森先生，你懂得人情世故，我也一样。我对你不妨实话实说。”

“哦，算了，你办不到，”我说，摇摇头。

“我告诉你，先生，我对你不妨实话实说。”

“我告诉你，你办不到，”我说。“我了解你的一切。你对任何人说过实话没有？一派胡言，一派胡言！”

"我明白告诉你,桑普森先生,"他继续道,态度不如说很镇静,"我知道你的目的。你想挽回你的损失,逃避你应付的赔偿,这是你们这些做保险生意的人干惯的老花招。但是,先生,你办不到,你不会成功。你碰到了我,我这个对手可不是容易糊弄的。到时候,我们不妨调查一下,贝克韦斯先生是什么时候,又是怎么沾染上目前这种恶习的。关于这个可怜的家伙,他那些语无伦次的胡说八道,我要谈的就是这些。先生,祝你早安,希望你下一次可以旗开得胜。"

他这么讲时,贝克韦斯刚斟好半品脱一杯白兰地。这会儿他把白兰地泼到了他脸上,接着把杯子也扔了过去。史林克顿举起双手,捂住了脸,因为酒把他的眼睛弄迷糊了,酒杯又砸破了他的额角。听得打碎杯子的声音,第四个人走进了屋子,关上门守在那儿。这是一个非常安详、又显得非常精明的人,铁灰色的头发,脚有些瘸。

史林克顿掏出手帕,按住刺痛的眼睛,又拭掉了额上的血。这花了他不少时间,我看到,他这么做时,神色发生了很大变化,这是由于贝克韦斯的变化引起的——他不再喘气和战栗,却坐得笔直,把眼睛死死盯住了他。我一辈子从没见过一张脸像贝克韦斯当时那样充满强烈的厌恶和决心。

"瞧着我,你这个流氓,"贝克韦斯说,"瞧瞧我究竟是怎么一个人。我租了这些房间,为你布置了陷阱。我装成一个酒徒,住在这里,让你上钩。你中了计,你再也无法脱身,无法不受惩罚。那天早晨,你最后一次上桑普森先生的办公室以前,我已先找过他。你的阴谋,我们都一清二楚,我们一直在将计就计,引你上钩。你想到没有?你自以为两千镑唾手可得,我会被你用白兰地害死,你又嫌白兰地不够快,还掺了别的更快的东西吧?你以为我失去了知觉,可是难道我没有看到你从小瓶子里朝我的杯子里倒什么吗?你这个杀人犯和骗子，夜深人静以后独自溜进这儿，你以为我没有发现，实话对你说，我有二十来次把手按在手枪的扳机上，打算让你的脑袋开花！”

这件事来得太突然了，一直给他看作可以任他宰割的低能儿，一下子变成了强硬的铁汉子，从头到脚都表现出一种无情的决心，要对他穷追猛打，置之死地，这使史林克顿一时慌了手脚，无法招架。他说不出话，只是在这个人面前发怔。但是如果认为，一个处心积虑的凶犯，在罪恶的任何阶段，会洗心革面，违背自己的初衷，翻然悔改，那么没有比这更大的错误了。这种人不会放下屠刀，杀人是他的道路的自然发展；这种人也必然不怕血腥，敢于用残忍和无耻对待一切。现在常见的情况倒是：如果任何声名狼藉的罪犯，突然听从良心的劝告，悬崖勒马，便不免成为咄咄怪事。试想，如果他真有良心，或者只是一时糊涂昧了良心，他会犯那种罪吗？

我相信，所有这类恶人总是一意孤行，不知悔改，这个史林克顿也不例外，他马上变得满不在乎，相当冷漠和平静。确实，他脸色苍白、憔悴，与平时有些不同，但只是像一个赌徒，押了一大笔赌注，由于估计错误全盘输了，这才傻了眼。

“听我说，你这个无赖，”贝克韦斯继续道，“让我的每一句话都像一把匕首扎在你罪恶的心上。我租下这些房间，出现在你的路上，让你设计来害我时，我知道，我的外表，你假想的我的性格和习惯，一定会使你这个魔鬼中计。为什么我知道这点？因为我对你并不陌生。我完全了解你。我知道你心毒手狠，你为了那一大笔钱，曾杀害一个无辜的少女，一个对你毫无保留地信任的人，而且你还在一步步杀害另一个少女。”

史林克顿掏出鼻烟匣，取了一撮鼻烟，笑了一笑。

“但是瞧这儿，”贝克韦斯说，始终没有移开目光，始终没有提高声音，始终没有露出缓和的脸色，也始终没有松开双手。“你瞧，你归根结蒂只是一只愚蠢的狼！这个受骗的酒鬼对你给他的酒，连五十分之一也没喝过，全把它们洒了，洒在这儿，洒在那儿，洒在任何地方——几乎当着你的面就这么做了；你雇了人监视他，要让他拼命喝酒，可是你的人被他收买了，他出的钱比你多，你的人还没干三天，已听他支配了。你对这个酒徒还缺乏警惕，不知道他像野兽一样非把你脚下的泥土挖开不可，哪怕你谨慎小心仍不免要被埋葬，何况现在。许多次你让这个酒徒躺在这屋里的地板上，但哪怕你用脚踢他，他也决不还手，决不让你了解底细，听任你安然无恙地离开，可是往往就在当天夜里，不到一个小时，刚过了几分钟，他已进了你的屋子，在你醒着的时候监视着你，等你睡熟以后，又把手伸到了你的枕头下，检查了你的文件，从你的瓶子和药粉袋中取出了样品，换了别的东西，因而弄清了你一生的每一个秘密！”

史林克顿又取了一撮鼻烟，但让它从手指中间慢慢掉到了地上，然后用脚把它擦掉，眼睛注视着地面。

“那个酒徒，”贝克韦斯又道，“随时可以自由出入你的住处，可以喝你为他准备的烈性酒，他但愿一切快些结束，因为他宁可跟老虎打交道，也不想跟你打交道。他有万能钥匙，可以开你的每一把锁；他有化验剂，可以检验你的全部毒药；他找到了线索，可以读懂你写的一切暗号。他像你可以告诉他一样，可以告诉你，这件事需要多久才能完成，药的剂量多少，多长时间一次，精神和身体会逐渐出现什么样的衰退迹象，引起什么样的病态幻想、什么可见的变化、什么肌体的痛苦。他像你一样清楚，他知道，你对这一切每天都作了记录，因为这可以提供经验，给你今后使用。他可以告诉你的，比你可以告诉他的还多，因为他知道这份日记现在藏在哪儿。”

史林克顿不再用脚擦地板，蓦地向贝克韦斯抬起了头。

“别忙，”贝克韦斯说，仿佛在回答他要提出的问题，“它不在写字台那只有弹簧锁的抽屉里，不在那儿，而且永远不会再在那儿了。”

“那么你是一个贼!”史林克顿说。

这对那不屈不挠的意志毫无影响,它如此坚定,连我见了也有些不寒而栗。我始终相信,在这种力量面前,那个坏蛋是怎么也无法脱身的。贝克韦斯只是答道:

“再告诉你,我就是你的侄女的影子。”

史林克顿发出一声咒骂,把手举到头上,揪下了一些头发,扔在地上。那条整齐的头路就此完蛋了,他亲手摧毁了它;不久就可看到,他已经用不到它了。

贝克韦斯继续道:“你什么时候离开这儿,我也什么时候离开这儿。虽然我明白,你认为在达到目的以前,必须停一下,免得引起怀疑,我还是密切监视着你,注意着那个轻信的可怜姑娘。我拿到了你的日记——那是在你最后一次去斯卡伯勒前一夜的事,你记得那天夜里吧?你睡觉时,手腕上系了一只扁扁的小瓶子——我逐字逐句读完了它,把它交给了桑普森先生,他一直在暗中帮助我。站在门口的这个人便是桑普森先生的忠实仆人。我们三人一起救出了你的侄女。”

史林克顿朝我们大家看看,从他站的地方走了一两步,步子有些不稳,然后他回到原处,向周围窥视着,神色很奇怪,像一只小爬虫想寻找一个可以藏身的地洞。同时我发现,这人身上发生了异样的变化,仿佛整个身子在衣服里一下子塌陷了,结果使衣服变得走了样子,很不合身。

“你应该知道,”贝克韦斯说,“因为我希望你感到痛苦和害怕,我要让你知道,为什么有一个人要跟踪你,为什么尽管桑普森先生所代表的公司愿意承担跟踪的全部费用,这个人却宁愿自己负担一切。我听说,你曾几次提到梅尔塞姆的名字?”

我看到,除了其他各种变化,史林克顿的呼吸突然变得急促了。

“你把那个被你害死的甜蜜姑娘带往国外，完成你的阴谋，把她送进坟墓以前，你曾打发她上梅尔塞姆的办公室找他。可是你自己明白，在你的狡猾安排下，会面的条件和环境如何不利，结果他虽然见到了她，与她谈了话，却没能搭救她，尽管我知道，为了救她，他即使付出生命的代价也在所不惜。他非常喜欢她——我应该说他深深爱着她，可是我知道，你不可能理解这句话的意义。她牺牲后，他完全了解了你的罪恶。失去她以后，他在生活中只剩了一个目标，那就是为她报仇，让你身败名裂。”

我看到那个流氓的鼻孔在一上一下地翕动，但没有看到他的嘴唇在活动。

“那个梅尔塞姆有绝对的把握，”贝克韦斯坚定地往下讲道，“他知道，只要他以最大的忠诚和热情全力以赴，让你走上毁灭的道路，你就不可能在这个世界上逃脱他的惩罚；他把这看作他生活的唯一神圣职责，他相信，完成这个任务只是充当了上帝的渺小工具，他向上天保证，要把你从世人中清洗出去。我就是梅尔塞姆，感谢上帝，我完成了任务！”

史林克顿望着那个对他无情地跟踪追击的人，呼吸变得喘息不定，简直上气不接下气，假设他为了从行走如飞的野人手中逃生而跑了十多英里路，恐怕也还不致如此。

“以前你看到我，但不知道我的真实姓名；现在我让你知道了真实姓名。你的眼睛还会看到我一次，那就是在你受到审问，要付出生命作代价的时候。你的灵魂也还会看到我一次，那就是在绞索套上你的脖子，群众向你大声咒骂的时候！”

梅尔塞姆说完这最后几句话，那个无耻之徒突然别转了脸，似乎张开了巴掌在打自己的耳光。与此同时，屋里闻到了一股触鼻的腥味，接着，几乎也是同时，他蓦地东倒西歪地奔跑起来，跳跳蹦蹦，横冲直撞——我不知该怎么称呼这些痉挛性动作——然后轰隆一声,倒在地上,连古老笨重的门窗也震动了。

这就是他应得的结局。

我们看到他已死了,便离开了房间。梅尔塞姆向我伸出了手,带着困倦的神情说道:

"我在世上没别的事要做了,我的朋友。但是我会在别处再与她会面。"

我竭力勉励他也没有用。他说,他本来可以救她的;他没有能救她,他责备自己;他失去了她,他的心碎了。

"支持我活下去的目的达到了,桑普森,现在我对生活已毫无留恋。我不再适合这生活,我软弱,没有精神,我失去了希望,失去了目的,我的日子完了。"

确实,我简直无法相信,当时与我谈话的这个心灰意懒的人,在他的目的没有达到以前,会那么慷慨激昂,给我完全不同的印象。我尽力劝导他,但他依然无动于衷,用平静而克制的态度再三表示,什么也不能使他改变,他的心已经碎了。

到了第二年春天,他便死了。他给葬在那位可怜的小姐旁边——他始终为她闷闷不乐,对她怀着温柔的歉意;他把他的一切留给了她的妹妹。她后来很幸福,结了婚,当了母亲。她嫁的是我姐姐的儿子,他接替了可怜的梅尔塞姆的工作。她现在还活着,我去看她时,她的孩子们常常在花园里拿我的手杖当马骑。

某某人的行李

第一章

留存待领

这篇不登大雅之堂的文章是一个茶房写的,他出身于茶房世家,目前五个弟兄都当茶房,唯一的一个妹妹也是茶房。他想就他的职业谈几句话,但是首先他希望借此机会,以友好的态度把本文献给德高望重的约瑟夫,伦敦中东区斯拉姆酱咖啡馆的茶房领班①;不论从茶房的角度,或者作为一个人来看,比他更无愧于人这称号的,或者在才智和心肠方面更值得敬重的,再也找不到第二个了。

为了免得在读者心中引起混乱(这种混乱在许多问题上是很容易产生的),我必须在这篇粗俗的文章中说明一下,茶房这名称意味着什么,或者指的是何等样人。大家不一定知道,在外面侍候人的并不都能称为茶房。大家也不一定知道,那些在共济会②的客店里,或者在伦敦、英格兰,以及其他各地帮忙跑腿的,有时虽也叫做茶房,其实不能称作茶房。举办盛大宴会,需要一些帮手,这种人随时可以雇到,要多少有多少(但对他们不难识别,他们端菜的时候要呼吸,酒瓶里的酒刚喝了一半,便给收走了),但这些人算不得茶房。如果你是裁缝,或者鞋匠,或者经纪人,或者种菜的,或者给杂志画插图的,或者买卖估衣的,或者制作小玩意儿的,你不能突然心血来潮,在一天中午或晚上把这些营生丢下,便干起茶房这行当来。你以为你能这么做,其实不能;哪怕你夸下海口,说你办得到,你也办不到。如果你在一位先生那儿当听差,由于长期以来不能与厨师和平共处(附带说一句,厨师大多是不能和平共处的),一怒之下,丢下差使,想干茶房这营生,这也是办不到的。大家知道,一个体面人在家里可以低声下气,到了外面,比如在斯拉姆酱或任何这类买卖中,这就难以办到了。那么,真正的茶房究竟要具备什么条件呢?你必须从小受过熏陶。你必须生来就是干这个的。

美丽的读者——我是说如果你是可爱的女性——你可知道,怎么才是生来干这个的?那么请读读一个六十一岁的茶房的生活经历吧。

在你的知觉刚刚萌芽,除了填饱自己空虚的肚子,还没有任何其他欲望的时候,你便通过鬼鬼祟祟的方式,被带进了纳尔逊海军上将③附近一些市民大众餐厅的餐具间,在那儿偷偷接受滋补身体的营养品,那种英国女性机体中值得自豪的分泌物。你的母亲嫁给你的父亲(他在别处当茶房)是严守秘密的,因为女招待结了婚,张扬出去,营业就会一落千丈——与舞台上一样。因此你得通过走私的手法进入餐具室,带领你的老奶奶又很不耐烦,这也增加了你的痛苦。你最早的养料是在烤猪排和煮杂烩、肉汤、煤气和麦芽酒的配合下,与它们的味道一起吃进肚里的;你那位出于无奈的老奶奶守在旁边,一旦你的母亲被叫走,她马上可以接管,她的围巾也随时准备扑灭你天然的哭喊声;你的周围是与你天真的心灵不能相容的油盐酱醋、脏盆子、菜盘盖、冷肉卤;你的母亲为牛肉和猪排喊哑了嗓子,没有空再给你唱摇篮曲。你处在这种不顺当的环境中,很早就断了奶。一旦供你消化的食物少一些,不耐烦的老奶奶就变得更

---

① 本文的“茶房”一词,原文为 waiter,在中文中应包括旅馆的“茶房”和餐馆的“堂倌”在内,现为行文方便,大多译为茶房。

② 起源于英国的一种职工秘密组织,以互助为目的。

③ 英国历史上著名的海军将领,这里是指他的纪念像,位于伦敦市中心特拉法尔加广场上。

不耐烦，马上按照惯例把你大摇特摇，直摇得你晕头转向，终于什么也不想消化为止。最后她也劫数难逃，死了，不过感谢上帝，总算没有要她再在世上受苦。当你的兄弟们陆续来到世上以后，你的母亲退职了，从此脱下了漂亮的衣服（以前她一向穿得很时髦），不再梳理乌黑的鬈发（以前它们一直柔和地披在肩上）；每到深夜，不论天气如何，她总是躲在一个荒凉的院子里等待你的父亲，那院子直通皇家垃圾箱饭店（据说这是乔治四世王上御赐的名称）的后门，你父亲便在这饭店里当领班。但那时垃圾箱已每况愈下，你的父亲收入不多——只有酒还可以喝不少。你母亲进行这些探访的目的，是要解决家庭日常生活。到了那里她便叫你吹哨子，让你的父亲出来。有时他会出来，但大多不见人影。不论他露不露脸，他这部分生活是严格保密的，与公开的跑堂生活毫无瓜葛，你母亲也承认这得严守机密，你和你母亲在院子里总是躲躲藏藏，严格遵守保密规则，哪怕严刑逼供，你也不会承认你的父亲，或者你的父亲除了狄克这名字，还有别的名字（实际上他不叫狄克，尽管人人都叫他狄克）；你的父亲也从不承认他有任何家人或亲属，任何小犬或小孩。也许正是这种迷人的神秘气氛，加上你父亲在垃圾箱里住的那间潮湿房间——它位于漏水的水箱后面，形同地下室，室内有一条阴沟，还有一股霉味，一只餐具架，一只酒瓶架，三扇彼此不同的奇形怪状的窗户，白天也透不进一点光线——让你年轻的心灵意识到，你长大后也非当茶房不可，而且不仅你觉得这样，你的几个兄弟，直到你的妹妹，也觉得这样。你们每个人都相信，你们生来就是当茶房的。在你一生的这个阶段，有一天，你的父亲突然在大白天回到了家中——这对茶房说来，无异是发疯的行径——倒在床上（这也是你母亲和你全家的床），宣称他的眼睛成了两只辣味腰子。医生无能为力，你父亲有时清醒，想起餐馆的生活，说些“二加二等于五，三先令是六便士”之类的胡话，折腾了一天一夜之后，终于断了气。他葬在附近的教区墓地上,凡是终生当茶房,这天上午又丢得下腌臜的酒杯,抽得出时间来送葬的都来了(就是说总共一个人);于是失去了父亲的你围上了白围巾,出于人们仁慈的动机,被送进了乔治烤肉歌舞夜餐馆。你在这里靠盘子里的剩菜(这得碰运气,有时不知为什么,全是芥末)和杯子里的剩酒(这大多只有几滴水,一片柠檬)维持生命;夜里你往往站在那里打瞌睡,直到被人一巴掌打醒为止;白天你便洗碗碟,以及餐馆里的一切物品。你的床上铺的是木屑,你的被单上尽是雪茄烟灰,在这里,白颈巾挽成的时髦领结后面往往隐藏着一颗沉重的心(说得准确些,是在它下面靠左一些),你靠记住主教的姓名以及靠招呼洗碟子的人零零星星地认得了几个字,逐渐鼓起勇气,在最后一格座位的隔板背后用粉笔练字,直到你可以在没人用墨水的时候用墨水为止。就这样,你长大成人,当上了茶房。

现在我想为我的职业(因为至今它仍是我和我家庭的职业)讲几句体谅的话,这可能是顾客感兴趣的,尽管这种兴趣往往极其有限。一般来说,人们不大了解我们。是的,不大了解。宽容大多不是为我们存在的。比如,大家说我们的精神有些萎靡不振,或者称之为冷漠,没有感情。但你倒是想想,如果你有一大家子人,不仅你,每个人都要吃要喝,急需饮食,那么你的心情会怎么样?你再想想,你照例得在白天一点和晚上九点生意清淡的时候才能吃到荤菜,而且你要吃得饱,光顾的客人就得越多越好,越会吃越好。你再想想,你的消化能力正当旺盛的时候,你却要向一百位(为了讨论方便,我姑且假定一百人)不断光临的顾客表示无微不至的关心和好感,这些先生呢,一边对着羊肉和牛肉、肉冻和酥软的黄油狼吞虎咽,一边问你这盘菜叫什么,那盘菜又是怎么做的,仿佛除了他和你,以及菜单之外,整个世界都不存在。你再看看,你得回答些什么问题。你从来不离开餐厅,可是他们似乎认为你整天在外面转游。

"克利斯托弗,听说游览火车撞车了,这是怎么回事?""克利斯托弗,意大利歌剧院这几天在上演什么?""克利斯托弗,约克郡银行的这件事,实际情形究竟如何?"同样,内阁各部给我的麻烦比给女王的还要多。至于帕默斯顿勋爵①,那么过去几年中我不得不时常谈起勋爵阁下,我为他花的力气简直有资格得到一份年金了。不仅如此,我们还不得不当伪君子,说假话(不过这是无辜的)!为什么成天守在店里听候使唤的茶房,必须会鉴定马的好坏,并且对驯马和赛马发生浓厚的兴趣?然而如果我们对这些娱乐没有兴趣,我们口袋里不多的收入就会减少一半。关于农业生产也是这样(真正莫名其妙!)。打猎同样如此。我知道,每年到了8月、9月、10月,我照例得在心里为自己害羞,因为我必须装出一副样子,好像非常关心松鸡的翅膀有没有长硬(仿佛没有煮熟的翅膀或鸡脚也跟我有什么关系似的!),芜菁地里的鹧鸪多不多,野鸡胆大还是胆小,或者你们随意提出的任何问题。然而你们会看到,当一位先生掏出钱包,望着面前的账单时,我或者与我相同的茶房,怎样哈着腰把手搭在分格座位的隔板上,用一种津津有味的口气与他讨论这些问题,仿佛它们关系着我一生的幸福。

我提到了我们不多的收入。现在,瞧这一件最不合理也是对我们最不公正的事!也许由于我们右边裤兜里总是装着许多零星的找头,上衣后摆里又藏着不少半便士铜币,或者只是出于人类的天性(但愿不是这样),大家历来传说,茶房领班都腰缠万贯,这真不知从何说起?这种无稽之谈怎么会流传得如此之广?是谁第一个这么讲的,他根据什么事实毫不脸红地得出了这样的结论?请你站出来,你这个造谣惑众的家伙,把法院公证过的茶房的遗嘱拿给大家看,这才能证实你的恶意中伤!然而谣言照样传播,小账给得最

① 英国政治家,1859—1865年任英国首相。

少的吝啬鬼特别喜欢信口雌黄，你否认也没有用。为了我们的体面，我们不得不摆出一副架势，好像马上要开店做生意似的；如果有两个人，那么大多是合伙经营。从前有一个小气鬼时常光顾斯拉姆酱，那时现在的笔者还没有因自己掏钱请手下人喝茶点而离开那里；这个小气鬼对我们总是横加嘲笑，竭尽挖苦之能事。他给的小费从来不会超过三便士，要他多花一便士简直像要了他的命，然而他却说现在的笔者握有大量统一公债券，还在放高利贷，是个资本家。有人听得他向其他顾客胡言乱语，说我向酿造房和啤酒厂放的债有几千镑之多。“好啊，克利斯托弗，”他对我说（尽管他刚才只给了一个便士小账），“找一所房子开店怎么样？凭你的财力，你还怕找不到合适的买卖吗？”总之，谣言不翼而飞，弄得人们眼花缭乱，不辨真假，连西区旅馆德高望重的老查尔斯——他一直享有盛誉，被某些人目为茶房业之父——多年来也受害不浅，以致他的妻子（他也有一个谁也不知道的老太婆在为他行使妻子的职责）也信以为真！结果怎么样？他下葬时，有六个经过选拔的茶房给他抬棺材，还有六名后备人员，六名执绋人，所有的人一致痛哭流涕，没有一只眼睛是干的，葬仪之隆重只比国王稍逊一筹；事后，他的餐具室和住处全都搜遍了，但什么也没发现！怎么能找到呢，他的遗物除了最近一个月捡到的手杖、阳伞和手帕（它们还没来得及卖给收旧货的，因为他一生对这些东西照例每月清理一次，很准时），其他什么也没有。然而诽谤是无往而不到的，老查尔斯的寡妇尽管目前已进了软木塞开发公司的养老院（它位于蓝锚路，上星期一我还在那儿门口看到她戴着整洁的帽子，坐在温莎扶手椅上），仍然在指望约翰珍藏的财宝会突然发现呢！不仅如此，早在他被召往阴间以前，西区饭店的熟客就醵资为他画了一幅与真人一样大小的油画像，挂在餐厅的壁炉架上，当初不少人提出，这幅画像应该增加一些衬托的东西，比如，窗外应该用英格兰银行作背景，桌上应该画一只保险箱等等。幸亏有的人头脑比较清醒,他们认为桌上只能画一瓶酒,一只拔塞器,人采取拔瓶塞的姿势,这些人的观点占了上风,才使这幅画没有按照那个样子流传给后代。

现在我得言归正传了。我觉得我已尽了责任,在这个一向称雄海上的自由王国中,就一个问题的一般状况,提出了自己的看法(但愿这不致引起其他行业的不满),现在我得进而谈一件具体的事了。

那是我一生的一个重要时期,我接到了有关的通知,被一家餐馆辞退了——我不想说出这家餐馆的名称,因为造成我离职的原因无非是对茶房的一种习以为常的指责,而任何餐馆,凡是干出那种大大不合英国人情的、比愚蠢和卑鄙更坏的行为的,我都不会为它作义务宣传。我再说一遍,这是一个重大的转折时刻,我离开了那家不值得一提的卑鄙餐厅,还没找到另一家饭店,也就是后来我担任茶房领班的那家①。我正在考虑今后干什么的时候,有人代表现在这家饭店邀请我。我提出了必要的条件,又作了必要的补充,最后双方达成协议,我跨上了新的岗位。

我们经营旅馆,也经营餐厅。我们做的不是一般的饮食业,我们也不乐意干这个。因此,每逢顾客单为吃饭而来,我们知道给他什么,使他下次再也不敢问津。我们有雅座,也接待家属,但卖酒是主要的。我和账房间,以及笔墨纸张等等,单独占据一块地方——在餐厅一头,高出一两级台阶,周围有栏杆,这就是我所说的美好的老派方式。美好的老派方式是不论你要什么,哪怕是封信的胶纸,你也只能找茶房领班要。你在他面前,就像刚出世的孩子,什么都得依靠他。一家旅馆要想不沾染欧洲的罪恶,只能这么办。(不用说,如果英语不够好,必须用其他语言的话,这些太太小姐和先生们还是请光顾别处为佳。)

① 它的名称和地址,以及其他一切详尽细节,最后已由编者删除。——原注

我来到这家规规矩矩、经营有方的饭店就职以后，在24B室(它位于楼上一个拐角处，只有不太高雅的人才会住在那里)床下一角，发现了一堆东西。白天上班时，我问使女工头：

“24号B室那些东西是什么?”

对这问题她漫不经心地答道：

“某某人的行李。”

我竖起眼睛瞪了她一下，说道：

“谁的行李?”

她避开了我的目光，答道：

“某某人就是某某人！这叫我怎么知道?”

应该说明一下，这是个不懂规矩的女人，尽管她熟悉她的职务。

茶房领班既是头头，就得像个头头，否则就会成为尾巴。在社会等级上，他不站在这一头，就得站在另一头。他不能站在它的半中腰，除了两头，其他任何地方都不成。至于究竟在哪一头，这得由他本人决定。

通过这场争执，我让普拉歇特太太清楚地懂得了我的厉害，不仅当时，而且永远不敢再在我面前放肆。也许有人会说我前后矛盾，因为我称普拉歇特太太为“太太”，而我前面讲过，女招待是不能结婚的。但是我得请求读者谅察，要知道普拉歇特太太只是女用人，不是女招待。女用人可以结婚，女用人的头头更是大多结过婚的——或者据说结过婚的。反正不论怎样，习惯上这么称呼。(附带说一下，普拉歇特先生目前在澳大利亚，他的地址是“原始丛林”①。)

为了使我们大家今后相安无事，我把普拉歇特太太弄得威风扫地是必要的；接着我要求她作出解释。“比如，”我说，作了一点提

① 指英国流放罪犯的地方。

示,免得她太惊慌,“某某人是谁?”

“克利斯托弗先生,我用神圣的名誉担保,”普拉歇特太太答道,“我实在什么也不知道。”

要不是看到她整理帽带的姿势,我会怀疑这句话;但是它的可信程度简直与宣誓证词不相上下。

“那么你从没看见过他?”我跟着追问道。

“没有,”普拉歇特太太说,闭上了眼睛,那副表情好像刚咽下了一颗特大丸药,这为她的否认增添了独特的声势,“而且这屋子里的任何仆人都没见过他。克利斯托弗先生,这五年中一切都变了,某某人还是五年以前留下这些行李的。”

向马丁小姐查询的结果是(用的是第一流行吟诗人的语言)“确如斯言”。那么这是千真万确的实情。马丁小姐是酒吧间的年轻小姐,也是给我们开账单的;尽管我不得不承认她的地位比我高,她的行为一向是无可指责的。

进一步的调查使我发现,一张账单与这些行李有关,它的数目共计两镑十六先令六便士。行李已在24B的床下躺了六年多。那张床有四根柱子,周围是厚厚的旧帐子和床沿挂布——正如我有一次说的,与这张床有关的恐怕不止24B这一个房间;我记得,当时说得大家都笑了。

我不知为什么——我们什么时候知道为什么啦?——这些行李一直压在我的心上。我为某某人感到纳闷,猜不透他搞的是什么花样。我想不明白,为何他要为这么小小一张账单丢下这么多行李。因为一两天后,我已把行李取出,查看了一遍,下面便是它们的清单:一只黑色旅行皮包,一只黑色袋子,一只文具箱,一只化妆盒,一个牛皮纸包,一只帽匣,缚在一起的一把阳伞和一根手杖。它们全都积满灰尘,像长了一层绒毛。我先是把脚夫叫来,让他钻进床底,把东西取出;尽管他跟灰尘打惯交道——他从早到晚都在灰尘中翻滚,因此穿的是紧身背心,胳臂上还戴着厚厚的斜纹布袖套——这些行李还是弄得他直打喷嚏,喉咙火辣辣的,不得不喝了一大杯万能氏清凉水。

这堆行李吸引了我,我没有把它们放回原处,只是掸掉了灰尘,用湿布拭干净——本来它们仿佛长满了羽毛,你说不定会以为这是一群家禽,马上要孵蛋了呢——总之,我没有把它们放回原处,却搬到了楼下我的一间屋子里。我不时瞪着它们看,看啊看的,有时它们似乎变大了,有时又变小了,有时似乎在向我走来,有时又在后退,表演了各种姿态,仿佛它们喝醉了。这么过了几个礼拜——说几个月也不妨,不致相差太大——一天我想,何不问问马丁小姐,这总数为两镑十六先令六便士的账单,包括些什么名堂。蒙她好意,从账簿——那还是在她管账以前记的——上给我摘录了一份,现在我便照抄如下:

	餐厅1856年　四号桌	镑	先令	便士
2月2日	笔和纸	0	0	6
	尼格斯酒	0	2	0
	同上	0	2	0
	笔和纸	0	0	6
	打破玻璃杯一只	0	2	6
	白兰地	0	2	0
	笔和纸	0	0	6
	鳀鱼吐司	0	2	6
	笔和纸	0	0	6
	宿费	0	3	0
2月3日	笔和纸	0	0	6
	早餐	0	2	6

烤火腿	0	2	0
蛋	0	1	0
水田芥	0	1	0
小虾	0	1	0
笔和纸	0	0	6
吸水纸	0	0	6
派脚夫至念珠街来回	0	1	6
无答复,再去一次	0	1	6
白兰地两先令,辣味猪排两先令	0	4	0
笔和纸	0	1	0
派脚夫至阿尔比马尔街来回	0	1	0
无答复,再去一次(等候)	0	1	6
打破盐瓶一只	0	3	6
桔子白兰地甜酒一大杯	0	1	6
晚餐汤、鱼、腿肉、家禽	0	7	6
东印度红陈酒一瓶	0	8	0
笔和纸	0	0	6
	2	16	6

附记(1857年1月1日):此人饭后外出,交代行李将由他日后前来领取。但从此杳无音讯。

这张账单非但对澄清事实无济于事,而且——如果可以这么说的话——使我的疑团更增添了一层阴影。我跟老板娘琢磨这事,她告诉我,老板在世时,曾在报上为这些行李登过招领广告,声明在若干天内不来领取,即予出售,抵充各项费用,但以后未采取其他步骤。(我不妨在此提一下,老板娘守寡已第四年。老板的身体得了一种不幸的病,这种病使喝酒与喝白开水差不多,它终于送了他的命。)

我不仅那时琢磨这事,以后也一再这么做,有时跟老板娘谈,有时跟别人谈,有时又找另一个谈,最后老板娘对我说(起先这是开玩笑或是当真的,或者一半当真一半开玩笑,这都无关紧要):

"克利斯托弗,我想向你提一个合理的建议。"

(如果她的眼睛——那可爱的蓝眼睛——看到这篇文章,但愿她不致生气。我得说,如果我年轻八岁或者十岁的话,我也希望向她提一个建议呢!那就是说,我想向她求婚。我相信,别人会说,这也是一个合理的建议。)

"克利斯托弗,我想向你提一个合理的建议。"

"请说吧,太太。"

"听我说,克利斯托弗。把某某人的行李一件件想一下。我知道,你心里全都记得。"

"对,太太,一只黑旅行皮包、一只黑袋子、一只文具箱、一只化妆盒、一个牛皮纸包、一只帽匣、缚在一起的一把阳伞和一根手杖。"

"一点不错,这就是全部留下的东西。一切照旧,什么也没打开过。"

"你说得对,太太。一切都上了锁,只有牛皮纸包是例外,但那也贴了封条。"

老板娘靠在酒柜窗口马丁小姐的账桌上,用手指打打桌上摊开的账簿——不用说,她有一双漂亮的手——点了点头,笑了起来。

"这么办,"她说,"克利斯托弗,你把某某人的账单付清,他的行李便全部归你。"

其实我一开始就有这个意思;但是,

"这也许不值那么些钱,"我反对道,现出不很乐意的样子。

"那是摸彩,"老板娘说,把手臂交叠在账簿上——应该说,不仅她的手漂亮,这修饰语还可向上延伸到她的手臂。"难道你为了中奖，不愿冒两镑十六先令六便士的风险吗？再说，这是不会全部落空的！"老板娘继续道，并且又一边笑一边点头，"你准会中奖，哪怕输了，还是会中奖！因为全部彩票都在这儿！万一落空，记住，玩赌博的先生，你至少可以到手一只黑旅行皮包、一只黑袋子、一只文具箱、一只化妆盒、一张牛皮纸、一只帽匣，还有缚在一起的一把伞和一根手杖！"

说得简单一点，马丁小姐来劝我，普拉歇特太太也来劝我，老板娘更不必说，对我进行了全面的开导，总之，旅馆里所有的女人都向我游说，以致即使这不是两镑十六先令，而是十六镑两先令，我也会觉得这是一桩便宜交易。当大家都劝你这么做的时候，你怎么还能毫不动心呢？

这样，我付了钱，于是大家嘻嘻哈哈笑个不停，女性在这时候就是这样！但是我可不让她们乐个没完，说道：

"我的姓是蓝胡子[①]。告诉你们，我得在我的密室里独自打开某某人的行李，没有一个女人的眼睛能看到它们里面装的东西！"

我是不是认为必须坚持这一点，或者这些行李打开时，是不是真的会有女人、甚至许多女人在场，这都无关紧要。当前我关心的只是某某人的行李，不是任何人的眼睛或鼻子。

我检查行李以后，最不能理解的是那里面写过字的纸特别多，而且全都写得满满的！这不是我们的那种纸——我们开账单的纸我是很熟悉的——看来他一定天天扑在纸上写字。他把写好的纸塞在每一件行李和每一件物品中；他的化妆盒中有这种纸，靴子中有这种纸，剃刀匣子中也夹着这种纸，帽匣中塞满了这种纸，连阳伞的鲸骨架中间也夹着这种折拢的纸。

他的衣服，有几件看来并不算坏。他的化妆盒却很可怜，连一

① 童话中的人物，一个残暴的丈夫，曾杀死过许多妻妾，把她们的尸体藏在密室中。

只银瓶塞也没有,瓶口统统敞开,像一个个没有门的小狗窝;一股触鼻的牙粉气味弥漫开来,给人一种错觉,似乎盒内的一条条罅隙便是牙缝。我以恰当的价钱把衣服卖给了一家估衣铺,它位于河滨大道,离圣克莱门丹麦区教堂不远;部队的军官每逢赌输了钱,急需还债,大多来找它的老板,出卖他们的制服,这只要看它窗口挂得琳琅满目的尽是背对着行人的军服上装和肩章,便可知道。这位老板还把旅行皮包、袋子、文具箱、化妆盒、帽匣、伞和手杖,以及缚它们的皮带,一古脑儿买下了。我说,我还以为这些东西不属于他收购的范围呢,他答道:"不错,克利斯托弗先生,正如别人的老奶奶也不属于我收购的范围一样;但如果有人把他的老奶奶带来卖给我,只要价钱便宜,我把她洗刷干净以后可以卖大钱,我也会把她买下!"

这几笔交易已捞回了本钱,确实,还超过了本钱,因为我不仅收回了成本,还赚了不少。现在只剩下那些写字的纸了,也正是这些纸,我特别希望得到读者无私的关心。

由于这个原因,我要毫不迟延地这么做。那就是说,也就是说,或者换句话说,就是我打算这么办:在我进而谈到这些写满了字的纸如何使我心惊胆战、吃尽苦头以前,在我叙述我遭到的这场无妄之灾,那种在性质上使人不寒而栗、在一切方面都显得出乎意料、因而平白无故把我弄得手足失措、几乎无法招架的灾难以前,我应该先把那些大作公之于世。因此,接着我得让它们上场了。我再讲几句开场白以后,便要把笔(但愿这是一支谦逊的笔)放下,直到最后再来追溯内心有了见不得人的事所造成的郁悒后果。

这位先生喜欢东涂西抹,而且字迹潦草,不堪卒读。他把墨水不当一回事,弄得不该有墨渍的地方也尽是墨渍——衣服上,帽子上,文具箱上,牙刷柄上,阳伞上,到处都是。餐厅里他坐的四号餐桌旁边地毯上,有不少墨渍,他辗转不眠的床上也有两滴墨水。查一下我全文照录的账单即可看到,在 1856 年 2 月 3 日早上他要的笔和纸已是第五批。不论他欲罢不能、非写不可的是什么,他从酒吧柜上要来的这些材料,都是呈献给这个可悲的行动的,而且毫无疑问,这件倒霉的事也在床上进行,枕头上留下了它的明显痕迹,哪怕时隔多日,还是十分清楚。

他写的任何东西都没有标题。这毫不奇怪!他既然热衷于这种事,他怎么会有头脑,既然没有头脑,又怎么会想到要加标题?①因此我在这里只得用行李的名称称呼这些文章,它们在什么物品内发现,便用这物品作题目。有的容器,例如他的靴子,也成了他贮存文章的地方;这就使题目变得更加莫名其妙。但是他的靴子至少是成双的,他的文章却没有两篇是完全相同的。

第二章

他的靴子

“啊!得啦,米蒂艾先生!我怎么知道,我能说什么?我向你保证,他称他自己为英国人先生。”

“对不起。但我认为这是不可能的,”米蒂艾先生说,这是一个戴眼镜的、吸鼻烟成瘾的、弯腰曲背的老先生,穿一双毡靴,戴一顶布鸭舌帽,宽松的蓝礼服大衣一直拖到脚后跟,衬衫上镶有柔软的白色大褶边,褶边顶端是与它密切配合的颈巾——那就是说,每逢礼拜日它们是天然的白色,但随着一星期的进展,便逐步向黑色转化。

“亲爱的布克兰夫人,我认为这是不可能的,”米蒂艾先生又说了一遍,当他在早晨明朗的阳光中露出微笑和眨眼睛时,那张和蔼的陈胡桃壳色的脸变得更像胡桃壳的颜色了。

① 原文“标题”(heading)即来源于“头脑”(head)一词,因此才这么讲,这是狄更斯的文字游戏。

"嗨!"(心烦得轻轻叫了一声,还拼命摇头。)"但你是一只猪,这却不是不可能的!"布克兰夫人反唇相讥道,这是一个矮小而结实的中年妇女,三十五岁左右。"那么请你瞧吧,瞧这儿,读啊!'三楼,英国人先生。'是不是这样?"

"是这样,"米蒂艾先生说。

"好。继续你早上的散步吧。出去!"布克兰夫人把他打发走了,一边轻快地打了个榧子。

这是在法国一个沉闷而古老的设防城市中,米蒂艾先生的晨间散步照例在大广场上阳光最明亮的一角进行。他的姿势是把两手反剪在背后,一只手里总是拿着一把形状与他本人相似的阳伞,另一只手里拿着鼻烟盒。他拖着两条腿,走路慢条斯理,跟大象差不多(给它做裤子的确实是动物世界中最蹩脚的裁缝,现在它把他介绍给了米蒂艾先生),只要天气晴朗,老先生总要在那儿晒太阳——当然,同时也让钮扣洞上的红绶带见见阳光,因为难道他不是一个年高德劭的法国人吗?

美丽的夫人既然要米蒂艾先生出去继续他的晨间散步,他便在脸上露出胡桃壳色的笑容,用拿鼻烟盒的手摘下帽子,伸直胳臂,把它擎在前面,直到离开夫人以后,还一直保持着这个姿势,走出屋子,继续他的晨间散步,由此可见,他确实不愧是一位百依百顺的骑士。

布克兰夫人向米蒂艾先生提到的证明文件是她的房客名册,它是由她那位担任账房先生的侄子登录的,他写得一手娟秀的好字,名册挂在大门旁边,以便警察随时检查:"Au second, M. L'Anglais, Propriétaire"。三楼,英国人先生,有产者。白纸黑字,再也清楚不过了。

现在布克兰夫人用食指巡视了这一行,仿佛为了坚定信念,保持米蒂艾先生离开时对他赠以榧子的心情;她把右手按在大腿上,神色旁若无人,似乎什么也不能叫她不打那个榧子,然后走到广场上，举目观察英国人先生的窗口。事有凑巧，那位先生正好把头伸出窗子，布克兰夫人利用脑袋向他发出了优美的问候，接着向右边瞧了一眼，又向左边瞧了一眼，似乎在向他说明她来此的原由，然后考虑了一下，似乎在向自己说她指望见到的人不在这儿，于是重又走进了她的大门。布克兰夫人把她的屋子朝广场的一面全部按带家具的套间或层次出租，自己住后面的院子，那里有她的丈夫布克兰先生（打弹子的好手）、一家祖传的啤酒作坊、几只家禽、两辆板车、一个侄子、一只小狗和一个大狗窝、一个葡萄架、一个帐房间、四匹马、一个已出嫁的妹妹（也是啤酒厂的股东老板）、出嫁的妹妹的丈夫和两个孩子、一只鹦鹉、一只鼓（鼓手是已出嫁的妹妹的小男孩）、两个被分配住在这儿的士兵、一群鸽子、一支横笛（由侄子演奏令人陶醉的曲调）、几个用人和杂工、一股永不消失的咖啡和肉汤的味道、一行可怕的假山和一堵至少四英尺高的木板墙、一个小喷水池和六七枝大向日葵。

再说，英国人在租下他的寓所——或者照我们海峡这边的说法，租下他的一套房间时，曾一丝不苟地报了他的名字：兰吉利。但是他保持着英国人的作风，到了国外，轻易不把嘴巴张大，除了吃饭以外，以致啤酒厂老板听不清楚，以为他的大名便是英吉利人。这样，他就成了英国人先生。

“从没见过这样的民族！”英国人先生嘟哝道，这时他正望着窗外。“从没见过，一辈子没见过！”

这相当正确，因为他还从没离开过自己的祖国，那个公正的小岛，团结的小岛，光明的小岛，好战的小岛，它具有各种各样的优点，唯独还不是整个世界。

“这些小伙子，”英国人先生自言自语道，眼睛扫过广场，看到了分布在各处的军人，“不像战士，倒像……”他没有为他的下半句找到适当的表达方式，终于没有说完。

这也是绝对正确的(根据他的经历而言),因为虽然这里城内城外驻扎了不少军队,他们每个人都随时可以供你检阅,或者举行演习,你在他们中间却找不到一个被愚昧的硬领卡得透不出气的士兵,或者被太小的靴子弄得跛脚的士兵,或者被皮带和钮扣裹得四肢不灵的士兵,或者被精心培育得对一切生活琐事都无法自理的士兵。你看到的是一群聪明伶俐、手脚利索、生龙活虎的小伙子,他们随时可以着手任何工作,从围城到煮汤,从开炮到做针线,从舞大刀到切洋葱头,从打仗到煎蛋饼都行。

到处是成群结队的人!从英国人先生眼皮底下的大广场起——一些不久前应征入伍的士兵,排成一个个小分队,正在广场上笨手笨脚地操练正步走,有些人的身体好像还没钻出农民罩衫这层蛹壳,只有腿刚伸到壳外,那副样子活像穿军装的蝴蝶——直到碉堡外面,沿着尘土飞扬的大路几英里内,到处是一簇簇士兵。整个白天,青草丛生的城墙上有士兵在练习吹喇叭和号角;整个白天,干燥的壕沟的每个拐角上都有士兵在练习打鼓。每天上午,他们从大军营中一拥而出,奔向附近的沙土操场,跳木马、爬绳索、在双杠上全身倒立、飞越木平台——到处是人在飞腾、跳跃、翻滚、奔跑。城墙的每个角落、每个哨所、每个大门口、每个岗亭、每座吊桥、每条生芦苇的沟渠、长青草的堤坝,都攒聚着士兵、士兵、士兵。由于城里到处是墙角、哨所、大栅门、岗亭、吊桥、生芦苇的水沟和长青草的堤坝,城里自然到处都能见到士兵。

要是没有那些士兵,这个蒙头大睡的古城不知会怎么样呢,你瞧,哪怕有了他们,它也睡得昏昏沉沉,连回声也哑哑的,窗上的铁条、门上的锁和铁链全都锈了,水沟也停滞不动!自从沃邦[①]的时

① 沃邦(1633—1707),法国元帅,军事工程学家,他的军事工程技术论著发生过深远影响。

代以来——沃邦的军事工程技术把它变成迷宫,谁看到它就会头昏眼花,仿佛当头挨了一棒,陌生人面对它扑朔迷离的机关,更不免吃惊得目瞪口呆;沃邦使它成了军事工程技术中一切名词和形容词的生动体现,以致你不仅得弯弯曲曲钻进去,弯弯曲曲钻出来,弯弯曲曲钻到右边,钻到左边,钻到对面,钻到下面,钻到上面,钻进黑暗,钻进灰尘,钻过大门,钻过拱门,钻过走廊,钻过干燥的路、潮湿的路,钻过城壕、闸门、吊桥、水槽、瞭望塔、穿孔墙、大炮台,而且可以从碉堡中钻进郊外地底,然后又在三四英里之外再钻出地面,在一片宁静的菊苣和甜菜根园地之间展开突然袭击,摧毁高地和炮台——总之,自从那时到现在,城市仍在昏昏大睡,灰尘、铁锈和霉菌布满在沉睡的军火库和弹药仓里,青草长遍了静寂的街道。

只有在集市日,它的大广场才蓦地从梦中惊醒。在集市日,似乎有一位友好的魔术师用棍子打了打大广场的石板,于是活跃的货摊和棚店立刻拔地而起,有人坐着,有人站着,熙熙攘攘,讨价还价声、叫卖声同时从几百条舌头上发出,形成一片热闹的嗡嗡声,到处五色缤纷,白的帽子、蓝的罩衫、绿的蔬菜,交织成一幅欢乐的色彩,最后,以冒险为天职的武士们匆匆赶来,所有的沃邦们也一跃而起,跳下了床。现在,来自四面八方的乡下人,沿着漫长低洼的林荫路,成群结队地向这里汇集,有的坐着颠簸不定的白篷驴车,有的骑着驴子,有的坐着两轮车或运货车,没篷的车或有篷的车,有的步行推着小车子,背着包裹,也有的划着乡下的尖头小船,沿着水渠、溪流或运河缓缓驶来,他们都带来了出售的物品。于是你在这里可以买到靴子和鞋子、糖果和衣料;在那里(在市政厅阴凉的一角)可以买到牛奶和奶油、黄油和乳酪;在这里可以买到水果、洋葱和胡萝卜,以及煮汤用的一切必需品;在那里可以买到家禽和鲜花,还有不肯就范的小猪,也可以为你的农业生产买到新的铁锹、斧头、铲子、钩刀,还可买到大块大块的面包、一袋袋没有磨过的麦子、儿童玩的洋娃娃；出售糕饼的也在这儿把鼓打得震天响，叫卖他的食品。还有，听！一阵阵嘹亮的喇叭声，这是“医生的女儿”正坐在敞篷马车上进入大广场，她佩戴着粗大的金项链、金耳环，头上戴一顶蓝羽翎帽子，显得珠光宝气，雍容华贵，车前有两朵人造玫瑰花形的大伞遮住阳光，车后有四名衣衫华丽的侍从吹着号角，打着鼓和铙钹；她正在发售灵验的小丸药，它们能治百病，已医好了不知多少人！不论牙痛、耳朵痛、头痛、心痛、胃痛、虚弱、神经质、痉挛、头晕、发热、寒颤，只要服一帖这位伟大医生的伟大女儿发售的这些灵验的小丸药，便可药到病除！治疗的过程——医生的女儿，你所羡慕的这些豪华装备的女主人这么告诉你，喇叭、铜鼓和铙钹也使你相信这一切——是这样：你吃了这小小的、立刻见效的丸药以后，第一天没有什么特别的反应，只觉浑身舒畅，有一种无法形容的、无法克制的欢乐感；第二天你便觉得好多了，仿佛已变成了另一个人；第三天你便霍然痊愈，不论你得的是什么病，病了多久，一下子便好了，你便会去找医生的女儿，想拜倒在她的面前，吻她的衣服下摆，把你所有的财物统统出卖，把你所有的钱统统用来购买这小小的灵验的丸药；然而她是无法见到的——她到埃及的金字塔去找草药了——你只得失望而归（不过你的病已经医好了）！医生的女儿便是这么做买卖（而且生意兴隆），出售和购买、声音和色彩的交替更迭，也这么继续不断，直到移动的阳光使医生的女儿落进了高屋顶的阴影中，让她明白，她得带着豪华的装备和吹打的乐器，告别了取得的辉煌成就和光荣，坐着颠簸不定的马车向西离开了。现在魔术师又用棍子打了一下大广场的石板，于是货摊不见了，坐的和站的人也不见了，一切买卖都消失得无影无踪，手推车、驴子、驴车、两轮车，所有一切用轮子滚的和用脚走的，都不知去向，只剩下几个清道夫带着粗笨的大车和瘦小的马，在清除垃圾，协助他们的是城里的鸽子，它们羽毛光滑，每到集市日子显得格外丰满。离秋天的日落还有一两个小时，这时如果有人在城门和吊桥外面，在暗道和双重壕沟外面闲游，他会看到，最后一辆白篷大车怎样从林荫道上正在伸长的树影中间逐渐远去，或者最后一条乡村小船怎样由最后一个农妇划着桨驶回家去，它像一个小黑点出现在他和磨坊之间那漫长的、又浅又窄的、给夕阳映红的水渠上，桨后划出的浮渣和水草遮蔽了船尾的水面，然而值得安慰的是他可以相信，那停滞不动的河水在下一次集市到来以前，不会再受到骚扰了。

今天不是大广场起床的日子，英国人先生一眼望去，只看到年轻的士兵在操练正步走，他心情安闲，头脑里想到的也只是那些军人。

"这些小伙子分散住在各个人家，"他说，"看到他们给那些人家生炉子、烧开水、抱孩子、摇摇篮、洗菜，帮助老百姓干各种非军事性的活儿，真是十分滑稽！我从没见过这样的人，一辈子也没见过！"

这又是完全正确的。那不是二等兵瓦朗坦吗？他在那所房子里成了唯一的用人，既是女仆又是男仆，既是厨子又是管家，又是保姆，那是他的队长——军队执法队长的家，他在那里洗地板、铺床、买菜、侍候队长穿衣、做饭菜、制色拉、给孩子穿衣服，什么都干。或者不谈他，他是忠于他的长官；再看别人，那不是二等兵伊波利特吗？他住在两百码外的香料店里，每逢下了班，便自动照料店务，让美丽的老板娘上邻舍家谈天说地；他皮带上挂着军刀，满脸含笑地向顾客出售肥皂。那不是埃米尔吗？他住在钟表店里，每天晚上总是脱去上衣，给店堂内所有的钟表上发条。那不是欧仁吗？他住在白铁匠家中，经常衔着烟斗，在铺子后面小院子里四英尺见方的菜地上浇水，或者额上淌着汗，跪在地上摘蔬菜。例子举不胜举，那不是巴蒂斯特吗？他住在可怜的挑水工家中，这时正坐在门口的阳光中，伸开了军人的大腿，把挑水工不用的水桶放在腿中间（这是为了帮助挑水工,报答他的好心,这位挑水工总是挑着沉重的水桶来往于广场和给水处之间),在桶外涂浅绿色油漆,桶内涂浅红色油漆。或者,不用走得太远,就在隔壁理发店里,那不是下士泰奥菲尔吗? ……

“不,”英国人先生说,俯首看了一下理发店,“现在他不在那儿。不过孩子在那儿。”

一个小不点儿的女孩子站在理发店的台阶上,望着广场的另一边。可以说她还只是一个婴孩,白亚麻布帽子紧紧包在头上,这是法国乡下儿童常戴的(像荷兰画中的儿童),身上那件家织蓝罩衫谈不到什么式样,只是在胖胖的喉咙那儿用带子缚着。这样,由于天然生得矮小,身材又圆圆的,从背后看,她似乎已在原来的腰部切断,头便巧妙地安在腰上。

“不过孩子在那儿。”

从她用胖胖的小手揉眼皮的姿势看,那双眼睛刚才还在打瞌睡,睁开没有多久。但它们一动不动地望着广场那边,英国人先生不觉也朝同一方向望去。

“啊!”他随即说道,“我想得一点不错。下士就在那儿。”

下士是一个英俊的小伙子,三十来岁,也许还不到中等身材,但外表端正,皮肤晒得黑黑的,颔下有一簇棕色胡子;这时他正面对着他管的那个班,在大声训话。从他身上简直找不到什么缺陷或差错。他的动作轻快、灵活,从整洁的军帽下闪闪发光的黑眼睛,直到闪闪发光的白绑腿,一切都十分完美。可以说这是他祖国军队的典型下士,肩膀的线条、腰身的线条、军服灯笼裤最宽处的线条和小腿部最窄处的线条,都恰到好处。

英国人先生望着,小女孩望着,下士也望着(但最后这人是望着他的士兵),直到几分钟后训练结束为止,于是分布在各处的军队消失了,跑光了。英国人先生自言自语道:“瞧呀! 我的天!”真的,下

《某某人的行李》

士跳跳蹦蹦跑回理发店，张开双臂，抱起小女孩，把她举到头顶上，像空中飞人似的，然后把她放回地上，吻了她一下，与她一起走进了理发店。

但英国人先生与他的做了错事、不听他话的女儿争吵过，他们脱离了关系，这件事也涉及一个小孩。他的女儿以前不也是小孩，也曾像天使一般飞上他的头顶，跟这个孩子飞上下士的头顶一样吗？

"他是一个傻瓜！"英国人先生发出了这声颇具民族特色的咒骂，便关上了窗。

但是记忆之屋的窗和仁慈之屋的窗，却不像玻璃窗那么容易关上。它们往往会突然打开，还会在夜里轧轧作响，非得用钉子钉死不可。英国人先生试图钉死它们，但没有钉牢。这样，他度过了一个心烦意乱的傍晚和一个更加心烦意乱的黑夜。

他天生性情温和吗？不，不太温和，还往往把温和与软弱混为一谈。遭到冒犯，便凶相毕露，大发脾气吗？差不多，而且完全不可理喻。不近人情吗？这种事太多了。想报复吗？是的，他一直怀恨在心，还打算向上帝正式诅咒他的女儿，像在戏台上看到的一样。但想到剧场里摹拟的天只有枝形吊灯那么高，真正的天却还远着，他终于没那么做。

于是他到了国外，这一辈子再也不想见到那个被抛弃的女儿。这样他才来到这儿。

归根结蒂就是由于这个原因，而不是其他，英国人先生对泰奥菲尔下士的行为极端不满，认为他如此关心理发师的女儿小蓓蓓大可不必。在一个不幸的时刻，他曾对自己说："这家伙真是莫名其妙，他又不是她的父亲！"这句话像一根刺，蓦地扎进他的心头，使他的心情更烦躁了。于是他愤愤不平地对毫不知情的下士发出了民族的咒骂，决心不再理会这么一个江湖骗子。

但是事实上，要从心中赶走下士却办不到。哪怕他对英国人先生最隐秘的内心活动了如指掌，而不是一无所知，哪怕他是伟大的法国军队中最难对付的下士，而不是一个和蔼可亲的人，他也不致像现在这样不可动摇地屹立在英国人先生的思想中。不仅如此，他好像老是不肯离开他的眼睛。每逢他向窗外望一眼，便可看到下士与小蓓蓓在一起。每逢他外出散步，便可看到下士与小蓓蓓也在散步。他觉得讨厌，又回到了家中，但马上发现，下士和小蓓蓓也赶在他前面回来了。如果他一大早从后窗口向外眺望，他便看到下士在理发店的后院给蓓蓓洗澡、穿衣和梳头。如果他转移到前窗口，又会看到下士把早餐拿到广场上，正与蓓蓓共同分食。只要有下士，就有蓓蓓。看到下士，就不会看不到蓓蓓。看到蓓蓓，也不会看不到下士。

英国人先生对法语作为口头交谈的工具不太精通，尽管他可以不费力气地阅读法文书报。懂得语言才能与人交往，如果你只是靠眼睛了解他们，你就难免误解他们，只有你与他们建立了语言关系，你才能说你真的认识了他们。

正由于这个原因，英国人先生一直犹豫不决，不敢为这个下士和蓓蓓的事，与布克兰夫人交换意见。但是一天早上，布克兰夫人亲自登门表示歉意道，啊，我的天！她实在有些心灰意冷了，因为那个修灯的把灯拿去修理，至今没有送来，不过他确实是修灯的，全世界都想叫他修灯呢。英国人先生趁此机会开了口。

“夫人，那个孩子……”

“不，先生。是那盏灯。”

“对不起。我是说那个小女孩。”

“但是请原谅！”布克兰夫人说，有些摸不着头脑了，“我们不能把小姑娘当灯用，也不能把她送去修理，不是吗？”

“我是说小女孩，理发师家的小女孩。”

“噢噢噢!”布克兰夫人大叫道,总算凭她精巧细致的心灵找到了一点头绪。“小蓓蓓?是的,是的,是的!还有她的朋友下士先生?是的,是的,是的,是的!他这么温柔,是吗?”

“他不是……?”

“根本不是,根本不是!他不是她的任何亲戚。根本不是!”

“那么,为什么他……”

“一点不错!”布克兰夫人喊道,“你讲得对,先生。这是因为他这么和气。越不是亲戚,越是和气。正如你所说的。”

“她是……?”

“理发师的女儿吗?”布克兰夫人说,又凭她精巧细致的心灵猜到了他的意思。“根本不是,根本不是!她是……总之一句话,谁的女儿也不是。”

“那么理发师的老婆……?”

“毫无疑问。正如你所说的。理发师的老婆为了照料她,拿到了一笔小小的酬劳。每月同样数目。嗯,是的!没有疑问,钱不多,因为我们这儿的人大多穷苦。”

“你并不穷,夫人。”

“我的房客们,”布克兰夫人答道,露出笑容,优美地点了点头,“他们也不穷。但其他人便不尽然了。”

“多蒙抬举,夫人。”

“先生,是你抬举了我,住在这儿。”

英国人先生愣在那儿直喘气,这说明他又想提那件事,却难以措词,布克兰夫人密切注视着他,又凭她精巧细致的心灵顺利地摸清了他的思路。

“哦,不,先生,当然不。理发师的老婆对这可怜的孩子并不凶,只是不关心她。她身体衰弱,整天坐在那儿望着窗外。因此下士刚来时,可怜的小蓓蓓几乎没人照料。”

“这是一个奇怪的……”英国人先生开始道。

“你是说她的名字？那个蓓蓓？你又说对了，先生。但那是叫着玩的，她原名是加蓓利艾。”

“那么，下士只因为喜欢那个孩子？”英国人先生说，声调显得生硬，有些不以为然。

“一点不错！”布克兰夫人答道，申辩似地耸了耸肩膀，“一个人总得爱点儿什么。人的天性是软弱的。”

（“软弱个屁！”英国人先生用自己的语言嘟哝道。）

“何况下士，”布克兰夫人接着道，“他是分配在理发师家居住的，很可能得在那儿待很久，因为他是将军的随从；他发现这个没人管的孤儿需要人爱她，又发现他自己需要爱个什么人，于是，你瞧，事情就成了现在这个样子。”

英国人先生以谦和而淡漠的态度接受了这个解释，但等他又剩下一人时，不免怀着受损害的心情对自己嘀咕道：“我本不该管这些闲事，都怪这些人太会感情用事了！”（又是一声民族式的咒骂。）

城外有一个公墓，那天下午他散步到了那儿，这是一个感伤的场合，对沃邦们的名誉是有害无益的。当然，那儿不乏奇怪的事物（从英国人先生的观点看），而且毫无疑问，这一切在整个英国是找不到的。奇形怪状、千变万化的心和十字架，有木制的，也有铁制的，遍布在整个坟地上，仿佛这是一个焰火场，天黑以后，五彩缤纷的焰火就会腾空而起，不仅如此，墓园里花圈之多使人眼花缭乱，它们形形色色：“献给我的妈妈”、“献给我的女儿”、“献给我的父亲”、“献给我的兄弟”、“献给我的姊妹”、“献给我的朋友”。这么多的花圈分别处在发展和腐烂的各个阶段，昨天的花圈还保持着鲜艳的色彩和明朗的光泽，去年的花圈则已变成了一捆霉烂的枯草！许多坟顶上装饰着小小的花园或神龛，它们表现了不同的趣味，有的点缀着花木和贝壳，有的安放着石膏像和瓷水罐，各种小玩意儿无奇不有！墓地上还挂着许多悼念品，最细心的观察者也会误以为这是一些小小的圆托盘，它们用绚丽的色彩描绘着一位夫人或一位先生，拿着一块其大无比的手帕，斜靠在结构最复杂、颜色最丰富的坟堆上，正沉浸在决非虚假的悲痛和决非浅显的苦恼中！许多未亡人把自己的名字刻在已死的丈夫的坟上，只留出一块空白，以便将来刻上她们离开这个枯燥的世界的日期；也有许多还没去世的丈夫对已死的妻子表现了同样的敬意，尽管其中不少人早已重又结婚！总之，那里的许多现象，对一个外人说来，也许只是多余的装饰，只有一点差可告慰，这就是：那些最轻的纸花放在最可怜的土堆上，也决不会遭到一只粗俗的手的侵犯，它们直到腐烂的一天始终作为神圣的悼念物搁在那儿！

“在这儿死亡的庄严性已荡然无存，”英国人先生正想这么说，蓦地想起了最后那个差可告慰的想法，它触动了他的仁慈之心，终于使他没有讲出口便向外走了。但为了寻找补偿，到了大门口还是忍耐不住，讲了一句：“这些人太多愁善感了！”（又是一声民族式的咒骂。）

他回家要经过军事操练场。他走过时，下士正在滔滔不绝地教导新兵，怎样靠一根绳子飞越深邃的奔流，走向荣誉之路；开始时，为了鼓励大家，他自己灵活地从平台上一跃而出，飞过了一两百英尺距离。他还走过一个小土堆（也许是下上亲手仔细堆成的），小蓓蓓便站在土堆上，把圆眼睛睁得大大的，打量着士兵的操练，像一只蓝白相间的奇怪的鸟。

“万一这孩子死了，”他转身走开时这么想道，“那家伙一定很伤心，这是他活该，谁叫他要做这种傻瓜。到那时，我想，他也会到那个异想天开的墓地去放一个花圈，挂一个托盘的。”

尽管这样，从窗口眺望了一两个早晨之后，一天，下士和蓓蓓在广场上散步时，他下楼来了，把手举到帽边，向下士行了礼（巨大的进展),说道:“你好。”

“你好,先生。”

“你在这儿找到了一个相当漂亮的孩子呢,”英国人先生说,用手摸摸她的下巴颏儿,低头瞧着她惊讶的蓝眼睛。

“先生,这是一个非常漂亮的孩子,”下士答道,对那句话特地作了客气的纠正。

“也很乖?”英国人先生问。

“也很乖。可怜的小东西!”

“哈!”英国人先生俯下身子,拍拍她的面颊,动作不太自然,仿佛觉得自己的妥协走得太远了。“我的小美人,你脖子上挂的什么奖章呀?”

蓓蓓没有回答,只是握紧了胖胖的小手,下士自告奋勇,向她解释道:

“蓓蓓,先生问你,这是什么?”

“这是圣母马利亚,”蓓蓓说道。

“是谁给你的?”英国人先生问。

“泰奥菲尔。”

“谁是泰奥菲尔?”

蓓蓓笑了起来,笑得那么快活,那么高兴,拍了拍胖胖的小手,还在广场的石板上跺小脚。

“他不知道泰奥菲尔是谁!哎哟,他什么人也不认识!什么也不知道!”然后,发现自己有些失礼,蓓蓓用右手抱住下士一条腿,把脸颊贴在军用灯笼裤上吻它。

“我想,你就是泰奥菲尔先生吧?”英国人先生问下士。

“是的,先生。”

“对不起。”英国人先生与他热烈地握了手,走开了。但是他转身时,正好与站在一块阳光中的米蒂艾先生打了个照面,后者向他脱帽致意，露出了赞美的笑容，这使他十分恼火。他一边答礼，一边用英语嘟哝道："嘿，胡桃壳先生！这关你什么事？"

英国人先生接连度过了好几个星期心烦意乱的傍晚和更加心烦意乱的黑夜，总是觉得天黑以后，前面说过的记忆之屋和仁慈之屋的窗户便会轧轧作响，他没能把它们完全钉死。同样，好几个星期以来，他与下士和蓓蓓的友谊也天天在发展。那就是说，他摸摸蓓蓓的下巴颏儿，与下士握握手，给蓓蓓几分钱，给下士抽支雪茄，最后甚至发展到与下士一起吸烟斗，与蓓蓓亲吻。但是他做这一切时，都不免忸忸怩怩，对米蒂艾先生老是站在那一块阳光中看他表演，也十分恼火。每逢发现这种情形，他便用自己的语言嘀咕："胡桃壳先生，你又在这儿！这关你什么事？"

总之，这成了英国人先生生活中的例行公事，他每天总想见到下士和小蓓蓓，每天发现米蒂艾先生盯着他瞧，便要生气。这种例行公事直到城里发生了一场火灾才改变。那是一个刮风的夜晚，水桶从一只只手上不断传递（在这件事上，英国人先生也尽了绵力），鼓声彻夜不停，但这以后下士突然不见了。

接着，蓓蓓也突然不见了。

她的失踪比下士迟几天，只是这几天中她非常憔悴，披头散发，也没洗澡，英国人先生跟她讲话，她不作一声，神色惶惶不安，转身便逃。现在，她似乎永远逃走了。窗外的广场上空空荡荡，十分凄凉。

由于天性害羞，不善交际，英国人先生没有向任何人提出过任何问题，只是从前面的窗口和后面的窗口观察，在广场上徘徊，向理发店张望，做这一切时还装出若无其事的样子，不断吹口哨，哼曲调，直到一天下午，米蒂艾先生那块阳光照耀的地方已没有阳光，按照一切规则和先例，他没有理由让他的红绶带再在屋外露面时，英国人先生却发现，他还在外面，离他十二步远已脱下帽子，向他走来！

英国人先生差点像平时一样骂出声音：“这关你什么……”但把话咽下了。

“唉，太伤心了，太伤心了！哎哟，这是不幸，多么悲惨！”老米蒂艾先生一边说，一边摇着灰白的脑袋。

“这关你……噢，我是说，米蒂艾先生，你在说什么？”

“我们的下士。哎哟，我们亲爱的下士！”

“他出什么事啦？”

“你没有听说？”

“没有。”

“那场大火。但是他这么勇敢，真是奋不顾身。啊，太勇敢，太不顾自己了！”

“见你的鬼！”英国人先生耐不住骂了起来。“哦，请你原谅，我这是讲我自己，我不大会讲法国话。请你往下谈吧，好吗？”

“一根横梁倒下来……”

“我的天！”英国人先生惊叫道，“压死了一个二等兵？”

“不。死了一个下士，就是那个下士，我们亲爱的下士。他的伙伴全都爱他。安葬仪式真是催人泪下，叫人太难受了。英国人先生，你眼睛中出现了眼泪。”

“这关你什么……”

“英国人先生，我尊重这种感情。我向你表示深刻的敬意。我不想再打扰你高贵的心灵。”

米蒂艾先生——他是一位绅士，那变脏的衬衫和颈巾的每一条纤维，那布满皱纹的手中捏的每一撮鼻烟，那可以装四分之一盎司鼻烟的小铁匣，都是无愧于一位绅士的身份的——米蒂艾先生拿着帽子走了。

英国人先生踱了几分钟，擤了几次鼻涕，然后说道：“在参观公墓的时候,真没想到,我还要到那儿去!”

他径直朝那里走,进了大门便站住了,心想是否先向门房问一声,那个坟墓在哪里。但是此刻他比平时更不想提什么问题,他想:“我总会看到些标志,知道那就是它。”

他慢慢走去,寻找下士的坟墓,从这条路走过去,又从那条路走回来,朝这儿看看,朝那儿望望,在十字架和纪念碑、石柱、方尖碑和墓石之间搜寻新近挖过的地点。现在他不免思忖,有多少人躺在这墓园内——以前他没想到有这么多人,连十分之一也没想到——他走了好久,找了好久,发现了一个个新坟,又不禁想道:“我会以为除了我,所有的人都死了呢。”

不是所有的人都死了。一个活的孩子躺在地上睡着了。真的,他在下士的坟上找到了辨认它的标志,这标志便是蓓蓓。

去世的士兵的伙伴们怀着深厚的爱修筑了他安息的地方,使它几乎成了一个精致的花园。蓓蓓便躺在碧绿的草地上,脸颊贴住坟墓。一个朴素的、没有油漆的木十字架插在草坪上,她用短短的胳臂搂住了这小十字架,就像过去多次搂住下士的脖子一样。他们在他的头端插了一面小旗子(法国的国旗)和一个月桂花圈。

英国人先生摘下帽子,默默站了一会。然后他跪在地上,轻轻抱起了孩子。

“蓓蓓!我的好孩子!”

她的眼泪还没有干,她睁开眼睛,起先吃了一惊,但是看清了那是谁,便让他抱着,还一眼不眨地盯着他瞧。

“你不能躺在这儿,我的小宝贝。你应该跟我一起回去。”

“不,不。我不能离开泰奥菲尔。我要和亲爱的好泰奥菲尔在一起。”

“我们可以去找他,蓓蓓。我们可以到英国去找他。我们可以到我女儿家中找他,蓓蓓。”

"我们在那儿能找到他吗?"

"能找到,他的精神在那儿。跟我走吧,可怜的孤独的孩子,"英国人先生说,声音轻轻的,他站起来以前,先摸了摸温柔的下士胸部的草皮,"上天可以作证,我是怀着感激的心情接受这个委托的!"

对一个独自来到这儿的孩子说来,这是一段很远的路。她不久又睡着了,现在她拥抱的已是英国人先生的脖子。他望望她的破鞋子,她那擦伤的脚,那困倦的脸,相信她每天都到那儿去。

他抱着睡熟的蓓蓓,离开坟墓以前,又站在那儿,恋恋不舍地俯视着它,恋恋不舍地望望周围的其他坟墓。"这是人们纯真的习惯,"英国人先生迟疑地说。"我想我也愿意那么做——在没人看到的时候。"

他走时尽量不惊醒蓓蓓,来到了门房间,那里出售各种小纪念品,他买了两个花圈,一个由蓝色、白色和闪光的银色组成,写着"献给我的朋友";另一个由比较素净的红色、黑色和黄色组成,也写着"献给我的朋友"。他拿着花圈,走回坟墓,又跪下了一条腿。他让孩子的嘴唇吻了吻较鲜艳的花圈,牵着她的手,让她把它挂在十字架上,然后他挂上了自己的花圈。归根结蒂,这些花圈与小小的花园还比较协调。献给我的朋友。献给我的朋友。

英国人先生抱着蓓蓓,从一个街角望到大广场上,只见老米蒂艾正佩着红绶带在那儿呼吸新鲜空气,这使他很不自在。他想尽办法要避开好好先生米蒂艾,花了不少时间和精力才神不知鬼不觉地溜回寓所,像一个被追捕的逃犯似的。安全地到达家中以后,他尽量一丝不苟地按照他时常看到的故世的下士的那一套办法,给蓓蓓梳洗,然后给她吃饭和喝茶,让她在他自己的床上睡了。这以后,他走出屋子,来到理发店,与理发师的老婆作了一次简短的谈话,依靠钱包和名片匣的直接帮助,便把蓓蓓的个人用品扎成小小一包,挟在膝下跟什么也没有似的,回到了家中。

要他冠冕堂皇地带走蓓蓓,或者为这功勋接受任何赞美或祝贺,这都是与他的为人之道和性格不相容的。第二天,他用巧妙的手法,把两只旅行皮包偷偷搬出了屋子,那副样子,从任何一个细节看都像是预备潜逃——确实,有一点是例外,那就是他付清了在城里欠下的少量账款,还留了封信给布克兰夫人,信里装着足够支付退租通知期房租的钱。火车要在半夜经过这儿,他便打算挈带蓓蓓搭这列火车返回英国,在得到他宽恕的女儿那里寻找泰奥菲尔。

半夜,月色明朗,英国人先生像一名不想害人的刺客,搂着蓓蓓而不是刺刀,偷偷离开了寓所。大广场上静悄悄的,街上也静悄悄的不见人影,咖啡馆打烊了,弹子房中的弹子一动不动地蜷缩在一起;分布在各处的警卫和哨兵也昏昏欲睡,甚至税务所永不餍足的食欲也暂时睡着了。

英国人先生穿过了广场,穿过了街道,穿过了居住着平民的城市,从包围着这一切的沃邦的军事工程中间走下去。第一个大拱门和边门的阴影落到他身上,又掉在后面了,第二个大拱门和边门的阴影也落到他身上,又掉在后面了,他隆隆的脚步声在后面较轻的回声伴奏下越过了第一座吊桥,他隆隆的脚步声又在较轻的回声的伴奏下越过了第二座吊桥,他跨过一条条停滞的水沟,走到了有水流和月光的地方,于是黑影和沉重的脚步声消失了,他的心灵获得了自由,那束缚它的不健康的暗流也不见踪影了。想想吧,你们这些用三层高墙和三重壕沟,用插销、锁链、铁条和吊桥封锁着自己的心灵的沃邦们,在黑夜降临,你们变得无能为力以前,快把一切工事夷为平地,让它们统统化为灰烬吧!

一切都很顺利,他走进了一节空车厢,使蓓蓓可以把对面的座位当床铺睡在那里,又用披风把她从头到脚盖好。他刚把这一切安排妥当,直起身子,靠在自己的座位背上,觉得心情十分舒畅的时候,蓦地发觉车窗外出现了一件奇怪的东西——一只小铁匣像幽灵一般从月光中升起,在空中浮动。

他俯过身去,伸出了头。下面,在铁轨、车轮和尘埃中间,他见到了米蒂艾先生和他的红绶带!

“请原谅,英国人先生,”米蒂艾先生说,伸直胳臂,举起了小匣子,车厢这么高,他又这么矮,“如果在临别以前,你慷慨的手肯从匣中取一撮鼻烟,这会使我永远珍重这只匣子。”

英国人先生把手伸出窗口,在那么做以前没有问那个老家伙,这关他什么事,却先跟他握了握手,说道:“再见! 上帝保佑你!”

“英国人先生,上帝也保佑你!”布克兰夫人喊道,原来她也站在铁轨、车轮和尘埃中间。“上帝也保佑那个现在跟你在一起的孩子,愿她在你的保护下得到幸福。上帝还会保佑你国内自己的孩子。上帝保佑你不致忘记我们。我们也不会忘记你!”

他刚从她手中接过一束鲜花,火车便向黑夜中飞驰而去。花束外裹着一张纸,纸上写着几个大字(无疑是那位字迹娟秀的侄儿的大笔):“向没有朋友的人的朋友致敬”。

“这个民族不坏,蓓蓓!”英国人先生说,把披风从她睡熟的脸上轻轻拉开了一些,使他可以吻她,“尽管他们都那么……”

但这时他自己也太“多愁善感”了,无法把话说完,只是抽抽搭搭哭了起来,火车在月光中驶过了几英里,他的手还没有从脸上移开。

第三章

牛皮纸包

我的作品出了名。我是一个年轻人,绘画是我的职业。你们曾不少次见过我的作品,但见到我却要难五万倍。你们说你们不想看见我？你们说你们感兴趣的只是我的作品，不是我本人？不要讲得这么肯定。且等一下。

让我们一开始就用白纸黑字把一切写清楚，免得以后不愉快，发生争执。这是经过我一个朋友看过的，他给人写标签，也会做文章。我是画画的年轻人——一个职业美术家。我的作品，你们见过不知多少次了，你们一直在打听我，你们以为你们看见过我。但是老实说，你们从没见过我，不论现在和今后，你们都不会看见我。我认为这已讲得相当清楚——我愤愤不平的原因便在于此。

如果世上有默默无闻的名人，那么这就是我。

有一个（或者据说有一个）哲学家讲过，世界对它的伟人一无所知。要是他的眼睛曾注意到我，他也许可以讲得更清楚一些。他可以这么讲：世界对表面在工作、取得荣誉的人知道一些，对实际在工作、没有取得荣誉的人却一无所知。这是同一回事的另一种说法——我愤愤不平的原因便在于此。

受到这种不公正待遇的不单是我，但我关心的主要是我自己受到的损害，不是别人的。我公开承认这点，因为正如我刚才所说，我是美术家，不是慈善家。至于像我一样受损害的人，那自然多不胜数。在你们竞争的苦海①中，你们每天录取的都是什么人？是那些被你们弄得晕头转向、终生冥顽不灵的幸运的应考人吗？根本不是。你们录取的实际是他们的老师和辅导员。如果你们的办法是正确的，为什么不干脆在明天早晨用丝绒座子盛着城门钥匙，带着乐队，举着旗子，跪在地上欢迎那些老师和辅导员，要求他们来统治你们呢？再说，你们的一切政府工作，你们的财务报告和预算书，都是这样；实际上，群众知道得很清楚，真正干这一切的是谁！你们的

---

① 英国于1855年开始实行公务员考试制度，称为“竞争考试”，改变了过去凭个人好恶任用文官的状况，但也带来了一定的弊病，有人把当时称为“考试的时代”。这里“竞争的苦海”即指这种考试。

贵人和官员是第一流的人物吗？不错，鹅也是第一流的家禽，然而我得告诉你们，鹅的肚子里要是没有填馅，你便会发现它实在毫无味道。

也许我是因为没有出名才发牢骚吧？但是其实我已出了名。不妨说我的作品具有永不消逝的魅力，它们不论在日光下，在灯光下，都同样吸引观众。那么毫无疑问，它们一定被收藏在什么展览馆里吧？不，不在那儿，它们没有被收藏在任何展览馆里。那么印成书了？不，也没印成书。它们总应该在什么地方吧？你们又错了，你们在什么地方也看不到它们。

你们说："不论怎样，你的心情很忧郁，我的朋友。"我的回答是：我已说过我是一个默默无闻的名人——我之所以牢骚满腹，原因便在这里。

凡是到过伦敦的人都知道，在泰晤士河的萨里区一边①，有个地方叫方尖碑，人们大多叫它大石柱。听我这么一说，没到过伦敦的人应该也知道了。我的住处离那地方不远。我是个很随便的人，不到绝对必要的时候不想起床，也不想挣钱，然后我重又躺下，直到把钱花光为止。

有一天我想出去吃些东西，走过滑铁卢大道，那是晚上，天已黑了，与我在一起的朋友是住在同一公寓里的，他是煤气装修工。这是一个很和气的人，曾在剧场干过活，确实，他本人也有些演员的气质，希望有朝一日能登台表演奥赛罗；但我不知道是不是由于职业的缘故，他的脸和手总是黑黑的。

"汤姆，"他说，"你心中好像藏着什么秘密！"

"是的，当当响先生，"（公寓中的人都这么称呼他，因为他住在二楼前楼，那是最好的房间，屋里铺满地毯，家具是自己的，即使不

---

① 指泰晤士河以南的伦敦南部地区。

是真红木,也是地道的仿制品。)“是的,当当响先生,我心中是藏着个秘密。”

“瞧,它把你弄得没精打采的,不是吗?”他说,从旁边打量着我。

“嗯,是的,与它有关的一些情况总使我提不起精神,”我说,叹了口气。

“它使你有些悲观厌世,是吗?”他说。“好吧,我告诉你,如果我是你,我决不把它放在心上。”

“如果我是你,我会像你一样,当当响先生,但是如果你是我,你也会像我一样。”

“啊!”他说,“这话有些意思。”

我们走了一小段路,他又开口了,拍了拍我的胸口。

“你知道,汤姆,用《陌生人》①这出家庭伦理剧的作者的话说,你心中藏着默默的忧郁。”

“是这样,当当响先生。”

“汤姆,我希望,”他压低嗓音,用友好的口气说道,“它不致在那儿打上烙印,使你一蹶不振吧?”

“不会,当当响先生。不要担心。”

“也没有使你伪造……”当当响先生打住了,然后又道:“比如,在什么事上弄虚作假?”

“没有,当当响先生。我是一个守法的画家,靠画画过活,此外我没什么好说的。”

“啊!那么你的命运不好?受到了损害?生不逢辰?照我推测,似乎有什么烦恼在暗暗吞噬你的精力,”当当响先生说,露出羡

① 德国剧作家科采布(1761—1819)的作品,1798 年由英国著名剧作家谢里丹改编后在英国上演,曾轰动一时。

慕的表情瞟了我一眼。

我告诉当当响先生，如果要问详情，大致便是这样；可我发觉，他似乎还对我很钦佩。

我们边走边谈，忽然看到了一群人，大部分在竭力往前挤，仿佛想看人行道上的什么东西。原来那是用彩色粉笔画在人行道石板上的各种图画，旁边点着两支插在泥烛台中的蜡烛。这些画包括一条大马哈鱼的头部和上半身，很新鲜，像刚从鱼摊上买来的；一片月光照耀下的海面（呈圆圈形）；一些死猎物；一些涡形花纹；一个头发花白、正在虔诚默祷的隐士的头像；一只衔着烟斗在吸烟的猎犬；一个小天使，皮肤的皱纹像刚出生的婴儿，正为传达使命迎着风向前飞行。这一切我认为画得都很出色。

一个衣衫破旧、外表谦逊的人跪在这画廊的一边，浑身瑟瑟发抖（其实天气并不冷），正在从月亮上吹掉粉笔灰，用一块皮革擦隐士头像背后的轮廓，或者把一两个字母的笔尾描粗一些。我忘了提到，地上也写着一些字，这些字据我看也写得不坏。那是用圆形字体写得很工整的几行字："一个正直的人是上帝最高尚的工具。1 2 3 4 5 6 7 8 9 0。镑，先令，便士。愿担任抄写之类的卑微工作。女王万岁。饥饿使人0 9 8 7 6 5 4 3 2 1 痛苦不堪。小排骨，樱桃饼，福、德、禄、得、力、多。天文学和数学。为了家庭乞求怜悯。"

这场优美的表演在人群中引起了一片啧啧赞赏的声浪。画家完成修饰工作（其实只是把那些地方弄糟而已）以后，便坐在人行道上，两腿蜷曲，膝盖挨近了下巴。半便士铜币开始滚进场地内。

"看到有才能的人这么潦倒不堪，真叫人难过，是吗？"群众中一个人对我说。

"要是让他油漆马车或者粉刷房子，他一定可以干得很出色！"由于我没有作声，另一个人这么回答第一个人。

“说真的,他写得太好了……大法官先生的字也不过如此!”又一个人说道。

“还不如他,”另一个人说道。“我看见过他写的字。他要靠写字养家活口还办不到呢。”

这时,一个女人指出,隐士的头发松松软软的,跟真的一样,她的女友又指出,大马哈鱼的鳃简直使你觉得它在喘气。接着,一个乡下老先生走到前面,问那个谦逊的人,他是怎么画这些画的?那个谦逊的人从口袋里掏出用牛皮纸包的一些颜色粉笔,拿给老先生看。然后一个白皮肤、黄头发、戴眼镜的笨蛋问道,那个隐士是谁的画像?于是谦逊的年轻人露出忧郁的目光,瞧了它一眼,答道,从某种程度上说,这是他记忆中的父亲。这使一个小孩嚷道:“那只衔烟斗的猎狗敢情是你的母亲吧?”但是一个富有同情心的木匠,马上用工具箱搡了一下孩子的背,把他撵走了。

每逢有人问一句或者讲一句,人群便用力向前挤一些,丢在地上的半便士铜币也更多了,谦逊的年轻人把它们一一捡起,神色更显得诚惶诚恐。最后,又有一个老先生走到前面,递了一张名片给画家,请他明天到他的事务所去,他可以让他做些抄写工作。与名片一起递过去的还有六个便士,画家深深表示了感谢,在把名片插进帽子以前,先凑在烛光下,把它默默念了几遍,以防万一名片丢了,仍可记住地址。群众对这件事发生了很大兴趣,站在第二排的一个人操起粗哑的嗓音,对画家说道:“你现在有出路了,是吗?”画家答道(然而带有十分沮丧的鼻音):“但愿如此。”于是人群中响起了一片声音:“现在你好了。”半便士铜币从此少得多了。

我觉得有人挽住我的胳臂,把我拉走,到了第二个十字路口,只剩了当当响先生和我两人。

“喂,汤姆,”当当响先生说道,“你脸上的表情多么可怕!”

“是吗?”我说。

“是啊，”当当响先生说，“你的神色好像你要杀死他似的。”

“杀死谁？”

“那个画家啊。”

“那个画家？”我反问道。于是我大笑起来，笑得那么疯狂、粗野、阴沉，断断续续的，十分刺耳。我自己也意识到了这点。我十分清楚。

当当响先生瞪了我一眼，有些吃惊，但没说什么，这样，我们走完了一条街。然后他蓦地站住，食指哆嗦着，说道：

“托马斯，我觉得必须老实同你讲。我不喜欢嫉妒的人。我发现有一种东西在腐蚀你的灵魂，那便是嫉妒，托马斯。”

“是吗？”我说。

“是的，是这样，”他说。“托马斯，要提防嫉妒。这是绿眼珠的魔鬼，它不会，永远不会使你看到光明，只会让你看到黑暗。我怕嫉妒的人，托马斯。我承认，你这么嫉妒，使我感到害怕。你看到一位天才的竞争者的作品，听到对他的赞美声，尤其是在他揣起名片，露出谦逊的目光时，你的脸色这么凶恶，叫人不寒而栗。托马斯，我听说，从事艺术工作的人都是嫉妒的，但我从没想到它会这么厉害。我希望你幸福，但是我只能与你分手。我相信，总有一天你会杀死，或者勒死你的一位同行，到那时，我希望你别叫我出庭作证，这势必对你的案件不利。”

当当响先生说完这些话便离开了我，我们的友谊从此破裂了。

我有了心上人。她名叫亨利艾塔。尽管我落拓不羁，为了找她，我还是时常很早起床。她也住在大石柱一带；我真心希望，不致出现第三者妨碍我们的结合。

说亨利艾塔水性杨花，这与说她是一个女人差不多。说她沉醉在漂亮的帽子中，这只是稍稍表现了她天性中占压倒优势的趣味。

她答应与我一起散步。让我为她说句公道话，她这么做只是为了考验我。她说:“托马斯,我不过把你看作朋友,我们之间还谈不上其他。但是作为一个朋友,我愿意与你一起散步,说不定这能使我对你产生更温柔的感情。”

于是我们常在一起散步。

对亨利艾塔的迷恋,促使我每天很早起床。我勤奋作画,改变了过去的作风,凡是熟悉伦敦街头景物的人,都不难看到当时街上的画廊增多了。但是且慢!让我慢慢道来!

10月的一个晚上,我正与亨利艾塔一起散步,享受着从游乐场桥上吹来的习习凉风。我们慢慢转了几圈,亨利艾塔便不时喘气(爱情常常使女人激动),说道:“我们回去吧,从格罗夫纳广场、皮卡迪利大街和滑铁卢回去。”为了免得外地人和外国人不明白,我得说,这些地方在伦敦是很有名的,最后那个滑铁卢,那是泰晤士河上的一座桥。

“不,不要走皮卡迪利街,亨利艾塔,”我说。

“为什么不走皮卡迪利街,这是什么道理?”亨利艾塔说。

我能告诉她吗?我能承认,不祥的预兆正威胁着我吗?我能使她了解我吗?不能。

“我不喜欢皮卡迪利街,亨利艾塔。”

“但是我喜欢,”她说。“现在天黑了,皮卡迪利大街上天黑以后,那长长的一排排灯多么好看。我一定要走皮卡迪利街!”

当然只得照办。这是热闹的夜晚,街上行人不断。气候凉爽,但不太冷,也不太潮湿。让我悄悄说一句,这是一切夜晚中最好的一夜——正好符合要求。

我们经过王宫的花园围墙,沿格罗夫纳广场走去,亨利艾塔咕哝道:

“我但愿我是个王后。”

“为什么,亨利艾塔?”

“这样我就能使你变成大人物,”她说,把两只手围住我的胳臂,别转了脸。

从这一切看来,上面提到的更温柔的感情似乎已开始涌现,于是我按照这信念校正我的行动。我们高高兴兴走上了讨厌的皮卡迪利大街。大街的右边是排列成行的树木、绿色公园的铁栏杆、空阔宽敞的人行道。

“哎哟!”亨利艾塔突然喊道。“那儿出了什么事?”

我向左边看看,说道:“亨利艾塔,哪儿?”

“不是那儿,傻瓜!”她说。“在对面,公园的栏杆下。围着一群人的地方。噢,那不是出了什么事,那是大家围着在看什么!喂,那是什么亮光?”

她提到的亮光是从人群脚边射出的,这是点在人行道上的两支蜡烛。

“噢,跟我来!”亨利艾塔喊道,带着我飞也似地穿过了马路。我不愿意,但没有用。“我们瞧瞧去!”

又是人行道上的一些画。中间一幅是冒烟的维苏威火山(呈圆圈形),周围是四幅椭圆形的画,它们分别是:一只在大风浪中航行的船、一只羊腿和两条黄瓜、一片金黄色的麦浪和主人遥远的小屋、一副与真的差不多大小的刀叉;中间那幅顶上还画着一串葡萄;这一切上面是一条彩虹。这些画我认为都画得很出色。

守在这些美术作品旁边的人,除了衣服破旧以外,其余都与前面那个人不同。他的整个外表和举止显得生气勃勃。尽管衣衫不整,他似乎向群众表明,贫穷没有使他意志消沉,他光明正大,努力发挥自己的才能,丝毫不必感到羞耻。他也写了一些字,它们带有同样乐观的调子,那是这么一些情绪:“作者是贫穷的,但并不绝望。他向1 2 3 4 5 6 7 8 9 0英国的公众呼吁,英镑,先令,便士。我们英勇的军队万岁!我们剽悍的海军0 9 8 7 6

5 4 3 2 1万岁！一个用普通粉笔写字的人 ABCDEFG 能得到英国人的器重，他愿意担任国内任何合适的工作！万岁！”这些字据我看都写得相当不错。

但是有一点这个人与上一个人一样，只是更加卖力，那就是他也不断挥舞着牛皮纸和橡皮擦子，有时把一些字母的笔尾描粗一些，有时吹掉彩虹上的粉笔灰，有时把羊腿的轮廓描得鲜明一些。虽然他这么做的时候显得很有信心，但（我觉得）他对绘画实际一窍不通，越描越糟，在他开始描金黄色麦浪远处，从主人的小屋烟囱中袅袅升起的紫色炊烟时（那烟本来画得相当柔和美丽），我自己也没意识到，蓦地惊叫道：

“请你别动它，好吗？”

“喂！”站在我旁边人群中的一个人说道，用胳膊肘捅了我一下，“你干吗不先打个电报来？要是我们知道你会来，就会为你准备更好的画啦。难道你比他自己更了解他的作品不成？你有没有立好遗嘱？你这么聪明，恐怕活不长。”

“朋友，别难为这位先生，”美术作品的主人说，眼睛望着我闪闪发亮，“他可能也是一位画家。如果这样，朋友，我相信他会与我有同感的，瞧，”他一边讲，一边便动手修饰他的画面，每描一下，便得意扬扬拍一下手，“这些葡萄的颜色我得让它淡一些，彩虹中的橙黄色得深一些，这个字母上的黑点我得描浓一些，黄瓜得增加一些光泽，羊腿上得多一些油脂的感觉，在风浪中航行的船只上面得增添一道闪电光。”

这一切他做得这么熟练，这么灵巧，半便士铜币纷纷飞到了地上。

“谢谢，慷慨的先生们，谢谢！”画家说。“你们的鼓励会使我更加努力。我的名字也可能登上英国画家名人录。我在你们的鼓舞下，要做得更好。我一定会这么做。”

"你那串葡萄画得不能再好了,"亨利艾塔说。"喔,托马斯,瞧那些葡萄!"

"不能再好了吗,小姐?我希望有一天,除了你那双明亮的眼睛,那一对漂亮的嘴唇以外,我什么都能画。"

"托马斯,真的吗?"亨利艾塔说,接着又红了脸,对那个年轻人道:"先生,你能画到这样,一定花了不少时间。"

"我从小就是学画的,小姐,"年轻人说,一边轻快地润饰着他的作品,"两年前,我还一直住在西班牙和葡萄牙的山洞中学习绘画呢。"

人群中响起了一片笑声,又有一个人挤了进来,站在我身边说道:"这小伙子真是年轻有为,对吗?"

"瞧,多么好的眼睛!"亨利艾塔温柔地喊道。

"对!他需要这么好的眼睛,"那个人说。

"对!这正是他需要的,"人们在啧啧赞赏。

"他没有那样好的眼睛,就画不出那样好的火山,"那个人说。他那副神气无异是当之无愧的权威,每个人的目光都跟着他的手指转向了火山。"在明亮的灯光下要取得那样的效果,也非得有敏锐的眼睛不可,何况在两支蜡烛光下——那简直是在一片漆黑中作画!"

那个骗子假装什么也没听到,两只眼睛同时眨个不停,好像他的视力已使用过度,还把长长的头发——非常长——朝后一甩,似乎要让发热的额头凉快一些。我正在观看他的表演,亨利艾塔突然在我耳边说道:"啊,托马斯,你的神色多么可怕!"随即挽住我的胳臂,把我拉走了。

想起当当响先生的话,我有些惶惑,答道:"你说可怕是什么意思?"

"啊,我的天!"亨利艾塔说道,"真的,你的神色好像要杀死他似的。”

我正想回答:“我真恨不得打他一巴掌呢。”但我克制住了,没有开口。

我们默默地往家中走。路上每走一步,刚才像涨潮一般升起的更温柔的感情便退后一步,终于一落千丈。我的行动也随着涨潮和退潮在变化,刚才挽住她的胳臂变得软绵绵的,要不是给她挟住,早已垂了下来。分别时,我祝她晚安,但声音那么冷淡,如果我说这是用锉刀在锉她,大概没有越出真实的范围。

第二天我收到了下面这份声明:

亨利艾塔通知托马斯:我的眼睛一直向你睁开着。我曾经希望你幸福,但是我们只能分手,我们的道路隔着一条不可逾越的鸿沟。一个人对别人的成就如此嫉恨——用那种目光看他的人!——我绝对不能与他一起……

亨利艾塔

附启:我是指不能与他一起走向教堂的圣坛。

接到这信以后,我又变得懒散了,我在床上躺了一个礼拜。在这段时间里,伦敦失去了我通常提供的劳动成果。等我重又开始作画时,我得悉亨利艾塔已嫁给皮卡迪利大街上的那个画家。

我对画家该怎么说呢?那是多么残忍的话,表现了多么令人痛心的虚伪,多么难以忍受的嘲笑!我……我……我才是画家。我才是皮卡迪利大街上真正的画家,滑铁卢大道上真正的画家,我是人行道上日夜引起你们赞美的那一切作品的真正作者。我画了它们,又把它们出租了。你们看见那个人拿着牛皮纸包的粉笔和橡皮擦子,在修饰字母的笔画,在加深大马哈鱼的轮廓,你们便以为这都是他画的,把钱丢给他,实际他只是租了——是的,我老实告诉你们！——租了我画的那些作品，除了那些蜡烛，其余都不是他们的。

在一个商业社会中，天才就是这样。我不会假装哆嗦，我也不会假装快活，更不会乞求抄写员的工作，我会的只是创作，只是绘画。因此你们永远看不到我，你们以为看到了我，实际看到的是别人，而这个别人只是生意人。我和当当响先生在滑铁卢大道看到的那个人，只会写一个字，那还是我教他的，这个字便是"乘法"——你们看到他写的时候是倒写的，因为他不会正写。我和亨利艾塔在绿色公园栏杆边看到的那个人，他只会——在万不得已必须表演一下的时候——用衣袖和橡皮擦子涂抹彩虹的两端，却画不成彩虹的弧线，哪怕要了他的命，他也不会画月光、鱼、火山、触礁的船、羊肉、隐士，或者我的任何出色作品。

我的结论正如我开头说的一样：如果世上有默默无闻的名人，那么这就是我。不论过去、现在和将来，你们会经常看到我的作品，但想看到我却要难五万倍，只有到了夜深人静，蜡烛点完，生意人走了以后，你们才会发现一个孤零零的年轻人在不倦地擦掉那些画的痕迹，使别人不能再恢复它们。这就是我。

第四章

精彩的结局

不用我说，大家已明白，我出售了前面两篇文章。因为它们既然印在这刊物上，读者（我应该称他高贵的读者吧？）自然可以得出结论，我把它们卖给了一个还从没……①

这些稿子在十分有利的条件下——因为在与这份杂志开始磋

---

① 这句奉承的话由编者删去了后半句。——原注

商时，我没有让那个人任意摆布，这个人，用另一个人的话说，是……①——脱手之后，我重又从事平时的工作了。但是我很快发现，这时刚开始脱落头发的脑门背后那个风平浪静的区域，突然变得不平静了。

不必转弯抹角，我提到的那个脑门当然是我自己的。

是的，不安像神话中怪鸟的黑翼一样覆盖了那个脑门，这情形凡是神志正常的人都不难想象得到。否则，我就不可能马上对他作深入思考。我想到现在那些作品必然会印在纸上，要是他还活着，就难免看到它们，这些思想像黑夜的魅影压在我困倦的心灵上。我的精神崩溃了。不论酒或药都无济于事。我求助于这两者，但它们对我身体的作用，只是使它更加萎靡不振，每况愈下。

我陷入了这种闷闷不乐的状况，开始设想，万一他——那个陌生人——来到餐厅中，向我索取赔偿，我该怎么说；就在这时，也就是今年 11 月的一个上午，命运和良心联合一致，把我带到了一个转折点上。我独自在餐厅中，刚把炉火拨旺，正背对它站着，希望火的热度能对我内心的声音发生安抚作用，这时一个年轻人突然出现在我面前，他戴一顶便帽，容貌显得聪明伶俐，只是头发似乎需要剪了。

“茶房领班克利斯托弗先生吗？”

“一点不错。”

年轻人晃了晃脑袋，使头发不致挡住视线，从胸口掏出一包东西，递给了我，一边露出含有深意的目光（或者是我想象的？）瞧着我说道：“这是校样。”

虽然我嗅到了我的外套下摆正在给火烤焦的味道，我却没有力气把它拉开。年轻人把纸包放在我哆嗦的手中以后，又说了一遍（我得讲句良心话，他对我很有礼貌）：

---

① 这句奉承的插话由编者删去了后半句。——原注

“这是校样。A.Y.R.的。”

说完这话,他便走了。

A.Y.R.?“你也记得”——是这意思吗?“后果由你负责”——表示要提醒我一声?“当心你的报应”——那么这是向我提出警告?还是“别胆大妄为,后悔莫及?”不过不像,幸好多个O,这儿的母音是A。①

我打开纸包,发现里边是印出的前面那些文章,也就是读者(我应该称他无所不知的读者吧?)看到的那些。那么,A.Y.R.是“一年四季”?但哪怕这个差可告慰的声音也没有用,它无法勾销证明这个词。② 这名称太巧妙了。它是我出售文章的证明。

我的不安与日俱增。直到木已成舟,即将付印的时候,我才想到我冒的风险,我不顾一切把它们公开发表的危险性。但是退还稿费、取消协议、收回稿件,我办不到。我的家庭在社会上没有地位,圣诞节又快到了,一个兄弟得了病住在医院里,一个妹妹得了风湿性关节炎,他们都要靠我接济。何况在一个家庭中,不仅这些得了什么的需要帮助,随时会影响告贷无门的茶房的生计,还有不少失了什么的也要帮助。我的一个兄弟失了业,另一个兄弟失去了支付一张到期票据的能力,还有一个兄弟失去了理智,又有一个兄弟失去理智,跑到了纽约(情况不同,但实际一样),这一切确实弄得我束手无策,不得不另谋出路。我越琢磨越怕,时常想到那份校样,想到圣诞节越来越近,校样正式印行之后,危险随时可以降临,说不定哪一天他会走进餐厅,来到我的面前,当着大家的面向我索取赔偿。

我开头向读者(也许我应该称他知识渊博的读者?)隐约指出的那个令人难忘的、不受欢迎的灾难,现在已迅速向我逼近。

---

① 这是狄更斯的文字游戏,凡引号中的话都可以用A.Y.R.作缩写。

② 这也带有文字游戏性质,英文“校样”与“证明”是同一个词,因此才这么说。《一年四季》是狄更斯主编的刊物,于1859年开始发行,本文即登在该刊物上。

依然还是十一月，但盖依·福克斯早已付之一炬，无声无息了①。我们正处在淡季，腿肉的销售额已低于一般水准，酒当然也相应减少。最后生意一落千丈，26、27、28 和 31 号房间的旅客在六点钟吃完饭、喝完酒、打完瞌睡，便分别坐上各自的出租马车，前往车站搭乘各自的邮政夜车了。旅馆走空了。

我拿了晚报，坐在六号桌边——那里暖洋洋的，最为舒服——沉浸在白天那些难忘的思想中，不久睡着了。熟悉的叫喊声把我从梦中惊醒："茶房！"我马上应了一声："先生！"发现一位先生站在四号桌边。请读者(我应该称他明察秋毫的读者吧?)注意这位先生站的位置：四号桌边。

他手中提着一只新式的非折叠式旅行包(我反对这名称，因为我不明白，为什么你要折叠时，不能像你父亲从前那样折叠它们)，说道：

"我要吃点东西，茶房。今天夜里我打算住在这儿。"

"欢迎，先生。您想吃些什么，先生?"

"一客汤、一盆鳕鱼、一碟牡蛎沙司、一块腿肉。"

"是，先生。"

我给使女打了铃，普拉歇特太太按照惯例进来了，装模作样地把一支点亮的蜡烛举在面前，仿佛她后面还跟着大队人马，只是这些人都看不见罢了。

这时候，那位先生已走到壁炉架前，面对着炉火，把额头靠在壁炉架上(它本来不高，因此他全身的姿势像准备跳跃的青蛙)，深深叹了口气。他的头发又长又软，他把额头靠在壁炉架上时，头发便垂了下来，形成蓬蓬松松的一团，覆盖在眼睛上，现在当他转身又抬

① 1605 年 11 月 5 日，英国一些天主教徒阴谋在议会开会时炸毁议会大厦，事败被捕，为首者名盖依·福克斯，于次年被处死。以后每年 11 月 5 日，英国人民便要焚烧盖依·福克斯的模拟像，庆贺对天主教徒的胜利。

起头时,头发便蓬蓬松松地覆盖在耳朵上。这使他那副尊容显得很粗野,像生满野草的荒地。

“啊! 使女。对!”他心里似乎在琢磨什么。“当然。是的。我现在不想上楼,你不妨先把手提包拿上去。现在只要把我的房间号码告诉我就成了。你能给我 24B 室吗?”

(我的天,这真是一条毒蛇!)

普拉歇特太太给他安排了那间屋子,拿着手提包走了。于是他走回壁炉前面,开始咬他的指甲。

“茶房!”他一边咬一边说,“给我拿些,”又咬一口,“纸和笔,过五分钟,”又咬一口,“劳你驾,”又咬一口,“给我叫,”又咬一口,“一个送信的脚夫。”

他毫不在意正在冷却的汤,接连写了六张便条,发出以后才开始用餐。三张送往城区,三张送往西区。城区的信是送往谷山、勒德门山和法林顿街的。西区的信分别送往大马尔巴勒街、新伯林顿街和皮卡迪利大街。六处地方无一例外都毫无反应,什么回信也没有。我们那位飞毛腿脚夫回来报告以后,小声对我说:“那都是书商。”

但是这以前他已吃完了饭,喝完了酒。现在他——请注意,这与前面全文照录的账单不谋而合——心慌意乱,胳膊肘把饼干碟子碰到了地上(但没有打碎),要了一杯煮热的掺水白兰地。

现在我可以肯定,这就是他,我不禁冷汗直冒。等他把那些热酒喝下了肚,变得面红耳赤以后,他又要了笔和纸,接连写了两个小时,完成了一篇稿子,但接着又把它丢进火里烧了。最后他由普拉歇特太太送到楼上房间里。普拉歇特太太(她了解我的心情)下楼后告诉我,她发现他的眼睛一直在向走廊和楼梯的每个角落张望,仿佛想找他的行李;她关上 24B 的房门时,回头瞧了一眼,只见他没脱衣服,便全身钻进了床底下,像应用机器以前的扫烟囱工人一样。

第二天——我度过了担惊受怕的一夜——在伦敦我们这个地区大雾迷漫，餐厅里白天也非得点煤气灯不可。我们还是只有两个人，他坐在四号桌边，由于煤气表有些毛病，灯光闪闪烁烁，他也忽隐忽现，但我心慌意乱，根本顾不到这一切。

他又叫了饭菜，然后出门了，去了有一两个钟头。回来后他便问有没有给他的回信，听到了不容置疑的否定答复以后，他立即叫了咖喱肉饭、辣椒粉和橙汁白兰地。

我觉得生死存亡的斗争已迫在眉睫，同时又认为我必须鼓起勇气与他周旋到底，怀着这观点，我决定他吃什么，我也吃什么。我坐在隔板背后，但眼睛从布帘上面盯住了他，开始吃我的咖喱肉饭、辣椒粉和橙汁白兰地。到了稍晚一些时候，他又叫了橙汁白兰地，我也用轻一些的声音，向我的第二助手（第一助手请假了）乔治叫了这酒，他是在我和酒吧之间跑腿的。

在那可怕的一天中，他不断在餐厅里踱来踱去，还不时走到隔板紧跟前，朝我这里瞧瞧，显然要为他的行李寻找蛛丝马迹。到了六点半，我给他铺桌布。他叫了一瓶红陈酒。我同样叫了一瓶红陈酒。他喝他的酒，我喝我的酒（只要我的职务允许），他举杯，我也举杯。他最后喝了一小杯咖啡，我最后也喝了一小杯咖啡。他打盹儿，我也打盹儿。最后，“茶房！”他吩咐开账单。现在终于到时候了，我们得短兵相接了。

像箭之离弦一样，我迅速作出了决定；换句话说，就是在一分钟内，我便当机立断，下了决心。我决定我应该首先打破僵局，公开承认一切，按照我的能力提出逐步解决的办法。他付了账（对我的伺候给予了合理的酬劳），眼睛向周围打量着，仿佛直到最后还在找那些行李的踪迹。我们的目光只相遇过一次，我发现他跟著名的蛇怪①

① 传说中的毒蛇之王，据说它的眼睛一瞪，便能致人死命。

似的，眼睛那么炯炯逼人（我想我这么形容他，该没有错吧？）。决定性的时刻到了。

我虽然觉得有些丢脸，还是伸出了坚定的手，把校样放到了他面前。

“我的老天爷！”他大喊一声，跳了起来，抓住了自己的头发。“这是什么？印出来了！”

“先生，”我答道，声音沉着，把身子向前俯出一些，“我请您原谅，我得承认我便是一切不幸的根源。但是我希望，先生，您听到我说明情况，了解我并无不良意图之后……”

叫我吃惊的是，他蓦地用两条胳臂抱住了我，把我搂在胸口；我不得不承认，他这一搂，我的脸（尤其是鼻子）便暂时遭了殃，因为他的外套扣子一直扣到了脖颈上，而且扣子非常硬。

“哈哈哈！”他喊道，放开了我，发出一阵狂笑，握住了我的手。“你是我的恩人，你叫什么名字？”

“先生，我的名字，”（我给憋得喘不出气，一时摸不着头脑），“是克利斯托弗；先生，我希望你听了我的解释……”

“印出来了！”他又叫道，拿着校样拼命在身上拍打，好像要用它洗澡似的。“印出来了！啊，克利斯托弗！我的大恩人！我不知怎么报答你才好——但是你愿意接受多少钱呢？”

我从他身边退后了一步，否则难免又得在他的钮扣上遭殃了。

“先生，我告诉你，我已经拿到了一大笔钱，而且……”

“不，不，克利斯托弗！别讲那种话！克利斯托弗，你要多少钱才满意？二十镑够不够，克利斯托弗？”

不论我的惊讶多么大，我自然还是知道应该怎么回答：“先生，我觉得，要是二十镑还嫌少，这样的人不是没有出生，便是头脑积水过多，神经不太正常了。但是，老实说，我非常感激您，”因为他这时已从钱袋里掏出两张钞票，塞在我手里，“不过请允许我不揣冒昧问一声，先生，我做了什么，蒙您这么慷慨？”

“好吧，我告诉你，我的克利斯托弗，”他说，“从小时候起，我就不断想发表作品，又不断失败。要知道，克利斯托弗，所有活着的书商——几个已经死了——都拒绝印行我的作品。要知道，克利斯托弗，我写的东西真的堆积如山呢，但没有一篇印行过。但是我要把它们念给你听，我的朋友和兄弟。你总有假期吧？”

看到我面临着巨大的危险，我当即鼓起勇气答道：“从来没有！”为了彻底关门，我又加了一句：“从来没有！从我出生到进棺材，从来没有假期！”

“好吧，”他说，不再想那件事，又捧住了他的校样格格笑个不住。“但是我的文章印出来了！从我父亲的小茅屋里萌芽的心愿终于初步实现了！金碗[①]，”他继续道，“经魔术师的手一打，发出了美妙悦耳的声音！我的克利斯托弗，这是什么时候的事？”

“先生，您问什么事？”

“这玩意儿呀，”他得意扬扬地举起了校样，“它是什么时候印的？”

我把经过情形告诉了他，他又用手攥住我，说道：

“亲爱的克利斯托弗，多谢你，要知道这是你充当了命运手中的工具。因为你确实起了这作用。”

一阵凄凉的感觉掠过了我的脑海，我摇了摇头，说道：“也许我们都是命运手中的工具。”

“我不是那个意思，”他答道，“我不是从广泛的意义上讲的，我只是指这件具体的事。听我告诉你，我的克利斯托弗！不论我怎么努力，我都无法使我行囊中的稿子脱手——我把它们全都送了出

① 见《圣经·旧约·传道书》第12章第6节：“银链折断，金碗破裂……尘土仍归于地，灵仍归赐灵的上帝。”原意是指人的一生结束了，这里略有不同，指生命开花结果了。

去,但又全都退了回来——于是我把行李留在这儿,这到现在已经七年,我想,不论怎样,这些老是不肯离开我的稿子至少不致再回到我的身边,如果有人不像我这么倒霉,能把它们送到世上,那么这也是不幸中之大幸。我的克利斯托弗,你明白我的意思了吗?"

"很好,先生。"我不仅明白,还非常明白,因此我断定,他的头脑一定出了毛病,那些加热橙汁白兰地和红陈酒正在对它发生作用。(红陈酒,尤其是加热以后,是最容易使人喝醉的。)

"岁月流逝,那些稿子却一直在灰尘中睡大觉。最后,命运从整个人类中选出了一位代理人,派你来到这儿,克利斯托弗,于是,瞧,盒子打开了,巨人自由了!"

他说完后,把头发揪得乱蓬蓬的,踮起了脚。

"但是,"他在兴奋之余突然想起了,"我的克利斯托弗,我们必须坐一个通宵啦。我得为印刷所校阅一下这些校样。把墨水装满,拿几支新笔给我。"

他校了一夜,弄得身上、校样上都沾满了墨水,以致当太阳向他发出警告,它即将乘着四轮马车长驱而来时,人们几乎说不清哪里是校样,哪里是他,哪里是墨水渍了。他最后的指示是,我应该立刻把他校过的校样,送往这杂志的编辑部。我照办了。但是这些修改多半不会在杂志上出现,因为我正在写这些结束语时,发现了从博福德印刷所送来的一封信,信上说,他们用尽了一切办法,也无法看清那些字的意义。于是他们中的一位先生——我不想进一步说明他的姓名,但只要提一下,在这个海洋包围的辽阔岛屿上,不论我们从什么角度看他……①——不禁哈哈大笑,把那份校样丢进了火里。

① 这句奉承的插话由编者删去了后半句。——原注

咧咧破太太的公寓

第一章

咧咧破太太的经营方针

要不是一个单身女人为了谋生，谁愿意自讨苦吃，干出租公寓的营生，这简直不可思议，亲爱的——请原谅我这么不拘形迹。在我自己的小房间里，我想跟我信任的人谈谈心，这是理所当然的，如果他们都像个人，那自然谢天谢地，可惜实际不是这样。你刚把招租牌子挂上窗口，嘿，你的表本来好端端放在壁炉架上，你一转背，好，再见吧，你的表就不翼而飞了。不论来的人多么衣冠楚楚也没用，哪怕跟我一样是个女的也不保险，我通过方糖钳子得到过教训。那天来了一个太太（样子倒满不错的，像位夫人），她要我给她倒杯水喝，说她快坐月子了，这话不假，不过她坐月子是坐进了警察局。

河滨大道诺福克街八十一号——它坐落在城区和圣詹姆士宫之间，步行五分钟就可以到达各个主要的公共娱乐场所——是我的地址。这幢房子我已租了许多年，这有教区的税收册子可以作证，我但愿房东也像我一样，还记得这事，但是可惜，哪怕给他搽半磅药膏也不能叫他起死回生了，亲爱的，你就是跪在地上，他也像屋顶上的瓦片一样不知道啦。

亲爱的，你在布雷德肖的《铁路导报》①上是从来看不到河滨大道诺福克街八十一号的广告的，多谢老天爷，它永远不想在那儿登广告。有的人不知羞耻，让自己的名字在那儿出丑，甚至还把房子画了图登在报上，又弄虚作假，房屋前面一个个黑点都算是窗户，门口还停了一辆四匹马的车子。老实说，街对过下面一些的沃泽纳姆爱干的事，我不爱干，沃泽纳姆小姐有她的观点，我有我的。她为了招揽生意，总是故意压低房租，还煞有介事，像在法庭上宣誓一般声称："如果咧咧破太太规定一星期十八先令，我定的价格是十五先令六便士。"对，这样你和你的良心才能相安无事——对不起，为了论争方便，我把你当作沃泽纳姆了，我当然知道你不是，如果你真是她，你在我眼里就分文不值了。她的话都是胡诌，什么宽敞的卧室、通宵值班的脚夫，还是少说为妙，卧室闷热不通气，脚夫云云更是谎话。

我与可怜的咧咧破先生结婚，那还是四十年前的事，婚礼是在圣克莱门丹麦区教堂举行的，直到现在，我在那儿还保留着一个舒适的座位，与体面的人在一起，我有自己的膝垫，我尤其喜欢参加人数不多的晚祷。我故世的丈夫是个英俊的小伙子，眼睛亮亮的，声音柔和，那条嗓子简直就是蜜糖和钢制成的乐器，但他一直自由自在，干的是旅行推销员的营生，经常在各地来来去去，他把那些路叫作石灰窑路，他对我说："艾玛，那种路干巴巴的，尘土飞扬，使你不得不一口接一口地喝酒，整个白天和半个夜里都这样，它把我弄得筋疲力尽，艾玛。"他就这么东奔西走，给他拉车的马那么可怕，几乎一刻不停，叫你收不住缰绳，恰巧一天夜里天漆黑的，收税卡的栅门关着，它还是往前直闯，把马车、车轮，还有我可怜的男人都撞得粉碎，从此他再也没有开口。他是一个漂亮的小伙子，成天嘻嘻哈哈，性情温柔；那时照片还没发明，但哪怕已经发明，它也不能发出他那样柔和的声音，真的，我认为总的说来，照片不能给人柔和的感觉，只能使你的脸变得像一片新犁过的耕地。

---

① 19世纪上半叶，英国开始大造铁路，印刷商布雷德肖便印行火车时刻表，后来又发行《铁路导报》月刊，报导火车动态。

我可怜的咧咧破先生已落在世界后面了,他葬在哈福德郡的哈特菲德教堂,这是他的家乡,但他喜欢索尔兹伯里客店,我们一结婚就上那儿,度过了愉快得不能再愉快的两个礼拜。我丈夫死后,我去找那些债主,我说:"先生们,我明白,我故世的丈夫欠的债,我可以不负任何责任,但是我愿意偿还它们,因为我是他的合法妻子,我爱惜他的名誉。我就要开办一家公寓,先生们,只要经营得法,生意兴旺,我故世的丈夫欠的每一文钱,我都会还清,我对他的爱使我必须这么做,我可以起誓。"这需要很长时间,但还是完成了,我们中间的这只银奶油壶,楼上我卧室中的床和褥垫(自从我开始出租房间以来,床脚一直那么牢固),都是那些先生送的,上面刻着:"赠给咧咧破太太,向她正直的行为致敬"。这使我的心情一直不能平静,后来,贝特利先生——他是住在客厅中的,喜欢开玩笑——对我说道:"别放在心上,咧咧破太太,你只当这是你的命名日,他们是你的教父和教母,送些礼物给你是应该的。"这才使我安心一些,亲爱的,不瞒你说,那以后我便用一只小篮子装了些三明治和酒,坐在公共马车顶上,到哈特菲德墓园去了,我吻了自己的手,怀着自豪而热烈的爱情,把它按在我丈夫的坟上;不过说实话,为了保全他的名誉,我花了好几年的工夫,当我把手按在拂动的青草上时,我的结婚戒指已经磨得光溜溜的了。

我现在是老太婆了,漂亮的容貌一去不复返了,但挂在暖锅上的那幅肖像便是我,亲爱的,大家认为那很像当年的我,在那个年纪你为了皮肤白嫩,往往不惜花两个畿尼,还央人画像,千方百计想保留你的姿色,以致事后还一直牵肠挂肚,听得别人完全把它当作了另一个人,便不免面红耳赤,很不舒服。这儿有过一个房客,是做蛇麻草啤酒生意的,住在三楼,一天早上他来付房钱,向我问候,看到了这小像,居然想把它从钩子上取下来,放进胸前的口袋——你明白这是什么意思,亲爱的——他说这是为了爱,他爱的自然是那个本人,可是他的嗓音一点也不温柔,我没有答应,不过他对肖像的看法,你听他怎么讲就知道了,他对着它念叨:"艾玛,告诉我吧!"对着肖像讲话,这自然不合情理,但由此足以证明,它是很像我的;我自己也认为它真的像我,就是像我年纪还轻、穿紧身胸衣时的模样。

但是我现在要谈的是公寓,不用说,我干了这么多年这营生,对它自然懂得一些,因为早在我结婚的第二年,我就失去了我的可怜的唎唎破先生,这以后我立刻在伊斯林顿区干起了这买卖,后来又搬到这儿,三十八年中经营过两家公寓,有过亏损,但也取得了不少经验。

房屋装修停当以后,最伤脑筋的便是挑选使女,比她们更麻烦的也许只有一种人,那就是我所说的流浪的基督徒,这些人好像老是在街上游荡,一看见招租招贴,便跑进屋子,看看这间,看看那间,跟你讨价还价,实际根本不要房子,也不想按照已经谈妥的条件租它们,他们干吗要这么做,只有天晓得,要是谁讲得清楚,我真得谢谢他了。奇怪的是他们还活得这么长,混得这么好,一个个身强力壮,我想,大概成天上人家打门,从这幢屋子跑到那幢屋子,从楼梯上跑上跑下,这也是一种锻炼身体的方法。他们装得要求那么高,时间那么紧,简直不可思议,老是一边看表一边说道:"你能给我保留这些房子,保留到后天午前十一点二十分吗?如果我的朋友从乡下来以后认为必要,能在楼上小房间里增添一张小铁床吗?"说真的,我起先听到这些话,亲爱的,在我答应以前总会好好琢磨一番,在心中认真盘算,失望也会使我感到泄气,但现在我会说:"当然,完全可以。"因为我一听就知道,这是一个流浪的基督徒,这种话不会有下文。老实说,到今天大部分流浪的基督徒我都认识了,我认识他们,他们也认识我;在伦敦到处转游,这便是他们的习惯,他们每年都要来两回,尤其奇怪的是他们的习惯好像也会遗传,他们的孩子大了也这么干,但哪怕不是这样,我只要一听到他们说乡下来的朋友，我便知道这是个可靠的信号，说明我又遇到了一个流浪的基督徒。我听说，他们都是财产不多，既想寻找固定的职业，又希望经常改变环境的人，但是否真的如此，我就不能担保了。

正如我开始提到的一样，使女是你最大的、长期的麻烦，她们好比你的牙齿，从出现到离开一直在折磨你，跟你作对，它们先是摇动，但又好像还管用，你不想拔掉，但最后只得忍痛牺牲，换上假牙。哪怕一切顺利，你雇到的使女也十个有九个是一副邋遢相，可是你的房客自然不希望他们的朋友来到时领客人进屋的使女鼻子乌乌的、眉毛上有一块黑煤灰。她们怎么会这么脏，这个谜我解不开；有一个姑娘非常勤劳，是在家里吃不饱肚子才出外帮工的，她干活这么卖力，我称她勤快的索菲。她总是起早摸黑，跪在地上擦地板，人也和气，总是笑嘻嘻的，可是那张脸整天黑糊糊的。我对她说："喂，索菲，我的好姑娘，要规定一个日子生炉子，使自己跟煤炱保持一定的距离，也不要用锅底刷你的头发，用手指掐灭烛花，那么你的脸就不致那么黑不溜秋啦。"然而它还是那样，鼻子永远黑黑的，鼻孔朝天，鼻子底部特别大，好像故意要炫耀自己。这终于惹怒了一位固执的先生，他是阔气的房客，每星期在公寓用早餐，但是火气有些大，而且随时有权使用起居室，他说道："唎唎破太太，我一向承认黑人也是人，是我们的兄弟，但这只是指天生黑皮肤，无法改变的人。"好吧，这样，我不得不让可怜的索菲干别的活儿，不准她开门接待客人，听到铃声也绝对不要上房客屋里，但是她不幸的勤快使她欲罢不能，铃声一响，她马上飞也似地从厨房楼梯跑上来了。我只得对她说："唉，索菲，索菲，行行好吧，要你忙什么啦?"不幸的勤快姑娘听了这话，看见我这么烦恼，不觉哇的一声哭了起来，答道："太太，我从小就跟煤灰打交道，吃了不少煤灰，没人管我，现在一定是这些煤灰钻到皮肤外面来了。"就这样，可怜的姑娘总是黑黑的，但除了这个，她什么缺点也没有。我只得对她说："索菲，你认真想想，我资助你到新南威尔士去,那儿没人在意这个缺点,你看怎么样?”我出钱把她送走了,这件事我从没后悔,因为她在航行途中嫁给了船上的厨子(他本来是个混血儿),后来过得很幸福,据我听到的消息,直到她死的一天,在那个新国家里从没有人注意过她那个缺点。

街对过下面一些的沃泽纳姆小姐曾骗走我的一个使女马利·安妮·帕金索普,这件事可不太光彩,不符合一位太太(不过她不是)的身份,她自己应该明白;不过她心里究竟怎么想,我不知道,我也不想知道。说到马利·安妮·帕金索普,我待她相当不错,她待我也相当不错,干活很卖力,是个十分顶用的人,房客都怕她,但还没有怕到要逃离这儿,只是不敢随便按铃使唤她;对以前的使女,不论结过婚的或是没结婚的,他们都不像对马利·安妮那么客气,这是一个伟大的胜利,何况她是斜视眼,全身瘦得皮包骨头,不过这不能怪她,这是遗传,她的父亲身上便没有脂肪。马利·安妮一向规规矩矩,没有一点轻佻的样子,办事认真。她制服了那位茶糖先生(因为他每天早晨都用戥子称茶和糖),免了我不少麻烦,他在她面前比绵羊还温顺。可是后来发生问题了,有一天,沃泽纳姆小姐正好路过,看见马利·安妮从送牛奶的那里拿牛奶,这家伙嬉皮笑脸的(我不想说他的坏话),对街上每个姑娘都很放肆,唯独见了马利·安妮,马上变得像查林十字广场上的雕像一般,站在那里一动不动。沃泽纳姆小姐由此发现了马利·安妮对公寓事业的价值,答应每季度给她增加一镑工钱,结果马利·安妮也不跟我商量,便说道:“咧咧破太太,我现在向你提出,从现在起一个月内,你必须另外雇人。”我对她说这使我很伤心,谁知她的回答更叫我伤心,她说她的父亲因为捞不到油水,瘦成那样,她可不愿走他的老路。

亲爱的,我告诉你,选择什么样的使女最好,这可是件伤脑筋的事。因为,如果她们勤快,铃声就会使她们跑断腿;如果她们懒惰,你就得为她们听房客抱怨;如果她们的眼睛亮亮的,就有人跟她们谈情说爱;如果她们喜欢打扮,她们就会偷偷试戴女房客的帽子;如果她们爱好音乐,你就休想不准她们去听唱歌和看戏;而且不论她们的脸长得怎么不同,也不论你喜欢不喜欢,她们反正总爱把头伸出窗外。再说,先生们喜欢的女孩子,太太们却不喜欢,这种事大家都觉得棘手,结果难免要出乱子。何况有的人脾气还那么坏,不过说到这点,像卡洛琳·马克西那样的脾气,那真是少见的。卡洛琳是个漂亮的黑眼睛姑娘,平时挺文雅,可一旦发起脾气来,会闹得天翻地覆,叫你吃够苦头。有一次就发生了这样的事,一对新婚夫妇到伦敦旅游,住在二楼,夫人非常傲慢,大家猜想,她不喜欢卡洛琳的漂亮容貌,觉得这是丢了她的脸,因此常常无缘无故跟卡洛琳作对。这样,一天下午,卡洛琳冲到楼下厨房里,气咻咻地朝我嚷嚷:"咧咧破太太,楼上那个女人惹得我再也受不了啦。"我说:"卡洛琳,冷静一些!"卡洛琳冷笑道:"冷静一些?说得对,咧咧破太太,我是该冷静一些。这臭娘们!"她破口大骂(她这么一骂,把我吓了一跳,差点昏厥),"我得给她一点颜色瞧瞧,好让她知道我不是好惹的!"卡洛琳披散头发,亲爱的,大叫大喊,冲上楼梯,尽管我的腿发抖,我还是跟了上去,但还没跨进房间,已听得轰隆一声,那桌布,那红白两色的餐具,统统给扔到了地上,那对新婚夫妇仰天倒在壁炉架前面,男的身上盖着一把铁铲,一把糖钳子,还有一盘黄瓜泼在他身上,多谢老天爷,幸好这是夏天。我说:"卡洛琳,安静一些。"但是她走过我身边时,一把抓走我的帽子,用牙齿把它咬成丝丝条条,然后扑到新娘子身上,抓住她的两只耳朵,把她的后脑勺拼命在地板上撞,弄得她变成了一堆乱七八糟的花边。新娘子一直叫救命,几个警察正好路过街上,沃泽纳姆家的窗开了(我听到这事以后是何感觉,可想而知),沃泽纳姆小姐流着鳄鱼的眼泪,从阳台上大喊:"这是咧咧破太太把什么人逼得发了疯……她要被杀死了……这是我早就料到的……警察,快救救她!"我的天,进来了四个警察,

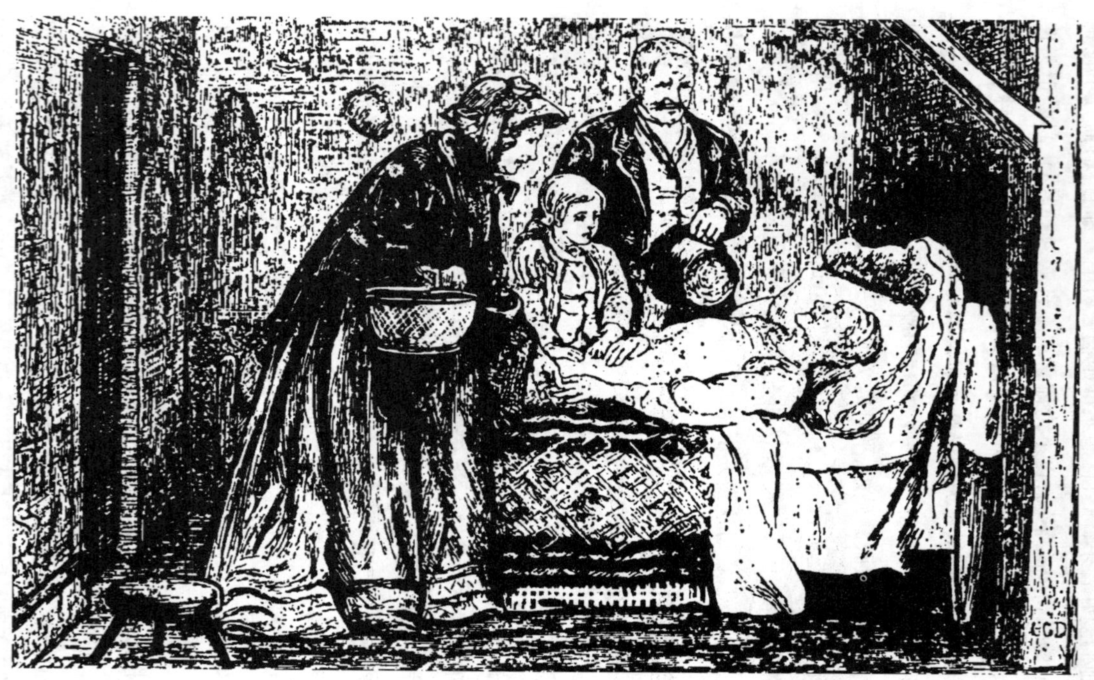

《咧咧破太太的公寓》

卡洛琳躲在五斗橱背后举起了拨火棒反抗，给解除武装以后，还跟拳击似的伸出了两只拳头，打倒了又爬起，爬起了又打倒，真可怕！但是我受不了，不能眼看可怜的姑娘被打倒以后，还受到那么粗暴的对待，被他们揪头发，我说："警察先生们，请记住，她与你们的母亲、你们的姊妹和爱人一样，都是女人，愿上帝保佑她们和你们吧！"这时她坐在地上，给上了手铐，靠在护壁板下面直喘气，警察也热得敞开了撕破的外衣。她说的只是："咧咧破太太，我对你那么粗暴，真对不起，因为你是一个慈祥的老妈妈。"这使我想起，真的，我一直希望自己是个妈妈，要是我真是那女孩子的妈妈，我的心会怎样！你知道，在警察局里后来得知，这种事她以前也干过，于是她换了衣服，给送进了班房。到了她出狱的那天傍晚，我匆匆忙忙赶到监狱门口等她，我提着小篮子，带了些肉冻，要让她好好吃一顿，然后重新走向世界；我在那儿遇到了一个很正派的母亲，她在等她的儿子，他交了坏朋友，性子倔强，穿着半筒靴，也不系带子。不久卡洛琳出来了，我说："卡洛琳，跟我来，坐在墙脚下，这儿没人看见，我给你捎来了一点东西，你慢慢吃，这对你有好处。"她用胳臂围住我的脖颈，哽哽咽咽地说道："啊，世界上有那么多妈妈，为什么你不是妈妈呀！"但她说完还不满半分钟，突然又大笑道："难道我真的把你的帽子给撕破啦？"我告诉她："自然是真的，卡洛琳。"她又大笑起来，拍拍我的面颊说道："不过你这个可怜的老东西，为什么要戴这种怪模怪样的帽子啊？要是你不戴这种怪帽子，我当时不会想到要撕它。"你倒想想看，这姑娘！我怎么问她，她也不肯告诉我今后打算怎么办，只是说她会好好过活的；我们分手时，她很感激，吻了我的手，从此我再没看到她或听到她的消息，但是后来在一个星期六的晚上，有个不三不四的小家伙，吹着口哨，穿着肮脏的靴子，走上清洁的台阶，靠在屋前空地的栏杆上，用一根铁条拉竖琴，他给我送来了一顶非常时髦的帽子，用油布筐子装着，我始终相信，这是卡洛琳送给我的。

亲爱的,你一旦干起出租公寓的营生,就会成为毫不留情的怀疑的目标,这种事简直不知从何讲起;但我从没这么不知廉耻,我没有两把钥匙,甚至不愿相信街对过下面一些的沃泽纳姆小姐会那么干,我真心希望这不是事实。不过话说回来,钱不会凭空飞进你的腰包,它总有个来源,你也不可能设想,布雷德肖是为了爱她才给她登广告的,尽管那些广告印得墨黑一团。有件事叫人很伤心:房客们总是很容易接受一个思想,即你在尽量想多要他们的钱,又总是不肯接受一个思想,即他们在尽量想少给你钱;但正如杰克曼少校对我说的:"我知道这个世界是怎么回事,咧咧破太太,那里每个人都不怀好意。"多亏少校的安慰,我心里不少小小的疙瘩才算解开,因为他见多识广,是一个聪明人。说真的,我认识他十三年了,这还像昨天一样,一晃就过去了。那是八月的一个傍晚,我戴着眼镜,坐在前面打开的窗口(那时客厅还没住人),正读昨天的报纸;我的目力太坏,看不清印刷的字,不过多谢上帝,看远的还很清楚;这时我听得一位先生站在路对面,街的上首,骂骂咧咧的,不知在对什么人发脾气。他抓起手杖,大叫大喊:"我发誓,我非找到咧咧破太太不可。咧咧破太太的公寓在哪里?"他扭过头来,看到了我,摘下帽子一挥,仿佛我是女王一般,说道:"请原谅我打扰,太太,但是请问太太,能不能告诉我,那位著名的、人人尊敬的、名叫咧咧破的太太,住在这条街上几号门牌?"我有些受宠若惊,心里甜丝丝的,马上摘下眼镜,行了个屈膝礼,答道:"不敢,先生,我就是咧咧破太太。""哎哟,真是太巧了!"他说,"请千万原谅,太太,我能要求你派一个用人下楼,给一位先生开门吗?因为他要找一个寓所,他名叫杰克曼。"我从没听到过这名字,不过比他更有礼貌的先生恐怕找不到了,你听他说得多么客气:"太太,你亲自来开门,叫我太过意不去了,因为我杰米·杰克曼只是一个无名小子。太太,请你先走。我决不走在夫人前面。”他走进客厅，用鼻子闻了闻，说道：“好！这才是真正的客厅！不是那种发霉的壁橱，”他说，“名符其实，嗅不到一点煤烟的气味。”亲爱的，有些人不怀好意，造谣说这一带的公寓总有一股煤烟味，这个缺点自然会使房客不敢问津，于是我对少校客气而坚定地说，我想，他这是指阿伦德尔，或者萨里，或者霍华德那些地方，不是指诺福克。但是他说：“太太，我是指街对过下面一些沃泽纳姆小姐的公寓，太太，你简直想象不到那地方有多糟，它就像一幢堆煤炭的大房子，沃泽纳姆小姐本人的言谈举动也像个女搬运工人——真的，太太，从她提到你的时候那副态度，我就知道她不懂得尊敬一位夫人，从她对待我的态度我又知道，她不懂得尊敬一位绅士。太太，我名叫杰克曼，除了我已经说过的一切，你还想了解什么的话，可以向英格兰银行查询——你该知道这银行吧？”这就是少校租用客厅的开始。从那时到现在，他始终是一个最和气的房客，对一切都一丝不苟，只有一件事他不太准时，这不必我多加说明，但这个缺点得到了补偿，因为他经常保护我，又随时肯在财产税估价单[①]和法院传票上签字。有一次一个年轻人偷了会客室的钟，藏在上装里，被他当场抓住了；还有一次，他在阳台的护墙上用自己的双手和几块毛毯盖住厨房的烟囱，扑灭了一场火灾，后来又走上法庭，在法官面前据理力争，驳斥教区的指控，省下了一笔救火费用。他一向为人正直，只是容易动肝火。毫无疑问，沃泽纳姆小姐扣留他的箱子和雨伞，是不够宽宏大量的，尽管按照法律她有权这么做，我碰到这种事也难免这样。但少校是真正的绅士，他虽然根本谈不上魁梧，但穿上带褶边的衬衣和礼服大衣，戴上帽边弯弯的礼帽，还是很有气派。他以前在什么军队服役，我说不确切，亲爱

① 指对应纳财产税的动产和不动产进行估价，房屋和公寓等往往便按照租金多少确定其价值，据以征税。

的，也许是民军或驻外部队，因为我甚至从没听他称自己为少校，只是简单地说他是"杰米·杰克曼"。他来后不久，有一天我觉得我有责任让他知道，沃泽纳姆小姐在造他的谣，说他根本不是少校，我还大胆加了一句："但你是的，先生。"他只是答道："太太，不论怎么说，我不是小兵，现在造谣的事太多了。"不能不承认，这是确凿的真理。还有，他对靴子的态度无疑也符合军人的习惯——每天早晨，仆人只是给他把靴子上的尘土刷干净，用一只清洁盘子盛着，端到前面客厅交给他，由他亲自用一小块海绵和一盆鞋油给靴子上光，这成了他早饭后的例行公事。他一边轻轻吹口哨，一边上油，干得那么熟练，从不会沾污他的内衣。不过他的内衣质地虽然不错，数量不一定很多。还有，他的胡子也像军人，我相信，这是与靴子同时染的，也像靴子那么又黑又亮，尽管他头上已全是可爱的银丝。

少校住进客厅将近三年的时候——那是2月，议会正在开会，因此你可以想象，一群骗子正在摩拳擦掌，准备各显神通，捞取好处——一天早晨，一位先生和一位夫人走进公寓，要看三楼的房子，他们是乡下来的。我记得很清楚，那时外面正下着雨夹雪，我曾隔着窗户瞧见他们一起在街上看招贴。那位先生的脸我不太看得清，虽然他的相貌也不坏，但那位夫人相当漂亮，显得娇滴滴的，这种天气她还在外面走路，实在委屈她了，好在她只是从阿德尔菲旅馆来的，离这儿不过四分之一英里，要不是天气那么坏，本来算不得什么。不过，亲爱的，很不凑巧，三楼的房间我不得不每星期多收五个先令，因为以前有个房客穿得齐齐整整好像是去赴宴，实际上却跑掉了，这件事干得很巧妙，我怀疑这与议会开会有关，因此每到这时我不得不加倍小心。现在那位先生提出先租三个月，租金预付，到期后他保留按同样条件续租六个月的权利；我吸取前车之鉴，没有立刻答应，我说我并不反对，但可能已预定给别人了，我得下楼看看，请他们稍坐一会。他们坐下后，我下楼来到少校的房门口，因为我不论做什么已经都要与他商量,觉得这才万无一失。我听得他在屋里轻轻吹口哨,给靴子上油,这通常是不宜打扰的,然而他亲切地喊道:"太太,如果那是你,进来吧。"我走进屋子,告诉了他原委。

"好吧,太太,"少校说,擦了擦鼻子——我看到那块黑海绵,当时真替他捏了一把汗,其实不必,因为他用的只是指关节,他的手指一向十分灵巧,"好吧,太太,我想你对钱是不会不欢迎的吧?"

我有些不好意思,答了个"是",因为我发现少校的脸有些发红,我想到了我刚才提过的那件不必多加说明的不准时的事。

"太太,我的意见是,"少校说,"已经为你准备好的钱,就是说已经可以到手的钱,咧咧破太太,你接受就是了。对楼上这件事,太太,你有什么不放心的?"

"我确实说不出有什么不放心的,只是觉得应该跟你商量一下。"

"太太,你是说这是一对新婚夫妇,是吗?"少校说。

我说:"是的。这很明显。真的,新娘子无意之间向我提到,说她结婚还没几个月。"

少校又擦了擦他的鼻子,用海绵在小盆子里把鞋油拌了几圈,轻轻吹了一会口哨,然后说道:"太太,你认为这租约不坏吧?"

"哦,当然不坏,先生。"

"他们还可能续租六个月。太太,万一……万一发生什么意外,你也不致损失太大吧?"少校说。

"哦,我不知道,"我对少校说。"这得看情况如何。那么,先生,比如说,你是不是反对?"

"我?"少校说。"我反对?杰米·杰克曼反对?我看,这笔交易对咧咧破太太还是有利的。"

于是我上楼表示同意,第二天他们便来了,那是星期六,多蒙少校的好意,用漂亮工整的字体和严密的章法起草了一份租约,念给我听，我觉得它既符合法律要求，又富有军人气派；星期一早上，埃德森先生签了字，星期二少校拜访了埃德森先生，星期三埃德森先生回访了少校，就这样，三楼和客厅建立了亲密的友谊。

付过租金的三个月很快过去了，我们相处得很好，到了五月谁也没有提起续付租金的事，就在这时，埃德森先生忽然接到通知，要他为生意上的事立刻前往马恩岛，这消息对那个漂亮的小东西真像晴天霹雳，太突然了，何况在我心目中，这岛屿任何时候都不可能跟任何地方发生关系，当然，这只是我的看法。通知来得这么急，他第二天就得动身，可怜的新娘子哭得泪人儿似的。第二天我看到她站在阴冷的人行道上刺骨的寒风中——那年春天来得特别迟——与他最后话别，我相信我也哭了。这时，她美丽光亮的头发在风中飘拂，她的胳臂搂住了他的脖子，他说："好啦，好啦，好啦！让我走吧，佩琪。"到这时已很清楚，少校那么随和，说他不想反对的可能发生的事，即将在这屋里发生了；他走后，我也尽量提醒她，我把胳臂搭在楼梯栏杆上，一边安慰她，一边说："好孩子，你马上有别的事需要操心了，你必须想到这点。"

他一直没有寄信来，尽管早已应该有信了，她每天早上都在等信，但是邮差从没有给她信。后来每逢她跑下楼梯，走到门口时，连邮差也很同情她；我们已不再奇怪，估计这只能使她伤心，因为他送的都是别人的信，不可能带给她欢乐，那时天气好的时候少，常常下蒙蒙细雨，地上泥泞不堪，她站在那里，希望却微乎其微，几乎等于没有。但是最后，一天早晨，她病病歪歪的，没有力气下楼，邮差却笑嘻嘻的对我说："咧咧破太太，今天我一到这街上，首先就上你这儿，因为有一封给埃德森太太的信呢。"我一听顿时觉得这个穿制服的人那么可爱，尽管他身上湿漉漉的。我拿了信，立刻使尽全力跑上楼梯，奔进她的卧室，她坐在床上，看到信便吻它，拆开信封，但接着便怔住了，露出茫然的神色，然后抬起头来，用那对大眼睛望着我说道："啊，信这么短！咧咧破太太，这么短！"我说："亲爱的埃德森太太，这一定是因为你的先生太忙了，没有时间写得更多。"她说："一定是这样，一定是这样。"然后用双手掩住了脸，转身朝床里躺下了。

我轻轻关上房门，走下楼梯，打了少校的房门，他正用他的荷兰锅烤薄熏猪肉片，看到我便从椅子上站起来，请我坐在沙发上。他说："别作声！我看到出了什么事。不要开口——等一下。"我说："哦，少校，我担心楼上会出乱子。"他说："是的，是的，我也有些担心，但别忙，等一下。"然而与他的话相反，他自己先发了火，骂骂咧咧地说道："我永远不能宽恕自己，太太，在那天早上，我杰米·杰克曼怎么没有看透这一切——没有立刻带着我的擦靴子海绵上楼，把它捅进他的嗓子，让他当场闷死！"

少校和我冷静下来以后，一致认为，目前我们什么也不能做，只能装得若无其事，让那可怜的小东西保持平静。但要不是少校，我真不知道这件事在街上那些摇手风琴的人中间传开以后，怎样才能让她保持平静。多亏他发扬了大无畏精神，才杀下了他们的嚣张气焰；如果我没有亲眼看到，我简直不敢相信一位绅士会这么厉害，随时拿起火钳、手杖、水壶、煤炭、餐桌上的马铃薯、脑瓜上的帽子，发动进攻，还恶狠狠地讲些外国话，使那些家伙吓得把柄摇了一半便愣住了，站在那里一动不动，像个睡——当然不是睡美人①，只能说是睡着了的丑八怪。

现在每逢看到邮差走近公寓，我便心惊肉跳，等他走过了，才松一口气，好像刑期可以暂缓了。但是大约过了十天或两个礼拜，他又开口了："这儿有一封给埃德森太太的信——她身体好吗？""她

① 法国著名童话作家查理·佩罗（1628—1703）的童话《睡美人》中的人物，她曾被魔法所害，睡了一百年。

很好,邮差先生,但不是太好,还不能像平时那么一早便起床。”我这话千真万确,完全是真的。

我拿了信去找正在用早餐的少校,颤抖着说:“少校,我没有勇气把信送给她。”

“这封信看样子就像个无赖,”少校说。

“少校,”我又颤抖着说,“我实在不敢把信送给她。”

少校似乎考虑了几分钟,然后抬起了头,仿佛心中想到了什么新的有效办法,说道:“咧咧破太太,我永远不能宽恕自己,那天早上,我杰米·杰克曼为什么不马上拿着我的擦靴子海绵上楼,把它捅进他的喉咙,当场闷死他!”

“少校,”我说,有些发急,“你没有那么做,这是幸运,因为这无济于事,我认为你还是用你的海绵刷你高尚的靴子好。”

这样我们恢复了理智,商量定当,由我上楼打打她卧室的门,把信放在门口的草席上,然后站在楼梯转角的平台上观察动静;说真的,我把这信拿上三楼的时候,真觉得它比火药、炮弹、枪弹或者火药桶更可怕。

我听得她拆开信后,一声可怕的尖叫便响彻了整个屋子;接着我发现她倒在地上,已经失去了知觉。亲爱的,那封信掉在她身边,但我顾不上看它的内容,因为没有时间。

为了使她苏醒,凡是需要的一切,少校都亲手拿来,屋里没有的,他便赶到药房去买,匆匆忙忙的,像在进行一场生死存亡的搏斗,害得他气喘吁吁,仿佛怀里藏着一只乐器,只是声音像舞厅那么嘈杂,也不知奏的是什么国家的什么乐曲;只见他迈着华尔兹舞步,睁圆了眼睛,从折门里进进出出。过了好长时间,我发现她醒了,便又溜回楼梯口,等听到她喊叫,这才走进房间,愉快地说道:“埃德森太太,你身体不大好呢,亲爱的,不过这也没什么,不用担心。”我装做刚才没进去过,她相信不相信,我说不清,即使说得清,这也无关紧要,但我在她身边待了好几个钟头,然后她请求上帝保佑我,说她想休息一会,因为她的头很痛。

我在客厅门口张望了一下,小声说道:“少校,希望你别出去。”

少校小声答道:“太太,相信我,我不会离开。她怎么样啦?”

我说:“少校,只有上帝知道她可怜的心里多么烦躁,多么愤怒。我离开时,她坐在窗口。现在我得回屋里坐在我的窗口了。”

这样到了下午,又到了晚上。诺福克是一条可爱的街道,住在那儿是愉快的——只要不往街对过下面一些走——但是到了夏天傍晚,尘土和废纸不再飞扬,孩子零零落落在街上玩耍,争吵平静了,炊烟停止了,教堂的钟声在附近回荡,这时未免有些冷清;自从发生了那件事,每到这时候,我便要守在窗口张望,而且每逢我从窗口眺望那单调寂寞的 6 月的夜晚时,我总是发现,那个绝望的小东西坐在三楼角上打开的窗口,于是我也总是坐在四楼角上打开的窗口(只是在另一个角上)。我在一种慈祥的心情,一种比我自身远为聪明、远为美好的思想的推动下,天还没黑便戴上帽子,披上围巾,坐在窗口,到了黑影出现,潮水升起后,我有时可以看到——在我把头伸出窗外,望到她下面的窗口时——她俯出一点身子,凝视着下面的街道。这天天刚黑,我看见她到了街上。

我担心失去她的踪影,便跑得上气不接下气,几乎说不出话,下楼的速度比我这一辈子什么时候都快。我经过少校的房间,打了打他的门便朝前直跑,出了公寓。她已经走了。我沿着街与她走得一样快,等我走近霍华德街转角时,我发现她拐进了这街,我看得很清楚,她就在我前面,正朝西直走。啊,我看到她在那儿走,心里感到多么欣慰!

她对伦敦完全不熟,很少外出,大多只是在我们这条街上散散步,跟附近的两三个儿童聊聊天,有时跟他们一起望望河水。我认为她一定在胡乱行走,然而她保持着不变的方向,穿过任何小街朝那里走，这样终于转到了河滨大道上。在每个转角上，她都朝着那个目标走，从不改变，这个目标便是泰晤士河。

阿德尔菲一带又黑又静，也许正因为这样，她走进了那儿，不过她毫没犹豫，由此看来，她也许本来是打算上那儿的。接着她便朝河边的斜坡走下去，在那儿徘徊，从铁栏杆上眺望河面——后来我睡在床上也常常梦见她这副样子，因而从梦中惊醒。下面码头上没有一个人，河水正在涨潮，这一切似乎都打消了她的疑虑。她朝周围瞧瞧，似乎在找往下走的路，至于她是否找对了路，我不知道，因为这以前和这以后，我对这一带都一无所知。我只是紧紧跟随着她。

值得注意的是所有这些时候，她没有回头看一下。但现在她走路的姿势发生了很大变化，不再是呆呆地直往前走，两臂合抱在胸前了，在阴暗的拱顶中间她变得疯疯癫癫，张开了双臂，似乎这是两只翅膀，她正在飞向死亡。

我们来到了码头上，她站住了。我也站住了。我看见她把手举到帽带上，立刻冲到前面，拦在她和河岸之间，用双手抱住了她的腰。我当时只觉得，她几乎差点把我一起淹死，但是她怎么也挣不脱我的手。

直到那时，我头脑里一片混乱，想不出半句可以对她说的话，但是一接触到她，就像魔术似的，我恢复了天然的声音和感觉，甚至呼吸也舒畅了。

“埃德森太太！”我说，“亲爱的！当心。你怎么迷了路，胡乱走到这么一个危险的地方来了？要知道，这一带是全伦敦最复杂的街道呢。毫无疑问，你一定是迷了路。这才走到了这种地方！真的，从没有人会到这儿来，只有我，那是为了叫煤炭，还有客厅里的少校，他是上这儿吸雪茄的！”——因为我看见那个好人已走近我们身边，假装要吸雪茄似的。

“嗯,嗯哼!”少校在咳嗽。

“我的老天爷,”我说,“怎么,他在这儿!”

“哈啰! 谁在那儿?”少校说,像军官在喊话。

“哎哟!”我说,“难道大家都给搞糊涂了不成? 杰克曼少校,你连我也不认识了吗?”

“哈啰!”少校说。“谁在叫杰米·杰克曼?”(我没料到他喘气喘得这么厉害,像快窒息似的。)

“少校,埃德森太太在这儿,”我说,“她有些头痛,出来凉快凉快,迷了路,不知怎么办,正好我到这儿给煤炭店的信箱留张条子,叫他们送煤炭,你也正好来这儿吸雪茄,要不,天知道她怎么回家呢! 亲爱的,说实话,你身体不太好,”我对她道,“不该独自出门,走这么一半远也不行。噢,少校,我相信,你一定愿意扶她回家,”我对他说,“哪怕她把整个身子都靠在你胳臂上,你也不在乎。”就这样,我们一边一个把她扶回了家。

她浑身冷得瑟瑟发抖,直到我把她搀上了床才好一些;天光发白以前,她始终握住我的手,唉声叹气:“唉,这没良心的,没良心的,没良心的!”但是最后我垂下头,假装困倦得睡熟了,我听得这可怜的小东西发出了那么动人、那么谦卑的感谢声,庆幸自己终于得救了,从投河自尽的疯狂行动中得救了;这时我扑在床单上,一定把眼睛都哭肿了,但我相信现在她没事了。

第二天她疲倦极了,一直睡着,这使我和少校有足够的时间作了一些小小的安排,等她一醒,我就尽可能温柔地对她说:

“埃德森太太,亲爱的,在埃德森先生付给我这续租的六个月房租时……”

她吃了一惊,我觉得她的大眼睛在瞧我,但我只管往下说,一边做着针线活儿。

“……我记不清楚,我有没有在收据上记明日期。你能让我看一下吗?”

她把冰凉的手按在我的手上,一眼不眨地望着我,我不得不从针线活上抬起了头,幸好我已采取预防措施,戴上了眼镜。

“我没见到什么收据,”她说。

“噢! 不过我给过他收据,”我漫不经心地说。“这没多大关系。收据只是收据罢了。”

从那时起,只要我的手空着,她就要握住它,不过这大多只是我给她念书的时候,因为不用说,她和我都有不少针线活要干,尽管我自以为干得不坏,其实我们对这类小玩意儿都不太熟练。我给她念的东西,她虽然都愿听,我还是觉得,除了“登山训众”①以外,她感兴趣的只是耶稣对我们可怜的女人的亲切同情、他年轻的一生和他的母亲如何为他自豪如何在心中珍藏着他的教诲等等。她的眼睛总是流露出感激的目光,在我长眠以前,这是永远不会从我眼前消失的;有时我毫不在意地瞧她一眼,我遇到的也总是这种目光。她常常让我吻她那颤抖的嘴唇,那副神气完全像一个温柔而伤心的孩子,不像我所能想象的任何大人。

有一次,这可怜的嘴唇哆嗦得这么厉害,眼泪在潸潸而下,我意识到她要向我倾诉她的全部忧伤了,于是赶紧握住她的双手,说道:

“不,亲爱的,现在别讲,最好现在不要开口。还是等一下吧,等过了这段时间,你身体复元以后,你要讲什么就讲什么。这么说定了,好吗?”

我们的手仍握在一起,她不断点头,然后举起我的手,把它们按到嘴唇和胸口上。

“只是现在你告诉我,亲爱的,”我说。“你是不是有什么人?”

她疑问似地瞧着我:“什么人?”

① 指耶稣登山训众,见《圣经·新约·马太福音》第5章。

“我可以去找的什么人?”

她摇摇头。

“你一个亲人也没有吗?”

她摇摇头。

“好吧,我并不需要什么人。现在你别再想它,随它去吧。”

过了一个星期多一些——因为这时离我们在一起已很久了——我在她床边俯下身子,让耳朵靠近她的嘴唇,一会儿听听她的呼吸,一会儿看看她脸上有没有生命的迹象。最后迹象以庄严的方式出现了——不是一闪而过,是一缕淡淡的、苍白的光极慢极慢地来到了脸上。

她的嘴唇在翕动,但没有一点声音,我看出她是在问:

“这是死吗?”

于是我说:

“可怜的人,可怜的人,我想这是的。”

我发觉她似乎要我帮她移动虚弱的右手,我拿起这手,放在她胸口,然后把她另一只手按在它上面,她做了一次长长的祈祷,我也与她一起祈祷,尽管没有一点声音。然后我把包在襁褓中的婴孩从她身边抱起,说道:

“亲爱的,这是上帝赐给一个没有孩子的老妇人的。这是注定要由我扶养的。”

哆嗦的嘴唇最后一次伸向我的脸,我亲切地吻了它。

“放心,亲爱的,”我说。“愿上帝保佑我们! 保佑我和少校。”

我不知怎么说才好,但我看到她的灵魂在发光,在跳跃,它自由了,从那感激的目光中飞走了。

这就是这件事的全部经过,亲爱的,因此我们用他的教父少校的名字叫他杰米,又用我的姓咧咧破作了他的姓。我相信,任何公寓没有过这么活泼可爱的孩子,任何祖母也没有过这么好的孙儿承欢膝下。他一向听话,你对他说什么,他便记在心上(大体如此),你心里不高兴,他便来哄你,使一切都蒙上了一层欢乐的色彩。只有一次他惹了事,那时他已长大,不小心把帽子掉在沃泽纳姆家门口的草坪上,那家人家却不肯捡还给他。我一听便火了,立刻戴上最好的帽子和手套,拿了阳伞,携着孩子的手,走到那儿说道:“沃泽纳姆小姐,我从来不想踏进你的门槛,但是你必须立刻把我孙儿的帽子还给我,英国的法律保护私有财产,不论要花多大代价,我必须使这规定在你我之间最终得到实现。”她的脸上露出了嘲笑,我必须说,这使我顿时觉得两把钥匙的传说并非毫无根据,但是这也可能是误会,如果这样,那么我愿意存而不论,相信沃泽纳姆小姐是无辜的。就在这时,她按了铃,说道:“简恩,是不是有个野孩子的破帽子掉在我们的草地上?”我说:“沃泽纳姆小姐,在你的使女回答这个问题以前,你必须允许我当面通知你,我的孙儿不是野孩子,他也从来不戴破帽子。事实上,”我又说,“沃泽纳姆小姐,我完全敢说,我孙儿的帽子比你自己的帽子还新一点。”我毫不客气回敬了她,因为她帽子上用的是最普通的机器制造的花边,而且已经褪了颜色,破了,但这是她自己不讲理,惹起了我的火气。沃泽纳姆小姐涨红了脸,说道:“简恩,你听到我的问题没有?是不是有个孩子把帽子掉在我们的草地上了?”简恩答道:“是的,小姐,我想我是看到有这么一件破东西掉在那儿。”沃泽纳姆小姐说:“那么,请这些外人出去,然后把那分文不值的东西丢出我们的草坪。”但是我的孩子听了可不服气,他本来一直瞪着沃泽纳姆小姐,这时把眼睛睁得更大了,还扬起小眉毛,噘起小嘴巴,把胖胖的大腿伸开,举起圆鼓鼓的小拳头,在空中一个接一个画圆圈,像在转磨咖啡豆的小碾磨,同时朝着她嚷道:“你对我的奶奶这么凶,我要揍你的狗头!”沃泽纳姆小姐露出轻蔑的脸色,俯视着这个小东西,说道:“嘿!这还不是野孩子!真是!”我不禁哈哈大笑,说道:“沃泽纳姆小姐,如果你看了这场面不舒服,这只能怪你自己,再见。杰米,跟奶奶回去。”尽管他的帽子像从水龙头中突然喷出来似的,飞到了街上,我还是非常得意,回家时一路上笑个不住,这都亏了我亲爱的孩子。

杰米和我,还有少校,常常一起玩坐马车旅行的游戏,我们的马车在灯光之间冲破黑暗行驶过多少英里,简直已无法计算。杰米坐的是少校的包铜文具箱,它放在桌上,算是驾车座,我坐在安乐椅上,这算是车厢,少校是警卫员,拿着牛皮纸号角站在后面,这真是有趣极了。我告诉你,亲爱的,有时我在车厢内刚打一会儿盹,突然迷迷糊糊的发现灯光闪闪烁烁,据说已到了驿站,我听得小宝贝在赶马,少校在后面吹号角,大叫准备换马,我真仿佛是在我故世的丈夫非常熟悉的北方古老的驿路上旅行。接着,我看到孩子和少校把衣服裹得紧紧的,跳下车子,在地上跺脚,让它们暖和一些,又从壁炉架上取下纸火柴匣,把它当酒杯喝啤酒,这时我相信少校玩得跟孩子一样高兴。赶车的还打开车门,看看坐在车厢内的我,说道:“到站啦,要休息一会吗,尊贵的太太?”

有一次孩子走失了,我急得不知怎么才好,只有少校可以与我相比,他的痛苦不比我差一分一厘。那年他才五岁,午前十一点钟出门后,跑得无影无踪,直到夜里九点半还没一点消息。少校上《泰晤士报》编辑部登了寻人启事,但这在第二天才见报,那时孩子已被找到有二十四个小时了,不过这启事一直保存在我装薰衣草的抽屉里,作为他的名字第一次出现在报上的纪念。那天时间一分钟一分钟过去,我越等越焦急,少校也一样,警察局却若无其事,害得我们更加心神不定,尽管他们那么客气,叫我们放心,可是我得说他们非常固执,怎么也不肯相信他是给拐走的。“我们知道,太太,”那个警官说,走来安慰我,实际根本安慰不了。他处理过卡洛琳的案子,那时他还是警士,一开始他就提到了这事:“你不用担心,太太,他会像我的鼻子一样安全,就跟当初在你三楼的房间里那个小女人尽管对着我嚷嚷……”这个警官说，“我们知道，太太，孩子不是旧衣服，不是可以偷去以后再出售的。他会回到你的身边，太太。”“但是，我亲爱的好先生，”我说，攥紧双手，绞了一会，又握紧它们，“他是从没有过的好孩子呐！”“是的，太太，”警官说，“这点我们也知道，太太。问题在于他穿的衣服是不是值钱。”我说：“他穿的衣服不太值钱，先生，因为他当时只是在做游戏，但他是最可爱的孩子……”“得啦，太太，”警官说，“他会回到你身边的，太太。哪怕他穿着最考究的衣服，也没有危险，大不了给菜叶裹着，丢在小巷子里冻得发抖罢了。”他的话像一把把匕首刺在我的心上，我和少校整天坐立不安，像发疯似地跑进跑出，最后，少校夜里上《泰晤士报》编辑部去了回来，大叫大喊冲进我的房间，抓住我的手，擦着眼睛说道：“好消息，好消息，我回来时，一个便衣警官正走上台阶……你别激动，安静一点……杰米找到了。”结果我昏倒了，等我苏醒后，我搂住了便衣警官的脚，可他满不在乎，把棕色连鬓胡子翘得高高的，好像在打量我这小屋子里的家具，要给它们开清单拍卖似的。我说：“谢谢你，先生，我的小宝贝在哪儿哟？”他说：“在肯辛顿警察所。”我一听愣住了，倒在他的脚下，想到这个天真的小家伙跟杀人犯一起待在牢房里，心都碎了，但他补充道：“他在学猴子呢。”我以为他在讲什么切口，便道：“先生，请你解释一下，让慈爱的祖母知道什么叫‘学猴子’！”他说：“他戴上了铁皮帽子，又怕戴不牢，用带子绕过下巴缚住，把一张圆桌当十字路口，在那儿扫街，就差没拔出军刀来吓人罢了。”我这才明白一切，对他千谢万谢，然后我与少校跟他坐车赶往肯辛顿，只见我们的孩子舒舒服服躺在烧旺的火炉前面，原来他玩得高兴，倒在一只小手风琴上睡熟了，这手风琴只有熨斗大小，看来是从什么小家伙那儿没收的，现在蒙他们好意，借给我的孩子作了床铺。

亲爱的，少校对孩子实行的那套教学方法，是值得报告王上、贵族院和众议院的，那样，他保险可以名利双收（我们朋友之间谈谈）。至于我，我认为这增进了杰米的知识，尽管那时他还是个小不点儿的孩子，如果站在桌子另一边，你要看他，不能从桌子上面看，只能从桌子底下看，这才看得到他披着他母亲那种金黄色鬈发站在对面。少校开始他的教学活动时，对我说：

“咧咧破太太，我要把我们的孩子培养成一个算术大王。”

“少校，”我说，“你别吓唬我，这可能给我的小宝贝造成无法治愈的创伤，叫你一辈子也不能宽恕自己。”

“太太，”少校说，“我生平的第一憾事，是那天没有把擦靴子的海绵捅进那个流氓的喉咙……”

“哎哟！请你别说啦，”我阻拦道，“让他在没有海绵的情况下自己良心发现吧。”

“……我是说那是我的第一憾事，太太，”少校道，“但是如果我不能使那个聪明的头脑及早得到培养，这会成为我的第二憾事，叫我这儿，”他拍了拍胸口，“永远感到难过。但是，太太，你放心，”少校又道，伸出了一个食指，“我的教学方法是建立在快乐的原则上的。”

“少校，”我说，“我愿意对你开诚布公，坦率告诉你，我一旦发现我的可爱孩子胃口不好，这就是算术害苦了他，我得马上通知你停止教学。还有，如果我发现这些算术使他头脑发涨，或者妨碍了他的正常消化功能，或者造成他的双腿发软、精神不振之类，我也得要求你同样办理；但是少校，你是聪明人，见多识广，你爱这个孩子，又是他的教父，如果你觉得有把握，想试试，那就试试吧。”

“讲得好，太太，”少校说，“不愧是艾玛·咧咧破讲的话。我的全部要求，太太，就是请你不要干涉，让我的教子和我单独准备一两个礼拜，我一定会使你大吃一惊；还有，这屋里的任何小用具，凡是目前不需要的，你都要允许我可以向厨房借用。”

"向厨房借用,少校?"我说,担心他莫非想煮孩子不成。

"向厨房借用,"少校说,笑了笑,有些扬扬得意,似乎人也变得高大了。

这样,我答应了他。从此,在一段时间内,少校和亲爱的孩子常常关在一间屋子里,每次半小时,他们在干什么,我不知道,只听得他们有时谈话,有时大笑,有时杰米在拍手,喊数目,于是我对自己说:"他还没有受到伤害。"我也没在孩子身上任何部位发现任何不幸的迹象,这使我十分宽慰。最后,有一天,杰米给我送来了一张有趣的请帖,少校在请帖上端端正正写道:"两位杰米·杰克曼先生"(因为我们已把少校的姓也给了孩子)"恭请咧咧破太太于今晚五时正光临位在前厅的杰克曼学校,参观精彩的初等算术表演。"信不信由你,到了五时正,我走进前客厅,只见少校站在一张折面桌后面,桌子的两张折面都拉平了,上面铺了几张旧报纸,报纸上整整齐齐排列着从厨房拿来的一些东西。小家伙站在椅子上,红润的面颊亮亮的,眼睛闪闪发光,像两颗大钻石。

"现在,奶奶,"孩子说,"请你坐下,不要碰这儿的任何人。"因为他的两颗大钻石发现,似乎我马上要把他搂在怀里了。

"很好,先生,"我说,"我一定服从这些好朋友的安排。"于是我在一张为我准备的安乐椅上坐下,笑得前仰后合的。

这场表演叫我佩服得五体投地,少校的行动快得像变戏法,他一件件报出用具的名称,说道:"三只长柄煮锅,一只意大利熨斗,一只手摇铃,一只长柄烤面包铁叉,一只豆蔻木锉,四个锅盖,一个香料匣,两只蛋杯,一块砧板,一共多少?"小家伙马上喊道:"十五,这边一共五个,那儿还有一块砧板。"说完便使劲拍手,伸出腿在椅子上跳舞!

亲爱的,他和少校还把桌子、椅子、沙发、图画、壁炉、围栏、火钳、他们本人、我,还有猫、沃泽纳姆小姐头上的眼睛等等加在一起,同样算得又快又准确,每逢答出总数,红面颊、钻石眼睛的小家伙便拼命鼓掌,伸出腿在椅上跳舞。

这是少校的骄傲!("瞧,我这主意怎么样!"他用手遮在嘴上对我说。)

然后他大声道:"现在我们开始下一种基本运算方法,它叫……"

"减法!"杰米喊道。

"对,"少校说。"我们这儿有一把长柄烤面包铁叉,一只没有切开的土豆,两个锅盖,一只蛋杯,一把木匙,两把烤肉叉,现在由于商业目的,需要从这中间减去一只鳀鱼烤架,一只小泡菜罐,两只柠檬,一只胡椒瓶,一只捉蟑螂器,一个餐具柜抽屉的把手,还有多少?"

"长柄烤面包铁叉!"杰米喊道。

"数目有多少?"少校说。

"一!"杰米喊道。

("瞧这个孩子,太太!"少校又用手遮住嘴巴对我说。)

然后少校继续道:

"现在我们进行下一种基本运算方法,那是叫做……"

"乘法,"杰米叫道。

"对,"少校说。

但是,亲爱的,他们怎么把十四根木柴乘两小块姜和一根涂猪油针,或者怎么把桌上所有的一切除以一只意大利熨斗和一只卧室用烛台,还剩一只柠檬等等,我不再详细讲了,这会把我弄得晕头转向,就跟当时一样。最后我说:"请原谅,现在我应该祝贺杰克曼教授,我想,这堂课可以下课了,我必须好好拥抱一下这位年轻的学生。"杰米一听,从他站的椅子上叫了起来:"奶奶,把你的手臂张开,我跳下来了!"于是我朝他伸开两臂,就像他可怜的年轻的妈妈临终时我向她敞开忧郁的心灵一样，接着他从椅上一跃而下，跳进了我的怀抱，我们拥抱了好久。少校那副得意的神气，简直超过了任何骄傲的孔雀，他又用手搭在嘴边对我说道："太太，你不必告诉他，"（当然不必，因为少校的声音响得谁都听得见）"他是一个了不起的孩子！"

就这样，杰米逐渐长大，进了走读学校，同时继续接受少校的指导。夏天的日子那么长，我们很愉快，冬天的日子那么短，我们也很愉快，整个公寓喜气洋洋，不仅生意兴隆，住户不少，还好像哪怕有加倍的房屋也不够似的。然而我不得不承认，有一件心酸而严峻的事正在到来。一天我对少校说道：

"少校，你知道我要对你说什么。我们的孩子必须上寄宿学校啦。"

看到少校垂头丧气，我也很伤心，我真心同情这个心地善良的人。

"是的，少校，"我说，"虽然房客们喜欢他就像喜欢你一样，虽然他对你和我意味着什么，只有你和我心里明白，然而事物总是这样，生活中的悲欢离合也是难免的，我们必须与小宝贝暂时分开了。"

尽管我讲得这么勇敢，我看到的少校成了两个，壁炉成了六七个，当可怜的少校把一只精致光亮的靴子搁到围栏上，把胳膊肘搭在膝上，用手支着头，慢慢摇动身子的时候，我心里难过极了。

"但是，"我清清嗓子说道，"少校，你已教会了他不少东西——他有你这么好的启蒙老师呢——他进了学校开头不会很吃力。而且他这么聪明，马上就会名列前茅的。"

"他是一个出色的孩子，在世上找不到第二个，"少校说，鼻子呼噜响了一声。

"你说得对，少校，我们不能光为自己着想，不能拖他的后腿，妨碍他成为有用的人才，不论他将来做什么，说不定都会取得杰出的成就呢，少校，是不是？等我的一生结束之后，我所有的小小积蓄都是他的（他是我在世上唯一的亲人），我们必须使他成为一个聪明的人，善良的人，是不是，少校？”

“太太，”少校站起来说，“杰米·杰克曼长成大孩子啦，我却没有意识到，你使我感到惭愧。你讲得完全对，太太。你的话简单明了，不容反驳。如果你不计较，我想去散散步。”

这样，少校走了，杰米留在家中，我把孩子叫到我这小房间里，让他站在椅边，我取出他母亲的几绺头发，拿在手中，与他作了亲切而严肃的谈话。我提醒我的宝贝，他现在已到了十岁，我谈了他应该怎样生活，把我同少校讲的话告诉了他，说明我们为什么必须接受这种离别，但这时我不得不住口了，因为我突然看到了那颤抖的嘴唇，这是我记得很清楚的，它使我回到了那个时候！但是他充沛的精力使他马上控制了自己，他含着眼泪，庄重地点点头，说道：“我明白，奶奶，我知道这是必要的，奶奶，往下讲吧，不必为我担心。”等我说完了我想说的一切，他把坚定明朗的脸转向我，用有些哽咽的声音说道：“奶奶，你会看到，我会成为一个你所满意的人，做一切你所要求和喜爱的事，除非我不能像你希望的那样长大成人——我想这是可能的，因为我也会死去。”然后他坐在我的身边，我便接着告诉他，那所学校名声很好，它在哪里，有多少学生，我听到他们在那儿做些什么游戏，以及假期有多长等等。他注意听着，听得很仔细，也很高兴。因此到了最后，他说道：“现在，亲爱的奶奶，让我跪在这个我经常祈祷的地方，把我的脸扑在你的衣服上，让我哭一会儿，因为你对我说来超过了父亲，超过了母亲，超过了一切兄弟姊妹和朋友！”他真的哭了，我也哭了，哭过以后我们才觉得好受多了。

那次以后，他没有违背自己的诺言，一直很愉快，做好了准备，甚至当我和少校送他前往林肯郡时，他也兴致勃勃，比我们谁都快活。当然,他是很容易快活的,但是他确实很起劲,还使我们也忘记了忧郁,直到最后分手时,他才露出依依不舍的神色,说道:"奶奶,你不希望我真的毫不在乎吧?"我说:"是的,亲爱的,但愿不是这样!"他说:"这叫我很高兴!"说完便跑进屋子不见了。

但是现在孩子离开了公寓,少校变得成天闷闷不乐。所有的房客都看到,少校有些萎靡不振。甚至他平时给人的高大印象,现在也几乎消失了,只有在擦靴子时,他还露出一丝怡然自得的神气,与从前没有两样。

一天晚上,少校到我的小房间来喝一杯茶,吃一小块白脱吐司,看杰米最近的来信,这是那天下午刚送到的(送信的还是那个邮差,已过了中年,仍在跑这条路线)。这信使他精神振作了一些,于是我对少校说道:

"少校,你不应该老是这么愁眉不展的。"

少校摇摇头。"太太,"他说,深深叹了口气,"杰米·杰克曼长成大孩子啦,我却没有注意到。"

"愁眉不展是不能使他重新变成孩子的,少校。"

"亲爱的太太,"少校说,"难道不愁眉不展就可以使人越活越年轻吗?"

发觉少校在这问题上占了上风,我把话岔到了别处。

"十三年!十三年啊!许多房客来了又去了,但这十三年中你一直住在客厅里,少校。"

"可不是!"少校说,有些兴奋。"真的,太太,我见过许许多多房客。"

"我想,你跟大家都相处得很好吧?"

"亲爱的太太,"少校说,"蒙他们看得起,都把我当做朋友,还往往对我很信任,这几乎成了一条规律——当然,正如一切规律一样,也有例外。"

少校垂下了白发苍苍的头，摸摸黑胡子，重又陷入了忧郁，于是一个思想（它可能一直在我身边游荡，想物色一位主人）突然飞进了我这个老脑袋瓜子——请原谅我用这样的话。

“这公寓的墙壁如果能讲话，一定有不少故事可讲，”我漫不经心似地说道——因为，亲爱的，对一个闷闷不乐的人是不宜直截了当提出这要求的。

少校没有动弹，也没有开口，但是，亲爱的，他的肩膀说明他在听我的话，听得很仔细——确实，我发现他的肩膀抖动了一下。

“我亲爱的孩子一向喜欢故事书，”我继续道，仿佛在自言自语，“我相信，这房子——他自己的家——可以写出一两篇故事，供他随时阅读。”

少校的肩膀往下一沉，画了根弧线，头也从衬衫领圈上抬了起来。自从杰米去了学校以后，我还没看到少校的头在衬衫领圈上伸直过。

“毫无疑问，亲爱的太太，”少校说，“在打纸牌的时候，在所谓觥筹交错——这是我年轻时的说法，那是杰米·杰克曼美好的日子——之际，我与你的房客们交谈过不少往事。”

我回答道（我承认我有极深的用心，讲得十分婉转）：“那么但愿我们的孩子也能听到它们！”

“太太，你当真这么想吗？”少校问，终于全身一震，旋转身来。

“为什么不，少校？”

“太太，”少校说，卷起了一只袖口，“行，我把它们写下来。”

“好！一言为定，”我说，乐得拍了一下手。“现在你有了摆脱忧郁的办法了，少校！”

“在今天和我的假期——我是指亲爱的孩子的假期——到来以前，我就可以写下不少呢，”少校说，卷起了另一只袖口。

“少校，你是一个聪明人，又见多识广，你一定可以写得很有趣。”

“我明天就动手，”少校说，又显得像平时一样高大了。

亲爱的，三天中少校成了另一个人，一星期后他又恢复了原样，他写了又写，写个不停，那支笔像护壁板后面的耗子，在纸上窸窸窣窣爬行，他有多少事可写，或者是不是打算编一部传奇，我无法告诉你，但他写的东西都放在小书橱左首的玻璃柜中，就在你背后，只要你把手伸进柜里，就能摸到，它们用线缝成了厚厚的几叠，文字明白流畅，连我这个不懂希腊文和希伯来文的老太婆也能看懂，如果你肯大声念一下，我将不胜感激。

第二章

客厅房客补充的几句话

我很荣幸，能在这儿与大家谈谈，我名叫杰克曼。我认为，我能通过古往今来最杰出的孩子——他名叫杰米·杰克曼·咧咧破——通过我最高尚、最值得尊敬的朋友，居住在大不列颠及爱尔兰联合王国米德尔塞克斯郡河滨大道诺福克街八十一号的艾玛·咧咧破太太，把我的名字传至后代，这是我无上的光荣。

现在我要讲的不是我们那个异常杰出的亲切孩子在第一个圣诞节假期回到家中后，我们多么兴高采烈。这只要几句话就够了：他捧着两件优等奖品（数学和品行）飞进屋子，咧咧破太太和我热烈地拥抱了他，马上带他去看戏，三个人都看得兴致勃勃。

我也不是为了歌颂善良而正直的女性中这位佼佼者——为了尊重她不求闻达的美好天性，我在这里只用缩写称呼她：艾·咧——的高尚品德，才加上这则记载，让它与那些故事（它们在重新放进咧咧破太太的小书橱左首的玻璃柜以前，曾给我们出类拔萃的杰出孩子带来了不少欢乐）放在一起。

更不是为了让杰米·杰克曼这个名字原来的主人,那个靠养老金过活的无名小子,一度住在沃泽纳姆的公寓中(这是他的耻辱),后来又长期住在唎唎破太太的公寓中(这是他的光荣)的那个人,得以扬名天下。如果我的意识带有这种庸俗的趣味,那么这事实上就成了多余的工作,因为现在这名字的主人已是杰米·杰克曼·唎唎破了。

不,我拿起这支拙劣的笔,是为我们异常杰出的孩子作一点小小的记载,我微不足道的能耐认为这可以为我亲爱的孩子的内心提供一幅小小的图画。等他长大后,这幅图画也许会博得他的一笑。

在我们一起度过的所有圣诞节中,这第一个重新聚首的节日是最愉快的。除了在教堂的时间以外,杰米没安静过五分钟,我们一起坐在炉边时他要讲话,我们一起散步时他也要讲话,我们在炉边重又坐下时,他又要讲话,吃饭时他更是讲个不停,使这顿饭像他本人一样变得生气盎然。他年轻的心灵朝气蓬勃,欢乐从那源泉不断地涌流而出,灌溉着(如果我可以用这么强烈的表达方式的话)我无限尊敬的朋友和本文的作者杰·杰的生命。

当时只有我们三个人。我们在我尊敬的朋友的小房间里吃饭,我们的欢乐是完美无缺的;在这屋里一切都显得精致、整齐和舒适,一切总那么完美。饭后,我们的孩子又坐到了他从前的矮凳子上,靠在我尊敬的朋友的膝边,他的热栗子和一杯红葡萄酒(那确实是最好的酒!)放在当桌子的椅子上,他的脸比盘子里的苹果更鲜艳。

我们谈着我写的那些小东西,当时杰米已读过好几遍;于是我尊敬的朋友坐在椅上,抚摩着杰米的鬈发,这么说道:

"杰米,你也属于这个公寓,而且你比那些房客与它的关系更加密切,因为你是在这儿出生的,这样,我想,应该增加一些你的故事。"

杰米一听,眼睛闪闪发亮,答道:"奶奶,我也这么想。"

他坐在那里瞧着炉火,然后笑了笑,似乎在向炉火使眼色,接着便用手臂抱住我尊敬的朋友的膝头,仰起神采奕奕的脸,说道:“奶奶,你想听一个孩子的故事吗?”

“当然想,”我尊敬的朋友答道。

“教父,你呢?”

“当然想,”我也答道。

“那么好吧,”杰米说,“我给你们讲一个。”

这时,我们不容争议的杰出孩子显得沾沾自喜,想起自己即将扮演的新角色,不免又发出了音乐似的笑声。然后他又朝炉火看看,仿佛又向它使了个眼色,这才开始道:

“从前有个时候,那时猪会喝酒,猴子会嚼烟草,那不是你的时代,也不是我的时代,但那不是造……”

“瞧这孩子!”我尊敬的朋友喊道,“莫非他的头脑出了毛病?”

“这是诗,奶奶,”杰米答道,不禁哈哈大笑。“我们学校里讲故事都是这么开头的。”

“他叫我吃了一惊,少校,”我尊敬的朋友说道,用一只盘子当扇子扇个不住。“没想到他会这么信口胡诌!”

“在那个特别的时代,奶奶和教父,有一个男孩子——告诉你们,那不是我。”

“不是,不是,”我尊敬的朋友说,“不是你。少校,不是他,你明白吗?”

“明白,明白,”我说。

“他到拉特兰郡上了学……”

“为什么不到林肯郡上学?”我尊敬的朋友说。

“为什么?亲爱的老奶奶,因为那不是我,我才是到林肯郡上学的,对吗?”

“哦,当然!”我尊敬的朋友说。“少校,那不是杰米,你明白吗?"

"明白,明白,"我说。

"好吧!"我们的孩子又往下讲,让自己坐得舒服了一些,愉快地笑笑(又向炉火使了个眼色),然后重又抬起头,望着咧咧破太太的脸,"他深深爱上了校长的女儿,这是世界上最漂亮的姑娘,她的眼睛是棕色的,她的头发也是棕色的,像最美丽的波浪,她的声音那么动人,她本人也那么动人,她的名字叫赛拉菲娜。"

"杰米,你的校长的女儿名叫什么?"我尊敬的朋友问道。

"波莉!"杰米答道,伸出食指对着她。"你又来了!你猜错啦!哈哈哈!"

他和我尊敬的朋友都哈哈大笑,拥抱了一下,我们公认的杰出孩子又得意扬扬地讲下去:

"好吧!就这样,他爱她。他想念她,梦见她,送给她桔子和干果,还恨不得送给她珠宝和钻石,可惜他口袋里的零用钱买不起这些东西。可是她的父亲……啊,他是个专制魔王!他不准孩子们乱说乱动,一个月要考试一次,成天上课,什么课都有,他是从书本上了解世界的一切的。这样,那个孩子……"

"他难道没有名字吗?"我尊敬的朋友问。

"没有,他没有名字,奶奶。哈哈!你又来了!你又猜错啦!"这以后,他们又哈哈大笑,又拥抱了一次,然后我们的孩子接着讲下去。

"好吧!那个孩子,他在学校里有个朋友,与他一样大,他的名字(因为他凑巧有个名字)叫——让我想想看——叫宝宝。"

"不叫鲍勃?"我尊敬的朋友问。

"当然不是,"杰米说。"奶奶,为什么你要那么想?好吧!总之,这个朋友是全世界所有朋友中最聪明、最勇敢、最漂亮、最慷慨的一个,他爱上了赛拉菲娜的妹妹,赛拉菲娜的妹妹也爱他,这时他们都长大了。”

“我的天哟!”我尊敬的朋友说道。“他们一下子就长大了。”

“这时他们都长大了,”我们的孩子又说了一遍,乐得大笑不止,“于是宝宝和这个孩子骑上马,一起出门寻找幸运。他们的马是靠半卖半送得到的,这就是说,他们一共积蓄了七先令四便士,但这两匹马是阿拉伯种马,这些钱不够,只是卖马的人说,他可以半送半卖。好吧!这样,他们出外寻找幸运,最后回到了学校,他们的口袋里装满了金币,足够他们用一辈子。这样,他们上所有父母和朋友的家中,按了大门(不是后门)上的铃,门开了以后,他们宣布:‘这学校是灾难!每个学生应该无限期放假回家!’于是欢声雷动,然后他们吻了赛拉菲娜姊妹——当然是分别吻自己的爱人,不是吻别人的爱人——命令把专制魔王立刻囚禁。”

“可怜的人!”我尊敬的朋友说。

“立刻囚禁,奶奶,”杰米又说了一遍,尽量装出严厉的神气,可又忍俊不禁,哈哈大笑,“从此他每天只能吃学生吃的伙食,喝学生喝的桶装啤酒。然后他们为了两个婚礼作了准备,婚宴上有一篮篮食物、一瓶瓶酒,还有甜点、干果,还有邮票,什么都有。大家这么快活,甚至把专制魔王释放了,他也很快活。”

“他们放了他,我很高兴,”我尊敬的朋友说,“因为他只是在履行自己的责任。”

“不对,他履行得太过分了!”杰米喊道。“好吧!于是那孩子骑上马,让新娘坐在他前面,飞也似地疾驰而去,最后来到一个地方,他的奶奶和教父便住在那儿——不过,告诉你们,这不是你们两人。”

“不是,不是,”我们两人说。

“他在那儿受到了热情的欢迎,他的黄金装满了那儿的食品柜和书橱,他把它们给了他的奶奶和教父,因为这是全世界对他最仁慈、最亲切的两个人。一天他们坐在那儿,黄金堆到了他们膝边,突然听得有人打门,这除了宝宝还会有谁？他也骑在马上,前面抱着他的新娘,他要来讲的只是,除了那个孩子、他的奶奶和他的教父住的屋子以外,他愿意用双倍的租金租下整个公寓,这样,他们可以永远住在一起,始终这么快活！他们便这么办了,永远不变!”

“难道从没发生过争吵?”我尊敬的朋友问,这时杰米坐在她膝上,拥抱着她。

“没有！他们谁也不会争吵。”

“难道那些钱永远用不完吗?”

“用不完！没有人会用完那么多的钱。”

“难道一个人也没有变老吗?”

“没有！那以后谁也没有变老。”

“难道谁也没有死吗?”

“没有,没有,奶奶!”我们亲爱的孩子喊道,把他的脸颊贴在她胸口,更紧地拥抱着她。“谁也不会死。”

“啊,少校,少校!”我尊敬的朋友说,对我慈祥地笑笑,“这比我们的任何故事都好。让我们就用孩子的故事来结束吧,少校,因为这是所有故事中最好的故事!”

遵照这位最优秀的妇女的要求,我尽我所能忠实地记下了一切,并在此向所有的人表示我最良好的祝愿。

杰·杰克曼写于咧咧破太太公寓的客厅中。

咧咧破太太的遗产

第一章

咧咧破太太自述她如何继续经营及渡海外出

唉！现在好了，我又坐进了我的安乐椅，亲爱的，只是心还跳得很快，因为我又是上楼，又是下楼，颤颤巍巍地跑了好几次。说真的，厨房楼梯为什么总是转弯抹角的，这只能请教营造师们；不过我认为他们实在不懂得造房子，也从没懂过，要不，干吗都造成这种样子，不能让人方便一些，少吃一些穿堂风？再说，灰泥也不必涂那么厚，我相信，这只能使屋里增加潮气；至于烟囱帽，搞那么些花样干啥，倒像宴会上的一顶顶大礼帽，老实说，他们还不如我，不知道这只能妨碍烟雾外流，使它在钻进烟囱以前，不是以直线方式便是以曲线方式，先钻进你的咽喉。那些形形色色的新式金属烟囱（在街对过下面一些沃泽纳姆小姐的公寓顶上就有一排这样的烟囱），据我看，它们的作用只是使烟在你吞下肚子以前，先形成一些古怪的花纹，可从我来说，我宁可吃没有花纹的烟，反正味道都一样，何必搞那些名堂，更不必一定要在屋顶上做个记号，表示你吸进肚里的烟是个什么样子。

现在，亲爱的，我就在你的面前，坐在我自己的安乐椅上，我自己的公寓内我自己安静的小房间里，它位于伦敦诺福克街八十一号，从城区至圣詹姆士宫的中途——关于这一带，如果还有什么好说的，那就是这些旅馆，它们自称有限公司，但杰克曼少校说它们是“无限公司”，因为它们无限制地伸向天空，像一根根旗杆矗立在空中,高得不能再高了;不过我不希罕这种庞然大物,要是我出外旅行,到了一个地方,我希望看到的是老板或老板娘和善的脸色,不是一块上面刻着亮晶晶门牌号码的铜牌子,这东西硬邦邦的,自然不会向我表示欢迎;我也不乐意像船坞里的沉积物,给搁浅在旅馆里,要靠那些新奇玩意儿打电报出去求救,结果还不一定救得了——总之,我坐在这儿,不必我多费唇舌,你也知道,我仍在干我的老本行,将来也希望在这里寿终正寝,如果可能,最好也由圣克莱门丹麦区教堂的牧师给我念临终祷告,最后葬在哈特菲德墓园,与我可怜的咧咧破先生重新待在一起。

我也没有什么新闻可以告诉你,亲爱的,只能说,少校还是老样子,住在客厅里,像这屋顶一样固定不动,杰米也还是世界上最可爱、最活泼的小男孩,他还不知道那个残忍的故事:他可怜的妈妈埃德森太太怎样被遗弃在这儿三楼上,怎样在我的怀中死去;他完全相信我是他的亲奶奶,他自己是个孤儿。说起来有趣极了,自从他对机器发生了兴趣,他和少校就用几把阳伞、几只破铁罐、几个棉线木芯,做了个火车头开火车,结果火车翻到桌下,旅客受了伤,一切几乎跟真的一样。于是我对少校说:“少校,为什么不能想想办法,及早通知车上的管理员?”少校却气呼呼地说:“不成,太太,这办不到。”我说:“为什么不成?”少校答道:“这不能告诉你,这是我们铁路公司和我们的朋友商务副大臣阁下之间的事①。”说来你也许不信,连这种不能叫我满意的答复,少校也是先写信到学校,跟杰米商量以后,才跟我谈的,原因在于我们开始制作火车小模型和那些漂亮精致的信号器(它们大体上与真的一样靠不住)时,我笑道:“先生们,在这项事业中我担当什么任务呢?”杰米搂住我的脖子,跳跳蹦蹦地说道:“奶奶,你担任群众的角色。”这样,他们从此就欺侮

① 当时英国的铁路由商务部管理。

我,爱怎么对待我就怎么对待我,我只有坐在安乐椅里生闷气的份儿。

亲爱的,也许,像少校那么聪明的一个人,不论做什么——哪怕只是一种游戏——都不可能马马虎虎,半心半意,必然会全力以赴,认真对待。是不是这样,我说不清楚,但是,在咧咧破联合大枢纽站和杰克曼大诺福克客厅铁路线的管理工作上,少校那种一本正经、煞有介事的态度深深影响了杰米。在火车命名的那天,杰米眼睛忽闪忽闪的,对我说道:"我们必须处处提到奶奶的名字,要不,"说到这里,小家伙吻了我一下,"群众就不肯掏钱支持我们啦。"就这样,群众认购股金,先是买了十股,九便士一股,这钱用完后,又立即买了十二股优先股,每股一先令六便士,股票全由杰米署名,少校连署。我们私人谈谈,真的,这比我一辈子买过的股票还多得多呢。就在这个假期里,铁路造好了,火车通车了,游览车来来往往,撞车、锅炉爆炸及各种事故和差错接连不断,反正跟真的一样。少校是一个具有军人风度的站长,他的责任感是他的光荣,每次下行列车他总是过了时间才发车,还拼命摇小铃铛,这些铃铛跟那只小煤斗,都是从街上一个小贩脖子上挂的盘子中买到的。一天夜里,我看到少校给正在学校中的杰米写每月汇报,报告列车和轨道,以及其他一切的状况(这些汇报全部堆在少校的餐具柜顶上,每天早上擦靴子以前,他总要亲手掸一下灰尘),那副样子真是全神贯注,一丝不苟,眉头皱得紧紧的,叫人吃惊。不过说实话,少校做任何事从不草草了事,半途而废,这有一件事可以证明:一天,杰米在家的时候,少校带了测链和卷尺,与杰米兴致勃勃上了街,我真不知他们在打什么主意,居然想穿过威斯敏斯特大教堂修筑铁路,完全相信凭议会的一纸法令,便可把整个街道兜底翻造。他一心指望老天帮忙,等杰米长大后,可以干这行职业呢!

提到我可怜的咧咧破先生,我又想起了他最小的兄弟。他是博士,可究竟是什么博士,我说不清楚,除非是喝酒博士,因为乔舒亚既不懂医学,也不懂音乐,对法律更是一窍不通,他的法律经验只是不断被传上郡法庭,接受裁判,又不断逃跑。有一次他就在这公寓的过道上给截住了,手中拿着一把阳伞,头上戴着少校的帽子,身上裹着门口的擦脚棕垫,自称他是约翰逊·琼斯爵士,巴思二等勋章骑士。他戴着眼镜,据说住在骑兵禁卫军大楼。那次他进屋还不到一分钟,站在棕垫上,把手里那张纸卷成细细一根,倒像是点蜡烛的纸捻,不像是便条。他要使女把它递给我,纸条上说,要么我立即给他三十先令,要么他马上在我的桌子上撞死,让脑袋开花,这两者任我选择,他立等答复。亲爱的,这真把我吓了一跳,想到我可怜的咧咧破先生的亲骨肉竟然要把脑浆洒在我的新漆布上,不论这人如何不值得帮助,我还是不能不胆战心惊,马上走出屋子找他,想问他究竟要多少钱,才能不干这种傻事。可我发现他已经被两位先生看押着,这两位先生要不自称是法警,我非把他们当成做羽毛床垫生意的不可,因为他们身上尽是蓬蓬松松的羽毛。乔舒亚对两人中生得最小、又戴着最大的帽子的先生说道:“先生,快给我铆上脚镣手铐!”想想我听了是什么滋味!我立刻想到他戴着脚镣锒锒铛铛走过诺福克街,沃泽纳姆小姐怎样从窗口看得不亦乐乎!我浑身发抖,恨不得跪在地上求他们,说道:“先生们,请把他带到杰克曼少校屋里去吧。”于是他们把他带进了客厅,少校发现自己的弯边大礼帽竟戴在他的头上,这是乔舒亚·咧咧破为了伪装军人,在过道中一挥手从帽钩上偷到的。少校勃然大怒,也一挥手从他头上夺下帽子,又一脚把它踢到天花板上,使它在那儿转了好一会。我说:“少校,冷静一些,告诉我,我该把我故世的咧咧破先生的小兄弟乔舒亚怎么办。”少校答道:“太太,我的意见是,你不如把他送进火药库,等他炸死以后,谢他们一笔钱。”我说:“少校,作为一个基督徒,你不可能真的这么想。”少校说:“太太,上帝作证,我是这么想!”说真的，少校尽管有不少优点，但他个子小，火气却不小，哪怕没有这次顺手牵羊偷他帽子的事，以前一些纠葛已使他对乔舒亚非常反感。乔舒亚听到我们这场谈话，转身对那个生得最小、帽子最大的人说道："来吧，先生！把我送进丢人的监牢算了。我的破草帽在哪里？"亲爱的，我的眼前立刻出现了他穿着破衣服、挂着锁链的样子，像杰米的故事书中那个特伦克男爵。想到这些，我忍不住哭了，对少校说道："少校，把我的地窖钥匙拿去，跟这两位先生好好了结这事，要不，我这一辈子再也不会有一分钟快乐。"这种事以前和以后都发生过好几次，尽管这样，我不能忘记，乔舒亚·唎唎破是真正爱他的哥哥的，为了不能给哥哥戴孝，他总是那么难过。我脱下寡妇的丧服好多年了，不想再提起这事，但乔舒亚的深厚情谊不能不使我感动。他写信给我道："给我一个金币，我就可以做一套像样的丧服，替我最心爱的哥哥服丧了。在他不幸去世的时候，我就发过誓，要终生为他戴孝，但是，唉，人怎么能预见未来呢，我分文不名又怎么实现誓言呢！"你瞧，他的感情多么深厚，尽管我可怜的唎唎破先生死的时候，他还不满七岁，可他仍坚守誓言，这多么难得。要知道，我们每个人身上都有一颗良心，只是在有些人身上我们还没看到罢了。不过乔舒亚的做法不太好：我亲爱的孩子刚上学不久，乔舒亚便利用孩子的感情，写信到林肯郡向他要他的零用钱，孩子马上回信把钱给了他。尽管这样，他终究是我可怜的唎唎破先生的嫡亲小兄弟，何况他不能不付索尔兹伯里客店的账，因为他出于手足之情，到哈特菲德墓园待了两个礼拜；要不是酒肉朋友的引诱，他本来不打算喝酒。后来，少校瞒着我，偷偷把菜园的抽水机搬进了他的房间，如果他当真用它来捉弄乔舒亚，我一定会非常难过，说不定还会跟少校发生口角。不过，亲爱的，他由于太性急，看错了人，结果捉弄了布弗尔先生，这是值得遗憾的。不过正因为这样，我没有怪他，谁知沃泽纳姆那里却乘机造谣，说这是因为我们没有为布弗尔先生准备好钱,因为他是征收财产税的税务官。乔舒亚·咧咧破还会不会改好,我不敢说,但我听说,他在一家私人戏院登了台,扮演强盗的角色,不过后来再没接到任何剧团的正式邀请。

提到布弗尔先生,这又是一个例子,说明人们身上的善会在你意想不到的时候突然出现。不可否认,在执行职务时,布弗尔先生的态度叫人很不愉快。因为,收税是一回事,而老是东张西望,好像怀疑货物已在深夜从后门偷偷转移,这又是一回事;税收重,这你无能为力,但猜疑却是你主动的。再说,少校是一个热情的人,他跟你谈话,你却把笔衔在嘴里,满不在乎,他自然不乐意,这是可想而知的。至于看到在屋里还把阔边低筒礼帽戴在头上,是不是比看到其他帽子更不舒服,这我不知道,但我能理解少校的心情。除此以外,尽管少校没有恶意,也并不记仇,他却总是忘不了别人的短处,他对乔舒亚·咧咧破便是这样。最后,亲爱的,少校决定教训一下布弗尔先生,这使我非常担心。一天,布弗尔先生在门口重重打了两下门,少校一跃而起,窜到门口。布弗尔先生说:“税务官来收两个季度的法定税款了。”少校答道:“很好,请进吧。”便带他到我这儿。但布弗尔先生一边走,一边东张西望,露出了平时那种怀疑态度,少校冒火了,问道:“先生,你看见鬼了吗?”布弗尔先生答道:“没有,先生。”少校说:“可是我刚才发现你东张西望的,好像在我尊敬的朋友的屋子里见到了鬼似的。如果你真的见到了肉眼见不到的东西,请你指给我看,先生。”布弗尔先生瞪了少校一眼,然后向我点点头。少校举起手一边给我介绍,一边气虎虎地说:“这位是咧咧破太太,先生。”布弗尔先生答道:“很高兴见到你。”少校又指指自己道:“喂,还有,这位是杰米·杰克曼,先生!”布弗尔先生又道:“很高兴认识你。”但少校毫不妥协,把头向旁边一歪,又怒冲冲地说道:“先生,杰米·杰克曼向你介绍的是他尊敬的朋友,大不列颠及爱尔兰联合王国米德尔塞克斯郡伦敦市河滨大道诺福克街八十一号的艾玛·咧咧破太太。在这种场合,先生,杰米·杰克曼得替你把帽子脱下。”他随手把他的帽子摘下,丢在地上,布弗尔先生看看自己的帽子,把它捡起,重又戴上。少校气得脸红脖子粗的,瞪起眼睛瞧着他,又道:“你欠了两个季度的礼貌税,现在税务官得收税了。”真难以相信,亲爱的,他的话音刚落,布弗尔先生的帽子又被他丢到了地上。布弗尔先生也气得什么似的,嘴里衔着笔咕哝道:“这……”可是少校火气更大了,说道:“把笔从你嘴里拿掉,先生!要不,我凭我国该死的税收制度和国债的每一个数目字起誓,我要立刻把你按到地上,把你当一匹马骑在你的身上!”我相信,他真会这么干,他那两条匀称灵巧的腿也真的动了一下,仿佛准备跳上马背似的。布弗尔先生从嘴里取下了笔,说道:“这是威胁,我要控告你。”少校答道:“先生,如果你是一位君子,不论你要收什么税,只要那是公正的,咧咧破太太公寓客厅的杰克曼少校愿意随时恭候你的税务官,他可以收到应付的税款,分文不少。”

当少校瞪着布弗尔先生讲这番话时,我真急得喘不出气,用一酒杯水喝了一茶匙挥发盐,我说:“先生们,我求求你们别再这么顶牛啦!”但是布弗尔先生走后,少校还一直气虎虎的,什么也不能做。第二天我更加提心吊胆,因为到了布弗尔先生照例出门收税的时候,少校便穿戴整齐,吹着口哨,在街上踱来踱去,那顶帽子几乎把一只眼睛都遮没了,他的神气恐怕翻遍约翰逊的词典①也找不出一个恰当的形容词。为了万无一失,我把临街的门半开着,披上了围巾,站在少校的百叶窗背后,做好了准备,一旦看到危险,马上大喊着冲出去,哪怕喊破嗓子也在所不惜,然后再尽一切力量抱住少校的脖子,不让任何一方动手。我在百叶窗后面站了还不到一刻钟,就看到布弗尔先生拿着收税簿走来了。少校同样盯住了他,口哨越

① 英国著名作家塞缪尔·约翰逊(1709—1784)编的《英文词典》在当时以完备著称。

吹越响,人也迎了上去。两人终于在屋前的空地栏杆前相遇了。少校摘下帽子,拿在手中,伸直了胳臂,说道:“这是布弗尔先生吧?”布弗尔先生也摘下帽子,拿在手中,伸直了胳臂,答道:“不错,那正是我的名字,先生。”于是少校说道:“布弗尔先生,你有何贵干要找我吗?”布弗尔先生答道:“没有,先生。”于是,亲爱的,他们便互相深深地鞠躬,谁也不甘示弱地分手了。以后每逢布弗尔先生在这一带收税,总会在空地的栏杆前遇到少校,然后互相鞠躬,使我不由得想起哈姆雷特和另一位戴孝的先生①彼此厮杀以前的场面,不过我但愿那另一位先生不致那么莽撞,哪怕少客气一些也没关系。

布弗尔先生一家在这一带不受欢迎,因为只要你是一个住户,亲爱的,你就会发现,你天然不喜欢税务官。再说,应该承认,一匹马的小马车并不能提高布弗尔太太的身价,使她受到尊敬,何况这是贪污税款得到的,而这些税收我也认为太苛刻。但是他们不受欢迎,他们的家庭也并不幸福,这是由于他们夫妇待女儿太凶,而且布弗尔小姐爱上了布弗尔先生的办事员,夫妇俩时常争吵。据人们传说,那位小姐即使不生痨病,也会进修道院,她生得那么瘦,吃不下饭,每逢穿着像黑围涎的马甲出门时,总有两个脸刮得光光的、围着白颈巾的先生躲在街角向她张望。布弗尔先生的情况就是这样。一天夜里,我突然被可怕的叫闹声和一股火烧味道惊醒了,赶紧走到窗口观看,发现整条街都给火光照得通红。幸好那时我们有两套房子空着,在我匆匆披上衣服以前,已听得少校在拼命打顶楼的门,大喊:“穿好你们的衣服!失火了!不要害怕!失火了!要镇静沉着!失火了!没有事,失火了!”声音叫得震天价响。我刚打开卧室的门,少校便跌跌撞撞闯了进来,把我撞个正着,差点跌倒,他赶紧把我抱住。我上气不接下气地说:“少校,哪儿失火啦?”他说:“我

---

① 指雷欧提斯,见《哈姆雷特》第五幕。

也不知道,亲爱的太太。但是失火了!杰米·杰克曼会保护你,直到流尽最后一滴血!要是我们亲爱的孩子在家,他会觉得多么有趣。失火了!"他确实非常镇静和勇敢,但是每讲一句话,总要嚷一声"失火",把我弄得心惊胆战。我们跑下楼梯,走进会客室,把头伸到窗外,少校看见一个满不在乎的小家伙正跳跳蹦蹦走过,乐得笑个不住,便向他喊道:"哪儿失火了?在哪儿?"小家伙没有站住,答道:"真有意思,好玩极了!老布弗尔在烧自己的房子,他贪污了税款,怕被人发觉。好极了!烧得好!"那时天空火星直冒,地上烟雾弥漫,毕毕剥剥的火烧声、哗啦哗啦的浇水声、轰隆轰隆的救火机声,还有砍斧头的声音、打碎玻璃的声音、敲门声、呼啸声、哭喊声、来来往往的人声,响成一片,空中热气腾腾,吓得我浑身发抖。可少校说道:"最亲爱的太太,不要害怕!失火了!这用不到惊慌失措!失火了!不要打开大门,等我回来!失火了!我去看看,我能不能帮些忙!失火了!你很安心,没觉得不舒服,是吗?失火了!失火了!失火了!"我想拉住他,告诉他这是去送死,他会被救火机碾死,会抽水抽得累死,会站在泥浆和污水中冻死,会被倒塌的屋顶压死,可是没有用。他下了决心,一阵风似地走了,跟在那小家伙后面跑得气喘吁吁的。我与使女们抱在一起,挤在客厅窗口,望着街对面一些房屋上空飞舞的火焰,布弗尔先生的家便在那儿街角上。不多久,我们看到一些人飞也似地从街上直奔我的公寓门口,少校正忙个不停在指挥大家,然后又来了几个人,接着布弗尔先生给裹在一条毯子里,用一张椅子抬着,像盖依·福克斯①似的给抬进了屋子。

亲爱的,布弗尔先生给抬上我们的台阶,送进客厅,卸在沙发上以后,少校与所有的人又一言不发,飞也似地走了,这使大家十分钦佩。只有布弗尔先生毫无知觉,他裹在毯子里已吓得半死,眼睛不

① 参见本书第125页注①。

住地打转。过了不多一会儿,那些人又都回来了,这回是布弗尔太太给裹在另一条毯子里抬进了客厅,卸在沙发上;然后大伙又走了,过了不多一会儿,又把布弗尔小姐裹在另一条毯子里抬进了客厅,卸在沙发上;然后大伙又走了,又过了不多一会儿,又把布弗尔先生的年轻办事员裹在又一条毯子里抬进了客厅,只是那把椅子已不知去向。两个人抬着他的腿,他便用两只手搂住了他们的脖子,那副垂头丧气的样子仿佛刚从拳击中败下阵来,头发乱蓬蓬的,像给人狠狠揪了几下。所有这四个人都并排倒在沙发上。少校搓搓手,好不容易才发出了嘶哑的嗓音,悄悄对我说道:"要是我们杰出的孩子在家的话,这会使他觉得多么有趣!"

亲爱的,我们为他们准备了热茶、吐司,还有一些兑水白兰地加了点喷香的肉豆蔻。起先他们有些害怕,愁眉苦脸的,但后来便完全放心了,开始活跃起来。布弗尔先生第一次使用他的舌头,是称少校为他的救命恩人和最好的朋友,说道:"你永远是我最亲爱的人,先生,让我给你介绍我的内人。"布弗尔太太也称他为救命恩人和最好的朋友,在毯子允许的范围内尽量向他表示亲热。布弗尔小姐也这样。年轻的办事员还有些迷迷糊糊,坐在那里唉声叹气:"罗比娜给烧成灰了,罗比娜给烧成灰了!"这使人听了怪伤心的,因为他裹在毯子里,像从大提琴匣子里向外张望,什么也不知道。最后布弗尔先生说:"罗比娜,告诉他!"布弗尔小姐说:"亲爱的乔治!"要不是少校乘机把一杯兑水白兰地灌进他的喉咙,使他的喉咙由于肉豆蔻的作用呛了一下,因而拼命咳嗽,他听了那句话,可能会受不了。等年轻办事员好一些以后,布弗尔先生抬起身子,靠在布弗尔太太身上,像两只麻袋似的,两人嘁嘁喳喳商量了一会儿。布弗尔先生噙着泪水,少校看到他擦了擦眼睛说道:"我们不是一个和睦的家庭,但愿这次危险过去以后不再这样。乔治,你娶她吧。"年轻人无法伸出胳臂拥抱他的未婚妻,但他的表情说明他非常兴奋,虽然还有些神思恍惚。我们睡了一觉，天亮以后那顿早餐真是美极了，我一生还没吃过这么愉快的早餐，布弗尔小姐冲的茶非常甜，大有从前考文特花园大戏院①所表现的罗马风格；那一家人从此融融洽洽——自从那天夜里，少校站在救火云梯脚下，把他们一个个接下来（据说，那个年轻人是头朝下滚下云梯的）以后，他们一直这样。虽然我不想说，如果我们都紧紧裹在毯子里，我们彼此的恶感便会少一些，但是我得说，如果我们彼此不致太疏远，我们大部分人之间的谅解就会多一些。

对啦，还有街对过下面一些沃泽纳姆的公寓。几年来，沃泽纳姆小姐的作为一直使我很痛心，我认为她是在有计划压低房租，她在布雷德肖的报纸上登的房屋图不是真的，窗户多得多，树木也多得多，似乎绿叶成荫，栎树触目皆是，其实诺福克街上从没有过一棵栎树，她门口的四马马车也是假的，如果画一辆出租马车，这对布雷德肖的信誉也许好得多。我的这种心情一直折磨着我，直到今年1月，我有个使女名叫莎利·拉雷加诺——我至今怀疑她是爱尔兰血统，尽管她自称她的家在剑桥，要不，她怎么会跟利默里克②地方一个砖匠私奔，结婚时又只穿一双木套鞋，也不肯等他那只打青的眼睛痊愈，参加婚礼的又只有十四个伙伴，拉车的只是一匹精疲力竭的马，自己却坐在车顶上——我再说一遍，亲爱的，我对沃泽纳姆小姐不满的心情一直继续到今年1月，那天下午，莎利·拉雷加诺把我的房门打得砰砰直响（我不能用更温和的词句），冲进屋子（也许那就是她的剑桥派头），劈面对我说："沃泽纳姆小姐的公寓拍卖了！"很清楚，这位使女相信，听到一个同行的破产，我一定会幸灾乐祸，这深深刺痛了我的良心，我一下子哭了，坐回我的安乐椅上，说

① 伦敦著名的歌剧院，主要上演意大利歌剧。
② 爱尔兰的一个城市。

道:“我真为自己感到害羞!”

好吧！我尽量想安心喝茶,但怎么也办不到,总是想起沃泽纳姆小姐和她的不幸。那天夜里我睡不着,起身走到前窗口,街上雾影憧憧,我眺望对面沃泽纳姆的屋子,但什么也看不到,那儿漆黑一片,阴惨惨的,没一点灯光。最后我对自己说:“事情不能这样。”于是我戴上最旧的帽子和围巾,不愿在这种时候让沃泽纳姆小姐想起我的新帽子,引起伤感,嗯,就这样,我走到街对面打了门。听到开门声,我转过头去说道:“沃泽纳姆小姐在家吗?”但是我发现,开门的便是沃泽纳姆小姐本人,可怜的人,只见她愁容满面,憔悴多了,眼睛哭得肿肿的。我说:“沃泽纳姆小姐,自从我孙儿的帽子掉在你的小草坪上,我们两人发生一些不快之后,已过去好几年了。我已不再把它当一回事,我相信你也像我一样。”她有些吃惊,说道:“是的,咧咧破太太,我也一样。”我说:“那么,亲爱的,我想进屋跟你谈谈。”听到我称她亲爱的,沃泽纳姆小姐失声哭了,哭得怪伤心的。这时,一个不像是冷酷无情的老人——他在睡帽上又戴着顶礼帽,不过他的胡子应该刮一下了——从后客堂探出脑袋,一边彬彬有礼地道歉,说他刚才不知怎么动了肝火,也不该把风箱当写字台给他的老婆写信,一边对我说:“这位太太需要得到一点安慰。”说完又退回了里屋。这使我可以顺着这话说道:“先生,她需要得到一点安慰吗？那么老天有眼,她会得到的!”于是沃泽纳姆小姐和我走进了前室,那里点着一支暗淡的蜡烛,好像也在啼哭,烛油毕毕剥剥流了一桌子。我说:“现在,亲爱的,把一切告诉我吧。”她绞着双手,说道:“唉,咧咧破太太,这里的一切已属于刚才那个人了。我在世上已没有一个朋友可以帮助我,给我一个先令了。”

沃泽纳姆小姐说过这些话以后,我这么一个多嘴的老太婆又说了些什么,这无关紧要,我只想告诉你,亲爱的,我宁可拿出三十个先令来,只要她肯上我屋里喝茶,可是由于少校,我不敢那么做。尽管我知道,少校在我面前就像一根线,在许多问题上我可以要他长就长,要他短就短,只要我下定决心,这件事也不难办到。但是我们讲过沃泽纳姆小姐不少坏话,我不好意思改口,而且我知道她触犯过少校的自尊心,尽管她没有得罪过我;同样,我还怕拉雷加诺笑话,弄得我不好下台。因此我说:“亲爱的,如果你能给我喝杯茶,让我混乱的头脑清醒一下,我可以好好考虑你的问题。”于是我们一起喝了茶,我弄清了问题,原来那不过才四十镑钱,而且……对!她一向勤奋、老实,是世上少有的,她已把债还了一半。不用多讲什么了,何况这也不是我现在要谈的。我要谈的只是:她吻了我的手,握住它们,一遍遍吻它们,向我祝福,我终于高兴极了,说道:“你瞧,我真是一只糊涂的老鹅,亲爱的,一直把你想得那么坏,实在不应该!”她说:“唉,我也一样,我一直误解了你!”我说:“行行好,告诉我吧,你本来对我是怎么想的?”她说:“唉,我本来以为你对我这种穷困潦倒的人是不会同情的,你一向不愁吃不愁穿,可以说是在钱堆里滚大的。”我不禁哈哈大笑(我很高兴能这么做,因为我心里已憋得受不住了):“算了,亲爱的,你瞧,难道我这副老骨头还能在钱堆里打滚不成?”这就行了!我们都像蟋蟀一般快活(不过蟋蟀是不是快活,我不知道,也许你知道),我回到我幸福的家里真是又兴奋又得意。但是在我结束以前,想想我对少校的误解有多大!是的!因为第二天上午,少校走进我的小房间,手里拿着刷得干干净净的帽子,开口道:“我最亲爱的太太……”然后把脸伸进了帽子,好像走进了教堂。我正觉得莫明其妙,他又钻出了帽子,开口道:“我最尊贵的、敬爱的朋友……”然后又钻进了帽子。我害怕了,喊道:“少校,是不是我们亲爱的孩子出了什么事?”少校赶紧答道:“不,不,不。只是沃泽纳姆小姐今天早上来过,她向我道歉,说真的,她的话叫我一直不能平静。”我说:“嗳哟,少校,你还不知道昨天夜里你使我多么担心呢,想不到你这么好,我一半也没猜到!既然这样,请你别再躲在教堂里了,少校,像一个老朋友那样宽恕我,我也永远不再那么看你了。"亲爱的,你不难明白,我是不是做到了这点。说真的,沃泽纳姆小姐使我很感动,她收入虽少,损失又大,还勉力维持她可怜的老父亲的生活,养活她的弟弟。她的弟弟很不幸,为了艰深的数学弄坏了头脑,但她让他穿得整整齐齐,住在后面公寓房客们都称作什物房的三号屋子里,而且一顿能吃下一只羊腿呢!

现在,亲爱的,我真的要谈我的遗产了,如果你愿意听的话,本来我是打算直截了当谈这件事的,但一件事总是要引起另一件事的。那是6月,施洗约翰节①前一天,我的使女威妮弗莱德·马吉斯——她是所谓普利茅斯姊妹,那个普利茅斯弟兄带她私奔是完全对的②,因为要找老婆,没有比她更端正的姑娘了,这样他们后来就成了最美满的普利茅斯小两口——总之,在施洗约翰节前一天,威妮弗莱德·马吉斯跑来对我说:"一位先生从领事馆来,有事要见咧咧破太太。"说来你不信,亲爱的,我一听以为统一公债③出了事,因为我为杰米在银行存了一小笔统一债券,我说:"我的天,但愿这不是因为公债暴跌!"威妮弗莱德说:"看他的样子不像是这么回事,太太。"我说:"请他进来吧。"

那位先生进来了,他穿一身深灰色衣服,头发剪得照我看是太短了。他非常客气,招呼我道:"咧咧破太太!"我说:"对,我就是,先生,请坐。"他说:"我是从法国领事馆来的。"我这才明白,那与英格兰银行无关。这位先生的卷舌音特别重,有些刺耳,他又道:"我们收到了桑斯市政厅的一封信,请允许我在这里宣读一下。咧咧破太太懂得法文吗?"我说:"哦,不懂,先生!咧咧破太太一句也不懂

① 在6月24日,是英国一个重要节日。
② 普利茅斯兄弟会是19世纪初成立于英国的一个新教派别,这里的所谓姊妹和兄弟都指它的成员。
③ 英国正式的国债券,这个词的发音与"领事馆"一词相近。

这种文字。”那位先生说:“没有关系,我可以译给你听。”

这样,亲爱的,他念了信,那是市政厅(我的天,少校回家以前,我以为那是一个名叫玛丽的女人呢①,因此一直摸不着头脑,不知那个女人跟这一切有什么关系)一个局发来的,念完后,又蒙他不遗余力把主要内容译给我听,原来事情是这样:在法国的桑斯市有一个不知姓名的英国人病得快死了,他不会说话,也不能动弹。在他的住处有一只金表、一只装着若干现金的钱包、一只装着若干衣服的大衣箱,但找不到他的护照,也找不到信件等等,只是在他的桌上有一副纸牌,在红心 A 的背面他用铅笔写了几个字:“市政当局:我死之后,请把我留下的一切作为我的遗产,交给伦敦河滨大道诺福克街八十一号的咧咧破太太。”

那位先生说明了这一切,讲得有条不紊,但我认为这是经过他加工的,法文没有这么大的能耐,因为那时我对这个国家还一无所知,接着他把信给了我。你想象得到,这时我已明白多了,只是那张信纸有些像杂货店包食品的纸,上面还盖满了带鹰徽的图章。

“咧咧破太太是否相信她认识她不幸的同胞?”那位先生说道。

亲爱的,你想象得到,他讲得这么文绉绉的,我实在听不懂他的话。

我说:“对不起,先生,你能不能把话讲得简单明了一些?”

于是他说:“我是问:你是不是认识这位不幸的、快死的英国人,你的病重的同胞?”

我说:“谢谢你,先生,现在我听明白了。不,我一点也不知道这可能是谁。”

“咧咧破太太没有儿子、侄儿、教子、朋友或任何熟人住在法国吗?”

① 在法文中,市政厅一词的发音与“玛丽”相近。

“据我所知，”我说，“我在那儿没有亲戚，也没有朋友，总之没有一个熟人。”

“对不起。那么，你没有 locataires① 吗？”那位先生问。

亲爱的，我以为这是外国人的客气话，意思是我有没有什么爱好，譬如吸鼻烟之类，于是我点点头，牛头不对马嘴地答道：“对，谢谢你，我没有吸鼻烟的习惯。”

那位先生有些尴尬，说道：“我是问你有没有房客！”

我笑了起来：“啊！你真有意思！我既然开了公寓，当然有房客！”

“那么这个人会不会是你从前的房客呢？”那位先生说。“比如，一个欠过你房租的房客，你原谅了他，没有逼他付钱。”

“哦！这种事自然有，先生，”我说，“但是我可以向你保证，我想不起你提到的那位先生，他与我认识的人都不像。”

总之，亲爱的，我们的讨论毫无结果，他记下了我说的话便走了。但那张信纸他有两份，他留了一份给我。少校回来后，我告诉了他，把信拿给他看：“少校，这真像老穆尔的历本②，全是哑谜，请你去解答吧。”

我没料到，少校读一封信会花那么多时间，因为他在呵斥那些摇手风琴的家伙时，讲话滔滔不绝，头脑十分灵敏，但是最后他终于看完了，站在那儿，吃惊地望着我。

“少校，”我说，“你怎么一句话不说呀？”

“太太，”少校说，“杰米·杰克曼累坏了。”

原来，那天少校外出是了解铁路和轮船的消息，因为明天是施洗约翰节，我们的孩子要放假回家了，我们得带他上哪儿玩玩，调剂

---

① 法文，租户。
② 英国一个名叫穆尔的人于 1699 年起发行的一种历本，内容大多是对气象的预测。

一下生活。这样,少校站在那里发呆的时候,我想起了一个主意,对他说:“少校,请你查查你的书本和地图,看看桑斯市究竟在法国什么地方。”

少校站起身来,走回客厅,查了一会,回到我这里,说道:“最亲爱的太太,桑斯在巴黎以南七十多英里。”

我真可以说费了九牛二虎之力,才终于说出:“少校,我们带着我们幸福的孩子到那儿去。”

少校听到要外出旅行,乐得手舞足蹈。他活像森林里的野人从报上读到了一则广告,知道了一个好消息,成天兴致勃勃。第二天一早杰米回到家里以前,他已到街上迎接,准备向他宣布这个好消息:我们即将去法国旅行。可想而知,红脸蛋的小家伙跟少校一样起劲,闹得不亦乐乎,我只得说:“如果你们这两个孩子不肯安静,我就打发你们统统上床睡觉。”他们这才不再作声,开始擦少校的望远镜,准备浏览法国风光,还出去买了一只带搭扣的皮包,可以挂在杰米腰里,让他跟小福尔图纳①似的,装他的零用钱。

要是我没有把话说出口,引起了他们的希望,我也许不会真的出门旅行,但现在反悔已来不及了。这样,施洗约翰节后的第二天,我们便搭早班邮车出发了。我一生只到过海边一次,那还是我可怜的咧咧破先生向我求爱的时候,现在我又来到海边,呼吸到了它清新的空气,看到了它的又深又广,我想起从那以后它一直在滚动,永不停息地滚动,毫不理会我们,我的心情不禁有些沉重。但我仍觉得很愉快,杰米和少校也一样。我们都活动得不多,不过我有些头晕、想吐,我发现外国人的肚子一定比我们英国人空一些,因此尽管晕船,还会大吵大嚷。

① 英国剧作家托马斯·德克(1570? —1632)的剧本《老福尔图纳》中的人物,他的钱袋中随时都有十枚金币,永远用不完。

但是,亲爱的,我们渡过大海到达大陆时,蔚蓝的天空那么明朗,一切都显得五光十色,连岗亭上也画着条纹,闪光的鼓打得咚咚直响,一些士兵穿着坎肩和整洁的绑腿套,我只觉得一切是那么陌生,仿佛大气已把我带到了空中。至于午餐,说真的,哪怕我有一个男厨子两个厨娘,花上双倍的钱,也吃不到这么好的菜肴,而且这里没有满腹牢骚的使女在旁边瞪着眼睛瞧你、在肚里骂你,满心希望你这位东家被食物呛死;这里招待你的人都那么客气、那么热情、那么关心,一切都使你觉得舒舒服服,只是杰米把一大杯啤酒灌进了喉咙,我不免担心他会醉倒在桌子底下。

还有,杰米讲的法语,那真是有趣极了。我常常需要他帮忙,因为不论人家对我讲什么,我只得回答:“我不懂,蒙你关照,但没有用……喂,杰米!”于是杰米咭咭呱呱对他们大讲特讲。据我看,他的法语只有一个缺点,那就是他对别人讲的话好像一句不懂,结果弄得他自己的法语也几乎毫无用武之地。尽管在其他方面,他称得上是一个顶刮刮的法国佬。至于少校的流利口齿,我的看法是他的法语中似乎英语更多,还不如照英语理解的好。不过我得承认,在他问一个穿灰大氅的军官先生几点钟的时候,要是我不知道他是英国人,我非把他当作天生的法国人不可。

在前去弄清我的遗产问题以前,我们先在巴黎逗留了一天,至于这一天玩得怎么样,亲爱的,你可以想象得到。我与杰米,还有少校,带了望远镜,由一个在客栈门口兜揽生意的年轻人(但他总是彬彬有礼)带我们游览各处。我们坐火车上巴黎时,一路上杰米和少校差点把我吓死,他们每到一个车站,总要钻到车底下去看机器,在车身下钻进钻出,到处乱跑,想为他们的客厅联合干线寻找改进措施。但是当我们下了火车,在明朗的晨光中走进光辉灿烂的大街以后,他们便把伦敦的改进措施丢到了脑后,认为不值得一谈,一心只想到巴黎了。在门口走来走去兜揽生意的年轻人对我说:“要不要我讲英国话?”我说:“年轻人,要是可以,那我真感激不尽啦。”但刚过半个钟头,我已恍然大悟,那个人只是在胡言乱语,我一句也不懂,只得说:“行行好,还是用你自己的法语吧,先生。”这样,我至少不必白费力气猜他的意思,可以轻松得多。其实不光是我,我那两位伙伴也听不懂他的话,有时他把一件东西形容了半天,我只得请教杰米:“他说什么来着,杰米?”杰米拼命望着他的眼睛说道:“他的发音一点也不清楚!”等他又从头至尾说了一遍,我对杰米说:“喂,杰米,他在讲些什么?”杰米答道:“他说这建筑是在1704年修理的,奶奶。”

这个年轻人是在哪里养成这种走来走去的习惯的,我自然无从知道,我只知道他总是在走来走去。我们吃早饭的时候,他绕到了街角上,可是我们刚吞下最后一口面包,他又回到了门口,真是不可思议。吃饭的时候和夜里都是这样,我们上剧场、回旅馆,他也总在门口走来走去,恭候大驾;我们上店里买一两件小东西,他也守在门口,到东到西跟着你,使你厌烦得恨不得朝他脸上吐一口唾沫。至于巴黎,亲爱的,我能告诉你的只是,这是都市与乡村合为一体的地方,这里到处是雕花的石块和长长的街道;街两旁是高大的楼房、花园和喷泉、雕像和树木,到处金碧辉煌;在街上既可见到最高大的士兵,也可见到最矮小的士兵,还有欢天喜地的保姆戴着最白的帽子,跟一些皮球一般圆鼓鼓的、戴着平顶帽子的小孩在玩跳绳游戏;到处是铺着洁白桌布的餐桌,整天有人坐在屋外吸烟,呷酒;小小的空地上总在为老百姓表演什么小玩意儿,每家店铺都布置得整洁大方;在这个天地里,每个人都似乎在过节。到了晚上,亲爱的,到处灯光闪烁,上下左右,前前后后都亮闪闪的,戏院那么多,观众那么多,一切都那么多,真使人眼花缭乱,目不暇接。我觉得一切都好,只对一件事有些不以为然,那就是不论你在站上买火车票,或者在钱币兑换处兑换外币,或者在戏院门口买票,跟你打交道的小姐或先生都待在笼子里(我想那是政府把他们关在那儿的),面前是牢固的铁窗,使人觉得这倒像一个动物园,不是自由的国家。

好吧,一天很快过去了,我这一把老骨头终于躺到了床上,我的小淘气鬼进来吻我,问道:“奶奶,你觉得这个巴黎可爱不可爱?”我说:“杰米,很可爱,只是它把我弄得好像头脑里在放烟火似的。”幸亏第二天我们又为弄清我的遗产动身了,快乐的乡村,凉爽清新的空气,使我得到了很好的休息,我的头脑又清醒了。

这样,亲爱的,我们终于抵达了桑斯,这是一个美丽的小城市,有一座双塔楼的大教堂,白嘴鸦在各种洞窟里飞进飞出,一个塔楼顶上还有另一个塔楼,形状像石头的布道坛。信不信由你,饭前我在旅馆休息时,人们指给我看,布道坛上的那个小黑点便是杰米,而且确实是他,可是飞鸟却在它下面回旋。当时我坐在旅馆的阳台上,正想入非非,希望有一位天使降临到那儿,向人们呼吁多行善事,但我没有想到,杰米会莫明其妙地跑上那儿,从这个高处向城里的一个人喊话。

亲爱的,从客栈眺望真是一片好风光!两个塔楼的阴影照在客栈上,一天之间不断变换,跟日晷仪差不多。在院子里进进出出的有乡下人的大车,也有篷式轻便马车等等,大教堂前面便是集市场,一切这么有趣,像图画一样。少校和我一致认为,不论我的遗产怎样,这是一个度假的好去处,我们也一致同意,应该让我们的孩子尽情玩乐,如果那个英国人还活着,最好那天晚上不要让他影响孩子的情绪,我们两人应该单独去看他。告诉你,少校觉得力不从心,没法跟着杰米爬上布道坛,因此先回到了我这里,让导游照料他。

这样,到了饭后,杰米到河边玩儿,少校前往市政厅,随即带了一个军人回来。那人佩着剑,穿着有踢马刺的靴子,戴着两端尖的帽子,肩上斜挂着黄皮带,身上有带金属片的长穗饰,那种只能使人不方便的东西。少校说:“最亲爱的太太,那个英国人还活着,没有变化。这位先生可以领我们上他的寓所。”这时，那个军人向我摘下了帽子，我发现，他也学拿破仑·波拿巴的样子，剃光了额头，只是不太像。

我们出了旅馆，经过教堂的大门，沿着一条狭窄的街走去，只见人们坐在店门口闲聊，儿童在街上玩。军人领着我们，走到一家猪肉店门口站住了，店铺窗口有一只雕刻的坐直的猪，旁边有一扇小门，一个傻瓜正从门口向外张望。

傻瓜看到军人，便溜到人行道上，拐了个弯，沿着小胡同朝后院跑了。这便是我们的目的地，少校和我给领上公用楼梯，进了三楼的前室。屋子是红砖地，没有什么陈设，外面的花格百叶窗关得严严的，使屋子显得很暗。军人打开了百叶窗，我望见杰米上去过的塔楼正在落日中逐渐变黑。我转向靠墙的床上，看到了那个英国人。

他得的是一种脑膜炎，头发都脱落了，一块折拢的湿麻布覆在他的额上。我仔细端详他，只见他已消瘦不堪，眼睛闭着。我对少校说：

“我以前从没见过这张脸。”

少校也仔细看了一遍，说道：

“我也从没见过这张脸。”

少校把我们的话翻译给军官听，他耸耸肩膀，掏出一张纸牌给少校看，纸牌上写着关于给我遗产的事。那是在床上用虚弱颤抖的手写的，这笔迹与那张脸一样，我也不认识。少校也是这样。

那个可怜的家伙虽然独自躺着，但得到了尽可能好的照料，这时他没有意识到有任何人坐在他旁边。我让少校说明，我们不会马上离开，明天我可以再来，照料一下病人。但我要他再次声明——我还在旁边拼命摇头，强调这点——我们一致认为我们从未见过这张脸。

当天晚上在星光下，我们坐在阳台上，把这事告诉我们的孩子，他也非常吃惊，回顾了少校记录的从前一些住户的情形，问是不是可能是这个人或那个人。但没有一个是可能的，我们只得上床睡了。

第二天早上我们正吃早餐，军官坐着马车叮叮当当地来了，说医生从一些迹象推测，病人已到了回光返照时期。因此我对少校和杰米说："你们两个孩子只管去玩吧，我得带着祈祷书守在病人床边了。"这样我去了，在那儿坐了几个钟头，不时为那可怜的灵魂念一段祷告，正是在这一天，他移动了一下手。

他始终一动不动，因此他的手一动，我便发觉了，我摘下眼镜，放下祈祷书，站起来望着他。他先是移动一只手，后来又开始移动两只手，像一个人在黑暗中摸索。他的眼睛睁开好久以后，眼睛上好像还蒙着一层薄翳，他仍在摸索，似乎要从黑暗中走进光明。后来他的视觉逐渐恢复了，手不再活动。他望望屋顶，望望墙壁，望望我。等他的视觉完全清楚以后，我的眼睛也清楚了，最后我们望着彼此的脸，我吃惊得倒退了几步，失声叫道：

"啊，你这个没良心的人！你的罪孽使你得到了惩罚！"

因为生命重又从他眼睛中出现了，我认出了他，这是埃德森先生，杰米的父亲，他残忍地遗弃了杰米年轻的未婚母亲，让那个可怜的、温柔的女孩子死在我的怀抱中，把杰米留给了我。

"啊，你这个狠心的残忍的人！你丧尽天良，背弃了自己的妻子！"

他凭着残存的一点力气，竭力想转过头去，遮住自己的脸。他的一条胳臂挂在床沿上，头靠在它旁边，他就这么躺在我面前，好像身体和精神都垮了。这无疑是天下最悲惨的情景！

我哽咽着说："啊，我的天，告诉我，对这个快死的人我能说什么！我也是可怜的罪人，我无权进行审判。"

我抬起头,仰望明朗的天空,从那个窗口我又望见了那个高高的塔楼,杰米曾登上那儿,站得比飞鸟更高;我仿佛看到,那个可怜的小东西,那位年轻漂亮的母亲,正从那儿俯视着我,她的灵魂已摆脱了烦恼,获得了自由。

“啊,你这个人啊!”我说,跪在他的床边,“如果你的心碎了,真的为你做的事感到悔恨,我们的救世主还是会宽恕你的!”

我把脸靠在床上,他虚弱的手正好可以摸到我。我但愿这是悔罪的手。它竭力摸索我的衣服,想抓住它,但是手指没有力气,无法握紧。

我扶起他的头,让它靠在枕上,对他说:

“你能听见我的话吗?”

他表示听得到。

“你知道我是谁吗?”

他表示知道,这已明白无疑。

“我不是一个人在这儿。少校与我在一起。你记得少校吗?”

记得。那是说他的神色表示他记得,与前面的情形一样。

“我与少校也不是单独在这儿。我的孙儿,他的教子,与我们在一起。你听见没有?我的孙儿。”

那些手指又作了一次挣扎,想抓住我的衣袖,但没有力气伸近它,终于无力地垂下了。

“你可知道我的孙儿是谁?”

知道。

“我同情和喜欢他孤独的母亲。她临死前,我对她说:‘亲爱的,这婴儿是上帝赐给一个没有孩子的老妇人的。’那以后,他成了我的骄傲和欢乐。我爱他就像他是吃我的奶长大的。你希望在死以前见见我的孙儿吗?”

希望。

“如果你听明白了我的意思，等我讲完以后，请你向我表示一下。关于他出生的经过，我一直向他保守着秘密。他不了解这一切，也从没怀疑过。我不能不让他知道世上有这类错误和不幸，但是我可以不让他知道，这种事曾发生在他无辜的摇篮旁边。现在我还瞒着他，为了他的母亲和他自己，我要永远瞒着他。”

他向我表示，他清楚地了解我的意思，泪水从他的眼睛里流了出来。

“现在你可以休息了，我会让你见到他的。”

于是我给他弄来了一小杯葡萄酒和一些白兰地，就放在他的床边。但是我开始有些担心起来，生怕他等不到杰米和少校到来。我的头脑和手正忙于这一切，我没听到楼梯上的脚步声，因此当我看到少校出现在屋子中央的时候，吃了一惊。这时他蓦地站住了，因为床上那个人的目光使他认出了他，正如刚才曾使我认出他一样。

少校脸上出现了愠怒的神色，还带有一些恐惧、厌恶，以及我说不出是什么的表情。于是我走近他，把他带到床边，我握紧双手，举了起来，少校也像我一样做。

我说：“啊，上帝！你知道，我们两人一起看到过那个现在已经到了你身边的年轻女子的痛苦和忧伤。如果这个将死的人真的悔改了，我们两人一起恳求你宽恕他！”

少校说：“阿门！”过了一会，我小声对他道：“亲爱的老朋友，把我们可爱的孩子带来吧。”少校很聪明，不必我再多讲一句话，便明白了一切，出去把孩子带来了。

我永远永远不会忘记，我们的孩子怎样站在床脚一头，望着他不认识的父亲，他的脸色那么明亮美好。啊，这时他多么像他年轻的母亲呀！

我说：“杰米，我已认出了这位病重的先生，他在我们的公寓里

《咧咧破太太的遗产》

居住过。他希望在临死以前再看一下与公寓有关的一切,因此我让少校把你带来了。”

杰米走近几步,用一只手十分温柔地抚摩着那个人,说道:“啊,他多么可怜!我的心为他感到难受。多么不幸的人啊!”

那双很快就要永远闭上的眼睛转向了我。我不是一个坚强的人,我觉得我无力对抗它们。

“亲爱的孩子,这个人躺在这儿,正如我们所有的人,不论好坏,总有一天都会躺下一样。我不知道他的一生,这是个秘密,但我有理由相信,如果你能把脸贴在他的额上,对他说:‘愿上帝宽恕你!’这会使他的灵魂最后得到安慰。”

杰米充满深情地说:“啊,奶奶,我不配!”但他俯下身子,照我的话办了。于是那些哆嗦的手指伸了出来,要最后抓住我的衣袖,我相信他死时在竭力想吻我。

好啦,亲爱的!关于我的遗产,全部情形便是这样,如果你听了喜欢,那么我花的力气可以说已得到了十倍的报偿。

你也许认为,它会使我们对法国那个小城桑斯产生反感,其实并非如此。我发现,我每次抬起头,望见那个比另一个塔楼高出一头的塔楼,便会想起当初那位漂亮的少妇披着美丽光润的头发,怎样把我当母亲一样信任。这种回忆使这个地方在我眼中显得说不出的平静美好。出入旅馆的一切生物,包括院子里的鸽子在内,都成了杰米和少校的朋友;他们爬上形形色色的车辆,不论那是驶往哪里的,车子由性子激烈的大车马拉着,隆隆驶出院子,有的有顶,有的无顶,泥浆代替了油漆,绳子代替了挽索;所有穿蓝衣服、形状像屠夫的人,所有站直后腿,恨不得把别的牲口统统吃掉的马,所有拿着鞭子——仿佛那是可以听凭他们摆布的一年级小学生——把它挥得噼噼啪啪直响的赶车人,都成了他们的新朋友。至于少校,亲爱的,他大部分时间都是一手拿着酒杯,另一手拿着酒瓶,只要看到有一个人也拿着酒杯,不论那是谁——是身上挂满穗饰的军官,还是在院子里吃饭的茶房,还是坐在长凳上聊天的市民,或是赶集后准备回家的乡下佬——少校都会走上前去与他们碰杯,大声嚷嚷:来,干杯,祝你长命百岁!或者祝你万事如意!简直快活得像发疯似的。虽然我不赞成少校的行为,但是世界上的风俗习惯各地不同,不能强求一律;他还在路口广场上与剃头店老板娘跳舞呢;照我看,他跳得好极了,我还从没想到他会跳得这么起劲,不过我听见其他跳舞的人和观看的人大喊大叫,声浪排山倒海似的,心里有些不安,终于忍不住问杰米:"他们在嚷嚷什么?"杰米答道:"奶奶,他们在喊:向英国军官致敬!向英国军官致敬!"这满足了我这个英国人的感情,从此人人都称少校为"英国军官"。

但是每天傍晚到了一定的时候,我们三人便坐在旅馆的阳台上。那是在院子的一端,我们仰望着大塔楼上那逐渐变化的红艳艳的金光,望着塔楼的阴影在我们和所有的人周围逐渐伸长,你知道我们这时做什么吗?亲爱的,少校记下了诺福克街八十一号从前那些房客讲的故事,现在杰米又增加了他自己的故事,他是用这些话开头的:

"奶奶,现在你在这儿!教父,你也在这儿!除了你的故事,我还有我的!现在让我讲一下这些故事。教父,虽然你是为我写的,但我知道,我把它们讲给奶奶听,你不会反对,是吗?"

"当然,亲爱的孩子。"少校说。"我们所有的一切都是她的,我们也是她的。"

"对,杰米·杰克曼和杰米·杰克曼·咧咧破是永远爱她和忠于她的,"小家伙喊道,紧紧拥抱了我一下。"那么很好,教父。现在听我说。奶奶刚得到了一份遗产,我要把这些故事也作为遗产的一部分,送给奶奶。教父,你赞成吗?"

“赞成,一百个赞成!”少校说。

“那么很好”,杰米喊道,乐得手舞足蹈。“英国军官万岁!咧咧破太太万岁!咧咧破太太的孩子杰米·杰克曼万岁!遗产万岁!现在,请你注意,奶奶。也请你注意,教父。我要念了!除了那些故事,我还要告诉你们我的故事。到了假日的最后一夜,我们收拾行装离开以前,我便用我自己的故事结束一切。”

“随你的便,先生,”我说。

第二章

咧咧破太太转述杰米的压卷之作

好吧,亲爱的,我们每晚朗读少校的大作,这样终于到了最后一晚,收拾好行李,准备明天动身回国了。这时,老实说,虽然我想起诺福克街亲切的老房子心中觉得甜滋滋的,十分欣慰,我对法兰西民族还是留下了相当好的印象,认为他们的家庭融洽无间,相亲相爱,生活也单纯和睦,远远超过了我的预料。我们私下谈谈,有一点我认为尤其值得另一个我不想指出名称的民族学习的,是他们敢于靠小小的收入,从小小的事物中寻求小小的乐趣,不怕大人先生们虎视眈眈的干预,或者道貌岸然的说教;关于这些大人先生,我的看法是,他们最好舒舒服服躺在各自的铜棺材里,盖上盖子,再也不要露脸。

我们在最后一晚把椅子搬到阳台上以后,我对杰米说:“现在,年轻人,你大概还没忘记,今天这出‘压台戏’该由谁唱吧?”

“没有忘记,”杰米答道,“我是说话算数的。”

但是在这满不在乎的回答之后,他的脸色却十分严肃,以致少校向我扬了扬眉毛,我也向少校扬了扬眉毛。

“奶奶和教父,”杰米说道,“你们不能想象,埃德森先生的死使我的心情一直无法平静。”

我听了一怔。我说:“啊!这是悲惨的一幕,好孩子,伤心的事总是比快乐的事更容易引起回忆。但是,”我沉默了一会又说,想提高我自己和少校以及杰米的情绪,“这不成其为压台戏。亲爱的,还是讲你的故事吧。”

“我这就讲,”杰米说。

“那是什么时候,先生?”我说。“是猪会喝酒的时候?”

“不,奶奶,”杰米说,依然很严肃,“是法国人会喝酒的时候。”

我又看了少校一眼,少校也看了我一眼。

“总之,奶奶,教父,”杰米说,抬起了头,“就是现在这个时候,我要告诉你们埃德森先生的故事。”

我的心怦怦直跳,少校的脸色也变了!

“你们明白,”我们那个眼睛明亮的孩子说,“那就是说,我要谈我所知道的这个故事。我不想问这是不是真的,因为首先,你说你对他几乎一无所知,奶奶,其次,你所知道的那一点情况也是个秘密。”

我把双手抱住了膝盖,在他继续讲的时候始终一眼不眨地望着他。

“我们现在这个故事的主人公,那位不幸的先生,”杰米开始道,“是某某人的儿子,生在某某地方,从事某某职业。但我们要谈的不是他一生中的这些方面,只是他早年跟一位年轻美丽的小姐的恋爱。”

我觉得我仿佛支持不住了。我不敢看少校,但哪怕不看他,我也了解他的心情。

“我们这位不幸的主人公的父亲,”杰米说,似乎在模仿故事书中的开端,“是一个很势利的人,对他唯一的儿子抱着极大的希望。儿子想与一个善良但没有钱的孤女结婚,他坚决反对。真的,他甚至不惜向我们的主人公明白宣布，如果他不肯与他一心爱上的女子断绝关系，他就要取消他的继承权。同时，他提出了另一件门当户对的亲事，对方是附近一个大户人家的女儿，她的相貌不坏，人也很和气，从金钱观点看，她的可取之处更是无可争论的。但是年轻的埃德森先生对自己的初恋忠贞不渝，不想违背内心的愿望，拒绝了一切自私的考虑。他写了一封恭敬的信，请求父亲不要发怒，然后带着她出走了。"

亲爱的，我的心情已有些好转，但是听到出走，我又开始紧张起来，心情更坏了。杰米说道："这对情人逃到了伦敦，在圣克莱门丹麦区教堂结了婚。就是在他们简单而感人的故事的这个阶段，我们看到他们住进了一位名叫奶奶的十分可敬可爱的老妇人办的公寓，它位于诺福克街一百英里以内。"

我觉得我们现在几乎平安无事了，因为亲爱的孩子没有怀疑到那痛苦的事实，我望望少校，第一次轻松地叹了口气。少校向我点了点头。

"事实证明，"杰米继续道，"我们的主人公的父亲是个顽固不化的人，他冷酷无情地实行了他的威胁，那对年轻人在伦敦受尽了折磨，要不是善良的天使把他们带到奶奶太太的公寓中，他们的处境更是不堪设想；奶奶太太发现他们贫困无依（尽管他们竭力向她掩饰），便用千百种巧妙的办法帮助他们，这样他们才没有在坎坷的道路上跌倒，也减轻了最初的灾难带来的痛苦。"

讲到这里，杰米握住我一只手，让我随着故事的转折，在他的另一只手上打拍子。

"过了一段时间，他们离开了奶奶太太的公寓，到别处去谋生，经历了各种的成功和失败。但是不论道路如何曲折，不论幸与不幸，埃德森先生对他年轻美丽的生活伴侣说的始终是：'忠贞不渝的爱情和真诚将使我们战胜一切！'"

亲爱的孩子的这些话与事实相去如此之远，使我十分悲痛，我的手开始哆嗦了。

“忠贞不渝的爱情和真诚将使我们战胜一切！”杰米又说了一遍，仿佛他为这话感到骄傲，从中体会到了一种高尚的快感。“这就是他讲的话。这样，他们虽然贫苦，还是英勇而愉快地走着自己的路。最后埃德森太太生下了一个孩子。”

“一个女儿吧，”我说。

“不，”杰米说，“一个儿子。父亲为他感到这么自豪，简直一刻也不能离开他。但是乌云笼罩了这个家庭：埃德森太太得了病，逐渐憔悴，终于死了。”

“啊！得了病，逐渐憔悴，终于死了！”我说。

“这样，埃德森先生在人间的唯一安慰、唯一希望，生活的唯一动力，只剩了他亲爱的孩子。孩子逐渐长大，也越来越像他的母亲，成了她活的画像。他常常奇怪，为什么每逢他吻他的父亲时，父亲总要哭泣。但是不幸得很，他不仅相貌，而且体质也像他的母亲，他还没离开童年时代便夭折了。埃德森先生是一个很有才能的人，但是在忧郁和绝望中，他把一切丢到了九霄云外。他变得冷漠、荒唐、消沉。他一步步堕落、堕落、堕落，最后几乎完全靠赌博（我猜想）生活。于是在法国的桑斯城，疾病袭击了他，他倒下了，奄奄一息。现在一切都结束了，他躺在床上，回顾着过去那段年轻的时光，那早已被他埋葬了的生活。他怀着感激的心情想起了好久不见的善良的奶奶太太，她曾那么仁慈地对待新婚不久的他和他年轻的妻子，于是他把他留下的一点东西作为遗物赠给了她。她得信后赶来看他，起先她认不出他，仿佛从希腊或罗马神庙的废墟不能识别它们的本来面目一样，但是最后她想起了他。这时他流着眼泪告诉她，他为那部分浪费了的生命感到后悔，恳求她尽可能宽恕他，因为归根结底，这是那沦落的天使——那忠贞不渝的爱情和真诚造成的。

由于她是和她的孙儿在一起，他想象如果他的孩子还活着，现在可能像他一般大了，因此他要求她让他把面颊贴在他的前额上，说几句诀别的话。”

杰米的声音越来越低沉，泪水充满了他的眼睛，也充满了少校的眼睛。

“你这个小魔术师，”我说，“这一切你是怎么编出来的？进屋去，把这一切写下，这是一篇绝妙的故事。”

杰米这么办了，我现在便是照他写的讲给你听，亲爱的。

然后少校拿起我的手，吻了吻它，说道：“最亲爱的太太，我们一切都很顺利。”

“啊，少校，”我说，擦干了眼泪，“我们本来用不到担心。我们早该料到这一切。在朝气蓬勃的年轻人眼中，背叛是不正常的，只有信任和同情、爱和忠诚才是正常的。多谢上帝，真的这样！”

马利高德大夫的处方

第一章

本处方应立即服用

我是一个小贩①,我父亲的姓名是威伦·马利高德。在他生前,有些人以为他的名字应该是威廉,但我的父亲始终坚持说:不,那是威伦。对这种争论,我的看法是这样:在自由的国家中一个人尚且不一定知道自己的名字,在奴役制的国家中这就更不足为奇了。至于通过教区的出生登记解决争论,那么早在出生登记普及以前,威伦·马利高德已来到世上,又离开了世上。何况即使出生登记出现在他之前,在他这行职业中也不可能普遍实行。

我出生在女王大道上,但那时还是在男王治下②。我的母亲生我时,我的父亲给她请了一位大夫,大夫非常慈祥,不肯收费,只接受了一只茶盘,为了对他表示感激和赞扬,我便被命名为“大夫”。这便是马利高德大夫③这名字的由来。

我现在已到了中年,肩膀还算宽阔,穿的是灯芯绒裤子、护胫套和带袖的坎肩,坎肩的带子总是太短。不论你怎么修补,它们还是像琴弦一样要断。你到过戏院,看见过拉小提琴的怎样拧紧琴弦;他侧转了头,好像在听它小声告诉他,它怕自己已不太牢固,于是蓦地啪的一声,弦断了。那正与我的坎肩一样,尽管坎肩与小提琴是两码事。

我喜欢戴白礼帽,还喜欢把脖子上的围巾围得松松的,舒服一些。坐是我心爱的姿势。如果我谈得上对首饰有什么爱好,那么这至多是几颗珍珠母钮扣。要知道我是怎么一副样子，这几句话就够了。

大夫既然收下了一只茶盘，你一定会猜，在我以前我的父亲也是个小贩。你猜对了，他是小贩。那是一只漂亮的茶盘，上面画着一位高大的夫人，正沿着一条曲折的石子路上山，到一个小教堂去。两只天鹅飞散了，似乎也想奔向同一目标。不过我说高大的夫人，我的意思着重在高，不是大，因为按照我的观点，她算不得大，却相当高；她的身材又高又苗条，称得上亭亭玉立。

大夫在我天真的微笑（或者不如说叫喊）中接受了茶盘，便把它靠墙竖起放在诊疗室的桌上，这以后我时常看到它。每逢我的父母来到那个地方，我常把我的脑袋（我听我母亲说，那时我长着亚麻色鬈发，不过现在你只会把它当作一把扫壁炉的破扫帚，直至找不到柄，才发现那是我的头）伸进大夫的屋子，大夫见了我总很高兴，说道："啊哈，我的小同行！进来，小大夫。要不要我给你一个六便士的铜币？"

你自然知道，流动商贩不能老是流动，我的父母也一样。但是人们的期限快到时，要不是一下子全部消失，便往往先消失一部分，而这一部分大多是头脑。我的父亲也这样，他的头脑慢慢不管用了，接着我母亲的头脑也不管用了。这对别人并无危害，然而我们这个家却因此遭了殃。老两口虽然不再干小贩的营生，但已与它结下了不解之缘，每天要在家中出售什物。到了吃饭的时候，我父亲便拿起碟子和盘子敲敲打打，就像小贩们拿起陶器一边喊价，一边

---

① 这里的小贩（cheap Jack）是指一种以销售廉价物品作号召的流动商贩，售货时往往先报一个价格，然后逐步降价，招揽生意，方式有些像拍卖。

② 英国往往在一些事物上冠以"女王"或"王上"的名义，以显示其庄严性，因此"王上的大道"是指交通干线，这里是狄更斯风趣的说法。女王是指维多利亚女王，这里是说他出生在女王登基（1837 年）以前。

③ 按英国的姓名排列应为"大夫·马利高德"，这里暂按我国的习惯译为"马利高德大夫"。本篇的标题也是这样。

招揽生意那样，可惜他的手脚不灵了，它们大多掉在地上打得粉碎。老太婆过去一向坐在货车上，把东西一件件递给站在踏脚板上的老头子出售，现在她也这样，把家用物品一件件递给他，他们从早到晚便在想象中干这买卖。最后老头子不能起床了，跟老太婆待在一间屋里，安静了两天两夜。但这以后，又干起了老行当，哇啦哇啦顺口叫卖："喂，快活的朋友们，现在听我说，夜莺俱乐部在村里假座卷心菜和剪刀饭店举行联欢活动，歌手们本来可以大显身手，可惜他们情绪不高，嗓子哑了，耳朵聋了。现在听我说，快活的朋友们，你们每一位都听着，这儿是一个老小贩的活样板。他老得没有牙了，骨头痛了，跟生活中一样，不能说好些，至少同样好，不能说坏些，至少同样坏，不能说新，至少还跟新的一样顶用。这个老小贩当年跟太太们喝过的珠茶比洗衣婆铜壶里煮开的水还多，他还可以走不知多少万里路，走得比月亮更远，比国债的数目更多几倍，而且不必付济贫税，因为他还不够资格。现在，你们这些硬心肠的稻草人，你们说，这么一个老小贩的活样板值多少钱？两先令、一先令、十便士、八便士、六便士、四便士。两便士？谁讲两便士？那位戴稻草人帽子的先生？我为戴稻草人帽子的先生害羞。我真的替他害羞，他这么缺乏人道精神。现在听我说，我要给你们看什么。看着！我给你们看一个老太婆的活样板，她嫁给老小贩已不知多少年，我凭我的荣誉起誓，他们是在挪亚的方舟上结的婚，那时独角兽还不能吹响它的号角，对结婚预告提出异议①。现在！来吧！你们说这两个活样板值多少钱？告诉你们我要对你们怎么办。你们这么不知好歹，我不怪你们。听着！只要你们喊的价不致给你们的城市丢脸，我可以再奉送一只暖炉，还把烤面包铁叉借给你们用一辈子。现在来吧，这样的便宜货你们出多少钱？讲两镑，讲三十先令，讲一镑，讲

① 挪亚的方舟见《圣经·旧约·创世记》；独角兽是传说中的怪兽，也见于《圣经》。

十先令，讲五先令，讲两先令六便士。你说两先令三便士？不成，两先令三便士买不到这么多东西。要是你的相貌漂亮一些，我还可以分文不要。喂！女当家的！把老头子和老太婆塞进大车，套上马，送到郊外掩埋算了！"这便是我的亲爸爸威伦·马利高德最后讲的话，他和他的老婆，我的亲妈妈，是在这同一天埋葬的，我当然充当孝子，跟在他们后面送葬。

我的父亲当年是个惹人喜爱的小贩，他临终的那一席话便足以证明这一点。但是我比他更出色。这不是我自吹自擂，这是每个有比较能力的人都承认的事实。我在这方面下过苦功。凡是靠口才吃饭的——议员、政治家、传教士、精通法规的辩护士——我都拿自己与他们比较，取长补短。他们有优点，我就吸收，他们有缺点，我就抛弃。现在请你听我讲。在我走进坟墓以前，我得宣布，在大英帝国所有的职业中，受到不公平待遇的，首先就是小贩。难道我们干的不是正当的职业？为什么我们不能享受特权？为什么我们非得领取小贩执照不可，政治贩子却从来不需要执照？我们与他们有什么不同？除了我们是下等小贩，他们是高等小贩以外，我看不出我们有哪一点比不上他们。

我们不妨看看！比如到了大选的时候。在星期六的晚上，我来到市场，把货车停下，站在踏脚板上，搬出了五花八门的货物，说道："注意，自由而独立的选民们，现在我要给你们提供一个难得的机会，这是你们有生以来从未有过，今后也永远不会有的。请你们注意，我要给你们看什么。这儿是一把剃刀，它可以把你刮得光光的，比贫民救济委员会的老爷们把你刮得更光。这儿是一只熨斗，它的价值抵得上一块黄金；这儿是一只平底煎锅，它本身就带有牛排味道，你这一辈子只要把面包放在锅里煎一下，你的面包就有了牛肉的香味；这儿是一只真正的计时表，它的壳子是硬硬的银子做的，如果你在外应酬回家迟了，你用它打门可以把老婆孩子统统吵醒，不必再装邮差需要的门环;这儿是六只餐盘,你可以用它们当铙钱玩,孩子一哭,你还可以用它们逗他。等一下!我再给你们看一件东西,我要给你们看一根擀面杖,小宝宝出牙齿的时候,只要把它伸进他的嘴巴,在牙床上那么一擀,跟搔痒似的,孩子乐得格格直笑,于是牙齿便钻出来了。等一下,还有!我再给你们看一件东西,因为我不喜欢你们那副神气,我知道,除非我牺牲血本,你们决不肯买,但我今天偏偏宁可亏本,不想赚钱。看,这是一面镜子,如果你们还不喊价,不妨照照你们那副缺德的样子。现在你们的意思怎么样?来吧!你们说一镑怎么样?你们不开口,因为你们没有一镑钱。那么十先令?你们还是不开口,因为你们在店里已欠了不少钱。那好吧,我告诉你们我打算怎么办。我把它们统统堆在大车的踏脚板上,你们瞧!剃刀、熨斗、煎锅、计时表、餐盘、擀面杖、镜子,全部在内,四个先令!你们还不满意?好,再让你们便宜六个便士!”这就是我,下等小贩。但是到了星期一上午,在同一个市场上,一个高等小贩登上了竞选演说坛——这是他的货车——他讲什么来着?“注意,自由而独立的选民们,现在我要给你们提供一个难得的机会,”(他像我一样开始)“这是你们有生以来从未有过的,那就是把我选进议会。现在我告诉你们,我要为你们做些什么。我要让这个繁华的城市兴旺发达,超过世界上一切文明的和不文明的地方。我要让你们的铁路四通八达,让你们邻近地区的铁路无路可通。我要让你们的儿子全都进邮局办事。我要让全英国都称赞你们,全欧洲都羡慕你们。我要让你们普遍繁荣,每天吃鱼吃肉,到处是金黄色的麦田,家家喜气洋洋,人人心情舒畅。这一切都在此一举,那就是把我选进议会。我的立场你们满意不满意?不满意?那好吧,我告诉你们,我还要做什么。你们听着!你们要什么,我就可以给你们什么。对,什么都成!教堂税、废除教堂税;提高啤酒税、取消啤酒税;最大限度普及教育,或者最大限度普及文盲;在军队里废除体罚,或者规定每个士兵每月至少受一次笞刑，每次打十二下；大男子主义或者女权运动——你们只要告诉我，你们要什么，要这个还是那个，你们的主张就可以变成我的，一切符合你们的要求。怎么！你们还不满意？那好吧，我告诉你们，我还要给你们什么。听着！你们是自由而独立的选民，我为你们感到骄傲，你们又是正直而文明的选民，作为你们的议员，我感到无比的光荣和自豪，你们使我的情绪上升到了人类最高的精神境界，因此我告诉你们，我还要为你们做什么。我要在你们繁荣的城市里开放一切酒店，你们喝酒不用付钱。这你们总该满意了吧？还不满意？你们还不愿成交？那么好吧，在我套上马乘车离开此地前往下一个可能发现的繁荣城市游说以前，我告诉你们，我还要做什么。只要你们愿意成交，我可以把两千镑现金撒在你们繁荣的城市的街道上，让你们随意捡，捡多少就多少。这不够？那么听我说。我还可让步，但这是最大限度了。我可以把钱提高到两千五百镑。你们还嫌不够？听着，老板娘！给我把马套上……不，再等半分钟，我不想为了几个钱丢开你们，我可以把钱再提高到两千七百五十镑。好啦！现在按照你们的条件成交了，我把两千七百五十镑放在大车的踏脚板上，大车行驶时，钱便会掉在你们繁荣的城市的街道上，你们谁捡到就是谁的。你们还有什么说的？好啦！你们找不到更便宜的事了，不要错过机会。你们同意了？好极了！成交了，席位到手了！”

这些高等小贩不择手段骗取人民的好感，我们下等小贩还不致这么无耻。我们对他们总是实话实说，从不想讨好他们。谈到高等小贩自吹自擂、骗人上当的伎俩，我们只能甘拜下风。在我们小贩行业中，一般认为，我们大车上出售的物品，除了眼镜以外，最能摆噱头讲得天花乱坠的是喇叭。我往往拿起一只喇叭，讲了一刻钟，还欲罢不能，不想放手。但我只是告诉大家，这喇叭有何妙用，能带来什么意想不到的效果，这跟他们吹捧他们的大喇叭——那些指使他们这么干的大人物——相比,还是望尘莫及。再说,我是为了自己做生意,他们上市场夸夸其谈,却是为了想统治别人。还有,我的喇叭并不知道我在称赞它们,他们的大喇叭却知道,因此这伙人理应为自己感到恶心和难为情。我就是根据这些道理宣称,在大不列颠,下等小贩这行职业遭到了不公平的待遇;我想起别的小贩居然自命不凡,瞧不起我们,心里便不免冒火。

我的妻子也是我在大车踏脚板上搞到手的。这千真万确。她是萨福克的姑娘,事情发生在伊普斯威奇,粮食店正对面的市场上。上星期六,我发现她在某一层楼的一个窗口,觉得很满意。我爱上了她,对自己说:"如果她还没有主儿,我得把她搞到手。"下一个星期六,我把大车停在同一个地点,我的情绪很高,自始至终把大家逗得笑个不住,货物也脱手得很快。最后我从坎肩口袋里掏出一个小东西,用软软的纸包着,我把它这么举起(眼睛望着她那个楼窗口)。"现在瞧这儿,美丽的英国姑娘们,这是我今天晚上要出售的最后一件物品,我只卖给你们,可爱的萨福克小汤圆们,成熟丰满的小汤圆们,我不卖给任何男人,哪怕他们出一千镑也不成。那么这是什么呢?好吧,我告诉你们这是什么。这是纯金制造的,它打不碎,虽然中央有个洞,它比古往今来的任何镣铐更牢固,虽然它比我十根手指中的任何一根更细。为什么十根?因为我的爹妈留给我的家产,老实告诉你们,那是十二床被单、十二条毛巾、十二块台布、十二把刀、十二把叉、十二把调羹、十二把茶匙,唯独我的手指却不足一打,缺了两根,从此再也满不了十二。现在,关于这东西还有什么要说的?好吧,我告诉你们。那是一个足赤的金环,包在银色的卷发纸中,是我亲手从伦敦城针线街永远美丽的老妇人①发亮的头发上取下来的。如果我拿不出这个小纸包,我就不敢向你们开口,

① 伦敦针线街是英格兰银行的所在地,因此历来即以"针线街的老妇人"指英格兰银行。

哪怕我讲,你们也不相信。现在还得怎么说?我得说,这是一个捕人器,是一副手铐,是教区的枷锁和脚镣,它们合在一起就是这黄灿灿的小玩意儿。一句话,这是一只结婚戒指。现在我告诉你们我要把它怎么办。我不打算出售这东西,我只想把它送给你们后面正在发笑的那位美人儿。明天早上准九时半,教堂钟声齐鸣时,我要去拜访她,领她前往教堂,公布结婚预告。"她格格笑着,收下了我呈上的指环。我早上去找她时,她说:"我的天!这不是真的,你真的想要我吗?"我说:"这完全是真的,我永远爱你,决不变心。"于是我们结了婚,结婚预告公布了三次[①]——顺便说一句,这很像我们小贩的做法,它再一次证明小贩的习惯已风靡整个社会。

她不是一个坏妻子,但是脾气不好。如果她肯收敛一些,丢掉那个缺点,我决不愿把她与任何一个英国女人交换。这不是说我抛弃了她,因为我们一起生活到了她死的一天,一共十三年。现在,先生们,女士们,以及一切尊贵的人们,我要让你们看到一个秘密,尽管你们也许不信。在大公馆里,坏脾气可以在十三年里把你们中间最坏的人折磨得受不了,但是在一辆大车上,坏脾气可以在十三年里把你们中间最好的人也折磨得受不了。你明白,在一辆大车上,你得与它朝夕厮守在一起。你们中间有千百对夫妇生活在五六层高的大房子里,他们并不融洽,但是相安无事,要是换了货车,那就非闹到法庭上离婚不可。是不是车子的颠簸对坏脾气起了火上加油的作用,我不得而知,但有一点是肯定的:在大车上它钉住了你,叫你想躲也躲不开。只有在大车上,打架才是真正的打架,吵嘴也才是真正的吵嘴。

我们本来可以过得快快活活!车子宽敞,大件货物挂在车外,

① 教堂在主持婚礼前,须将结婚者的姓名公布三次(在接连三个星期日的早祷或晚祷中),征求意见,称为结婚预告。

旅行时床铺吊在车顶下,铁锅和水壶也挂在那儿,冬天有取暖的火炉,炉子上装着烟囱,车内有搁板和碗橱,还养着一只狗和一匹马。此外你还要什么呢?车子可以在碧绿的树篱中间或者大路旁边找一块草地停下,于是你把马系住,让它吃草,借最后一批顾客的烟灰生着了火,便可以做饭煮菜了,这真是神仙般的生活,什么帝王也不在你眼里。但是大车上有了坏脾气的婆娘,她整天把你骂得晕头转向,朝你扔杂七杂八的硬东西,你怎么办?你倒说说这是什么滋味。

我的狗和我一样,知道她什么时候要发脾气。每逢她发作以前,它会先大叫一阵,赶紧躲开。它怎么知道,这对我是个谜,只能说确凿无疑的意识活动从最深沉的睡眠中惊醒了它,于是它发出一阵嗥叫,马上逃之夭夭。这种时候,我真希望我也是一只狗。

最糟的是,我们生下了一个女儿。我一向是全心全意喜欢儿童的,但她一发脾气,便打孩子。这常常弄得我心惊胆战,孩子那时四五岁了,好多次我只得扛着鞭子,在老马旁边步行,哭得抽抽噎噎的,比小索菲更伤心。因为我怎么能制止这种事呢?跟这种脾气是无法打交道的,在一辆大车上,最后非打架不可。大车的面积和形状天然就是打架的场所。那时可怜的孩子更加怕她了,挨的打也更多了,可是不论遇到什么人,她的母亲就诉苦,于是大家传说:"这个小贩是混蛋,时常揍他的老婆。"

小索菲是个勇敢的孩子!她变得对她可怜的父亲特别亲热,尽管他一点也无法帮助她。她生着一头浓浓的发亮的黑头发,天然鬈鬈曲曲的,披在肩上。我常常看到她在大车前面逃,她的母亲在后面追赶,把她抓住后,便揪住她的头发,按在地上猛打。现在回想起来,当时我怎么没有发疯,连自己也觉得奇怪。

我说她是一个勇敢的孩子,真的,这是有根据的!

有时尽管她的小脸蛋还红红的,明亮的眼睛还湿湿的,她会凑在我耳边小声说道:"亲爱的爸爸,下次不要管我,只要我还没哭,你就可以知道我并不觉得太痛。哪怕我哭了,这也只是要使母亲放开我,不再打我。”我明白,这孩子常常为了我拼命忍耐,不哭一声!

然而在别的方面,她的母亲对她非常关心。她的衣服经常干干净净、整整齐齐,她的母亲不顾疲劳总在缝缝补补。事情往往这么矛盾。我们时常冒着风雨,在潮湿的沼泽中过夜,我认为这是索菲身体虚弱、常发低烧的原因;但是不论她怎么不舒服,她一生病就避开母亲,不论怎么劝她,她也不让母亲的手碰她一下。母亲刚伸出手,她便浑身哆嗦,说道:“不,不,不。”一边把脸埋在我肩上,更紧地搂住了我的脖子。

小贩的行业越来越不景气,这有各种原因,但火车起了重要作用;我想,总有一天它会使它彻底完蛋。眼下的不景气是我从未经历过的,我的口袋也空了。这样,一天小索菲病得正重,我们仍不得不停下车来叫卖,否则就有饿肚子的危险。

我无法让亲爱的孩子躺下,或者放开我,事实上我也不忍心这么做,因此我只好抱着她,让她搂住我的脖子,走出大车,站在踏脚板上。人们看到我们这副样子,便哈哈大笑。一个名叫乔斯金的笨蛋(我为此恨他)喊道:“我出两个便士买她!”

我觉得我的心沉甸甸的,像挂在一根快要断的绳子上,但我说道:“喂,你们这些乡巴佬,我警告你们,当心我把你们口袋里的钱掏空,不过我给你们的东西会大大超过那些钱的价值。今后每到星期六,你们领了工钱,便会到处找我,想从我这里买便宜货。可是这种机会你们再也不会有了,为什么没有?因为我卖出的价钱比买进的价钱便宜百分之七十五,我靠这种大拍卖发了大财,这样,下星期我就要进贵族院当议员了,我的头衔是小贩大王公爵阁下。今天晚上只要我知道你们缺少什么,我就可以让你们买到什么。但是首先我得告诉你们,我为什么要让这个小女孩这样抱着我的脖子?你们不想知道?然而你们应该知道。她是一位仙女,能够预卜吉凶祸福。

你们心里想什么,她会对着我的耳朵悄悄告诉我。这样,你们要买什么,不要买什么,我都知道。现在,你们是要一把锯子?不,她说你们不要,因为你们的手太笨,不会用锯子。要不,这儿倒有一把锯子,会用的人可以靠它发财,你一辈子也用不坏它,而且它价钱便宜,只要四个先令,不,三先令六便士,三先令,两先令六便士,两先令,十八便士。但是不论怎么便宜,你们谁也不会要,因为你们不懂手艺,笨手笨脚,拿了它难免失手伤人。这儿还有三把刨子,由于同样的原因,我也不想劝你们买,因此不必说价钱了。现在我得问问她,你们需要什么。"(于是我小声道:"我的小宝贝,你的额头火烫的,恐怕你病得很重,很难受吧。"她没有睁开沉重的眼皮,答道:"有一点儿,爸爸。")"啊!这位小先知说,你们要买一本记事本。那你们为什么不早讲?瞧,这就是!仔细看看。纸张精美,制作考究,一共两百页,如若不信,你们不妨数一数,上面印着格子,便于记账,还附有一支永远尖尖的铅笔,让你随时可以书写,一把双刃削笔刀,让你随时可以把写上的字刮掉,还有一本印就的表格,供你计算你的收入,还有一把小折凳,让你可以舒舒服服坐在上面记账!等一下!哦,还有一把伞,如果你要在黑夜中记账,可以用它遮住月光。现在我不想问你们,这一切你们肯出多少钱,我只想问,你们不肯出多少钱?你们认为它们最多值多少?讲吧,别不好意思,因为我的小先知已经知道了。"(于是我装作在小声对她说话,吻了她一下,她也吻了我。)"好吧,她说,你们认为至多只值三先令三便士!要不是她告诉我,我真不相信你们会这么小气。三先令三便士!还有一套印就的表格,你们可以靠它计算你们的收入,哪怕一年四万镑也成!一年有四万镑收入,你们却舍不得花三先令三便士。那么好吧,我把我的意见告诉你们。我才不在乎这三便士呢,我宁可只收三个先令。就这样,三先令,三先令,三先令!成交。把东西递给这位幸运的人。"

由于根本没有人喊价，大家东张西望，互相嘻嘻发笑。我乘此机会，摸了摸小索菲的脸，问她是不是觉得难受，或者头昏。“不太厉害，爸爸。马上就会过去的。”她那对漂亮的眼睛现在忍住痛苦睁开了。我听了那话，把目光从她脸上移开，转向我点亮的油灯那边，但我只看到一些人在咧开了嘴发笑，于是我又按照小贩的口气继续道：“这屠夫在哪里？”（我那悲伤的眼睛刚好在人群的外围发现了一个胖胖的年轻屠夫。）“她说有个屠夫要交好运了。他在哪儿？”大家把涨红了脸的屠夫往前面推，笑声不断。屠夫无可奈何，只得把手伸进口袋，买下了那东西。凡是给我这么挑中的人，大多不得不买下我的货物——六次中有四五次是这样。然后我拿出了另一件东西，与前面那件差不多，售价却便宜了六便士，这种事总叫我觉得十分有趣。接着，我拿出了一副眼镜。这不是什么值钱的玩意儿，但我说我戴上它便能看到财政大臣在怎样搜刮捐税，看到那位围着围巾的年轻姑娘的情人在家中干什么，我还看到主教大人在吃些什么，还有形形色色的事，这总能引起大家的兴趣，使大家出较好的价钱买它。然后我又拿出一些女人用的东西：茶壶、茶叶罐、玻璃糖缸、六七只汤匙、调酒杯等等，在这些买卖进行中间，我总是找些类似的借口，对我可怜的孩子看一眼或者讲一两句话。正当第二批女人用的东西吸引着大家的时候，我发觉她在我肩上把身子抬起一点儿，正向黑暗的街上张望。“孩子，你觉得难受吗？”“爸爸，我不觉得难受。我一点也不难受。但是我看到，对面好像有一个漂亮的墓园，是吗？”“是的，亲爱的。”“亲爱的爸爸，再吻我两次，让我躺在墓园上休息吧，那草地碧绿的，多么柔软啊！”我马上磕磕绊绊地走回大车中，她的头耷拉着靠在我肩上，我对她的母亲说：“快，把门关上！不要让那些傻笑的人看到！”她喊道：“出了什么事？”我答道：“唉，你这个女人啊，你再也揪不到我的小索菲的头发啦，因为她离开你走了！”

也许这些话比我想象的更厉害；不管怎样，从那以后，我的妻子一直郁郁不乐，常常接连几个钟头坐在车上发呆，或在车旁徘徊，合抱着双手，眼睛注视着地面。她的脾气发作时（这比以前少多了），采取了新的方式，那就是她把身子到处乱撞，撞得那么凶，使我不得不拉住她。不时喝一点酒对她已无济于事。这几年中，每逢我在老马身旁行走时，心里不免纳闷，不知道大路上那么多的大车来来往往，是不是都像我的一样枯燥乏味，尽管大家仍把我当作小贩之王。我们的日子过得毫无乐趣，终于在一个夏天的黄昏，我们刚从较远的英国西部回来，路过埃克塞特，突然看到一个女人在拼命打她的孩子，孩子号叫着："别打我吧！妈妈，妈妈，妈妈！"我的妻子赶紧塞住耳朵，发疯似地奔跑起来，第二天我在一条河里发现了她的尸体。

现在大车上只剩下了我和我的狗；每逢人们不愿喊价时，我的狗便汪汪叫两声，我问它："谁讲半个克朗？先生，是不是你愿意出半个克朗？"它又会汪汪叫两声，还向我点点头。它变得有了人性，懂得我的意思。我一直相信，这是我教会了它，让它知道，凡是顾客喊价低于六便士时，它就应该朝他吠叫。但是它已经上了年纪，一天夜里，在约克地方，我正戴上眼镜逗趣儿，大伙笑得前仰后合的，它忽然出于自己的原因，也拼命扭动身子，倒在我站的踏脚板上，随即死了。

我天生性情温柔，这以后开始觉得非常孤独。在叫卖货物时我能克服这种情绪，因为我要维持我的声誉（当然也是为了维持我的生命），但是到了独自一人的时候，孤独感便压倒了我，把我弄得坐立不安。我想，干我们这行江湖营生的，大多这样。看到我们站在踏脚板上，你不惜拿出所有的一切，换取我们的地位；可是在踏脚板以外看到我们，你就宁可再花几个钱，解除协议了。正是处在这种状况下，我结识了一个马戏团的巨人。如果不是由于孤独，我也许不屑降低身份,跟他搭讪。因为走南闯北,跑遍全国的人不必讲究衣衫,这是普遍规律。一个人对自己的能耐缺乏信心,才需要乔装改扮谋取生存,这样的人势必招致你的鄙视。那位巨人在表演时是装扮成罗马人的。

他是个没精打采的年轻人,动作迟钝。据我想,这是由于四肢与头脑过远,信息传递不灵。他的脑袋外形小,里边的东西更少,他的眼睛看不远,膝头虚弱无力;你看到他就不由得感到,他这个臃肿的身体对他的关节和头脑说来未免过大,它们有些承受不了。但这是个和蔼可亲然而胆小如鼠的年轻人(他的母亲把他出租,自己花由此得来的钱),我认识他时,他正利用两次集市之间的空闲时刻在遛马。大家叫他里纳尔多·迪·贝拉斯科,他的真名是皮克儿孙。

这个名叫皮克儿孙的年轻人以严守秘密为条件向我透露,他不仅觉得自己的身体是个负担,而且,由于老板残酷虐待老板娘前夫的女儿,他自己的生活也成了负担。那个女孩子又聋又哑,她的母亲已经死了,世上没有一个人关心她,因此过着悲惨的生活。老板之所以让她跟着他的大篷车跑码头,只是因为没有办法摆脱她。这个名叫皮克儿孙的巨人相信,老板一直千方百计想甩掉她。他是个十分迟钝的年轻人,我不知道他花了多少工夫才终于发现了这一点,但它还是在他畸形的身体上通过迂回曲折的途径,到达了他顶端的脑袋瓜中。

这个名叫皮克儿孙的巨人讲了这一切,还告诉我,那可怜的女孩子长着又黑又长的美丽头发,他的老板常常揪住这些头发打她。我听了,心酸得连这个巨人在我眼里也模糊了。我拭干眼泪,给了他六便士(因为这大个儿老是没钱用),他买了两杯三便士一杯的掺水杜松子酒,喝得兴高采烈,给我唱了他心爱的滑稽歌《哆嗦大叔,天气冷吗?》这是他的拿手好戏,老板用尽其他办法要他扮成罗马人唱这首歌,都没有成功。

他的老板名叫米姆,说话瓮声瓮气的。我知道怎么对付他。我把大车停在镇外,装作居民,来到集市上。这时马戏团正在表演,我在大篷车背后瞧了一会,最后,在沾满污泥的车轮旁边,发现了那个可怜的聋哑姑娘,她正靠在车轮上打瞌睡。起先我看见她,几乎以为这是刚从驯兽表演中逃走的野兽,但继而一看,印象好了一些,觉得只要她得到好好的照料和爱护,她可能与我的孩子完全一样。如果我的女儿没有在那个不幸的夜里把她漂亮的头倒在我的肩上,现在她可能也这么大了。

总之,在皮克儿孙两场表演的间隙中,我利用米姆在外面打铜锣的机会,对他说道:“她成了你的累赘,要是把她给我,你要多少钱?”米姆脾气暴躁,老是骂人。他的回答绝大部分是咒骂,把这部分省略,只剩下这么一句:“一副背带。”我说:“那好,你听着,我想干什么。我马上回去,从大车上拿半打最漂亮的背带给你,然后把她带走。”米姆答道(还是凶相毕露):“我得拿到东西才相信你的话,空口说白话没用。”我赶回去,跑得尽可能快,生怕他改变主意,这样,交易终于办成了。皮克儿孙丢下了心事,跟条蛇似地溜出小小的后门,站在车轮中间跟我告别,快活得又哼了一遍《哆嗦大叔,天气冷吗?》。

自从索菲与我一起在大车上旅行以后,我们一直很幸福。我马上把索菲的名字给了她,让她今后代替我亲生女儿的地位。多谢仁慈的上帝,我们很快就开始彼此理解了,因为她知道我待她好是真心的。没过多久,她便非常喜欢我。要是你没有像我所说过的一样,被孤独憋得透不出气,老是心里发慌,闷闷不乐,你也许不会明白,被人喜欢是多么愉快的一件事。

你看到我怎么教索菲识字大概会觉得好笑——或者相反,这看你的性情而定。起先我是靠——你绝对想象不到——里程碑进行教学的。我用一块块骨头,分别写上字母,装在一只匣子里。比如说，我们正在前往温莎，我就把温莎这个地名的字母捡出匣子，排成一行；然后每经过一块里程碑，我便把这些排列好的字母指给她看一次，同时指指王宫的方向。另一天我又让她看“大车”这个字，还把它写在大车上。接着，我又让她看“马利高德大夫”这些字，还把它们写在一块牌子上，挂在我的坎肩外面。看到这些，有的人可能不以为然，当作笑话，但只要她能识字，我不怕人家笑话。她非常用功，不怕麻烦。过了一段时间，一切便开始顺利了！起先她难免把我当作了大车，把大车当作了王宫，但这种情形很快就过去了。

我们也有自己的手势，它们多达数百个。有时她坐在那里望着我，苦苦思索怎么把她新碰到的问题告诉我，怎么要求我向她解释某件事，这时她多么像比她大几岁的我的孩子（或者只是我觉得像，这有什么关系呢？），我简直认为这就是她，仿佛她想告诉我，她住在天上什么地方，自从那天夜里离开我以后，她是怎么生活的。她的脸变得漂亮了；现在已没有人揪她发亮的黑头发，它们梳得整整齐齐；她的目光含有一种动人的魅力，以致使我的大车成了最安宁最平静的地方，一点也不悲惨了。（注意，在我们小贩的顺口溜中，我们往往把悲惨说成“川贝”，从而博得一笑。）

她怎么能从我的眼色中了解到一切，这真叫我惊异不止。我在夜里出售货物时，她总是坐在大车上顾客看不到的地方，我要什么，她马上会准确无误地把它递到我的手里，然后拍拍手，乐得笑嘻嘻的。至于我，看到她这么高兴，想起我第一次见到她时，她怎么饥饿、憔悴，穿得破破烂烂，靠在沾满污泥的车轮上打瞌睡，我便干得更起劲了，我的生意也越做越兴旺，我甚至还在遗嘱中写了要给皮克儿孙（我用的全称是“米姆马戏团的巨人皮克儿孙”）一张五镑的钞票。

大车上的这种幸福生活一直继续到她十六岁的时候。这时我开始对自己不满，觉得没有对她尽全部责任，我认为，除了我教给她的那些,还应该让她受到更好的教育。我向她解释我的观点时,我们两人都流了不少眼泪。但是对就是对,错就是错,你不能靠眼泪也不能靠笑声改变它的性质。

于是一天我携着她的手,来到伦敦的聋哑人学校,一位先生接待了我们。我对他说:"先生,现在我告诉你,我想要你干些什么。我只是一个小贩,但是近几年我积蓄了一些钱,以备不时之需。这是我唯一的女儿(领的),她又聋又哑,糟糕透了。我要求你们尽可能教会她一切。告诉我,我们至少必须分开多久。至于钱,你讲个数目,我把钱留下。我决不讨价还价,决不少付一分钱,先生,我可以马上把钱付清,为了表示谢意,我还可以增加一镑。就这样!"那位先生笑了笑,然后说道:"很好,不过我先得知道她已经学会了什么。你与她是怎么交谈的?"于是我让他看,她怎样用印刷体写许多事物的名称。那位先生给了她一本书,我和索菲便找了书中一个小故事,进行了活跃的谈话,事实证明她读懂了它。先生说:"这真是奇迹,难道你是她唯一的教师吗?"我说:"除了她自己,我是她唯一的教师。"这样,我受到了从未有过的夸奖,他说:"那么你是一个聪明的人,一个好心的人。"他也让索菲明白了这意思,她听了便吻他的手,还不断拍手,乐得又是哭又是笑的。

我一共见过这位先生四次。他写下我的名字时,问我怎么会名叫"大夫"的,结果才知道,他就是我纪念的那位大夫的嫡亲外甥。这使我们的距离又接近了一步,他对我说:

"现在,马利高德,告诉我,你还希望你的养女学些什么?"

"先生,尽管她是残疾人,我希望她尽量不致与世界隔绝,因此不论什么书她应该都能胜任愉快地阅读。"

"我的好人,"先生睁大了眼睛,向我指出道,"这连我自己还办不到呢!"

我没有计较他的打趣,朝他笑了笑(我凭经验知道,没有笑容是办不成事的），相应地修正了我的话。

“你以后打算把她怎么办？”先生问，露出了怀疑的目光。“带着她跑码头？”

“她可以待在大车上，先生，完全待在大车上。你明白，她可以在大车上独自生活，不跟别人接触。我决不会让她的缺陷当众出丑。我不想拿她当展览品挣钱。”

那位先生点点头，表示赞赏。

“好吧，”他说，“你肯与她分开两年吗？”

“只要对她有好处，我愿意，先生。”

“不过还有一个问题，”先生朝她看看，又说，“她愿意与你分开两年吗？”

我没想到这是一件更困难的事（因为要我离开她已够困难的了），但这确实更难克服。但是最后她还是被说服了，我们决定暂时分开。当我在黑夜中与她在门口分手时，我们多么难受，我不想说了。但我明白这点，因此以后每逢路过这学校门口，我想起那天夜里的情形，心便发痛，喉咙发胀；看到了它，哪怕最好的货物，我也无法像平时一样兴高采烈地叫卖，即使那是一只喇叭，一副眼镜，也办不到，哪怕内务大臣给我五百英镑赏金，事后还把我奉为贵宾，请上他的筵席，我也提不起兴致。

不过，大车上接着而来的孤独却不是原来的孤独了，因为那是有期限的。尽管会有一段漫长的时期，现在每逢我情绪消沉时，我可以想，她是属于我的，我也是属于她的。我始终在为她的归来作准备，过了几个月，我又买下了一辆大车，你知道我打算把它怎么办吗？我告诉你，我打算在车上造一些书架，放上书，供她阅读，还安排一个座位，让我可以坐在那儿看她阅读，心中想着我曾当过她的启蒙老师。我不慌不忙地筹划着这件事，亲自监督各种设备的制作和安装；这儿放她的卧床，挂上帐子，那儿放桌子，供她读书，另一张桌子供她写字,其他地方便是排列得整整齐齐的书,不论有图的、没图的、装订好的、没装订的、精装的、平装的,应有尽有;我在各地来来去去,看到什么便给她买什么;我跑遍了东西南北,繁华的地方、荒凉的地方、热闹的地方、偏僻的地方,最后,我收集的书,在大车上装得满满的。这时,我头脑里出现了一个新的计划。为了实现这个计划,我不得不把许多时间和精力倾注在这上面,它帮助我度过了这两年岁月。

我不是一个贪得无厌的人,但我喜欢自己占有事物。例如,我不愿跟你合伙经管小贩的大车。这不是因为我不信任你,只是我必须十分明确到这大车是我的。同样,你大概也喜欢明确它是你的。好吧!当我想到那些书在她阅读以前早已有别人读过,一种嫉妒便开始钻进了我心里。这似乎破坏了她对这些书的所有权。于是我想到了一个主意:难道我不能专门为她编一本书,让她成为第一个读者吗?

这个想法使我感到高兴,而我这个人从来不会让一个想法在头脑里睡大觉(你必须把头脑里所有的想法全部唤醒,烧掉它们的睡帽,才干得成小贩这行营生),因此我便着手干了。考虑到我经常在各地奔波,生活流动不定,我只能在某一处找一点文学素材予以加工,又在另一处找一点文学素材予以加工,随机会而定,这样,我制定的计划是这本书应该是个大杂拌儿,就像我的货物中有剃刀、煎锅、计时表、菜盘、擀面杖、镜子等等,决不是清一色的眼镜或喇叭。我得出了这个结论以后,又得出了另一个结论,这结论大概你也会同意的。

她从没听到我怎样在踏脚板上叫卖货物,也永远不可能听到,这使我常常感到遗憾。这倒不是出于虚荣心,只是一个人总不甘愿自己的才能湮没无闻罢了。如果你的长处不能得到你最亲近的人的重视,你的声誉还有什么价值?请你回答这个问题。它值六便士,五便士,四便士,三便士,两便士,一便士,半便士,一个铜子?不,不值。一个铜子也不值。对,就是这样。因此我得出的另一个结论是:我的书要从讲我自己开始。这样,读过我在踏脚板上怎样叫卖的一两个例子,她便可以对我这方面的才能获得一个印象。我明白,我无法充分表达自己。一个人无法写出他的眼睛(至少我不知道怎么做),一个人也无法写出他的声音、他谈话的节奏、他动作的速度以及他的味觉状况。但是如果他是个演说家,他可以写得天花乱坠,娓娓动听——确实,我听说,人们演讲以前,往往先写成讲稿。

好吧!作出了那个决定,我又碰到了一个书名问题。铁烧红了,但把它打成什么形状呢?这么办。我向她作过各种解释,最难说清的是我怎么会名叫大夫,又不是一个大夫。尽管我尽了最大努力,我觉得我还是失败了,我无法使她准确理解这一点。但我相信这两年中她一定长进多了,只要她读到我亲手写下的东西,她便会恍然大悟。于是我想我不妨与她开个玩笑,看看她的反应,根据她的反应,我便可以知道她是不是弄清楚了这个问题。以前我们曾经有过误解,她误以为我真是给人看病的医生,便要求我给她开药方。因此我想:"现在,如果我把这本书称作我的处方,她要是理解我的意思,知道我的所谓处方只是跟她开玩笑,逗趣儿——使她乐得大笑,或者乐得大喊,那么我便可以放心,我们的困难已迎刃而解。"结果十分美满。我把我完成的那本书(印好、订好的书)放在她的大车的桌上,她发现后,看了看书名《马利高德大夫的处方》,露出惊讶的脸色,望了我一会,又翻了翻书,便迸发了一阵非常甜蜜的笑声,然后摸摸她的脉搏,摇摇头,然后又翻了几页,假装一本正经在查看什么,然后对着我吻了吻书,双手把它捧在胸口。我一生还从没这么高兴过!

不过这是后话,现在言归正传。(这句话是从我买给她的许多故事书中抄袭的。我翻过不少这类书，没有一篇讲故事的不这么讲。但我不明白，既然这是后话，要言归正传，那谁叫他要先讲呢？）好吧，我们就言归正传。那本书占去了我的全部空闲时间。把其他故事凑在一起，编成大杂烩，这已谈何容易，何况这还是我自己的故事。你瞧！纸上涂涂改改，我绞尽脑汁，耐心推敲，真是难以想象。说到底，这跟我站在踏脚板上一样，旁观者是不会了解的。

最后，书完成了，两年的光阴像以前的光阴一样消失得无影无踪，不知去向了。新大车已装修完毕——外面涂着黄漆，里面配以朱红和黄铜色陈设——我用老马拉这车，让一匹新买的小马拉小贩车。我把自己洗得干干净净，穿戴整齐，便去接她回家。这是晴朗而寒冷的一天，大车的烟囱冒着烟，车子停在河南旺兹沃思的一块荒地上——每逢它不赶路时，你可以从西南铁路那边望见它停在那儿（从下行车右首的窗口）。

"马利高德，"先生说，热情地伸出了手，"见到你非常高兴。"

"然而，先生，"我说，"我看到你也许比你看到我更高兴一倍呢。"

"时间相隔这么久了，马利高德，对吗？"

"我不想那么讲，先生，尽管时间确实很长了，但是……"

"你会大吃一惊的，我的好人！"

啊！我想确实这样！她已长成一位少女，那么漂亮，那么懂事，又那么活泼！我发觉，她一定真的像我的孩子，否则我看到她静静地站在门口，不会马上认出她。

"你很激动，"先生说，态度十分和善。

"先生，"我说，"我觉得我只是一个穿带袖坎肩的粗俗汉子①。"

"我认为，"先生说，"那是你从悲惨和屈辱中挽救了她，让她可

① 带袖坎肩是干粗杂工的下等人穿的衣服。

以与别人沟通思想。但是既然我们能够与她好好谈话，为什么还只顾自己交谈呢？你可以用你的办法与她谈话。”

“先生，我是这么一个穿带袖坎肩的粗俗汉子，”我说，“她却是这么一个文雅的女子，站在门口这么安详！”

“试试她会不会按照你以前的手势行动，”先生说。

这是他们为了让我高兴故意安排的！因为当我用以前的手势发出信号后，她便冲到我的脚边，跪在地上，用双手抱住了我，不断流下亲切而欢乐的眼泪；我握住她的手，扶起了她，她便搂住我的脖子，扑在我肩上。我说不清，我是不是扮演了一个愚蠢的角色，最后我们三人坐在椅上，开始了无声的谈话，我只觉得，一种柔和而愉快的气氛笼罩在我们的周围。

现在我告诉你们，我要对你们怎么做。我要把这本大杂烩呈献给你们。这是她自己的书，她第一次读过以后，又经过我的增补和修订。除了我，没有任何人读过，一共四十八页，九十六栏，由博福特印刷所的怀廷亲自印制，机器装订，纸质优良，漂亮的绿色封皮，整整齐齐，像刚在洗衣店里浆洗得干干净净的缝制精美的内衣。如果从衣服的角度看，那么它比女裁缝为民政部的救灾时装比赛制作的样品更加精致。那么，这玩意儿卖多少钱呢？八镑？没这么多。六镑？还要少些。四镑。我想你们简直不敢相信，然而是这个数目。四镑！光是装帧就得花这么多钱呢。原版精印四十八页，九十六栏，只卖四镑。你们嫌页数太少？行！还有三整页引人入胜的广告，分文不加，免费奉送。保证你们一读就信。还不够？好，我祝你们过一个幸福的圣诞节，幸福的新年，祝你们长命百岁，恭喜发财。如果这些也可以出售，它们至少值整整二十镑。记住！好，再增加最后一张处方：“终生服用”，它会告诉你们，那辆大车是怎么衰落的，旅行是在哪里结束的。你们认为四镑太贵？你们还觉得贵？好吧！那么听我告诉你们。算四便士吧，不过要保守秘密。

第二章

本处方可终生服用

我又高兴又得意，像一只鼻子上涂了铅粉、尾巴毛用机器卷得弯弯曲曲准备参加晚会的哈巴狗，因为我计划中的每一个项目都实现了。我们重又生活在一起，比我们预先希望的更加快活。两辆大车的轮子转动时，我们觉得满意和快乐，两辆大车的轮子停止转动时，我们也觉得满意和快乐。

但是我漏掉了一件事。那么，我漏掉了什么呢？为了便于你猜测，我不妨提个线索，那是一个 figure①。来，猜吧，别猜错。零？不。九？不。八？不。七？不。六？不。五？不。四？不。三？不。二？不。一？不。现在我告诉你，我要对你怎么说。我得说，这是另一种 figure。对。你说，那么这是世上的凡人。不对，不是凡人。于是你走进了死胡同，老是猜不到点子上，你不得不猜这是一个仙人。对，这就差不离了。为什么你不早说呢？

是的。这是一个不死的人物，我遗漏的正是这个。这既不是一个男子，也不是一个女人，这是一个孩子。女孩还是男孩？男孩。小家伙说："我带着弓和箭。"现在你猜到了吧？②

我们来到了兰开斯特，"滑头先生的国王酒店"和"皇家旅馆"坐落在这儿的大街上，大街一端有一片大广场，我便在这广场上做了两夜生意，收入相当不错（不过这些情形我现在没有时间与你细谈）。米姆先生这时正好也来到这儿，那个名叫皮克儿孙的巨人仍

① 这个字有"数字"（0至9），"形象"，"人物"等意思。
② 这两段的 figure 均指希腊罗马神话中的爱神，这是一个小男孩，随身带着弓箭，他的箭射中谁，谁就会得到爱情。

在他手下供职，不过已采取了文雅的姿态。大篷车不见了。皮克儿孙是在一间拍卖房里表演，入口处有一只绿色粗呢的凉亭。招贴是印刷的，上面写着："一律凭票入场，但本地名流闻人及报界人士不在此例，可免费招待。学校团体另有优待。决无使年轻人脸红之表演，最严格之道学先生亦无可指责。"米姆坐在粉红布篷售票处里骂骂咧咧的，埋怨观众不肯上门。庄严的传单贴遍了各个店铺，据说没见过皮克儿孙，便不可能真正了解大卫①的历史。

我找到那个拍卖房，只见屋里空空如也，除了回声和霉味什么也没有，皮克儿孙独自站在一块红地毯上。不过这正好适合我的需要，因为我希望与他单独密谈，我对他说："皮克儿孙，我的幸福大多得归功于你，因此我在遗嘱中写明给你五镑钞票，但为了避免发生麻烦，我现在就付给你四镑十先令，想必你会同样满意，这样，我们的账便结清了。"听到这话以前，皮克儿孙垂头丧气的，像一支返潮的、点不亮的罗马灯芯草长蜡烛，但我的话一讲完，蜡烛顶上立刻发亮了，蜡烛本人也以议员的口才（就他而言）发表了一篇演说，向我表示感谢。同时他还告诉我，他扮罗马人已不叫座，因此米姆提出，要他改演印度巨人怎样在《牛奶场主的女儿》②感化下，皈依基督教。然而这本用那位少女的名义发表的书，皮克儿孙一无所知。为了认真负责，他不愿随口胡诌，便拒绝这么做，因而引起了争执，老板停止了不幸的年轻人的啤酒供应。我们谈话时，米姆在下面售票处骂个不停，皮克儿孙听了吓得瑟瑟发抖，从这看来，他说的一切大概是真的。

但是目前，在这个名叫皮克儿孙的马戏团巨人讲的话中，我要提到的只有这么一句："马利高德大夫，有个奇怪的年轻人老是在你

① 《圣经》中的人物，古代犹太王国的国王。
② 当时英国一个传教士写的小册子，曾风行一时。

的大车旁边转悠,他是谁?”(我仅仅转述他的话,不想表现他软弱无力的口气。)我反问道:“奇怪的年轻人?”我以为他是讲她,只因为讲话有气无力,漏了一个“女”字。“大夫,”他答道,显得那么伤心,连铁石心肠的人见了也难免落泪,“我虽然庸碌无能,但还不致连男女也分不清楚。我再说一遍,大夫。一个奇怪的年轻男人。”原来皮克儿孙只有在伸手不见五指,即夜深人静的时候,才能伸直了腿躺下(不是在它们需要伸直的时候伸直),因此我在兰开斯特停留的两夜中,他接连看到那个不知姓名的年轻人在我的大车旁边转悠。

我听了有些不安。这究竟是怎么回事,我当时也像你们现在这样一无所知,只觉得事情有些不妙。然而我叫皮克儿孙不必放在心上,临走时还劝他要充分利用我的遗产提高他的精神,继续保持他的信仰。第二天我起了个早,想看看外面有没有年轻人,果不其然,我看到了那个奇怪的年轻人。他穿得不坏,相貌也不坏。他在我的两辆大车附近溜达,老是瞧着它们,仿佛在当守卫似的,但天一亮他便转身走了。我在后面喊他,他一句也没答应,也不回头,什么反应也没有。

一两个小时后,我们离开了兰开斯特,前往卡莱尔。第二天早上天亮时,我又向外张望那个奇怪的年轻人。我没有看到他。但下一天早上,我再向外张望时,他又出现了。我在后面喊他,他仍像上次一样,一点反应也没有,好像根本没有人在喊他。这使我产生了一个想法。根据这想法,我在不同的时间用不同的方式对他进行试探,详细我就不谈了,结果我发现,这个奇怪的年轻人是个聋哑人。

这发现使我大吃一惊,因为我知道,在她就读过的聋哑学校中,有一部分是男学生(其中有些人境况不错),我心中寻思:“如果她喜欢他,我怎么办?我为她计划和安排的一切岂不成了泡影?”我希望——我不能不承认我的自私——她不喜欢他,并设法证实这点。

最后,有一天,他们正在空地上会面时,我无意之间碰见了他们,我躲在一棵杉树后面张望,没让他们知道。这对我们三方面都是一次激动人心的会见。我像他们本人一样,知道了他们之间的每一句话。我是用眼睛听到的,我的眼睛听聋哑人的谈话就像我的耳朵听一般人的谈话一样灵敏。他即将作为一家商行的职员前往中国,他的父亲以前便在这商行中做事。他的收入足以养家活口,因此要求她嫁给他,与他一起前往。她坚持不肯。他问,是不是她不爱他。她说她非常、非常爱他,但是她不能离开她亲爱的、善良的、高尚的、慷慨的,以及"我不知道还能说什么"的爸爸(那是指我,一个穿带袖坎肩的小贩),她要守在他身边,让他得到幸福,虽然这使她感到伤心。接着她痛苦地哭了,这使我下了决心。

在我还不能确定她是不是爱这个年轻人的时候,我曾经怀疑我跑去找皮克儿孙把遗产立刻付给他是不是对。因为我常常想:"要不是那个低能儿巨人,我也许就不会知道这个年轻人,不必为他烦恼和操心。"但是一旦我知道她爱他,看到她为他啼哭以后,事情就不同了。我当即断定,我对皮克儿孙做得对,我应该鼓起勇气,正确地对待所有的人。

这时她已离开那年轻人(因为我得花几分钟时间才能鼓起勇气,打定主意),他独自靠着另一棵杉树——那里有好几棵杉树——把脸埋在手臂上。我在他背上轻轻拍了一下。他抬起头,一看是我,便用聋哑人的语言说道:"不要生我的气。"

"我没有生气,好孩子。我是你的朋友,跟我来吧。"

我把他留在图书室大车台阶脚下,独自上车。她正在拭眼泪。

"你哭了,亲爱的。"

"是的,爸爸。"

"为什么?"

"我有些头痛。"

“不是心痛吗?”

“我是说头痛,爸爸。”

“马利高德大夫得为这头痛开药方啦。”

她拿起我的“处方”,勉强笑了笑,把它递给我。但是见我没有动、神色严肃,她又把它轻轻放下,露出非常注意的目光。

“处方不在那本书里,索菲。”

“它在哪儿?”

“在这儿,亲爱的。”

我领她的年轻丈夫上了车,把她的手放在他的手中,接着我只是对他们两人说了这些话:“这是马利高德大夫的最后一张处方。供你们终生服用。”说完我便走了。

婚礼举行时,我穿上了外套(青灰色上装,钮扣亮亮的),这在我一生中还是第一次,也是最后一次。我亲自主持了索菲的婚礼,参加婚礼的除了我们三个人,只有那位在两年中负责教育她的先生。我在图书车上举办了一个供四人享用的婚宴,吃的是鸽肉馅饼、腌猪腿、一对家禽、相应的蔬菜,还有上等美酒。我向他们讲了一席话,那位先生也向我们讲了一席话,大家尽情说笑,欢天喜地,异常热闹。在边吃边谈中,我告诉索菲,除了旅行的时候,我都会住在图书车上,替她置办的那些书,我会原封不动地保存好,等她回来搬取。这样,她随她年轻的丈夫去了中国,分别是忧郁而沉重的。我得到的男孩担负了我的另一个任务。从此我又回到了我的孩子和妻子丢下我的那个时期,独自孤零零地扛着马鞭,带着我的老马,在漫长的旅途上跋涉。

索菲给我写了不少信,我也给她写了不少信。第一年结束时,她用颤抖的手给我写道:“最亲爱的爸爸,不到一周前我生了一个可爱的小女儿,一切都很顺利,因此他们允许我给你写这几行字。最亲爱的、最好的爸爸,我希望我的孩子不是聋哑人,但目前还不清楚。”我回信时也暗示了这问题,但由于索菲始终没有作出回答,我觉得事情不太妙,从此不敢再提。有一个长时期,我们经常通信,但后来便不太经常了,这是因为索菲的丈夫调到了另一个地方,也因为我经常流动。但我完全相信,不论通信不通信,我们始终彼此惦记着。

索菲走后已过了五年零几个月,我依然是小贩之王,名声比过去更大了。1864 年秋天我的生意空前的好,到了 12 月 23 日,我在米德尔塞克斯的阿克斯布里奇镇上售完了货物。于是我赶着老马,驾着轻快的车子赶往伦敦,要独自在图书车的炉边度过圣诞前夜和圣诞节,然后再进一批新货物到各地销售,挣一些钱。

对于烹调,我很有一手。我不妨告诉你们,我在图书车上为我的圣诞节晚宴煮了些什么。我做了一客鹅肉布丁,煮了两只腰子、十二只牡蛎,里边还加了两只蘑菇。一个人吃了这种布丁,对一切都会心满意足,只有坎肩下部两粒钮扣叫他感到不舒服。我吃得津津有味,饱餐了一顿之后把灯转小些,在炉边坐下,望着索菲那些给火光照得亮亮的书的书脊。

索菲的书使我想起了索菲本人,仿佛她那动人的脸又清晰地出现在我眼前,我便在这种幻觉中慢慢睡去。也许正因为这样,我觉得在我打盹时,索菲始终抱着她的聋哑孩子默默地站在我身边。不论是在路上或不在路上,也不论在什么地方,在东、西、南、北,在有风和没风的地方,在这儿或那儿、大城市或小城镇、山上或山下、近处或远处,她总是站在我的身边,手上抱着她无声的孩子。甚至在我突然惊醒的时候,我也觉得仿佛她刚才离开,一分钟前她还站在那个地方。

但是惊醒我的声音是真的,它来自大车的台阶上。那是一个孩子正在爬上台阶,脚步声显得又轻又急。这种孩子的脚步声对我曾经那么熟悉,一时间,我相信一个孩子的幽灵即将出现在我的车门口。

但这是一个真的孩子在门外摸索门把手,把它转动。门开了一条缝,孩子探进头来。那是一个快乐的秀丽的小女孩,长着黑黑的大眼睛。

小家伙一眼不眨地望着我,取下了头上的小草帽,浓浓的乌黑的鬈发立刻披到了脸蛋周围。然后她张开嘴唇,发出了清脆的声音:

"外公!"

"啊,我的天!"我喊道。"她能讲话了!"

"是的,亲爱的外公。现在我问你,你看到我想起了什么人?"

一眨眼,索菲已扑在我的脖子上,跟那个孩子一样;她的丈夫握住我的手,把脸扑在手上;我们全都搂在一起,高兴得什么似的。等我们开始平静以后,我看到漂亮的孩子在跟她母亲讲话,她讲得那么起劲,那么快,那么热烈,那么匆忙,然而她用的却是我当初教给她母亲的那些手势,于是愉快而又惋惜的眼泪滚下了我的面颊。

第三章

本处方未必可信

我常常发觉,哪怕知识渊博、文化程度极高的人,在传达自己的心理体验时,只要这种体验有些怪诞,便大多缺乏直认不讳的勇气。几乎所有的人都怕他们在这方面叙述的一切不能在听众的内心活动中找到类似的事例、获得共同的反应而遭到怀疑或耻笑。一个诚实的旅行者看到了一种形状像海蛇的怪异生物,敢于直截了当提到它;然而这同一个旅行者,如果有了某种独特的预感、情绪、怪诞的思想、错觉(人们这么说)、幻梦、或其他独特心理现象,在承认这一切以前,往往狐疑不定,考虑再三。这种缄默,我认为大多是由于涉及的事物晦涩不明造成的。我们只习惯于谈论我们所体验到的客观实物,不习惯于谈论我们所体验到的主观印象。结果这方面的大量感受成了反常现象,实际也是这样,因为它们往往支离破碎,扑朔迷离。

对我即将叙述的事,我并不想提出任何理论,不论是反对的还是支持的。我知道一个柏林书商的故事,我也根据戴维·布鲁斯特爵士[①]的叙述,研究过一位已故王室气像官的遗孀的事件,我还一丝不苟地查考过发生在一些朋友中的一件鬼魂显灵的怪事。关于最后这件事,我似乎应该声明,那个受难者(一位夫人)与我非亲非故,毫无关系。否则难免发生误会,以致对我自己这件事的一部分内容——当然只是一部分——作出毫无根据的错误解释。我没有从遗传得到任何特殊的功能,在经历中以前既没有过类似的事,以后也没有过类似的事。

这件事离现在有多久,或者没有多久,这无关紧要,反正在英国发生了一件轰动一时的谋杀案。我们听到过的凶杀事件相当多,它们在凶杀的历史上不断出现和消失,如果可能,我也会把这个杀人犯从我的记忆中埋葬掉,正如他的身体给埋葬在新门监狱一样。因此我故意不提与凶犯个人直接有关的一切。

凶杀案最初发现时,谁也没有怀疑过那个后来给送上法庭的人,或者应该说——因为我不能保证我了解的事实绝对准确——从没有人公开提出过对他的怀疑。他从未出现在当时的报纸上,因此我显然不能从报纸上了解到他的任何情况。这一点很重要,必须记住。

那天用早餐时,我打开报纸,看到了这凶杀案被发现的第一次报导,引起了浓厚的兴趣,我读得非常仔细。我读了两遍,也许三

① 戴维·布鲁斯特(1781—1868),英国物理学家,致力于光学研究。

遍。这是在一间卧室中发现的,我放下报纸时,眼前似乎一亮,或者一晃,或者有什么一闪而过——我不知怎么说才好,任何话都不能充分表达我的感觉——我仿佛看到了那间卧室,不可思议的,像一幅画在水面上的画,随着水流从我屋里漂过。尽管这只是一刹那的事,马上过去了,它还是很清楚;我明确地看到床上并没有尸体,因此松了口气。

这个奇怪的幻觉不是出现在富于浪漫色彩的地方,因为我的住处在皮卡迪利大街,离圣詹姆士街的拐角不过一箭之远。这种情形在我是从未有过的。当时我坐在安乐椅上,随着幻觉而俱来的还有一阵特殊的震动,它使椅子离开了原来的位置。(但是应该指出,椅子脚上是装小轮子的,很容易滑动。)我走到一扇窗前(室内共有两扇窗,屋子是在三楼),望望皮卡迪利大街上来往不绝的人流,想让我的眼睛清醒一下。这是秋高气爽的早晨,街上五彩缤纷,热闹异常。风很大。我向外眺望时,正好一阵风吹过,把公园的树叶刮得纷纷落下,形成了一股旋卷的涡流。涡流掉到地上,树叶散开了,这时我看到两个人在街对面从西向东行走。他们一前一后。前面的人不时越过自己的肩头向后张望。第二个人跟着他,保持着三十来步距离,威胁似地举起了右手。引起我注意的首先是这威胁的手势,它居然这么显眼、这么持久地公开出现在通衢大道上。其次,谁也不当它一回事,这尤其不可思议。两人在其他行人中间穿过,如入无人之境,不符合人行道上一般的步行规律;从我见到的情形,没有一个人给他们让路,撞到他们,或者回头瞧他们。经过我的窗前时,两人都抬头看了我一眼。这两张脸我看得很清楚,可以在任何地方认出它们。不是我在那些脸上发现了任何显著的特征,只是我看到前面那个人非常沮丧,后面那个人脸色蜡黄,毫无生气。

我是个单身汉,只有一个听差和他的老婆跟我住在一起。我在一家银行分行工作,是一个部门的负责人,这职务并不像一般人想象的那么轻松，它使我在那个秋季不得不留在市内，尽管我需要换一下环境。我没有病，但身体不太舒服。我的读者想象得到，我理所当然感到心力交瘁，对这种单调的生活产生了压抑感，形成了“轻度忧郁症”。我那位著名的医师要我相信，我当时真实的健康状况并不能证实我有任何重大病情，这是他应我的要求在复信中作出的判断。

谋杀事件的详情逐渐暴露以后，在社会上引起了越来越大的关心，但我不想过问这事。尽管它轰动一时，我却所知不多，尽可能不闻不问。但我听说，对那个嫌疑犯已取得一致意见，认为那是故意杀人，他给关进了新门监狱候审。我还听说，审问要延期到下一次中央刑事法庭开庭时进行，因为这案件引起了公愤，准备辩护需要充分的时间。我本来也许还可能知道对他的审问要延期到什么时候，或者大约什么时候，但我相信我后来并没有知道。

我的起居室、卧室和盥洗室都在一层楼上。进入盥洗室必须通过卧室。确实，它有一扇门从前直通楼梯，但是我的一部分洗澡设备横放在门口，这已有好几年。在这时期，门作为这一装置的一部分，已被钉死，用一块帆布遮住。

一天深夜，我站在卧室中，在仆人临睡前关照他几件事。我面对着唯一通向盥洗室的门，门是关着的。我的仆人背对那扇门。我跟他讲话时，发现门开了，一个人探进头来，非常焦急地向我招招手，样子有些神秘。这就是皮卡迪利大街上走在后面的那个人，他的脸色蜡黄，毫无生气。

他向我招了招手，又缩回了头，关上了门。我没有犹豫，随即穿过卧室，推开盥洗室的门，向里张望。我手中已拿了一支点亮的蜡烛。我的内心有一种预感，觉得不会在盥洗室里看到那个人，他果然不在那儿。

我知道我的仆人有些吃惊，立即转过身来，对他说道：“德里克，你信不信,尽管我现在这么冷静,可是我似乎看到一个……”我正把我的手按到他的胸前,他突然浑身战栗,大惊失色道:“我的天,没有错,先生! 一个死人在招手!”

约翰·德里克是我忠心耿耿的仆人,跟随我已经二十多年,但是在我的手接触到他以前,我相信他没有看见什么人向他招手。他的变化来得这么突然,是在我的手接触到他的时候,因此我完全相信,他当时的印象是通过某种神秘的方式,从我这儿感染到的。

我吩咐约翰·德里克拿一些白兰地来,我给他喝了一小杯,自己也喝了一小杯。关于那天夜里的怪现象之前所发生的事,我一个字也没告诉他。我再三回忆,还是绝对肯定我不认识那张脸,只有在皮卡迪利大街上见过一次。把他在门口招手时的表情,与我站在窗口他抬头看我时的表情相比,我得到的结论是:第一次他企图给我留下一个深刻印象,第二次他相信我会马上想起他。

那天夜里我不太自在,然而不知为什么,我相信这个人不会再出现。天亮时我昏昏沉沉睡熟了,最后才被约翰·德里克叫醒。他站在床边,手里拿着一张纸。

原来,送这张纸的人与我的仆人曾在门口为此发生争执。这是一个命令,通知我在老贝利街中央刑事法庭下次开庭时前去担任陪审员。约翰·德里克知道,我以前从没担任过这种陪审员。他相信——现在我还不清楚,他这是根据什么——陪审员照例是从比我地位低的一类人中选拔的,因此开头不肯接受这通知。但是送通知的人对这点不予理会。他说,我去不去,这跟他没有关系,他只管送通知,我怎么办由我自己负责,与他不相干。

一两天中我一直犹豫不决,不知道该应召前往,还是不予理睬。不论在哪一方面,我丝毫没意识到那种神秘的好奇心、影响力或吸引力。这点正如我在本文中提到的任何事一样,我完全可以肯定。最后我还是决定出席,这多少可以改变一下我单调的生活。

指定的日期到了，那是11月阴冷的早晨。皮卡迪利大街上弥漫着棕色的雾，天变得非常暗，圣堂石门以东一带气氛沉闷到了极点。我发现法院的走廊和楼梯上到处是耀眼的煤气灯，法庭内同样点着灯。我至今还认为，直到法警把我领进老法庭，看到那儿人头挤挤以前，我并不知道那天要审问那个凶杀犯。我也至今认为，直到我费尽九牛二虎之力挤进老法庭以前，我并不知道我接到的通知要我参加的是两个法庭中哪一个。但是我并不想特别强调这点，因为不论哪个法庭我都根本不想参加。

我在指定给陪审员等待时坐的位置上坐下，透过浓重的雾和人们呼出的热气向法庭四周张望。我看到阴暗的水汽布满在大窗户外，像挂着一块腌臜的窗帘；我还听到，车轮驶过铺在街上的稻草和树皮，发出沉闷的声音；人们聚集在那里，嘈杂的声音嗡嗡不断，有时，尖厉的口哨声、响亮的歌声或喊叫声会突然划过长空。不久之后，法官进屋了，他们一共两人，在正中坐下。闹哄哄的法庭顿时变得鸦雀无声。凶犯给带上了法庭。他走进了被告席。就在这一瞬间，我认出了他，那就是在皮卡迪利大街上行走的两个人中的第一个。

当时哪怕我听到喊我的名字，恐怕也应不出声音。但我听到时，已是第六次或第八次喊我的名字，这时我能开口了，我应了一声："有！"现在，请注意。点名时，犯人一直注意听着，尽管装得若无其事，在我走进陪审席时，他变得非常焦急，向他的辩护律师招招手。非常明显，犯人对我作陪审员有异议，这使点名暂时停顿，律师把手搭在被告前面的栏杆上，与他小声谈了几句，摇了摇头。后来我从这位先生那里得知，犯人在惊惧中说的第一句话是："不论怎样，我不同意那个人当陪审员！"但他提不出理由，而且承认他甚至不知道我的姓名。直到叫我的名字，我走进陪审席时，他才知道，因此他的抗议不能生效。由于我已说明过的原因，我不愿再提起那个凶犯，陷入不祥的回忆中，也由于详细记载他的漫长审讯，对我的故事并非绝对必要，因此我的叙述只限于我们陪审员被召集在一起的十天十夜中与我个人的体验直接有关的一切。我希望引起读者兴趣的是那部分，不是凶犯，我要求大家注意的也是那部分，不是新门监狱大事记中的一页。

我被推选为首席陪审员。审问的第二天，在听取两小时（根据我听到的教堂钟声）的证词之后，我无意间把目光投向陪审员同人时，忽然发现不知为什么我数不清他们的人数。我数了好几遍，始终还是数不清。总之，我觉得多了一个人。

我拍拍坐在我旁边的陪审员，小声对他说："对不起，请你代我点一下人数。"他对这要求感到诧异，但回过头去数了一遍。他突然说："怎么，我们是十三……但是这不可能。不。我们是十二个。"①

根据我那天点的人数，从每个人看完全无误，但总数总是多一个。没有任何影子或任何幻象可以充当这多出的一个，但现在我内心有了一种预感，相信这是那个必然要来的人。

陪审团住在伦敦饭店。我们全部集中在一间大房间里，睡的是一张张桌子，经常处在一位官员的保护和监督下，他宣誓要保证我们的安全。我认为没有理由隐匿这位官员的真实名字。他聪明能干，彬彬有礼，待人和气，据说在城区很受尊敬（我听了很高兴）。他的外表和蔼可亲，目光犀利，乌黑的连鬓胡子令人羡慕，嗓音洪亮悦耳。他名叫哈克先生。

夜间我们分别睡在十二张床上，哈克先生的床挡住了门口。第二天夜里，我睡不着，看见哈克先生坐在床上，便走过去，在他旁边坐下，掏出鼻烟招待他。哈克先生伸手从匣中取烟时，手刚接触到我，一阵特殊的战栗忽然出现在他身上，他说道："这是谁？"

---

① 当时英国重大刑事案件的陪审员规定为十二人。

我顺着哈克先生的目光向室内望去,又发现了我预料到的那个人,皮卡迪利大街上走过的两个人中的第二个。我一跃而起,向前走了几步,然后站住,回头看看哈克先生。他已什么事也没有,用愉快的口吻笑道:"我刚才还以为我们多了一个没有床位的第十三名陪审员呢。但我发现那只是月光罢了。"

我没有把秘密告诉哈克先生,但一边邀他与我一起走向屋子的另一头,一边注意看那个幻象有什么活动。它走过我的十一位陪审员同人的床边,在每张床靠近枕头的地方都要站一会儿。它总是从床的右边走,也总是从下一张床的脚边绕过去。从头部的动作看,它似乎只是在若有所思地俯视每个躺着的人。它没有理会我或我的床,而我的床是最靠近哈克先生的床的。它似乎是从照满月光的楼窗口出去的,仿佛窗外装着无形的楼梯。

第二天早餐时,我发现每个陪审员都梦见了那位受害者,只有我和哈克先生是例外。

现在我相信,在皮卡迪利大街上走过的第二个人便是那个所谓的被害人,我觉得似乎他在直接向我证实这一点。但尽管这样,这是在我并无思想准备的情况下发生的。

到了审问的第五天,起诉临近结束时,被害人的一幅小画像提交给了法庭,它在发现凶杀案的当天已从他的卧室中消失,但后来有人看见凶手把它埋在地下,这才找到了它。现在它由证人检查无误后,呈交了法官,法官又发下交陪审员审查。正当穿黑罩衫的庭丁拿着画像穿过法庭向我走来时,在皮卡迪利大街上行走的第二个人,蓦地从人群中跳了出来,夺下庭丁手中的画像,亲自把它交给我,在我还没看画像——那是镶在小金盒中的——以前,便用又轻又哑的声音对我说道:"那时我还年轻,而且脸上也没血迹。"我把画像递给下一个陪审员,下一个陪审员又把它递给更下一个,直到依次传递完毕,画像回到我手上为止,那个人始终站在我们中间。

不过他们没有一个觉察到这点。

从第一天起，我们用膳时，以及在哈克先生的保护下一起待在屋里时，很自然，总会不断谈论白天的审讯。在那个第五天，起诉结束了，由于我们对问题的那一面已有了完整的印象，我们的讨论变得更热烈和认真了。陪审员中有一人是教区委员——我在社会上见到的最大的白痴——他对最明显的证据也要提出最荒谬的异议，两个毫无主见的教区寄生虫却与他一鼻孔出气，这三人是同一个区推选的，而这个区疾病流行，因此哪怕把他们送上法庭，判他们犯了五百件谋杀案也不过分。当这些愚蠢的害群之马高谈阔论时，已将近午夜，另一些人准备就寝了，这时我又看到了那个被害者。他怒气冲冲站在他们后面，向我招手。我走近他们，打断他们的谈话后，他立即不见了。从这时起，这个鬼魂不断出现，但只限于在我们居住的这间长屋子中。每逢几个陪审员凑在一起交头接耳议论时，我总看见那个被害人混在里边。只要他们交换的意见对他不利，他便会严肃地、毫不迟疑地向我招手。

必须记住，直到审问的第五天，出示那幅小画像以前，我从没在法庭上见到那个鬼魂。现在当审问进入辩护阶段时，情况发生了三个变化。我先把其中两个放在一起谈。那鬼魂现在不断在法庭上出现，但从不找我，专找当时正在发言的人。例如，被害人的喉咙给割开了直直一道豁口。在开始辩护时，有人说死者可能是自己割断了咽喉。就在这时，鬼魂露出了（以前这一直是遮住的）处在那种骇人状态的喉咙，站在发言人的旁边，有时用左手，有时用右手，一再在气管那儿比画，有力地让发言人得到一个印象：不论用自己哪一只手，要造成那样的刀口是不可能的。还有一次，一个妇女对罪犯的为人作证时，宣称被告是人类中最和蔼可亲的一个。这时鬼魂突然出现在她面前，直视着她，伸出胳臂，竖起一根手指，让她看到罪犯那一脸凶相。

现在再谈第三个变化，它给了我强烈的印象，是三者中最突出、最惊人的。我不想在这上面多作议论，只想准确地说明这点，让读者自己判断。尽管幽灵出现时，面对它的人并未看到它，然而它一旦走近那些人，他们无一例外地都会产生一种战栗或异常的感觉。仿佛我无从理解的一些法则在发挥作用，使它不致暴露在别人面前，尽管人们看不到它，听不到它，它却能在冥冥之中影响他们的心灵。当首席辩护律师提出自杀的假设时，鬼影突然出现在这位博学的先生旁边，用手在割断的喉咙上恐怖地移动，不可否认，就在这时，那位律师支吾了一下，他的思路断了，那一席别出心裁的议论中止了几秒钟，他只是用一块手帕拭额上的汗，脸色变得煞白。当那个妇女为罪犯的品行作证时，鬼魂一站到她面前，她的目光便随着它的手指，转向了犯人脸上，以致她变得犹豫不决，十分惶惑。再举两个例子便够了。每天下午审问开始不久照例要休息几分钟，让大家吃些点心，在第八天休息后，我与其他陪审员走回法庭，这比法官入席较早一些。我站在陪审席中，向周围看看，以为鬼魂不在那儿，但我偶然抬头望一下走廊，却发现它正把身子俯在一位非常端庄的妇女头顶上，似乎在看法官是否已经就座。这时那个女人马上惊叫一声，昏了过去，给扶出了法庭。主持审判的那位德高望重、学识渊博、心平气和的法官，也是这样。辩论结束，他正着手整理文件，进行总结时，被害人突然从法官进出的门中飘然而入，走近这位大人的桌子，从他背后认真地观看他正在翻阅的记录。这时，大人的脸色蓦地变了，手停住了，那种我所熟悉的独特的战栗通过了他全身；他嗫嚅着说不下去："先生们，对不起，请等一会。屋里污浊的空气使我有些受不了。"直至喝了一大杯水，他才恢复正常。

在那漫无尽头的十天中，六天是毫无变化的——审判席上是同样的法官和其他一些人，被告席上是同一个凶手，桌边坐的是同样一些律师，法庭上进行的提问和回答是同样的声调，法官的笔发出的是同样的沙沙声，跑进跑出的是同样一些庭丁，每天在日光尚未完全消失的同一时刻点亮的是同样一些灯光，有雾的日子大窗户外出现的是同样的雾的帷幕，下雨的日子听到的是同样的滴滴答答、淅淅沥沥的雨声，从同样的木屑地上天天传来的是监狱看守和犯人的同样的脚步声，在同样笨重的门上同样的钥匙发出的是同样的开锁和关锁的声音——正由于这单调沉闷令人厌烦的一切，我觉得好像我担任首席陪审员这苦差使已不知多少年，皮卡迪利大街的繁华景象也与巴比伦一样古老了，但在这期间，那个被害人始终清清楚楚地出现在我的眼前，任何时候都与其他人一样清晰。当然，我不应该遗漏一点，这就是我从没看见那个我称作被害人的鬼魂向凶手瞧过一眼。我一再感到纳闷："为什么它不看他?"但事实是它从没瞧他一眼。

在那幅小画像提交法庭之后，它也再没瞧我一眼，直到审问临近结束时才发生变化。这天晚上十点缺七分，我们退出法庭，研究案件。愚蠢的教区委员和他那两个应声虫给了我们不少麻烦，我们不得不两度返回法庭，要求重读法官笔录的某些要点。我们中九个人对那些段落没有丝毫怀疑，我相信法庭上也没有一个人怀疑，可是那三位愚昧无知的先生却一味无理取闹，自以为是，喋喋不休。最后我们胜利了，陪审团终于在十二点十分回到了法庭上。

就在这时，我看到被害人站在法庭另一边，脸正对着陪审席。我就座时，他的眼睛全神贯注地瞧着我；他似乎很满意，手臂上第一次出现了一块灰色纱布，他抖开纱布，把它慢慢从头顶往下披没全身。我宣布了我们的裁决："被告有罪"，这时纱布落到地上，一切无影无踪，他站的地方空了。

法官按照惯例问凶手，在法庭对他作出死刑判决之前，他还有什么要说的，他含糊不清地讲了一些话，根据第二天一些主要报纸的报道是这样的："该犯讲了一些杂乱的、不连贯的、无法听清的话，它们大致的意思是抱怨他没有得到公正的审判,因为首席陪审员对他怀有成见。"他实际说的是下面这些值得重视的自白:"法官大人,在首席陪审员走进陪审席时,我便知道我难免被判死罪。法官大人,我知道他决不会放过我,因为在我被捕以前,他不知怎么已在一天夜里跑到我的床前叫醒了我,把一根绳子套在我的脖子上。"

马格比的小堂倌

我是马格比的小堂倌。这就是我的身份。

你不明白我的意思吗？多么可怜！但我想你明白。你应当明白。瞧这儿。我是马格比车站饮食店的伙计，我们最大的骄傲便是从没让一个人吃饱过肚子。

在马格比车站附设饮食店上首的一角，在梳头必反复梳二十七次的女士们（我数过，她们梳理她们的头等秀发每回必梳二十七次）旁边，在各类酒瓶背后，在各类酒杯中间，在西北角与啤酒接界的地方，在左首与一个金属器皿（它有时是茶水壶，有时是鲜汤锅，以上次所盛的食品为基础，带有与它们相应的味道）遥遥相对的地方，在柜台上堆积如山的变味松糕的拱卫下，与旅客保持一定距离的地方，在老板娘从后面斜射而来的目光随时可以接触到的地方——总之，就是在这个位置上有一个小伙计。你下一次路过马格比车站，匆匆下了车，想找他要点吃的，你得特别留心。他会装不听见，好像你的脑袋和身体是由透明物质构成的，你站在他的面前，他却在透过这透明物质打量铁路线，对你不理不睬，直到你忍无可忍，他才发现了你。那就是我。

这是个快活的场所！真的，我们是马格比的模范餐室。别的饮食店新雇了女招待，总要打发到我们店里进修学习，接受我们老板娘的熏陶。因为有些女招待刚干这行营生，见了顾客总是和颜悦色！瞧！我们的老板娘一下子就把她们改造过来了。可不是，我本人原来对顾客也客客气气。但我们的老板娘一下子把我改造好了。

这真是个逍遥自在的地方！我认为，我们饮食业者在整个铁路线上，是唯一真正享有独立自主地位的。例如，这儿有报贩——如

《马格比的小堂馆》

果我尊贵的朋友允许我这么称呼他的话——他是属于斯密斯的书报摊的。你瞧,他就不敢耍我们饮食店的花招,就像他不敢跳上正在全速行驶的火车头,独自待在那儿,跟着特快邮车飞驰一样。卖报的要是胆敢仿效我们的行为,不论他走进哪个车厢,头等、二等、三等,总之,在整个列车的任何部位,他非大碰钉子不可。搬运夫也是这样,警卫员也是这样,检票员也是这样,总之各行各业,直至秘书先生、客运主任、公司经理,无一例外。他们没有一个人享有我们这种高贵的独立地位。你向他们中间任何人说话,要他们给你什么时,请问,哪一个敢对你装不看见,仿佛你的脑袋和身体是透明的,他只是通过你在打量铁路线?我想没有这样的人。

你应该看看马格比车站上我们的梳洗室。它有一扇门通到柜台后面,我会发现门经常半开着,我们的老板娘和我们的女招待们都在那儿给头发搽油。在没有火车到达的间歇中,你会看到,她们总在那儿搽发蜡,仿佛大力士在身上涂油准备格斗。你如果招呼她们,她们马上翘起鼻子,露出一脸不屑理睬的神气,反应真是比库克和惠斯通[①]的电报机还灵敏。你会听到我们的老板娘发话道:"瞧,有个畜生要来吃东西了!"于是你又看到,她们怒气冲冲跑到前面,从这头到那头,或者从那头到这头,开始把变味的松糕丢进盆子,从玻璃罩下夹出木屑板式三明治,取出妙不可言的葡萄酒,供你食用。

只有在勇敢之岛和自由之土(当然,我这是指我们大不列颠),饮食业才合乎养生之道,对顾客的口腹之欲发挥了如此显著的节制作用。有一个彬彬有礼的外国人,摘下帽子,要求我们的老板娘和女士们给他"一小杯白兰地",她们只是透过他望着他背后的铁路,毫无反应,他只得亲自动手,大概这是他本国的习惯,这可不得了,我们的老板娘顿时怒火直冒,来不及搽发蜡,便竖起眼睛,劈手夺下

① 库克(1806—1879),惠斯通(1802—1875),都是英国最早的有线电报的发明人。

了盛酒器,喊道:“放下!不准自己动手!”外国人吓得脸色发白,退后几步,朝前伸直胳臂,握住双手,耸起肩膀惊呼道:“啊!有这种事!铁路当局竟让这些傲慢的女人和这么凶狠的老太婆在这儿接待顾客,她们不仅得罪旅客,还当面侮辱他们!我的老天爷!这是怎么回事?英国人,难道他们是奴隶,或者傻瓜?”还有一次,一个快活机警的美国人,尝了一口三明治,把它吐在地上,又尝了一口葡萄酒,也把它吐在地上,又尝了尝奶油太妃糖,依然大失所望,白白等她们搽完发蜡,给她们透视了一会,最后开车的铃响了,他一边把钱付给老板娘,一边用响亮而又心平气和的声音说道:“我得跟你讲清楚,夫人。我要走了。钱在这儿!我要走了。就是这样。我见过的事多了,因为我是从无边无际的大西洋彼岸来的,我又在有边有际的陆地上旅行,我到过耶路撒冷和东方,也到过法国和意大利,走遍了旧世界的欧洲,现在踏上了欧洲最落后的乡村,但是像你们这样的店铺,你们这样的女招待,你们供应的这种食物和饮料,在我来到贵店以前,我还从没见到过!如果我还没有在哪个国王治下发现世界第八大奇迹①,那么我发现了你们,你们的女招待,你们供应的食物和饮料,而上述这一切都发生在一个国家中,这个国家的人民还没有完全精神错乱;总之,你们的饮料和食物叫我忍无可忍,感到无比愤怒!就这样,钱在这儿!我走了!就是这样,夫人。我走了!”这样,他走了,沿着月台跑回自己的车厢,一路上跺着脚,哈哈大笑。

我想,就是为了对付这些外国佬,我们的老板娘才想上法国实地考察,看看那些吃青蛙的家伙②怎么经营饮食业,好作个比较,明确认识到勇敢之岛和自由之土(这当然又是指我们英国)的饮食业如何出类拔萃。我们几个女招待,喷夫小姐、吹夫小姐和嗤夫太太,

① 西方一向有所谓世界七大奇迹之说。
② “食蛙者”是法国人的外号。

一致表示反对,因为正如她们每人对老板娘说的,尽人皆知,除了英国,没有一个国家精通各行各业的门槛,尤其是做生意的门槛。既然如此,何必自找麻烦,要证明业已证明的真理?然而我们的老板娘不论做什么都喜欢自作主张,她固执己见,不听劝告,买了一张“东南潮号”的来回客票,动身走了,如果她高兴,说不定会一直跑到马赛。

斯尼夫是嗤夫太太的丈夫,是我们店里一名无足轻重的正式职工。他在后院管三明治制作工场,有时我们忙得不可开交,便让他拿着开塞钻站在柜台后面;但是只要应付得了,从不请他帮忙,因为他对顾客低声下气,实在叫人受不了。嗤夫太太怎么会屈尊嫁给他,我不得而知,但我猜想这是他迁就了她。不过照我看,他宁可没有娶她,因为他过的是叫人心寒的生活。要是他是顾客,嗤夫太太对他恐怕也不过如此。喷夫小姐和吹夫小姐也学嗤夫太太的样,对他很不客气,在他拿了开塞钻来到柜台里的时候,总是把他推来搡去;看到他低声下气讨好顾客,把食物递给他们,便把东西从他手上拍掉;看到他卑躬屈节打算回答顾客的问题,便把他的话打断,不让他往下说。这样,她们弄得他老是眼泪汪汪的,仿佛他没有把芥末撒进三明治,却撒进了自己的眼睛(好在芥末不太辣)。有一次,斯尼夫不识时务,伸出手要取牛奶壶递给一个孩子,我看见我们的老板娘一怒之下,按住他的双肩,把他推进了梳洗室。

但是嗤夫太太,那是多么不同!她才是个角色!每逢你对她讲话,她总是望着别处,好像你并不存在。她的腰细细的,胸前的钮扣扣得紧紧的,袖口镶着花边。她总把双手搭在柜台上,顾客气得呼哧呼哧喘气,她却站在那里心安理得地抚摩花边。这抚摩花边和眼望别处是她对付发怒的顾客的两大绝招,凡是初出茅庐的女招待到马格比来进修,向老板娘取经时,这两大绝招都是由嗤夫太太传授的。

我们的老板娘出国考察期间，店务便由嗤夫太太负责。她把顾客弄得哭笑不得，真是妙不可言！自从来到店中，这一类趣事我亲眼所见的连一半都还不到：顾客要加牛奶的茶，端给他的却没加牛奶；顾客要不加牛奶的茶，端给他的却加了牛奶。争吵跟着而来，于是嗤夫太太开口道，“你们互相交换一下，不就得啦！”这话真逗，太有趣了。从此我对饮食业更加热爱，庆幸自己从小干了这行营生。

我们的老板娘回来了。女招待们的窃窃私议照例从梳洗室的门缝中传进了我的耳朵。据说，老板娘带回了不少骇人听闻的信息，如果那些不堪入耳的事也可以称之为信息的话。大家焦急地等待着。心情激动到了极点。简直有些望眼欲穿，迫不及待。最后终于宣布了：在一星期中生意最清淡的一个晚上，在那个晚上生意最清淡的时刻，也就是没有火车经过的时候，我们的老板娘要在梳洗室报告她出国考察饮食业的见闻。

梳洗室根据这个要求布置得庄严肃穆。梳妆台和镜子藏进了墙旮旯，一把扶手椅高耸在大板箱上，这是老板娘的座位，它的旁边放着一张桌子和一杯水（谢谢，不是酒）。这是秋季，蜀葵和大丽花正在开放，两个学员便用这些花在墙上布置了三组花纹。一组的文字是：“英国永远不向外国学习！”另一组是：“不让顾客得逞”，还有一组是：“这是我们饮食业的大宪章”。整个设计华丽美观，可以与舒坦的心情互相媲美。

老板娘登上了庄严的讲台，正襟危坐，目不斜视（不过这是照例不可缺少的）。喷夫小姐和吹夫小姐坐在她的脚边。从候车室搬来的三把椅子放在她的前面，一般人都能看到的地方，这是学员们坐的。她们后面，一般人不易看到的地方，是一位小堂倌。那便是在下。

老板娘板着脸，向周围扫视了一眼，问道：“斯尼夫在哪里？”

嗤夫太太当即答道：“我想最好还是别让他参加。他是一头蠢驴。”

老板娘赞同道:“他的确是一头蠢驴。但正因为这样,不是更加应该对他加强教育吗?”

嗤夫太太说道:“可惜什么教育对他也不起作用。”

但老板娘自有主张:“以西结,叫他进来。”

我把他叫了进来。这家伙垂头丧气的,一进屋便遭到了众人的呵斥,因为他仍随身带着开塞钻。他辩解说这是“习惯力量”。

“力量!”嗤夫太太道。“我的老天爷,请你别再谈什么力量。听着!站在这儿别动,把背靠在墙上。”

这个人头脑空空,只会发笑,不过他的笑毫无价值,因为他只要有机会,甚至不惜向顾客发笑(语言已无法表达他的轻贱作风)。他当即直挺挺地站在门边,把后脑勺贴在墙上,仿佛正在等待什么人给他量身高,好进军队当兵。

老板娘开始道:“我本来不打算讲那些令人作呕的见闻,但我还是决定谈一下,因为我相信,这能使你们更加坚定不移地行使你们在一个宪政国家中行使的权力,更加忠于我们的根本格言。我看到,这条格言便写在我对面的墙上:”(其实是在她的背后,但为了措词需要,她只得这么讲)“‘英国永远不向外国学习!’”

那些学员,作为格言的制造者,当即响应道:“对,对,说得对!”斯尼夫刚为参加这大合唱表现了一点意向,所有的眉毛已向他皱了起来,吓得他只好半途而废。

老板娘接着道:“法国人的卑贱无耻,从他们饮食业中奉承顾客的风气看来,已昭然若揭,它即使没有超过,也已相等于拿破仑臭名远扬的任何卑鄙行径。”

喷夫小姐、吹夫小姐和我都长长地吁了一口气,意思是说:“我们也有同感!”喷夫小姐和吹夫小姐发现我与她们一起吁气,有些不以为然,于是我又吁了一口气,故意跟她们闹别扭。

老板娘睁大发亮的眼睛，继续道："信不信由你们，但我得告诉你们，当我一只脚刚踏上那大逆不道的国土……"

这时斯尼夫不知是由于神经错乱，还是不留意把心中的话说出了口，只听他嘟哝道："两只脚。人有两只脚，你知道。"

所有的目光都带着愤怒投向了他，吓得他手足失措；这个对顾客奴颜婢膝的家伙自讨没趣，受到了相应的惩罚。会场上肃静无声，女士们翘起的鼻子更增添了庄严的气氛，老板娘继续道：

"信不信由你们，但我得告诉你们，当我踏上，"说到这里，她狠狠瞪了斯尼夫一眼，"那个大逆不道的国土后，我立即给领进了一家饮食店，那里——我毫不夸张——出售的食物是真正可以吃的食物！"

女士们中间爆发了一阵叹息。我不仅冒昧地参加了这场表演，而且把声音拖得特别长。

老板娘又道："那里不仅出售的食物是真正可以吃的食物，出售的饮料也是真正可以喝的饮料。"

嘁嘁喳喳的议论越来越响，几乎成了喊叫。吹夫小姐气得直哆嗦，喊道："那是些什么食物？"

"你们听着，"老板娘说。"那儿的烤鸡鸭有热的，也有冷的；那儿的烟熏小牛肉周围有一圈烤土豆；那儿的热浓汤没有一点苦味（我又得说，你们信不信？），也没有使吃客呛喉咙的面疙瘩；那儿有配上果冻的各色冷盆；那儿还有色拉；那儿出售的糕饼——请注意！——全是新鲜的，松松软软；那儿出售的水果又甜又香；那儿出售的瓶装和散装酒都和醇可口，随你需要，多少不拘，经济实惠；而且这种令人作呕的做法也适用于白兰地；它们全都排列在柜台上，你可以自己动手。"

老板娘的嘴唇在颤动。嗤夫太太虽然哆嗦得不比她差，还是站起身子，把茶杯端给了她。

老板娘接着说道:“我在非宪政国家的最初经历便是这样。如果事情到此为止,那还可以容忍。但是不。我在那个被奴役的、无知的国土上越是深入,它给我的印象也越使我厌恶。英国饮食店的三明治是由什么配料制作的。这不必我向在座各位多作解释了吧?”

一片笑声——只有斯尼夫没有笑,他虽然把头贴在墙上,但作为三明治的制作人,还是非常泄气,只管摇头。

我们的老板娘气得鼻孔也张大了,继续说道:“你们听着！他们的三明治却是用新鲜的、脆脆的、长长的、小小的、带硬皮的上等精白面包做的。他们把面包从中间纵向切开,放进一片鲜嫩精美的火腿,半中腰缚一条漂亮的丝带,使它不致散开,一头再用清洁柔软的白纸裹着,让人可以拿在手里。总之,法国饮食店的三明治整个儿都叫你看了恶心!”

大家喊道:“可耻!”只有斯尼夫没有作声,却用安抚的手在揉他的肚子。

老板娘继续道:“关于英国饮食店一般的陈设和布置,不用我向诸位多作解释了吧?”

当然不用,一片笑声。斯尼夫靠在墙上,又没精打采地摇摇头。

老板娘往下说道:“那么,如果一家饮食店里一切都布置得漂漂亮亮,挂着窗帘帷幔(有的还相当精致),家具光滑明亮,放着不少小巧玲珑的桌子,不少小巧玲珑的椅子,招待员笑盈盈的,伶俐活泼,一切舒适方便,清洁整齐,使顾客十分满意,以致那些畜生洋洋得意,认为这样侍候他们是理所当然的,请问,你们看到了该怎么想?”

所有的女士都表示了愤慨和鄙夷。嗤夫太太气得好像非得有人扶她一把不可,其他几位女士又气得好像根本不用人扶似的。

我们的老板娘这时已义愤填膺,继续说道:“这类可耻的饮食店，我从海边到巴黎，除了这两个地方不算，一路上就见过三处，那是在哈兹布鲁克、阿拉斯和亚眠。但更坏的事还在后头。告诉我，如果在英国有人建议，在饮食店里，比如我们马格比车站的模范饮食店里，制作一些漂亮的小篮子，每只篮子里装一客配备齐全的冷餐和甜点心，价格公道合理，适合旅客的支付能力，让他们带走，在火车上从容不迫地食用，吃完后把篮子还给五十英里或一百英里外的另一个车站，那么你们对提出这建议的人该怎么称呼？”

怎么称呼？意见并不统一，不知称他革命党，无神论者，布赖特[①]分子（我这么讲），还是反英分子。吹夫小姐操起尖细的嗓音，最后大喊道：“一个恶性痴呆病人！”

老板娘接着道：“我赞成这称呼，我的朋友吹夫小姐出于正义的愤怒，给这个人打上了耻辱的烙印。恶性痴呆病人。告诉你们，这种恶性痴呆病已在法国找到了适当的土壤，在我游历的那部分土地上毫无阻拦地蔓延。”

我发现斯尼夫在搓他的手，嗤夫太太把眼睛盯住了他。但我没有工夫留心他了，因为女招待们已进入兴奋状态，不断招呼我，要我参加她们的呐喊大合唱。

接着老板娘用深沉的嗓音说道：“我在巴黎以南的见闻不必细讲了。这些事实在太恶心了！但是请你们想象一下这情形：在火车向前飞驰的时候，列车员在车上跑来跑去，询问多少人需要用膳，然后他把数目用电报通知前方车站，于是车子到站时，餐室已为每一位旅客做好准备，餐桌摆好了，每人一份，菜肴丰盛，餐室宽敞，每一道菜都是在穿着清洁的白上衣、戴着白帽子的厨师长监督下烧煮的。就这样，你们想，那些不停地旅行了六百英里的王八蛋又快又准时地吃完了饭，他们尝到了甜头，便指望今后所有的饮食店都对

① 指约翰·布赖特(1811—1889)，英国激进派政治活动家。

他们照此办理呢！”

大家异口同声喊了起来：“这些王八蛋！”

我发现，斯尼夫又在用安抚的手揉他的肚子，还提起了一条腿。但我还是无法继续留心他，因为大家又在招呼我，要我支持她们的共同行动。不过这还是挺有趣的。

老板娘继续道：“把一切归纳起来，对法国的饮食业可以这么说，嗯，可以得出这么几点恰当的结论！第一，食物是真正可吃的食物，饮料是真正可喝的饮料。”

女招待们哼了一声，我赶紧响应。

“第二，餐厅方便舒适，甚至优美雅致。”

女招待们又哼了一声，我又赶紧响应。

“第三，价格公道。”

这次是我哼了一声，女招待们赶紧响应。

“第四，”老板娘说到这里，补充道：“我要求你们以最大的愤怒注意我的话：第四，对顾客服务周到，文明礼貌，不，简直可以说彬彬有礼！”

我和女招待们无一例外，一致发出了愤怒的狂叫。

老板娘以无比蔑视的口气继续道：“在总结中，我无法向你们更充分地描绘这个卑鄙无耻的国家（在我讲过那一切以后），我只能向你们保证，他们决不会容忍我们马格比车站上这种宪政国家的营业方式和独立自主的高贵精神，他们一旦看到我们，不出一个月，就会要我们来个一百八十度的转变，在我们这里实行另一套经营方法。也许还用不到一个月，因为我相信，他们不会那么宽宏大量，允许我们继续这么办。”

骚动的会场突然安静了。原来，讨好顾客的天性使斯尼夫再也忍耐不住，把腿越提越高，现在终于在头顶上挥舞着开塞钻，奔出了屋子。嗤夫太太一直在监视这块活方尖碑，这时赶紧追赶她的受难者,我们的老板娘也跟着两人追出了屋子;从三明治工场传来了叫喊声。

你如果到马格比车站附设饮食店来,你假装不认识我,我会把右手的大拇指伸到肩上,向你指出哪位是我们的老板娘,哪位是喷夫小姐,哪位是吹夫小姐,哪位是嗤夫太太。但是你再也见不到斯尼夫了,因为那天夜里他就失踪了。他是遇难了,还是给撕成碎块抛弃了,这我说不清楚,我只知道他的开塞钻作为他一味奉承顾客的罪证,依然留在店里。

信号员

“喂！下面听着！”

他听到这么叫他的声音时，是站在值班房门口，手中的旗子卷在短短的柄上。从那里的地形看，我相信他不可能不知道这声音来自哪个方向；然而尽管我就站在他头顶的峭壁上，他却并不抬头看我，反而转身朝铁路线上眺望。他这么做时，态度有些特别，尽管我怎么也说不清特别在什么地方。我只是觉得他的态度与一般不同，以致引起了我的注意，虽然他的身体按照透视法相应缩短了，又处在下面一条深沟的阴影中，我却站在他顶上高高的地方，强烈的夕阳光辉正笼罩着我，我必须用手挡在眼睛上，才能看清他。

“喂！下面听着！”

他不再眺望铁路，旋转过身子，抬起了头，看到了站在上面高处的我。

“这儿有没有路，可以让我下来与你谈谈？”

他仰起脸望着我，没有回答，我俯视着他，不想迫不及待地重提这个无关紧要的问题。就在这时，地面和空中隐隐出现了一阵颤动，随即变成了强烈的震荡，火车风驰电掣般驶过，使我慌忙退后了一步，仿佛它的力量足以把我卷下去似的。当蒸汽从疾驰的火车冲上峭壁，经过我的身边，向远处滚滚而去以后，我再向下探望，发现他正把火车经过时展开的旗子重新卷拢。

我重复了一遍我的问题。他一眼不眨地端详了我一会，这才举起手中卷拢的旗子，指指我站的峭壁上两三百码远的地点。我朝下向他喊道：“好，知道了。”然后朝他指的地点走去。到了那儿，我仔细打量了一会，才发现了一条崎岖曲折的小径，沿着斜坡上凿出的梯级向下蜿蜒，我便踩着这条路下去。

这个路堑相当深，两旁又非常陡。它是从黏滑的山石中开辟而成的，我越往下走，那些石头越是潮湿，渗出的水也越多。由于这些原因，我走得很慢，这给了我充分的时间去回忆他向我指点这条路时，那副勉强和不得已的独特神气。

当我走到曲折的小径下端，重又看到他时，我发现他站在铁轨中间，刚才火车便从这条路上通过，他的姿态好像是专门在等我。他用左手托着下巴颏儿，那胳膊肘便搁在横过胸前的右臂上。这种等待和提防的姿势使我觉得有些蹊跷，我不由得站住了一会。

我重又往下走，到达了铁路旁边，逐步向他靠近，发现这是一个脸色又黑又黄的人，胡子是黑的，眉毛粗浓。他的职务便是守在这儿，一个我所见过的最荒凉阴沉的地方。不论哪一边，都是高低不平的、潮湿滴水的石壁，抬头只能望见一条狭长的天空。向前看，一边只见到这个大土牢在弯弯曲曲、漫无尽头地向前延伸，另一边不远处有一盏阴暗的红灯，红灯那边是更加阴暗的隧道口，隧道黑咕隆咚的，建筑结实，给人一种粗野、窒息、恐怖的感觉。阳光在这里简直无路可入，以致空中弥漫着泥土和霉烂的气味；阴风不时阵阵吹过，使我不寒而栗，仿佛已离开了人间世界。

在他动弹以前，我已走近他的身边，可以摸到他了。然而哪怕就是在这个时候，他仍未把目光从我身上移开，只是退后一步，举起了一只手。

我对他说，在这儿工作是很寂寞的，我从那边峭壁上向下探望时，正是这点吸引了我。据我猜测，客人在这儿是罕见的，因此我想，我这个不速之客也许不致不受欢迎吧？我见到的这个人一辈子生活在狭小的天地中，直至最近才摆脱了一切，重新燃起了兴趣，想看看人们的伟大活动。我讲的大致便是这些意思，但我的措词是否得当，我毫无把握，因为我一向不善于跟人谈话，何况这个人身上有一种东西,使我不敢造次。

他用非常奇怪的目光瞧了一下隧道口的红灯,又向它周围打量了一会,仿佛在寻找什么,然后向我回过头来。

那灯也是归他管的吧? 是吗?

他回答时声音轻轻的:"你不知道它是我管的吗?"

我端详着他呆滞的眼睛和阴沉的脸,头脑中闪出了一个荒谬的念头:这是一个幽灵,不是人。于是我开始琢磨,他有没有意识到我的想法。

这使我退后了一步。但在我这么做时,我从他眼眸中发现了一种潜在的对我的畏惧。这样,我的荒谬思想便不翼而飞了。

"你望我时,"我说,勉强笑了笑,"好像有些怕我。"

"我有些怀疑,"他答道,"似乎以前看见过你。"

"在哪儿?"

他指指他刚才望过的那盏红灯。

"在那儿?"我说。

他一眼不眨地注视着我,答道(但几乎听不到声音):"是的。"

"我的老兄,我在那儿干吗啊? 好吧,不去讲它,反正我从没到过那儿,这你放心好了。"

像我一样,他的顾虑消失了。我问什么,他马上回答什么,态度从容,措词恰当。他在那儿忙不忙? 很忙,那是说他的责任很重,但一丝不苟和高度警惕是对他的最大要求,至于真正的所谓工作——体力劳动,那却几乎没有。变换信号、修剪那些灯的灯芯、有时转动一下这根铁柄,便是在那个意义上他所要干的全部劳动。关于那些漫长而孤独的时刻,我看得很严重,他却只是说,这种刻板的生活方式在他说来早已形成,他从小就习惯了。他在这条深沟里还学会了一种语言——如果单凭眼睛了解事物,赋予粗糙的思想以相应的发音,可以称作掌握了一种语言的话。他还能计算分数和小数,学过一点代数;但从前,在他小时候,他对算术简直一窍不通。他上班时,是不是必须待在潮湿的山沟里,绝对不能离开这些高耸的石壁,到上面的阳光中走走?哦,那得根据时间和条件决定。有时火车到得多一些,有时少一些,白天和黑夜的某些时刻都是这样。在晴朗的日子,他有时也离开下面阴暗的地道,到上面活动活动。但通信机的电铃随时可能找他传递消息,这时他必须特别注意,因此我想,那种轻松的时刻是不多的。

他带我走进他的值班房。那儿生着火,放着一张桌子,桌上有工作簿供他记载一天的活动,还有一架电报机,包括指示板、机面和磁针,以及他刚才提到的小电铃。我说,希望他不要见怪,但我认为他受过很好的教育,也许(我想我这么说并无恶意)他的文化程度高于目前的职务,他答道,这种稍稍不相称的情形在各行各业中并不罕见,他听说,在工场、警察局,以至最糟糕的部门——军队中,都是这样;据他所知,在铁路的任何上层机构中也不可避免。他年轻的时候(我真不敢相信,待在这小屋子里的人也可能有年轻的时候),学过自然哲学,听过讲课,但他莽莽撞撞胡乱行事,错过了各种机会,结果每况愈下,再也无法出头了。在这方面他没什么可抱怨的。他给自己做了一张床,他只得躺在这上面。现在要换一张已为时太晚了。

这些话是经过我压缩的,他谈的时候从容不迫,那严肃阴沉的目光有时望望我,有时望望炉火。他不时插一声“先生”,每逢谈到他的青年时代,尤其如此,似乎要求我理解,他并不想自命不凡,他只是我现在看到的他而已。那个小铃打断了他几次,他必须收读电文和发回电。有一次火车经过,他不得不站在门外,举起了旗,与司机交谈几句。我看到,他在执行任务时一丝不苟,非常精细,谈话简短扼要,讲完了必须讲的话以后便保持沉默。

总之,我觉得,从担当这样的职务看,他是个万无一失的人选,只有一点叫我不能理解,那就是他在同我聊天时,两次脸色发白,中断了谈话,一次是尽管小铃没有响,他却把头转向了它,还有一次是打开小屋的门(为了不让有害健康的潮气进屋,门一直关着),向隧道口附近的红灯张望了一会。在这两次,他走回火边时,脸上都有一种难以解释的神气,这种神气,在我们刚才还离得远远的时候,我已发现过,只是无法确定它的意义。

我站起来打算告辞时说:"你几乎使我觉得,我见到的是一个无忧无虑的人。"

(恐怕我必须承认,我这么讲的原因只是要让他感到满足。)

"我相信我一向如此,"他答道,声音像开始谈话时一样轻,"但我心里其实很不安,先生,很不安。"

如果可能的话,他也许会收回他的话。然而话已经讲了,而我又很快接了上去。

"为什么?什么事使你不安?"

"这是很难讲清楚的,先生。这谈起来非常非常困难。如果你再来看我的话,我尽量告诉你吧。"

"好吧,这很明确,我一定会再来看你。你说,什么时候合适?"

"一到天亮我就下班了,要到明天晚上十点再上班,先生。"

"那么我在十一点来。"

他感谢了我,与我一起走到门口。"我用我的白灯给你照亮,先生,"他说,声音低低的,有些特别,"让你找到上坡的路。但等你找到它以后,别再喊我!你到了山壁上也别出声!"

他的态度使我觉得这个地方更冷了,但我只是答了声"很好",没有再说什么。

"等你明天晚上下来时,也不要喊我!请允许我在临别前提一个问题。今天晚上你大喊:'喂!下面听着!'这是为什么?"

"我不知道,"我说。"我只是为了招呼你,大概讲过那样的话……”

“不是大概，先生。就是这句话。我听过好多回了。”

“就算你听到过好多回吧。但毫无疑问，我是因为看到你在下面，才这么讲的。”

“没有其他原因？”

“难道还可能有其他原因不成？”

“你没有意识到，这是冥冥之中有一种力量在促使你这么讲吗？”

“没有。”

他向我道了晚安，举起了手中的灯。我朝铁路线下行的方向走去（我很不自在，仿佛背后有一列火车正在驶来），找到了路。上坡比下坡容易一些，我平安无事地回到了客店中。

下一天夜里，我按照约定的时间准时前往，我的脚踏上斜坡上那条曲折的小径的第一级时，远处的时钟正打十一下。他在坡底等我，手中提着他的灯。我走到他身边后说道：“我没有喊你，现在可以讲话了吧？”“当然，先生。”“那么，晚安，这是我的手。”“晚安，先生，这是我的手。”这样，我们并排走向他的值班房，进了屋子，关上门，坐在火边。

他在我们坐定后，立即稍稍向前俯出身子，用轻得跟耳语差不多的声音开始道：“我已打定主意，先生，不必你再问第二次，便告诉你使我不安的是什么。昨天晚上我把你当作了另一个人。那使我不安。”

“因为你弄错了？”

“不。因为那另一个人使我不安。”

“那是谁？”

“我不知道。”

“他像我？”

“我不知道。我从没见过他的脸。他的左手一直遮在脸上,右手挥动着——剧烈地挥动着。这个样子。”

我的眼睛注视着他的动作,那是警告的手势,仿佛他迫不及待地在拼命喊叫:“看在上帝分上,赶快离开铁路!”

“一个月夜,”那人道,“我正坐在这儿,听得一声喊叫:‘喂!下面听着!’我一跃而起,从门口眺望,看见这个人站在隧道附近的红灯旁边,像我刚才做给你看的那样,向我挥手。那嗓音仿佛喊哑了,喊的是:‘当心!当心!’然后又喊道:‘喂!下面听着!当心!’我抓起我的灯,把它转成红色,朝那人影直奔而去,一边喊:‘出了什么事?发生了什么?在哪儿?’当时他就站在黑洞洞的隧道外边。我走近以后,有些纳闷,不知他干吗用衣袖遮着眼睛。我跑到他跟前,伸出了手,想把衣袖拉开,他顿时不见了。”

“跑进隧道了?”我说。

“没有。我跑进隧道,走了五百来码,这才站住,把灯举在头顶上,我看到了里程碑上的数字,看到了石壁上蜿蜒而下的水渍,看到了拱顶上渗出的水点,但我没看到他。我赶紧跑出隧道,比进去时跑得更快(因为我对这地方天然怀有无法克制的厌恶),我用我的红灯在那盏红灯周围查看,又从铁梯爬上隧道顶的平台,然后下来,跑回这儿。我向铁路两头发了电报:‘我接到了警报。有没有出什么事?’两头的答复都是:‘一切正常’。”

仿佛有一只冰冷的手指在我的背脊上缓缓移动,但我强作镇静向他说明,这个幻影一定是他的错觉,有时疾病影响了主管视觉器官的某根神经,便会发生这种现象。大家知道,这常常弄得病人烦躁不安,其中有些人甚至意识到了这种折磨的性质,对自己进行试验,结果也证实了这点。“至于喊声的幻觉,”他说道,“那么在这个光怪陆离的山沟里,我们说话这么低的时候,你只要静静听一会风声,或者风怎样在电报线上呼啸而过,你便会产生那种幻觉。”

《信号员》

我们坐在那儿听了一会以后，他答道，我的话都很对，他应该对风和电线多一点了解，因为他时常得独自一人在这儿守望，度过漫长的冬夜。但是他必须向我声明，他刚才的话还没讲完。

我请他原谅，于是他拍拍我的胳臂，又缓慢地说了下面这些话：

“在那个鬼出现以后不到六个小时，这条铁路上发生了一起重大车祸，不到十小时，死伤者便陆续运出隧道，经过了那个幻影站过的地方。”

不安的战栗通过了我的全身，但是我尽量抵制这种情绪。我答道，不可否认，这是一种令人惊异的巧合，它必然会在他头脑里留下深刻的印象。但毫无疑问，这种令人惊异的巧合是经常发生的，这一点在分析问题时必须考虑在内。我又道（因为我看到他似乎要对我进行反驳），当然，我应该承认，正常的人在思考生活问题时，对巧合一般是不大理会的。

他又要求声明道，他的话还没有完。

我又请他原谅我再次打断他的话。

他重新把手搭在我的胳臂上，用迷茫的眼睛从肩上望望背后，开始说道：“这事正好发生在一年以前。过了六七个月，我已从诧异和震惊中恢复过来，可是一天早晨，天刚蒙蒙亮，我站在门口，望着那盏红灯，这时我又看到了那个鬼。”他停止了，一眼不眨地瞧着我。

“它喊你没有？”

“没有。它没有出声。”

“它挥动胳臂没有？”

“没有。它只是靠在灯杆上，两只手遮住了脸。像这个样子。”

我又一次端详他的动作。这是哀悼的动作。我在坟地上见到过这种姿势的石像。

“你有没有向它走去？”

“我回到屋里坐下了，这一部分是为了让思想镇静一些，一部分是因为它使我有些头晕。等我重又走到门口时,日光已高高照在头顶,鬼不见了。”

“但接着有没有发生什么事?这次什么事也没有吧?”

他用食指在我手臂上轻轻叩了两三次,每次都露出恐怖的神色点一下头:

“就在那天,一列火车驶出隧道时,我从靠我这边的车窗中发现车内乱糟糟的,许多人的头和手挤在一起,还有什么在挥动。我一看到,立刻向司机发出信号:停车!他马上关闭机器,紧急刹车,但火车仍从这儿向前滑行了至少一百五十码。我随即奔去,还没到达那儿,便听到了可怕的尖叫声和哭喊声。一个美丽的少女在一节车厢中突然死了,她给抬到这屋里,停在我们中间的这块地上。”

我不由自主地把坐椅推后了一些,望望他指出的那些地板,又望望他本人。

“这是真的,先生。真的。当时的情形就像我讲的一样,一丝不差。”

我不知道应该说什么才好,我的嘴非常渴。风在电线上呼啸,用漫长凄凉的哀鸣代替他的故事。

他重又开口道:“现在,先生,想想这一切,你就明白我心里多么不安了。一星期前那个鬼又回来了。从那以后,它一再在这儿出现,但断断续续,忽隐忽现。”

“在灯光那儿?”

“在红灯那儿。”

“它的样子像在做什么?”

他尽量装出迫不及待地拼命喊叫的样子,重复了一遍以前那个手势:“看在上帝分上,赶快离开铁路!”

然后他继续道:“这使我无法平静或休息。它在喊我,往往接连几分钟之久,显得十分危急:‘下面听着!当心!当心!’它站在那儿向我挥手。它使我的小铃发出声音……"

我抓住这机会,问道:"昨天晚上我在这儿时,你走到门外,是因为它弄响了你的铃吗?"

"是的,铃响了两次。"

"好啦,"我说,"你瞧,你的想象使你上了大当。那时我的眼睛看着铃,我的耳朵也在听着,如果我还是一个活人,那么我没有听到铃声。没有,别的时候也没有听到,它只在车站与你联系时,才按照事物的自然法则发出声音。"

他摇摇头:"我还从没犯过那样的错误,先生。我从来不致分不清鬼的铃声和人的铃声。鬼的铃声是铃中一种奇怪的震动,它没有任何来源,铃也从来不动。你没听到铃声,这并不奇怪。但我听到了。"

"那么你向外张望时,鬼在不在那儿?"

"它在那儿。"

"两次都在?"

他坚定地重复了我的话:"两次都在。"

"现在你愿意与我一起到门外,看看它在不在吗?"

他咬着下嘴唇,似乎有些不愿意,但还是站了起来。我开了门,站在台阶上,他站在门口。那儿的红灯亮着。可以望见阴森森的隧道口。可以望见铁路两旁高耸的潮湿石壁。星星在石壁上空闪烁。

"你看到它没有?"我问他,特别注意他的脸色。他的眼睛鼓起,睁得大大的,但也许,我把目光焦急地投向那同一地点时,我的神色并不比他好多少。

"没有,"他答道。"它不在那儿。"

"一点不错,"我说。

我们重又回到屋里,关上了门,坐在各自的座位上。我正在考虑如果这是我占了优势我该怎么利用这优势时,他又开口了,而且口气那么斩钉截铁,似乎在主要的事实问题上,我们之间并无分歧,这使我觉得我还是失败了,又落到了最不利的地位。

“现在,先生,你想必已完全明白,”他说,“使我这么害怕、这么不安的是这个疑问:那个鬼究竟要向我表示什么?”

我告诉他,我并不认为我已完全明白这点。

“它在警告什么?”他一边说一边琢磨,眼睛望着炉火,只是偶然看我一眼。“那是什么危险?在什么地方?铁路上随时随地可能发生危险。也可能发生可怕的灾祸。在前两次出事后,还会发生第三次,这是没有疑问的。但是这的确弄得我惶恐不安,无法平静。我能做什么呢?”

他掏出手帕,擦掉了额头上挂下的汗珠。

“如果我用电报向铁路两头,或者任何一头,发出危险警报,却讲不出个所以然,”他继续道,用巴掌抹着汗,“我只能自找麻烦,毫无好处。他们会认为我疯了。事情会这样:我发电道,‘危险!注意!’他们回电道,‘什么危险?在哪里?’我发电道,‘不知道。但是看在上帝分上,千万小心!’结果他们把我撤换了事。他们还能怎么办呢?”

他内心的痛苦是很值得同情的。这是一个有良心的人所感受的精神折磨,他要为生命负责,可又不知道怎么尽这责任,这叫他无法忍受。

他把乌黑的头发掠到脑后,在极端的忧郁苦闷中,用两手不住向太阳穴那里揉擦,一边继续道:“如果事故一定要发生,为什么不告诉我它要发生在哪里?如果这可以防止的话,又为什么不告诉我怎么防止?它第二次出现的时候,用手遮住了脸,它为什么不告诉我:‘她快死了,让她留在家中’?如果那两次它来是为了让我看到,它的警告是可靠的,因而使我对第三次有所防备,那为什么现在不向我明确提出警告?可我,上帝帮助我吧!我只是守在这偏僻地方的一个可怜的信号员！为什么它不找别的可以信任、又有力量采取行动的人呢？”

我看到他这副样子，觉得为了这个可怜的人，同样也是为了公众的安全，我目前应该做的便是安定他的情绪。因此我把我们之间关于真不真的讨论完全丢开，向他表示，任何人忠实履行了自己的职责，这就行了，尽管他不理解那些令人困惑的现象，但他理解自己的责任，这至少是值得欣慰的。我的努力成功了，这比说服他放弃他的信念效果大得多。他变得镇静了；时已深夜，他的职务所规定的工作需要他更集中注意力，于是我在凌晨二时离开了他。我曾表示愿在这儿过夜，但他坚决不同意。

我走上斜坡的时候，不断回顾那盏红灯，我不喜欢它，如果我的床铺在它下面，我一定睡不安稳，我想我不必隐瞒这点。那两次意外事故和那个死去的姑娘也使我感到不快。我认为我也不必隐瞒这点。

但是我头脑中考虑得最多的，是我听到这秘密以后，应该怎么办？这个人是明智的、清醒的、勤劳的、精细的，这我已获得证明；但处在目前的心理状态，他能永远保持不变吗？尽管他只是一个小职员，但他担负着极端重要的责任，那么我愿意（比如说）不惜牺牲自己的生命，以便保证他继续一丝不苟地行使他的职责吗？

我觉得，如果我把他告诉我的事，通知他公司的上级，那无异是对他的背叛，我不能那么做。我首先应该坦率地对待他，要他采取一个折衷的办法，因此我最后决定，打算陪他（同时暂时保守着他的秘密）去找我们所知道的当地最有经验的医生，听听他的意见。他告诉过我，第二天他上班的时间有些变动，下班是在日出后一两个小时，到日落后不久便上班。我与他约定到时候再去看他。

第二天傍晚天气很好，我提早出门，想看看夜色。我穿过田野，走近深深的路堑顶上时，太阳还没有落山。我对自己说，我的散步得再继续一个小时，半小时往前走，半小时往回走，这样正好是前往信号员小屋的时间。

在继续散步以前，我走到山壁边上我第一次见到他的那个地点，机械地向下瞧瞧。我无法形容我当时的惊恐心情，因为就在隧道口的附近，我看到一个人用左手的衣袖遮没了眼睛，拼命在挥动他的右手。

无名的恐怖压得我透不出气，但一会儿便过去了，因为我马上发现，这是一个真正的人，离他不远还有一小群人，他似乎是在向他们表演他刚才作的手势。危险信号灯还没点亮。灯标旁边搭了一个矮小的木棚，这是我以前从未见过的，它由几块木板和一张帆布构成，大小不过相当于一张床铺。

我不由得意识到这儿出了什么事，刹那间自我谴责的恐惧感笼罩了我的心，我觉得这灾祸可能是由于我离开了那个人，没有通知派人去查看或纠正他做的事。于是我沿着小径尽快往下直跑。

“出了什么事？”我问那些人。

“信号员今天早上压死了，先生。”

“是待在值班房的那个人吗？”

“是的，先生。”

“是不是我认识的那个人？”

“你可以自己看一下，先生，你是不是认识，”那个人代表大家说，庄严地摘下帽子，提起了帆布的一只角，“因为他的脸还相当安详。”

“啊，这是怎么发生的，怎么发生的？”我问，把脸转向一个人，又转向另一个人，这时小木棚又盖上了。

“他是给车头撞倒的，先生。在英国没有人比他更熟悉自己的工作。但不知为什么他没有退出轨道。那时天已大亮。他吹灭了火，把灯提在手中。火车驶出隧道时，他背对着车头，它把他压在下面了。驾驶机车的人刚才把当时的情形做给大家看了。汤姆,再做一遍给这位先生看。”

这是一个穿粗糙的黑衣服的人,他走回了隧道口他原来站的地方。

“车子在隧道中打弯时,先生,”他说道,“我看到他在隧道口,好像这是从望远镜中看到的一样。我已来不及刹车,但我知道他一向十分小心。由于他似乎并没听到汽笛,车子却在向他驶去,我赶紧关闭机器,一边尽力大声喊他。”

“你喊什么啦?”

“我说:‘下面听着!当心!当心!看在上帝分上,赶快离开铁路!’”

我吃了一惊。

“唉!这是一个可怕的时刻,先生。我不停地喊他。我不敢看,用这条胳臂遮住了眼睛,还用这条胳臂一直挥到最后,但一切都没有用。”

我不想再谈任何一个奇怪的细节了,在结束这篇故事的时候,我只想指出,火车司机发出的警告,不仅与不幸的信号员一再向我复述的那些叫他不安的话完全符合,而且与我——不是他——赋予他所模仿的那个手势的那些潜在的话(它们只存在于我的心中)完全符合。

此路不通

序　　幕

这是1835年11月30日。伦敦，按照圣保罗教堂的大钟，是夜里十点钟。伦敦所有较小的教堂都扯开各自的铁喉咙，开始呐喊。有的轻举妄动，在大教堂发出洪亮的钟声以前就鸣响了，有的拖拖拉拉，直到它打了三下、四下、五、六下之后，才赶忙开始；它们参差不齐，只能做到勉强一致，在空中留下一片嗡嗡不绝的回声，仿佛那位吞食孩子的父亲①张开翅膀从空中飞过这儿，把手中的镰刀挥得呼呼直响。

这钟声比大部分钟声低，离耳朵也较近，今晚磨磨蹭蹭的，缭绕不绝，仿佛要独自殿后似的，这是哪里的钟声？这是育婴堂的钟声。就是在这个时候，从前有人不问一声，便把婴儿抛弃在门口的摇篮里，今天又想打听他们的消息，收养他们；这些母亲从前割断了与他们的一切自然联系，今天又要求永远取得这种联系，仿佛这便是对这些孩子的恩惠。

圆圆的月亮照在天空，云淡淡的，夜显得明净清澈。然而这天白天并不晴朗，浓雾迷漫在空中，街上到处是黑黝黝的雪水和污泥。那个戴着面纱、在育婴堂边门附近踯躅的少妇，今晚不得不穿着防水的鞋子。

她不安地走来走去，故意避开出租马车的停车处，不时躲进四方形大围墙的黑影中，把脸朝着边门。她的头顶是月光皎洁的天空，脚下却是污浊的人行道，也许她的心情与此相仿，正在两种截然不同的回忆或经历中徘徊彷徨？她的脚印由于不断重叠，在污泥中已无法辨认,也许她生活中的道路也这么错综复杂,成了无法解开的一团乱麻?

育婴堂的边门开了,一个姑娘走了出来。少妇站在一旁,密切注视着,看到门又从里边轻轻关上后,便跟在姑娘后面。

默默地穿过了两三条街以后,她才从背后逐渐靠近她的目标,伸出手拍了拍她。姑娘站住了,回头看看,有些吃惊。

“你昨晚拍了拍我,可我回过头来,你又不说话。你为什么盯住我,像一个不出声的鬼?”

“不是我不说话,”少妇回答,声音轻轻的,“是我想讲,却讲不出口。”

“你找我什么事?我没做过对不住你的事吧?”

“当然没有。”

“我也不认识你吧?”

“不认识。”

“那么你为什么找我?”

“这张纸里包着两个畿尼。你肯接受这一点小小的礼物,我就对你讲。”

姑娘的脸显得正直、秀丽,这时出现了一抹红晕,她答道:“我工作的地方有不少人,但从没一个大人或孩子讲过莎利一句坏话。我名叫莎利。如果我可以收买,请问大家还会对我这么好吗?”

“我不是想收买你,我只是表示一点对你的感谢。”

莎利用虽不严峻但很坚决的态度,把那只伸出的手合拢,推了回去。“如果我能为你做什么,是为了钱,而不是为了这件事本身,如果你认为我会这样,那么你完全想错了。你要我做什么呢?”

---

① 指罗马神话中的萨图恩,他怕他的孩子们推翻他的统治,把他们都吃掉了。他又是主管农事的农神,因此手持镰刀。

“你是育婴堂的保姆或阿姨吧，我昨晚和今晚都看见你是从那儿出来的。”

“是的，不错。我叫莎利。”

“你脸上有一种慈祥温和的神色，这使我相信，那些最小的婴孩一定是交给你照料的。”

“我喜欢他们！他们很可爱。”

少妇撩开了面纱。从她的脸看，她并不比保姆大，但这张脸时髦和老练得多，似乎已饱经风霜和忧患。

“有一个婴孩新近已由你照料，我便是他可怜的母亲，我想向你祈求一件事。”

莎利对撩开面纱所表现的信任，是衷心尊重的，她一向保持着单纯和诚实的作风；她替她放下面纱，开始哭了。

“你肯听一下我的祈求吗？”少妇追问道。“我的心已经碎了，难道你对我的苦苦哀求真的无动于衷？”

“啊，我的天，我的天！”莎利喊道。“我可以说什么，我能说什么啊！不要再讲祈求了。应该向全能的上帝祈求，不是向保姆这类人祈求。而且听着！我担任这职务只剩半年多时间了，另一个姑娘正在接受训练，预备接替我的工作。我要结婚了。昨天晚上我本不应该外出，今天晚上我也不应该外出，只是我的狄克（就是我要嫁的那个年轻人）病了，我得帮助他的母亲和姐姐照料他。不要这么伤心，不要这么伤心！”

“啊，亲爱的莎利，好莎利，”少妇呜咽着，拉住了她的衣服哀求。“由于你有希望，可我没有希望；由于你的前途光辉灿烂，可我再也、再也得不到了；由于你可以指望成为一个贤惠的妻子，也可以指望成为一个自豪的母亲；由于你是一个有生命、有感情、也不可避免要死亡的女人；请你看在上帝的分上，听听我这心烦意乱的恳求吧！”

"啊,天哪,天哪,叫我怎么办!"莎利喊道,无可奈何的情绪达到了顶点。"我能做什么呢?你瞧!你利用我自己的话对付我。我告诉你我要出嫁了,这是为了让你明白,我就要离开那儿,因此即使我愿意,我也不可能再帮助你。可怜的人,可是你却让我觉得,好像我要出嫁,我不能帮助你,只是因为我心肠太硬。这不是友好的态度。你说,可怜的人,这是友好的态度吗?"

"莎利!听我说,亲爱的。我的恳求不是要你在将来帮助我。它只涉及过去。我只是要你告诉我两个字。"

"哎哟!这更糟,更糟,"莎利喊道,"但愿我不知道你所要了解的这两个字。"

"但是你知道。他们替我可怜的孩子起了什么名字?我要了解的只是这个。我看到过你们那儿的规则。他是在教堂中施洗时起了名字,然后找一个姓登记在本子上的。他是在上星期一晚上被收容的。他叫什么名字?"

这时她们无意之间已走进一条小胡同,那里没有人,没有出口,前面看到的只是育婴堂黑暗的菜园。她一再恳求,差点朝污秽的泥地跪下,但是莎利拉住了她。

"别这样!别这样!你使我觉得好像我故意要装得多么清高。让我再看看你漂亮的脸蛋。把你的两只手放在我的手中。现在,请你答应我,除了那两个字,你决不再问我什么,好吗?"

"好,好!"

"沃尔特·怀尔丁。"

少妇把脸扑在保姆的胸口,用双手紧紧搂住她,低声祝福,一边说道:"代我吻他吧!"说完便走了。

这是1847年10月的第一个星期日。伦敦,按照圣保罗教堂的大钟,是下午一点半。育婴堂的钟今天与大教堂的钟完全一致。礼拜做过了,孤儿们在用膳。

参观用膳的人不少,这是照例有的现象。包括两三个主管人员、从礼拜堂来的一家家人家、三三两两的男人和女人,以及各种等级的零星闲人。这天秋高气爽,明朗的阳光射进了孤儿院,照亮了结实的窗框和嵌护壁板的砖墙,这种窗和墙壁是在贺加斯①的画中经常可以见到的。女孩子的食堂(包括最小的婴孩)吸引了不少人。清洁的保姆在整齐安静的餐桌中间悄悄地来回巡逻;参观者有时站住,有时走动,随各自高兴;时常可以听到一些小声的议论,谈到某个窗口的某张脸,因为不少脸都流露出值得注意的性格。外来的参观者中有些是经常光临的,他们与坐在固定的桌边固定的位置上的孩子建立了谈话关系,每次总要站在那些地点弯下腰讲一两句话。这些地点往往引人注目,然而这不是对他们的仁慈的非议。宽敞的大餐厅内,一张张脸相对排列着,显得单调,那些小插曲起了调剂作用,给餐厅增添了愉快的气氛。

一位戴面纱的太太没有同伴,夹杂在参观者中。看来好奇心和机会还从没把她带到这儿来过。她的神色显得对眼前的景象有些困惑。她沿着桌子行走时,脚步有些迟疑,态度有些不安。最后她来到了男孩们的餐厅。她从门口向内眺望,显然他们远远不如女孩那么得人心,那儿几乎没有参观的人。

但是就在门内不远处,正好站着一个担任管理工作的中年保姆,那种相当于训育员或管理员的人。太太向她提出了一些平常的问题,如这儿有多少男孩子?他们一般到了什么年龄出外自行谋生?他们是不是常常幻想海洋?这样,声音越来越低,最后,太太提出了一个问题:“哪一个是沃尔特·怀尔丁?”

保姆摇了摇头。这是违反规定的。

① 威廉·贺加斯(1697—1764),英国著名的风俗画家。

"你知道哪一个是沃尔特·怀尔丁吗?"

保姆敏锐地意识到了太太那全神贯注的目光,不觉把眼睛牢牢盯在地上,免得它们无意之间转向那个正确的方向而泄漏秘密。

"我知道哪一个是沃尔特·怀尔丁,太太,但是我的职务不允许我向参观者指明谁是谁。"

"我不要你讲话,只要你指给我看一下就成了。"

太太的手轻轻地移到了保姆的手上。

停顿和静默。

"我将要到餐桌边巡视一圈,"与太太谈话的保姆说,但仿佛不在与她讲话,"你用眼睛看着我。我会在一些孩子身边站住,与他们谈几句,这你不必管。但如果我拍拍那个孩子,那么这就是沃尔特·怀尔丁。不要再对我说什么,离我远一些。"

太太立即领会了,走进室内,向周围望望。过了一会,保姆摆出庄重的办事的神气,沿着左首一排桌子外侧走去。到了另一头以后,她转过身子,从内侧往回走。她几乎没有朝太太那边瞧一眼,便俯下身子,说了一两句话。她招呼的那个孩子仰起头回答她。她心平气和、不慌不忙地听他谈着,一边伸出手,拍了拍他右边第二个孩子的肩膀。为了使这个动作能被清楚地看到,她在答话时,一直把手放在那肩上,临走以前,又拍了它两三次。她完成了餐厅的巡视,没有再拍另外的孩子,便从长餐厅另一头的门中走了。

用膳结束了,那位太太也沿着左首那排桌子的外侧走去,到了另一头,旋转身子,又从内侧往回走。幸运的是又有一些参观者进入了室内,分布在各处。她撩起面纱,在保姆拍过的孩子身边站住,问他有多大了?

"十二岁,太太,"他答道,明亮的眼睛注视着她。

"你过得很好,很快活吗?"

"是的,太太。"

“你可以接受我给你的这些糖果吗?”

“可以,如果您要给我的话。”

太太为此俯下身去的时候,用额角和头发亲了亲孩子的脸。然后她又放下面纱,朝前走去,没有回头看一眼便离开了屋子。

第一幕

戏开场了

伦敦城区有一个院子,不论坐车或步行都“此路不通”,它是一条又滑又陡、曲曲折折的街道的一个岔口,这条街连接着伦敦塔街和泰晤士河米德尔塞克斯一边,这个院子便是怀尔丁酒类经销公司的营业地点。离这基地最近的主要出入口,便是通到河①上(为了免得闻到它的臭气,姑隐其名)的所谓断脖子浮码头——也许这是为了强调它的艰险性质,才给它起了这么一个滑稽的名称。院子本身也在古代便被授予了一个颇具特色的名称:瘸腿胡同。

在1861年以前,已有好多年人们不愿在断脖子码头上船,水手们也不愿把船停靠在这儿。又小又滑的栈桥通过缓慢的自我消亡过程,落进了水中,断脖子的全盛时期早已时过境迁,只剩下了两三根残余的木桩和一个生锈的系船的铁环。确实,有时满载煤炭的驳船还会胡乱驶进这儿,于是一些勤劳的搬运工像泥人似地走出船舱,把货物运往邻近地区,然后撑船离去。但是大部分时间里,断脖子码头的唯一商业活动还是运酒,桶装的和瓶装的酒从码头运往怀尔丁酒类经销公司的地窖,又把空桶和空瓶从地窖运往码头。不过哪怕这些商业活动也不多见,涨潮的四分之三时间内,满身污泥的

① 即指泰晤士河,狄更斯曾多次写到它的肮脏污浊。

肮脏河道只是在孤零零地渗出泥水,拍打生锈的铁环,仿佛它听到过威尼斯总督和亚得里亚海的故事①,也在要求嫁给污秽的伟大保护者伦敦市长阁下。

在右边大约两百五十码,对面的山坡上(即从断脖子码头这片低地往上行走)便是瘸腿胡同。瘸腿胡同内有个水泵,瘸腿胡同内还有棵树。整个瘸腿胡同都属于怀尔丁酒类经销公司。它的地窖便在这片土地下,它的大楼耸立在这片土地上。当那些酒商进驻城区时,它确实是一幢大楼,门口有森严的顶棚,却看不到支架,跟老式布道坛上的传声华盖差不多。它还有不少狭长的窗户,以丑陋的对称方式分布在前面庄重的砖墙上。它的屋顶上还有一个圆形小阁,里边挂着一口钟。

"一个人能够在二十五岁戴上大礼帽,能够说:'这顶帽子是戴在这份家产的主人头上的,这个公司便是靠这份家产在经营的',那么,宾特利先生,我认为,他可以毫不夸大地说,他是应该感到心满意足的。我不知道你认为怎样,但我觉得是这样。"

沃尔特·怀尔丁先生在经理室里对他的律师这么说;为了用动作配合自己的话,他还从钉子上取下了帽子,现在讲完后,重又把它挂上,没有违背他谦逊的天性。

这是一个坦率、开朗、纯朴的人,皮肤白中透红,十分健康,身材就这么年轻的人说来似乎过于庞大,然而体格匀称。他的头发是棕色的,显得鬈曲松软,眼睛是蓝色的,又亮又仁慈。他非常健谈,滔滔不绝,这是内心不可克制的满足和感激的流露。相反,宾特利先生却谨慎稳重,眼眸炯炯有神,额角大大的,向前突出,头发有些秃了。对方那种开诚布公的谈吐、手势或心情,引起了他浓厚的兴趣。

---

① 据说从前有一位威尼斯总督把一只戒指投进亚得里亚海,表示威尼斯与亚得里亚海的永久结合,因而威尼斯被称为"亚得里亚海的新娘"。

“我也认为是这样，”宾特利先生答道。“是这样，哈哈！”

一只盛酒瓶、两只酒杯、一盘饼干，放在桌子上。

“你喜欢这四十五年的陈葡萄酒吗？”怀尔丁先生问。

“喜欢？”宾特利先生答道。“当然喜欢，先生！”

“这是从我们贮存了四十五年的葡萄酒窖中取出的最好的一部分，”怀尔丁先生说。

“谢谢你，先生，”宾特利先生说。“它的味道好极了。”

他举起酒杯，眯起眼睛瞧了一会，又笑了起来，觉得不喝这样的酒，十分荒唐。

“现在，”怀尔丁说，对讨论的事怀着孩子般的兴趣，“我想，现在一切都安排好了，宾特利先生。”

“一切都安排好了，”宾特利说。

“我们有了一个合伙人……”

“有了一个合伙人，”宾特利说。

“已登报征聘女管家……”

“已登报征聘女管家，”宾特利说，“‘应征者可于十至十二时亲自前往大伦敦塔街瘸腿胡同……’别忘了，这是明天。”

“家母故世前留下的事务料理完毕了……”

“料理完毕了，”宾特利说。

“债务全部付清了。”

“债务全部付清了，”宾特利说，抿着嘴暗笑——也许这是因为那些债没有经过争论便如数照付，这叫他觉得可笑。

“提起我故世的慈爱的母亲，”怀尔丁先生噙着眼泪，一边用手帕拭泪，一边继续道，“还是叫我伤心不已，宾特利先生。你知道我多么爱她，你作为她的律师，也知道她多么爱我。我们保持着母子之间的最崇高的爱，自从她把我领回，由她扶养以后，我们从没一刻分开过，也从没一刻不愉快。这是整整十三年呐！十三年我生活在故世的慈爱的母亲膝下，宾特利先生，其中八年是她信任的公认的儿子！你知道这故事，宾特利先生，也只有你知道，先生！”怀尔丁先生抽咽着，擦干了眼泪，在讲这些话时，他并不想掩饰自己的眼泪。

宾特利先生品尝着使他觉得可笑的葡萄酒，让它在嘴里滚了几下，然后说道：“我知道这故事。”

“我故世的慈爱的母亲，宾特利先生，”酒商继续道，“受到过残酷的欺骗，忍受过深刻的痛苦。但是对那件事，我故世的慈爱的母亲始终守口如瓶。是什么人骗了她，又是在什么情况下，这只有天知道。我故世的慈爱的母亲从没提起过那个背弃她的人。”

“她决心很大，因此始终保持沉默，”宾特利先生说，又尝了口酒，含在嘴里。他的眼睛流露出有趣的闪光，这显然是表示：“她比你强得多，你办不到！”

“‘当孝敬父母，使你的日子在耶和华你上帝所赐你的地上得以长久’①，”怀尔丁一边引用“十诫”中的话，一边哽咽道。“我在育婴堂的时候，宾特利先生，我不知道怎样才能做到这点，我想我在世上的日子不会长久。但后来我到了她身边，我便真心诚意孝顺她。现在我仍在心中孝顺和尊敬她。宾特利先生，我慈祥的母亲让我在这公司的前辈手下当学徒，度过了七年愉快的生活，那时它还是佩伯尔松叔侄公司，”怀尔丁继续说，呼吸依然那么急促，眼泪依然在潸潸而下。“她充满深情，为我未雨绸缪，又把我安排到酒商公会学习，使我及时成为一个合格的酒商。凡是最好的母亲能够做到的一切，她都为我做了。等我成年后，她便把她在这公司里继承的股份给了我；后来我又用她的钱买下了佩伯尔松叔侄公司，把它改名为怀尔丁公司。她把她所有的一切都给了我，只有你戴的这只戒指留给你作了纪念。然而，宾特利先生，”他再一次迸发了正直的悼

① 《圣经》中的话，“十诫”之一，见《圣经·旧约·出埃及记》第20章第12节。

念之情,“她已不在了。不过半年多以前,她还来到这胡同里,亲眼看了门口的牌子:怀尔丁酒类经销公司。然而如今她却不在了!”

“很不幸。但这是共同的命运,怀尔丁先生,”宾特利说:“我们所有的人都是要死的。”他把四十五年的陈葡萄酒与一般的酒同等看待,心安理得地叹了口气。

“这样,宾特利先生,”怀尔丁接着说,放下了手帕,用手指抚摩着眼睑,“现在我已无法向亲爱的妈妈表示我的深情和孝敬了,我还记得她第一次向我讲话时,神秘的天性就使我的心飞向了她,那时对我说来,她还只是一位陌生的夫人,那是一个星期日,我正坐在育婴堂的餐厅中。但是我至少可以表明,我并不因为自己是一个孤儿而感到害羞,尽管我从不认识我的父亲,我愿意成为我所雇佣的每一个职员的父亲。因此,”怀尔丁滔滔不绝地往下说,变得热情洋溢,“因此,我希望雇一位十分和善的女管家,管理瘸腿胡同内怀尔丁酒类经销公司这个家庭,让我能在这里恢复雇主和雇员之间那种古老的家族式关系!我希望我在这里挣钱,也在这里生活!我希望每天坐在这儿餐桌上首,与我所雇佣的人同桌用膳,吃同样的肉和汤,喝同样的啤酒!我希望我所雇佣的人与我住在这同一幢屋子里!我们所有的人可以……对不起,宾特利先生,我的头脑又突然嗡嗡作响了,我不得不要求你,请你带我到水泵那儿去。”

宾特利先生吃了一惊,发现他的委托人的脸突然变红了,便毫不迟疑带他走进了院子。这很简便,因为他们一起谈话的经理室在住宅的一头,外面便是院子。到了那儿,律师按照委托人的意思用力抽水泵,委托人则用双手擦洗头和脸,还尽量喝水。经过这样的治疗以后,他说他好多了。

“不要让你的美好感情使你过分兴奋,”宾特利说,这时他们已回到经理室,怀尔丁在门背后的毛巾架上把脸擦干。

“不会,不会。不致这样,”他说,从毛巾上抬起了头。“我的头脑没有糊涂,是不是?”

“当然没有。你还非常清醒。”

“我讲到哪儿啦,宾特利先生?”

“哦,你讲到……不过我不想让你太兴奋,如果我是你,我不想再继续刚才的谈话。”

“我会注意的,我会注意的。我的头脑嗡嗡作响的时候,我讲到哪儿啦,宾特利先生?”

“讲到肉和汤,还有啤酒,”律师回答,作了提示,“住在同一幢房子里,所有的人……”

“啊!所有的人都像我一样头脑里嗡嗡作响……”

“你要知道,如果我是你,我真的不想让美好的感情把我弄得太兴奋,”律师又忧虑地指出。“还是再到水泵那儿冲冲头吧。”

“毫无必要,毫无必要。我一切正常,宾特利先生。让我们所有的人组成一个大家庭!你瞧,宾特利先生,早在童年时代,我就不习惯那种单独的生活,那种大多数人童年时代程度不同地度过的生活。那以后,我又与故世的慈爱的母亲相依为命。失去她以后,我发现我更适合集体的生活,不适合单独的生活。如果我的想法得以实现,如果我对我的职员们尽了责任,他们喜爱了我,那么这就会形成一种家族式的融洽气氛。我不知道你认为怎样,宾特利先生,但我觉得是这样。”

“在这件事上,决定的因素是你,不是我,”宾特利答道,“因此我认为怎样,这是无关紧要的。”

“我认为,”怀尔丁先生说,脸色又红了,“这是有希望的,有益处的,值得做的!”

“你要知道,”律师又提醒他,“我真的不希望你太兴……”

“我没有太兴奋。何况还有韩德尔。”

“还有谁?”宾特利问。

“韩德尔、莫扎特、海顿、肯特、普赛尔、阿恩博士、格林、门德尔松①。我能背诵合唱队的那些赞美歌。这是在育婴堂的礼拜堂里常唱的。为什么我们不能一起学唱赞美歌?”

“谁一起学唱赞美歌?”律师直截了当地问。

“雇佣者和被雇佣者。”

“原来这样!”宾特利答道,态度缓和了一些,仿佛他本来以为会听到的回答是:律师和委托人。“那是另一回事。”

“不是另一回事,宾特利先生!是同一回事。这也包括在我们的契约之内。我们要组成一支合唱队,在这胡同附近一所安静的教堂内做礼拜。到了星期日,我们一起津津有味地唱赞美歌,回到家中,便一起津津有味地吃午饭。我现在心中的目标是立刻实行这种制度,毫不拖延,这样,我那位新合伙人到达的时候,就会看到它已走上轨道了。”

“一切都想得很好!”宾特利叹息道,站了起来。“祝你成功!那么,乔伊·莱德尔也参加大合唱,与你们一起唱韩德尔、莫扎特、海顿、肯特、普赛尔、阿恩博士、格林和门德尔松的赞美歌吗?”

“我希望如此。”

“但愿你一切顺利,”宾特利真心诚意地答道。“再见,先生。”

他们握了手,分别了。接着,有人要找怀尔丁先生,在职员们的大办公室与经理室之间的门上,先用指关节叩了几下,得到许可后走进了屋子,这是怀尔丁酒类经销公司酒窖的总管理员,也是从前佩伯尔松叔侄公司酒窖的总管理员,律师刚才谈到过的乔伊·莱德尔。他生得迟钝、臃肿,在人类体格结构中属于马车夫一类,穿一套满身皱纹的衣服,围一条沾满酒渍的围裙,看样子这是用门口的擦

① 以上这几位都是写有赞美歌等“圣乐”的作曲家,除韩德尔、门德尔松是德国著名音乐家,莫扎特、海顿是奥地利著名音乐家以外,其余均为英国作曲家。

脚草席和犀牛皮合成的。

“关于同吃同住的问题,怀尔丁少爷,”他开始道。

“乔伊,怎么样?”

“怀尔丁少爷,从我来说——不论过去和现在,我从来不代表别人——我不想与您同吃同住。不过如果少爷要我同吃同住,我可以奉陪。我像大部分人一样能吃能喝。不论在哪里吃,我从不计较吃什么。我也从不计较能吃多少。怀尔丁少爷,那么是不是大伙儿全住在公司里?那另外两个酒窖管理员,那三个搬运工,那两个学徒工,还有那些小工,都住在一起?”

“是的。我希望我们能组成一个大家庭,乔伊。”

“啊!”乔伊说。“但愿他们能够。”

“他们?应该说我们,乔伊。”

乔伊·莱德尔摇摇头。“别指望我那么说,怀尔丁少爷,我经历的一生和我生活的环境都使我与大伙儿不同。我跟佩伯尔松叔侄公司讲过许多次,那时他们对我说:‘乔伊,别老是愁眉苦脸的,要快活一些,’我对他们说:‘先生们,你们喝的酒一向是通过你们寻欢作乐的喉咙灌进你们的身体的,你们的脸当然可以很快活。但是,’我说,‘我的酒都是通过皮肤的毛孔注入我的身体的,那个方式喝酒结果是不同的,那只能使你愁眉苦脸。’我对佩伯尔松叔侄公司的人说,‘先生们,在餐厅里举起酒杯,喊着干杯,每个快活的朋友都来喝酒啊,这是一回事;在阴暗的地窖里,发霉的空气中,通过毛孔喝酒,这又是一回事。这就像水泡和蒸汽完全不同一样。’我对佩伯尔松叔侄公司就是这么说的,事实也是这样。我当了一辈子酒窖管理员,忠心耿耿,全心全意。结果怎么样?我成了世上最糊涂的一个人——您找不到比我更糊涂的了,也找不到比我更伤心的了。大唱‘把酒斟得满满的,让它冲掉你额上的烦恼,洗平你脸上的皱纹’吗?是的,也许是这样。但是在地下室,在你不需要喝酒的时候,酒却从你的毛孔渗入你的身体,你说,这是什么滋味!”

“你这么讲,我很遗憾,乔伊。我本来还想请你参加我们的合唱队呢。”

“我,先生?不,不,怀尔丁少爷,您别指望乔伊·莱德尔参加你们的合唱队。走出地窖,先生,我能发挥的全部能耐,便是充当吃饭的机器;但是如果您认为值得把我这么个老家伙收容在您的手下,我自然感激不尽。”

“我欢迎你,乔伊。”

“一言为定,先生。公司的话就是我的法律。那么您打算让乔治·文但尔少爷参加这个老牌公司当合伙人?”

“是的,乔伊。”

“您瞧,变化多大!但是千万别再改变公司的名称。别那么做,怀尔丁少爷。把它改名为您少爷的公司,这已经太糟了。不如仍叫佩伯尔松叔侄公司好得多,它一向吉星高照,生意兴隆。一个铺子生意兴隆的时候,是切忌改变名称的,先生。”

“不管怎么说,我并不想再改变公司的名称,乔伊。”

“我听了很高兴,祝您幸运,怀尔丁少爷。”乔伊·莱德尔走出屋子关上门时,还一边摇头,一边轻轻叨咕:“但是您最好一开头就别改名称,始终走它吉利的老路,不要别出心裁。”

女管家上场

第二天早上,酒商坐在餐室里,为公司的空缺接见应聘的人。这是一间镶护壁板的老式屋子,板壁上有垂花雕刻作装饰;栎木地板上铺一块旧土耳其地毯,陈设着深色桃花木家具,一切全是佩伯尔松叔侄时代用过多年的。那只大餐具柜在佩伯尔松叔侄根据吃小亏占大便宜的原则,设宴款待关系户的许多酒席上贡献过力量;佩伯尔松叔侄的包罗万象的三边菜肴保暖柜,可以与大壁炉的整个炉门互相配合,它俯视着下面石棺型的大酒柜,当年佩伯尔松叔侄公司的许多名酒便安放在这里。但是那位红光满面的老鳏夫带着他的辫子——他的画像悬挂在餐具柜顶上,一看便知道那肯定是佩伯尔松叔父,不是侄子——早已安息在另一个石棺中,菜肴保暖柜也像他本人一样变得冰冷了。同样,那些支撑着枝形烛台的金色和黑色鹰头狮身兽,尽管口中含着系在镶金链条末端的小黑球,也似乎到了耄耋之年,已无心玩球,只是让链条凄凉地露在外面,表示要向教会的仁人君子大声呼吁:为什么它们到了风烛残年还不能获得解放,难道它们与其他鹰头狮身兽不是同样的生灵?

夏季的晨曦是首先闯进瘸腿胡同的哥伦布。阳光和温暖射进敞开的窗户,照亮了壁炉架上一位夫人的画像,它是墙上仅有的另一件装饰品。

怀尔丁先生把充满深情的眼睛随着光线转向画像的脸部,自言自语道:"我的母亲那时二十五岁,我把它挂在这儿,让客人们可以欣赏我母亲青年时代的美丽容貌。我把母亲五十岁的画像挂在卧室中,不让人看到,因为那只是我神圣的回忆。啊!这是你,贾维斯!"

这最后一句话是对他的一个办事员说的,那人拍了拍门,现在正探进头来。

"是的,先生。我只是来通知一声,现在已打了十点,先生,好几个女人在办公室里等着。"

"哎哟!"酒商说,皮肤红的地方更红了,白的地方也更白了。"好几个吗?有这么多?我最好在没有更多的人以前便开始。我得按照她们到达的先后,一个一个接见,贾维斯。"

他匆匆坐进桌边的扶手椅,前面放着一个大墨水台,桌子对面还有另一张椅子,正对他的座位。于是怀尔丁先生战战兢兢地开始办事了。

他经历了处在这种情况下必然要经历的各种折磨。应征的女人形形色色,有的无理取闹,与你纠缠不清;有的低声下气,老是哭哭啼啼;有的是海盗式的寡妇,仿佛要抓你作俘虏,讲话时把腋下的阳伞挟得紧紧的,似乎阳伞便是你,挟住阳伞便是征服了你;有的姑娘高得像宝塔,从前见过大场面,前来应征时还随带着教会的证明文件,证明她的神学思想绝对正确,仿佛他是手握天国钥匙的圣彼得;有的姑娘又温情脉脉,仿佛要来与他结为夫妇;有的是职业女管家,摆出军队中小班长的架势,要对他进行家务教育,而不是回答他的提问;有的是没精打采的病人,她们急需的似乎还不是工钱,而是找一家私人医院养病;有的神经过敏,一听到问话,便失声大哭,必须送上一杯冷开水才能使她恢复安静;有的应征者仿佛包含着两个人,一个和颜悦色,一个疾言厉色,和颜悦色的人花言巧语,滔滔不绝,直到最后真相大白,她根本不是合适的人选,于是那位一直守在一旁默不作声的疾言厉色的人便挺身而出,大张挞伐。

最后,和善的酒商那颗单纯的心终于绝望了,但就在这时,出现了一个与前面那些人一概不同的应征者。这个女人也许已五十岁,但相貌比较年轻,脸色安详愉快,显得令人注目,神态同样令人注目,说明她的性情温厚平和。她的衣着恰到好处,既不寒伧,也不华丽。她的样子也恰到好处,显得稳重文静,镇定自若。她的嗓音也充分表达了这些优点,只听她不慌不忙地答道:"请问这位先生尊姓大名?"然后又道:"我叫萨拉①·戈德斯特劳。戈德斯特劳大娘。我的丈夫已故世多年,我们没有孩子。"

其余的人,哪怕你问了六七次,也得不到一句这么实际的话。在怀尔丁先生作记录时,那声音还那么动人地在他耳边萦绕,使他不由得想再听一遍。当他重又抬头时,戈德斯特劳大娘的目光正安

① 即莎利,莎利是萨拉的昵称。

详地环顾着室内的陈设,现在又从壁炉架上回到了他身上。她的脸上是准备接受询问和作出回答的坦率表情。

“你允许我问你几个问题吗?”谦逊的酒商说。

“当然,先生。否则我在这儿就没有事了。”

“你以前有没有担任过女管家的职务?”

“只有过一次。我跟一位守寡的太太生活过十二年。自从我丈夫死后,我便在她家当女管家。她身体有病,最近去世了。我现在戴黑纱便是这原因。”

“我相信,她生前一定给你写了最好的证明?”怀尔丁先生说。

“我想应该说,那是写得非常好的。先生,我认为这可以省却许多麻烦,因此我记下了她的代理人的姓名和地址,把它带来了。”她把一张卡片放在桌上。

“戈德斯特劳大娘,很奇怪,”怀尔丁说,拿起放在他旁边的卡片,“你使我想起我以前熟悉的一种姿势和声调。不过这不是指某一个人——这我能够肯定,尽管我说不清我心中的感觉——只是指一种举止风度。我应该补充一点:它显得亲切动人。”

她笑了笑,答道:“至少我听了很高兴,先生。”

“是的,”酒商说,一边若有所思地重复着他最后那句话,对未来的女管家注视了一会,“它显得亲切动人。但是我所能说的仅此而已。记忆有时像恍惚的梦。我不知道你认为怎样,戈德斯特劳大娘,但我觉得是这样。”

也许戈德斯特劳太太的感觉与此相似,因为她默默地同意了这看法。于是怀尔丁先生答应立即与卡片上的先生们取得联系:那是民法博士协会的一些律师。戈德斯特劳大娘对此表示了感谢。民法协会离此不远,怀尔丁先生提出,如果方便,戈德斯特劳大娘不妨过三小时再来看看。戈德斯特劳大娘当即同意这么办。总之,怀尔丁先生对查询的结果完全满意,当天下午就与戈德斯特劳大娘谈妥

(按照她提出的合情合理的条件),明天她便来上班,担任瘸腿胡同的女管家。

女管家的话

第二天戈德斯特劳大娘到达后,便负起了管理家务的责任。

这位新管家没有麻烦仆人,也没有浪费时间,在自己的房间里安置好以后,便宣称她已做好准备,等候主人的任何指示了。酒商在餐室接待戈德斯特劳大娘,昨天他也是在这屋子接待她的;双方寒暄几句作为开场白以后,便坐下商量家务的安排问题。

"先生,关于伙食呢?"戈德斯特劳大娘说。"我要供应的人多不多?"

"我有一个不合时宜的计划,"怀尔丁先生答道,"如果它得以实现,那么你要供应的人会相当多。我是单身一人,戈德斯特劳大娘,但我希望我所雇佣的人与我一起生活,跟我的家人一样。在那个时期到来以前,你只要为我,以及一位即将到达的新合伙人做饭。那位合伙人有什么习惯,我还说不清。但是关于我自己,应该说我的生活是有规律的,你可以放心,我总是在规定的时间用膳,从无变化。"

"那么,先生,早餐在什么时候?"戈德斯特劳大娘问。"有没有什么特殊……"

她迟疑了一下,没有把话说完。她的眼睛慢慢离开主人,转向了壁炉架。如果她是一个不太优秀、不太熟练的女管家,怀尔丁先生可能就会认为,谈话刚开始她已经心不在焉了。

"八点是我用早餐的时间,"他接口道。"我的优点之一是我对烤猪肉从来不会吃厌,我的缺点之一是我经常怀疑鸡蛋不新鲜。"戈德斯特劳大娘回过头来了,但目光仍在主人的壁炉架和主人本人之间来回移动。怀尔丁先生继续道:"我喝茶,但我也许太会挑剔,太顶真，我总要在茶煮好后一定时间内把它喝完。如果我的茶放在那儿太久……"

现在是他迟疑了一下，没有把话说完。要不是他把自己的早餐看得这么重要，津津有味地讨论这件事，戈德斯特劳大娘可能就会认为，谈话才开始，他已心不在焉了。

"先生，如果你的茶放在那儿太久？"女管家说，顺着主人的思路谦逊地提醒他。

"如果我的茶放在那儿太久，"酒商机械地重复道，但他的心已离开早餐越来越远，眼睛也越来越好奇地注视在女管家的脸上。"如果我的茶……哎哟，我的天，戈德斯特劳大娘！你使我想起的是怎么一种姿势和声调呢？今天我这种印象比昨天刚见到你时更深了。这是怎么回事啊？"

"这是怎么回事啊？"戈德斯特劳大娘重复道。

她讲的是同样的话，但她想到的显然是另一些事。酒商仍在好奇地注视着她，发现她的眼睛又向壁炉架打量了一会。它们停留在挂在那儿的他母亲的画像上，同时她微微皱起眉头，露出了不易察觉的努力回忆的神气。怀尔丁先生开口道：

"这是我故世的母亲，那时她才二十五岁。"

戈德斯特劳大娘点点头，对他为她说明这幅画像表示感谢，然后舒展眉头，说这是一位非常漂亮的夫人。

怀尔丁先生又陷入了刚才困惑的心境中，再一次试图唤醒失去的记忆，它与这位新女管家的声音和神态密切结合在一起，可是一时又想不起来。

"请允许我问你一个问题，这与我和我的早餐都是无关的，"他说。"我可以问一下，除了女管家，你还担任过别的职务吗？"

"担任过，先生，我最初是在育婴堂当保姆的。"

"哦，这就是了！"酒商喊道，把椅子推后了一些。"一定是的！

你使我想起的就是保姆们的神态！”

戈德斯特劳大娘惊愕地瞧了他一眼，神色便变了，转过脸去望着地上，静静坐在那儿，一言不发。

“你怎么啦？”怀尔丁先生问。

“你的意思是不是说你在育婴堂待过，先生？”

“一点不错。承认这事不是耻辱。”

“你用的就是现在的名字？”

“是的，沃尔特·怀尔丁。”

“那么那位夫人……”戈德斯特劳大娘突然住口，瞧了一眼画像，毫无疑问，这是惊异的目光。

“不错，那是我的母亲，”怀尔丁先生打断了她的话。

“你的……母亲？”女管家重复道，有些勉强，“是她把你接出了育婴堂？那时你几岁，先生？”

“在十一至十二岁之间，这简直是一篇传奇故事，戈德斯特劳大娘。”

他讲了他在育婴堂与其他孩子一起用膳时，那位夫人怎样找他谈话，以及后来发生的一切；他的态度是真诚坦率的。最后他道：“我可怜的母亲要是没遇到一位同情她的保姆，可能永远找不到我。保姆答应在餐桌中间巡回时，拍拍名叫沃尔特·怀尔丁的孩子，这样我的母亲才重又发现了我这个给丢在育婴堂门口、与她分离多年的孩子。”

戈德斯特劳大娘听到这里，那只搭在桌边的手无力地垂到了膝上。她望着新主人，脸色变得死一般苍白，眼睛显得说不出的忧郁。

“这是什么意思？”酒商问，接着喊道：“且慢！是不是我一生中还有什么事是与你有关的？我记得，我的母亲还谈过育婴堂的另一位保姆，她的仁慈是我母亲报答不尽的。母亲丢下我时，我刚出生不久，多亏那位保姆把育婴堂给我取的名字告诉了她。你莫非是那位保姆不成?”

“上帝宽恕我吧,先生,我正是那个保姆!”

“上帝宽恕你?”

“先生(如果我可以冒昧这么称呼你的话),我们还是言归正传,谈我在这屋里的职责吧,”戈德斯特劳大娘说。“你早餐的时间是八点。你在中午是用午餐还是正餐?”

宾特利先生在他的委托人脸上看到过的红晕,现在再度出现了。怀尔丁先生抚摩着头,竭力想在重新开口以前,把那个部位发生的暂时混乱镇压下去。

“戈德斯特劳大娘,”他说,“你一定有什么事瞒着我!”

女管家固执地重复道:“请你行行好,先生,告诉我,你在中午是用午餐还是正餐?”

“我不知道我在中午吃什么。我现在不能谈家务,戈德斯特劳大娘,我先得知道,你对我母亲的仁慈行为,你为什么要后悔,要知道,直到生命的最后一息,她谈起这事还是感激你的。你的沉默不是对我的安慰。这只能使我不安,使我惶恐,使我的头脑又嗡嗡作响。”

他的手又伸到头上,脸上的红晕又深了一两层。

“先生,在我刚开始给你做事时,”女管家说,“我便得谈起这件会失去你好感的事,这叫我很难受。请你记住,不论结果如何,我只是因为你坚持要我这么做,而且看到我的沉默使你不安,我才讲的。在我告诉这画像中那位可怜的夫人她的婴孩在育婴堂受洗后起了什么名字时,我让自己忘记了我的职责,我想,可怕的后果也许便由此产生。我现在尽量不加掩饰,让你了解真相。在我告诉夫人她的婴孩的名字后,过了不多几个月,另一位夫人(一个陌生人)来到我们乡下的分部,目的是要收养我们的一个儿童。她带有必要的许可证,看了许多婴孩之后,仍犹豫不决,最后突然对我照料的一个婴儿——一个男孩——发生了兴趣。请你镇静，先生，镇静一些！继续掩盖真相是没有意义的。那位陌生太太带走的便是画像中那位夫人的孩子！”

怀尔丁先生跳了起来。“这不可能！”他声嘶力竭地喊道。“你在胡讲些什么？你讲的这番话太荒唐了！这便是她的画像！难道我没有告诉你吗？这便是我母亲的画像！”

“过了几年，这位不幸的夫人从育婴堂领走你时，”戈德斯特劳大娘轻轻地说，“她和你都成了骇人的错误的牺牲者，先生。”

他又颓然倒在椅上，说道：“屋子在我周围旋转。我的头！我的头！”女管家吓得一跃而起，打开了窗户。但是在她还没走到门口喊人帮忙以前，他的眼泪已夺眶而出，使他从几乎可以危及他生命的压抑中获得了解脱。他向戈德斯特劳大娘做了个手势，叫她不必惊动别人。她等待着，让他这一阵伤心的啼哭自行消失。哭完以后，他抬起头望着她，露出了一个弱者不可理喻的愤激而猜疑的目光。

“错误？”他说，疯狂地重复着她最后的话。“我怎么知道这不是你自己错了呢？”

“我是不可能弄错的，先生。等你好一些，可以听的时候，我会告诉你为什么。”

“现在就讲！现在就讲！”

听了他说话的口气，戈德斯特劳大娘觉得再也不能让他用虚假的希望欺骗自己，认为错的是她了，这种仁慈是残忍的。只要几句话就可以结束一切——她决定讲出这几句话。

“我已告诉你，”她说，“这幅画像中那位夫人的孩子在婴儿时期，就由一个陌生人领走了。这件事跟我目前坐在这儿一样确凿无疑，我不得不向你说出不幸的事实，先生，这对我也是痛苦的，违反我的意愿的。现在，请你把思想移到那以后大约三个月的时候。这时我在伦敦的育婴堂，预备带一些孩子到乡下安置。那天发生了为一个婴孩命名的问题,那是个男孩,是刚收到的。我们通常总从花名册上挑选名字。这一次,一位管理育婴堂的先生正好在翻名册。他发现那个给领走的孩子的名字(沃尔特·怀尔丁)已给勾掉——原因当然是那孩子已永远不必由我们照料。于是他说:'这儿有一个名字可以出让,就把它给今天收进的那个孤儿吧。'这样,那个孩子便取得了这名字。先生,你便是那个孩子。"

酒商的头垂到了胸前。"我便是那个孩子!"他自言自语道,无可奈何地想让自己的心适应这个思想。"我便是那个孩子!"

"你进了育婴堂以后不久,"戈德斯特劳大娘接着道,"我便离开那儿出嫁了。只要你了解这点,只要你能考虑到这些情况,你就不难明白错误是怎么发生的。那位你相信是你母亲的夫人回到育婴堂来寻找自己的儿子,把他接回家中,那已是十一二年以后的事了。她只知道她的孩子名叫'沃尔特·怀尔丁'。那个同情她的保姆,也只能指出堂内唯一名叫'沃尔特·怀尔丁'的人。能够纠正这错误的我早已离开育婴堂,与它没有任何联系了。因此没有任何人,确实没有任何人,可以防止这个可怕的错误发生。我为你难过,真的,先生!你必然认为——这是合乎情理的——我是在一个不祥的时刻上这儿应征(我确信,这完全是无意识的),想担任你的女管家。我觉得似乎我应该受到责备,我还觉得我应该多一些自我克制能力。只要我能够不露声色,不让你看到那张画像和你讲的那些话在我心头引起的反应,那么直到你去世的一天,你决不会知道你现在知道的事。"

怀尔丁先生蓦地抬起了头。这个人天生的正直不能容忍女管家最后那句话。他的思想在强烈的冲击下,暂时变得坚定了。

"你是不是说,如果可能,你应该向我隐瞒这件事?"他喊道。

"要是问我的话,先生,我希望永远能讲真话,"戈德斯特劳大娘说。"我知道对我说来,最好没有这类秘密压在心上。但是对你说来,难道也这样吗?现在你知道后又有什么用呢?”

“什么用?啊,我的天!如果你讲的话是真的……”

“按照我现在的地位,如果那不是真的,先生,我会对你这么讲吗?”

“请你原谅,”酒商说道。“我希望你不要计较我的话。那样可怕的发现,是哪怕现在我还不能信以为真的。我们彼此这么亲爱——我为我是她的儿子感到这么幸运。戈德斯特劳大娘,她是死在我怀中的——她临终时对我的祝福,那是只有母亲才能做到的。现在,在这么多年之后,我却被告知,她不是我的母亲!啊,我的天!我真不知道,我现在该说什么!”他喊道,突然迸发的自制力使他刚才说了那些话,现在它悠悠忽忽地消失了。“我心中急于要讲的不是这可怕的不幸,是另一件事。是的,是的。你使我吃惊——你刚才伤了我的心。你说,如果可能,你要向我隐瞒这件事。请你不要再这么讲。隐瞒这种事,那是罪恶。我知道,你是出于好意。我不想使你难过——你是一个心肠很好的女人。但是你忘记了我所处的地位。她留给了我现在我所有的一切,因为她完全相信我是她的儿子。现在我不是她的儿子。我是僭取了这地位,我在不知不觉中占据了另一个人的遗产。这个人必须找到!我怎么知道他目前不是处在悲苦中,正无衣无食呢?必须找到他!我在强烈的冲击面前,唯一能支持自己的希望,便是我所做的事能得到她的赞许。戈德斯特劳大娘,除了你已经告诉我的,你一定还知道些什么。收养孩子的那个陌生夫人是谁?你应该听到过她的名字吧?”

“我从没听到过,先生。从那以后,我再没看见她,也不知道她的姓名。”

“她带走孩子的时候,没有讲什么吗?请你好好回忆一下。她应该是会说点什么的。”

“我能想起的只有一件事,先生。那一年的那个季节天气很坏,许多孩子都受不了。那位夫人带走孩子时,对我笑道:'不要为他的健康担心,他会生活在比这儿好的气候条件下——我即将带他前往瑞士。'"

"前往瑞士? 瑞士哪个地方?"

"她没有讲,先生。"

"只有这么一点渺茫的线索?"怀尔丁先生说。"而且离孩子带走已过了四分之一个世纪! 我该怎么办呢?"

"我希望你不要介意我的直率,先生,"戈德斯特劳大娘说。"你为什么要为无法挽回的事自寻烦恼呢? 他现在可能已不在人世,因为什么事都是可能的。即使他还活着,他也不一定过着悲惨的生活。收养他的是一位出身高贵的夫人——这是一目了然的。她必然向育婴堂提供过证明,说明她能养活孩子,否则他们是决不会让她领走他的。先生,如果我处在你的地位——请原谅我这么说——我可以安慰自己,因为我爱过那幅画像中的夫人,真正把她当作母亲那么爱过,她也把我当作儿子那么真正爱过。她给你一切,是为了那爱给你的。她在世时,这爱从未改变,我相信,只要你还活着,它也不会改变。单单这点,先生,你就有权得到你已得到的一切,难道不是这样吗?"

怀尔丁先生不可动摇的正直,一眼便看出了女管家的观点的错误。

"你不了解我,"他说。"正因为我爱她,我才觉得我有责任——神圣的责任——公正地对待她的儿子。如果他还活着,我必须找到他,这是为了我自己,也是为了他。我必须听从良心的声音,不遗余力地做它要我做的事,否则我的精神就会在这可怕的考验面前崩溃。今晚上床以前,我必须找我的律师谈一下,请他立即承办这事。"他走近墙上的一个话筒,向下面的办公室喊了一声,然后又道:"戈德斯特劳大娘,请你暂时离开,等我心里平静一些,今天晚些时候再找你谈。尽管发生了这一切,我们一定会相处得很好——我希望我们能一起过得很融洽。这不是你的过错,我知道这不是你的过错。好啦!好啦!握握手。在这屋子里你认为怎么好就怎么办吧,我现在无法谈这些事。"

戈德斯特劳大娘走向门口时,门开了,贾维斯先生站在门口。

"派人找一下宾特利先生,"酒商吩咐道。"说我有事要立刻见他。"

文书无意之间延迟了命令的执行,他报告说文但尔先生到了,随即把怀尔丁公司的新合伙人请进了屋子。

"对不起,请等一等,乔治·文但尔,"怀尔丁说。"我有话交代贾维斯。请你派人找一下宾特利先生,"他又说了一遍,"立刻派人去。"

贾维斯先生退出屋子前,把一封信放在桌上。

"我想,这是我们在纳沙特尔的关系户写来的,先生。信上盖着瑞士的邮戳。"

新角色上场

女管家刚提到瑞士,"瑞士邮戳"便跟着出现了,这使怀尔丁先生的情绪激动到了极点,他的新合伙人不可能视而不见,如果毫不理会,反而有些不合礼数了。

"怀尔丁,你怎么啦?"他匆忙问了一句,立即住口,向周围打量了一下,似乎在为主人的心情寻找可见的原因。

"我的好乔治·文但尔,"酒商答道,一边露出恳求的目光伸出手去,不像一般的欢迎或寒暄,倒像在请求别人帮助他克服某种困难,"我的好乔治·文但尔,问题太大了,我简直觉得自己变成了另一个人。我再也不可能是原来的我了。不过说真的,我本来不是原来的我。"

新合伙人是个脸晒得黑黑的、漂亮的小伙子，与他本人差不多年纪，目光犀利坚决，举止显得热情洋溢，他自然感到惊讶，反问道："不是原来的你？"

"不是我一向想象的自己，"怀尔丁说。

"请你说明一下，与现在的你不同的你一向想象的自己是什么样子？"这答话是用愉快开朗的声调讲的，它可以赢得一个更加缄默的人的信任。"我这么问并无唐突的意思，我们现在已是合伙人啦。"

"又来了！"怀尔丁喊道，靠在椅背上，露出茫然的神色望着对方。"合伙人！我没有权利在这公司里当合伙人。它根本不应归我所有。我的母亲也根本不是要把它给我。我是说，他的母亲是要把它给他的——这就是我要说的，也是我应该说的。"

"得啦，得啦，"沉默一会以后，他的合伙人敦促道——一个强者为了正直地帮助一个弱者时，天然会迸发的沉着和自信可以使对方就范。"我完全相信，不论发生了什么错误，它不是由于你的过失造成的。在从前的老板手下，我与你在这办公室里共事过三年，怀尔丁，我从没怀疑过你。我们的年纪不轻了，我们更应该互相信任。在我们的合作开始之时，让我作为一个同舟共济的合伙人，与你一起纠正任何错误吧。那封信跟这件事有关吗？"

"啊！"怀尔丁说，用手揉搓着太阳穴。"又来了！我的头！我差点忘了这件巧合的事。瑞士邮戳。"

"我再看一眼以后，发现信还没有拆开，那么看来它不可能与这件事有多大关系，"文但尔感到欣慰，平静地说。"这是写给你的，还是写给我们的？"

"写给我们的，"怀尔丁说。

"那么我把它打开念一下，以便把它排除在外，怎么样？"

"谢谢你，谢谢你。"

“这只是纳沙特尔的酒厂——我们制造香槟酒的朋友写来的：‘亲爱的先生：我们已接到您上月28日的来信，得悉您已接纳文但尔先生为合伙人，对此我们向您表示衷心的祝贺。请允许我们利用这机会向您郑重推荐朱尔斯·奥本赖泽君。’不可能！”

怀尔丁反应灵敏，立刻抬起了头，喊道：“呃？”

“多么古怪的姓，”他的合伙人随口答道，“奥本赖泽。‘……向您郑重推荐朱尔斯·奥本赖泽君，他住在伦敦北部的索荷广场，今后将作为我们的全权代理人与贵公司联系，他与文但尔先生在他的（该奥本赖泽君的）本国瑞士已经认识。’毫无疑问，这是胡言乱语，我根本不知道！哦，现在我记起来了，‘当时他正跟他的侄女在一起旅行。’”

“跟他的……？”最后那句话文但尔念得那么含糊，怀尔丁没有听清。

“当时他正跟他的侄女一起旅行。奥本赖泽的侄女，”文但尔答道，一板一眼，十分清楚。“奥本赖泽的侄女。（我是第一次游历瑞士时遇到他们的，与他们一起旅行过一段路，后来有两年没见面；前年我再度去瑞士旅行时，又遇到了他们，这以后就再没见过。）奥本赖泽。奥本赖泽的侄女。当然啦！说到底，这种姓还是有的！‘奥本赖泽君是我们绝对信任的，我们相信，您会对他的才能感到满意。’信末由该商号正式署名：‘德弗雷尼公司’。很好。我负责马上找奥本赖泽君联系，现在不必再讨论他。瑞士邮戳的问题排除了。现在，亲爱的怀尔丁，该来排除你的问题了，告诉我这是什么事，我会找到排除的途径。”

这种同心协力的态度使正直的酒商喜出望外，十分感激，他握紧了合伙人的手，用感伤的声调开始他的故事，声称自己是一个冒名顶替的骗子。

“毫无疑问，我进屋时，你就是为这事要打发人找宾特利吧？”

合伙人捉摸了一会，说道。

“是的。”

“他经验丰富，头脑灵敏；我很想听听他的意见。在这以前，我先提出我的看法，这是鲁莽的，不合适的，但是我不能有话不讲。说明白一点，那就是我对这件事的看法与你的不同。关于你的地位，我不同意你的观点。至于你是不是冒名顶替的骗子，亲爱的怀尔丁，我觉得这说法本身就荒唐可笑，因为一个人只要不是有意识冒充他人，就不能被称为骗子。很清楚，你从没这么做过。那位夫人相信你是她的儿子，你也由于她的自白，相信她是你的母亲，现在她把她的财产留给了你，你要考虑的只是这是否纯粹出于你们本人之间的关系。你逐渐对她产生了深厚的感情，她也逐渐对你产生了深厚的感情。照我看，她把她在世上的财富留给你，这是给你本人的，你从她取得这些财富，也是从她本人取得的。”

“她以为我天然有权得到她的一切，其实我没有这种权利，”怀尔丁反驳道，摇了摇头。

“我承认这一点，”他的合伙人答道，“这是事实。但是如果她在去世前六个月发现了你发现的秘密，难道你认为，这会使你们一起生活的那些岁月、你们彼此怀有的深厚感情、你们彼此日益增长的了解，就此一笔勾销吗？”

“我怎么想，”怀尔丁说，简单而固执地抓住那个明显的事实不放，“这不能改变事实，正如你不能使天变成地一样。事实就是我占有了应该属于别人的财产。”

“他可能死了，”文但尔说。

“他也可能活着，”怀尔丁说。“如果他还活着，我不是掠夺了——当然是无意识的，这我同意——他的一切吗？我不是已经掠夺了他应该享有的一切幸福时光吗？在那位亲爱的夫人，”他伸出手指指画像，“告诉我她是我的母亲时，那充满在我心中的美好的欢乐，不是从他那儿掠夺到的吗？她对我无微不至的关怀，不是我从他那儿掠夺到的吗？甚至我对她的忠诚，我为她尽的责任，那使我如此自豪的一切，不也都是从他那儿掠夺的吗？因此，乔治·文但尔，我要问自己，我也要问你，他在哪儿？他现在怎么样？”

“这谁知道！”

“我必须找到知道的人。我必须进行调查。我必须永不终止地进行调查。我要靠我这公司中的股份——应该说是他的股份——的红利生活，把其余一切都留给他。等我找到他以后，也许我只得靠他的恩惠过活，但我还是得把一切还给他。我起誓我要这么做。正如我爱她和孝顺她一样，”怀尔丁说，一边向着画像尊敬地吻了吻自己的一只手，然后用它掩住了脸，“正如我爱她和孝顺她一样，我也有千百条理由应该感谢她！”他又说不下去了。

他的合伙人离开自己的座位，站在他旁边，把手搭在他的肩上。“沃尔特，早在今天以前，我就知道你是一个正直的人，有着纯洁的良心和美好的感情。我在生活的旅程中，能与这么忠实可靠的朋友在一起，这是我的幸运。我为此表示感谢。把我当作你的左右手，永远视作依靠的力量吧。如果我向你直认不讳，说我此刻的心情十分混乱——你也不妨说不合情理——那么请你不要见怪。我对夫人和你的同情，远远超过对那个不知道的人（如果确有其人的话）的同情，因为你们并不是在一个你们设想出来的关系中生活，而他却是在不知不觉中被人取代的。你派人找宾特利，这做得很对。我的想法可能只是他的劝告的一部分，但从我说来，这是我的全部劝告。在这个严重的问题上，你切勿轻举妄动。我们对这事必须严守秘密，因为一不小心，就会导致欺诈冒认，给一伙骗子提供可乘之机，作伪证和搞阴谋也马上会接踵而至。现在我没有更多的话要说，沃尔特，只想提醒你，你把公司的一部分产权卖给我，很清楚，这是因为你的健康不允许你担任太多的工作，我买下它也很清楚，是为了担任这工作,现在我便得着手工作了。”

说完这些话,乔治·文但尔在合伙人的肩上捏了一把,表示告别,也表示要对方认真考虑他的话。接着他便走进外面的大办公室,然后出门找朱尔斯·奥本赖泽了。

他拐进索荷广场,便朝它的北边走。在他给太阳晒黑的脸上,露出了深深的红晕,这种红晕刚才也出现过,如果怀尔丁有比较敏锐的观察能力,或者没有给满腹心事弄得神思恍惚,他就可能发觉,他的合伙人在念瑞士来信时,念到某个段落,声音便不如念其他部分清楚。

在伦敦索荷区这块小小的平地上,早已形成了一个奇怪的侨民区,居住着山地国家①的居民。瑞士钟表匠、瑞士银器匠、瑞士珠宝商、销售瑞士八音匣和形形色色瑞士玩具的瑞士进口商,都聚居在这里。瑞士籍的音乐、绘画和语文教师、瑞士专业手艺人、瑞士信使、还有各种长期失业的瑞士雇工、勤劳的瑞士洗衣妇和浆洗工、靠不可思议的手段生存的瑞士男女、有脸的和没脸的瑞士人、绝对可以信任和绝对不可信任的瑞士人,总之,各行各业的瑞士人都以索荷区为中心,不断集结着。简陋的瑞士饮食店、咖啡馆、小客栈、瑞士的酒菜、星期日的瑞士礼拜、正规的瑞士学校,都可以在这儿找到。甚至土生土长的英国饭店也失去了正宗的英国特色,在窗户上挂起了出售瑞士酒菜的广告;在酒吧间里,一年的大多数夜晚都潜伏着瑞士的爱与恨的搏斗。

怀尔丁公司的新合伙人走进了一幢结实的房屋,它的底层是一家瑞士钟表店,里边一扇门上挂着一块铜牌,铜牌上刻着触目的大字:奥本赖泽。他按了门铃,随即跨入了瑞士国土。他进入的那间屋里,供冬日取暖用的白瓷砖火炉占据了壁炉的位置,地板光秃秃

---

① 瑞士由山地和高原组成,因此称为山地国家。

的，由几种普通木板拼成了精细的花纹，整个屋子显得空空荡荡，似乎经常在擦洗。沙发前面的一小方织花地毯、铺天鹅绒的壁炉架、架上的大钟和几个插假花的花瓶，却在对抗那种气氛；但它们带来的全部效果，只是像一个巴黎人为了使牛奶房适合于居住的目的所作的努力。

钟座下的磨坊水轮滴着摹拟的水。客人站在它面前观看了还不到一分钟，奥本赖泽已出现在他身边，使他吃了一惊，只听得他用十分准确的英语，又轻又简短地说道："你好！欢迎你！"

"请你原谅。我没有听到你进来。"

"不必客气！请坐。"

奥本赖泽刚才把客人的胳膊弯轻轻挟了一下，算是拥抱，现在放下他的双臂，也坐到椅上，含笑说道："一向好吧？我很高兴！"又碰了碰他的胳膊弯。

"我不知道，"文但尔在互相寒暄以后说道，"你们纳沙特尔的公司有没有在信上提到过我？"

"嗯，提到过！"

"是作为怀尔丁公司的合伙人？"

"嗯，当然！"

"我在伦敦作为怀尔丁公司的成员，代表公司来拜访你，这不奇怪吗？"

"毫不奇怪！我们在山区的时候，我经常对你说什么来着？我说那些山很高大，但是世界却这么小。它这么小，一个人不可能避开别人。世界上的人又这么少，他们总是不断相遇。世界太小了，一个人不可能摆脱另一个人，哪怕这个人不想跟你见面也不成。"他又碰了碰他的胳膊弯，露出了讨好的笑容。

"也许是的，奥本赖泽君。"

"请按照贵国的习惯称我先生。我也这么称呼自己，因为我爱你们的国家。可惜我不是英国人！但我是生来如此。可你呢？尽管出身于高尚的家庭，你却不惜降低身份，要做生意？请等一下。酒业？这在英国算是商业还是职业？该不是艺术吧？"

"奥本赖泽先生，"文但尔答道，脸色有些不好意思，"我第一次有幸与你一起旅行的时候，只是一个傻小伙子，刚刚成年……哦，除了我们，还有你的侄女小姐，她现在好吗？"

"谢谢你，她很好。"

"我们一起在冰山中冒过一些险。如果那时我出于孩子的虚荣心，夸耀过我的家庭，我希望这只是作为对我自己的一种介绍。这非常浅薄，也非常庸俗，但是你也许知道我们英国的格言：活到老，学到老。"

"你把这看得太郑重了，"瑞士人答道。"这算得什么！何况归根结底，你的家庭确实是一个上等家庭。"

乔治·文但尔的笑声泄漏了他内心的不安，他答道："好吧！我非常爱我的父母，当我们第一次一起旅行时，奥本赖泽先生，我刚接管父母留给我的一切，未免有些得意。因此我希望，这归根结底只是年轻人心直口快，不是夸耀自己。"

"当然是心直口快！不是夸耀自己！"奥本赖泽喊道。"你对自己太严格了。说真的，你对自己的批评好像你们政府的捐税那么重！再说，那次谈话是从我开始的。我记得，那天傍晚在湖上荡舟时，我浮想联翩，谈到了我早年生活过的高山深谷，峭壁松林，给我悲惨的童年画了一幅语言的图画。我讲到我家穷苦的小屋子是在瀑布旁边，我母亲便靠带旅游者观赏瀑布挣几个钱；我怎样跟牛一起睡在牛棚里；我同父异母的白痴哥哥怎样老是坐在门口，或者一瘸一拐地走下山口要饭；我同父异母的姐姐怎样成天纺纱，不得不把脖子上的大肿瘤搁在一块大石头上；那时我才两三岁，无衣无食，可是他们都大了，时常狠狠打我，因为我是父亲第二次结婚——如果那也算是结婚的话——所生的唯一孩子。这时,你把我与你作了对比,这是很自然的,你说:'我们是差不多年纪,可那个时候,我正坐在父亲的马车里,母亲的膝盖上,驰过繁华的英国街道,我生活在奢侈中间,一切悲惨贫穷都离我远远的。我最早的回忆便是这样,与你的正好相反!'"

奥本赖泽是黑头发的年轻人,那张黧黑的脸上从没出现过红晕。当另一张脸上泛出红色时,在他的脸上只能看到难以觉察的跳跃,仿佛喷射血液的机器虽然还存在,但已经形同虚设了。他身强力壮,体格匀称,相貌漂亮。许多人会发现,他的表面只要稍加改变,他们就会觉得他比较容易相处,可是无从确定要改变什么。如果他的嘴唇不这么薄,他的脖子不这么粗,他们也许会感到,他们的需要已得到了满足。

但是奥本赖泽最大的特点是,一层难以名状的薄翳随时会出现在他的眼中——显然出自他主观的要求——不仅从那对可能泄漏秘密的窗户中,而且从他的整个脸上,把一切表情掩盖无遗,只留下一副全神贯注的样子。然而这种注意力不是完全呈献给与他谈话的人的,甚至也不是完全集中在眼前的声音和事物上的。不如说这是一种包罗万象的注意力,它不仅注视着自己心中的一切活动,而且注视着他所知道的、或者他所臆测的别人心中的一切活动。

在谈话的这个阶段,奥本赖泽先生的薄翳便出现了。

"我这次拜访的目的,"文但尔说道,"恐怕我不讲你也知道,那是为了向你表示怀尔丁公司的友谊,我们对你的信任,以及我们为你效劳的愿望。我们欢迎你在短期内访问我们的公司。我们的一切还没有走上轨道,因为我的合伙人怀尔丁先生正在改组公司内部,又遇到了一些棘手的私事。我想,你不认识怀尔丁先生吧?"

奥本赖泽先生不认识。

"你们应该尽快见面。他一定很高兴认识你,我想我可以预言,你也一定很高兴认识他。奥本赖泽先生,据我想,你给派到伦敦还没多久吧?"

"我刚接受这代理人的职务。"

"你的侄女小姐……她还没成亲吧?"

"还没成亲。"

乔治·文但尔向周围看看,似乎想发现她的任何迹象。

"她到伦敦来没有?"

"她在伦敦。"

"如果可以,我能在什么时候、什么地方见到她呢?"

奥本赖泽先生驱散了薄翳,与刚才一样碰了碰客人的胳膊弯,随口说道:"请上楼吧。"

期待中的会晤来得这么突然,使乔治·文但尔随着上楼时,心不禁怦怦跳动。就在他刚才离开的屋子顶上有一个房间,也是瑞士陈设,里边坐着一位小姐,正在三扇窗中的一扇前面,对着绣花架绣花;一个老太太与她坐在一起,面对着另一只白瓷砖火炉(尽管这是夏季,炉子没有生火),正在刷手套。小姐那一头漂亮的淡黄头发显得特别浓密,编成了一缕缕美丽的发辫,分布在白皙的前额上,这前额比一般英国人的略圆一些,因此她的脸显得比一般英国人的脸圆一些,或者开朗一些,她的身材也比一般英国十九岁的少女丰满一些。她态度文静,然而动作十分灵活、优美,脸色洁白鲜艳,惹人喜爱,脸上有两个酒靥,眼眸明亮,带些灰色,一切都富有山地人的气息。尽管她的衣着保持着一般英国的式样,但那件色彩绚丽的紧身胸衣,那双与众不同的织花红袜和小巧玲珑的银搭扣皮鞋,依然流露出瑞士的风俗人情。至于那位老妇人,她坐在那儿,把两脚撑开,搁在火炉的铜座子边上,膝头放着一大把手套,正把一只套在左手上刷洗。她也是瑞士精神的真正化身,只是属于另一种类型,她那靠垫一般宽阔的肩背,那笨重而可敬的双腿(如果可以这么说的话),以至那紧紧缚在喉头、抑制甲状腺肿胀趋势的黑丝绒带子,还有它上面那对青铜色大金耳环,或者更上一层的用铁丝绷紧的黑罗纱头巾,都能说明这点。

"玛格丽特小姐,"奥本赖泽对那位少女说,"你还记得这位先生吗?"

"我想,"她从座位上站起身来答道,显得吃惊,也有些慌张,"这是文但尔先生吧?"

"我想是的,"奥本赖泽冷冷地说。"让我介绍一下,这是文但尔先生,这是朵尔太太。"

火炉边的老妇人左手套着一只手套,像举着一面手套的旗子,欠起身子,把头从宽阔的肩背上扭过一半来,瞧了一下,又马上坐下,开始刷手套。

"朵尔太太对我太好了,不让我身上有一个污渍或者斑点,"奥本赖泽笑道。"我总是竭力保持外表的整洁,朵尔太太便迁就我,把时间花在清理每一个污渍和斑点上。"

朵尔太太把手套伸在空中,仔细察看它的掌心,正在这时发现了奥本赖泽先生一个牢固的污迹,便使劲揉擦。乔治·文但尔在绣花架旁边坐下(先是把由于他的到来而中止活动的漂亮的右手吻了一下),瞧了一眼埋在紧身胸衣中的金十字架,神色那么虔诚,仿佛一个朝圣者终于到达了圣地。奥本赖泽站在屋子中央,两只大拇指插在坎肩口袋中,眼球表面又出现了薄翳。

"奥本赖泽小姐,"文但尔开口道,"他刚才在楼下谈到,世界是这么小的一个地方,人们无法互相回避。然而从我上次见到你以来,我觉得世界还是太大了。"

"那么你一定旅行了不少地方吧?"她问道。

"并不太多,我只是每年回瑞士一次,但是我希望——我确实常常这么希望——在这小小的世界上,长期分离的机会不致这么多。

要是少一些,你知道,我就可以时常见到我的旅伴们了。”

美丽的玛格丽特有些脸红,朝朵尔太太那边悄悄瞟了一眼。

“你终于找到我们了,文但尔先生。也许你还会失去我们的。”

“我相信不会。奇怪的巧合使我找到了你,因此我有理由相信不致如此。”

“请问,先生,你讲的巧合是指什么?”她的口气和声调带有一点甜蜜的家乡味道,这使乔治·文但尔感到十分神往;但他正在这么琢磨时,又发现了投向朵尔太太的迅速的一瞥。尽管它一闪而过,却显然含有警告的意思,因此从这时起,他便开始暗暗留意朵尔太太了。

“事情是这样:我碰巧当了伦敦一家公司的合伙人,这公司今天正好收到了一封介绍奥本赖泽先生的信,而那封信又是瑞士另一家公司寄的,由此可见,我们两人与那家公司都有商业关系。他没有告诉你吗?”

“哦!”奥本赖泽大声插话道,眼睛中已没有薄翳。“没有。我没有告诉玛格丽特小姐。世界是这么小,这么单调,意外的相遇在这种平凡乏味的小地方还是值得欢迎的。玛格丽特小姐,事情确实像他讲的一样。他出身于上等家庭,又受过很好的教育,却不惜降低身份做生意!经营商业!跟我们这些从山沟里爬出来的穷苦农民一样!”

一片乌云飘过了美丽的前额,她垂下了眼睛。

“好吧,这对商业是有好处的!”奥本赖泽接着又热情洋溢地说。“这可以提高做生意的身价!任何下等人——例如我们这些穷乡下佬——都可以做生意,靠它往上爬,这是商业的不幸,它的鄙俗之所在。你瞧,亲爱的文但尔!”他激昂慷慨地说。“玛格丽特的父亲是我同父异母的长兄,如果现在活着,比你我的年纪都要大一倍,当年他光着脚板,几乎连破衣服也没一件,从那个穷苦的山口出外流浪,东闯西荡,最后才在很远一个大山谷的一家客栈里找到了栖身之所,过着骡子和狗的生活一先是充当茶房,后来喂骡子,后来当堂倌,当厨子,终于当了老板。成了老板以后,他安排我(难道他能安排他那个要饭的白痴弟弟,或者那个纺纱的丑八怪妹妹不成?)到他的邻居和朋友——一个有名的钟表匠那儿学生意。他的老婆生下玛格丽特小姐便死了。到她长成少女,还没成年时,他也死了,他的遗嘱怎么讲,他死时又对我怎么说呢?他说:'除了按年给你的以外,一切都归玛格丽特所有。你还年轻,但是我指定你作她的监护人,因为你是最下贱的、最穷苦的农民,我也是,她的母亲也是,我们都是苦命的乡下人,你得记住这点。'这些话也适用于我的大部分同乡,那些目前在你们伦敦索荷区做买卖的人。他们从前是农民,是生来下贱的做苦工的瑞士农民。然而,"由于激动,他变得兴高采烈,又用那种轻轻拥抱的姿势,碰了碰年轻酒商的胳膊肘,"绅士们也来做生意,这提高了商人的身价,这多么好,多么了不起!"

"我不这么看,"玛格丽特说,脸色红了一下,目光几乎带有挑战的意味,从客人身上移开了。"我认为我们农民同样抬高了做生意的地位。"

"胡说八道,玛格丽特小姐,"奥本赖泽说。"别忘记,你是在骄傲的英国讲话。"

"我是为我的自尊心讲话,"她答道,又平静地开始干活,"我不是英国人,我只是瑞士农民的女儿。"

她的口气表示不想再谈这事,这使文但尔无法进行争辩。他只是用诚恳的态度说道:"我真心同意你的看法,奥本赖泽小姐,我在这屋里早已这么说过,这是奥本赖泽先生可以证明的。"不过他不想证明。

再说,文但尔的眼睛是很犀利的,他不时机警地瞧一眼朵尔太太,在那位老妇人宽阔的背上仿佛看到了什么。她刷手套的动作带有许多哑剧式的含义。在他与玛格丽特讲话，或者谁也不讲话时，那动作十分平静，仿佛她在专心听讲。当奥本赖泽为乡下人作的长篇大论结束时，她刷得特别起劲，好像在为它喝彩。有一两次，当手套(她总是把它擎在面前，离她的脸不远)在空中转动，或者她的手指向下弯曲和向上翘起时，他甚至觉得，那是在跟奥本赖泽交换电报——他无疑从未背对着她，尽管他装得对她的一切毫不在意。

文但尔还发现，玛格丽特在打断那个曾使他两度陷入窘境的话题时，眉宇间对她的监护人有一种愤愤不平的神气，只是她竭力克制，似乎要不是有些怕他，她本想对他大发脾气。他也发现——尽管这并不明显——他除了起先站的地方，从不再向她走近一步，仿佛他们之间存在着什么障碍似的。他提到她，从不省略"小姐"这称呼，尽管每次讲它时，都带有一种极轻极轻的嘲弄口气。现在文但尔第一次意识到，在那个人身上他刚才无从理解的奇怪神色，变得可以理解了，那是嘲弄的某种隐蔽表现，一种叫人无法捉摸、无从说明的东西。他觉得可以相信，就自由意志而言，玛格丽特在一定程度上是个囚犯——尽管她靠她坚强的性格对抗着那两个人的联合力量，然而这种性格还不足以使她摆脱束缚。他相信这点，但这信心并不能使他一向对她保持的爱有所削弱。总之，他狂热地爱着她，决心毫不退缩地迎接这个终于出现的机会。

但在目前，他只是提到，他希望不久就可以邀请奥本赖泽小姐光临怀尔丁公司作客，那是一个古老而奇怪的地方，然而也是单身汉的家。这样，他不再磨蹭，免得超过这种访问通常应有的时间，便告辞了。在主人陪他下楼时，他看到奥本赖泽的办公室便在门厅背后，还看到几个衣衫不整、外国打扮的人在那儿闲荡。奥本赖泽讲了几句土话，推开他们，让他过去。

"这都是我的老乡，"他一边解释，一边送文但尔出门。"可怜的同胞们，为了感激，总是钉住了我，像狗一样！再见！后会有期，我很高兴见到你!”

又轻轻碰了两下胳膊弯,算是告别的拥抱,把他打发到了街上。

俯在绣花架上的甜蜜的玛格丽特,以及总在发出暗号的朵尔太太的阔肩背,一直在他眼前浮动,伴随他回到了瘸腿胡同。他到达时,怀尔丁与宾特利正在屋里密谈。酒窖的门恰好开着,文但尔点了支蜡烛,用一根裂开的木棒举着,走下地窖看看。美丽的玛格丽特忠诚不渝,仍在他眼前浮动,但朵尔太太的阔肩背已退却了。

地窖是拱顶的,十分宽敞,也十分陈旧。从前某个时候,这下面曾经是石造地下墓穴;有人说,它作过一部分修道士的食堂;有人说,它作过礼拜堂;也有人说,它作过异教徒的寺院。现在都一样了。谁愿意把倒塌的石柱和破裂的拱门当作什么,就当作什么。旧时代已完成了它的使命,一切可以悉听尊便,它无动于衷了。

地窖不通风,充满霉味,头顶上是嘈杂的车马在街上隆隆行驶,这都违反日常的生活习惯,然而与美丽的玛格丽特为了维护自己的权利跟那两个人对抗的情景,却何其相似。这样,文但尔朝前走去,来到地窖的一个转角上,望见了与他拿的一样的烛光。

“啊!你在这儿,乔伊,是吗?”

“这话应该我讲:‘啊!你在这儿,乔治少爷,是吗?’因为待在这儿是我的任务。但不是你的。”

“不要发牢骚,乔伊。”

“算了!我没有发牢骚,”酒窖管理员答道。“要说牢骚,那是我从毛孔中吸收的东西在发牢骚,不是我。乔治少爷,当心,别让什么东西在你身上发牢骚。在这儿待久了,蒸汽就会钻进你的毛孔,于是你就开始发牢骚。”

他正把脑袋伸进储酒槽,测定酒的浓度,作出估计,然后记在一本犀牛皮封面笔记本上;这笔记本跟他本人有点像。

“于是你就开始发牢骚,”他又道,把测量用的木杆插进两只酒桶，记下他最后的估计，然后伸直腰，“保证错不了！那么，乔治少爷，你已正式开始工作？”

“一点不错。乔伊，我想你不反对吧？”

“我不反对，祝你顺利。但是蒸汽反对，因为你太年轻了。你们两个都太年轻。”

“我们会慢慢习惯，习惯以后就不怕它了，乔伊。”

“对，乔治少爷。有人说我太老，我也不怕，我还能活到你们大有长进的一天呢。”

乔伊·莱德尔对自己的回答十分得意，呼噜呼噜笑个不住，接着又说了一遍“你们大有长进”，又呼噜呼噜笑了一次。

“但是，乔治少爷，”他继续说，重又伸直了腰，“怀尔丁少爷做的事改变了公司的好运，这可不是闹着玩的。记住我的话。公司的运气变了，以后他会发现的。我在这地下待了一辈子不是白待的！根据我在这儿看到的一切，我知道什么时候要下雨，什么时候不下雨，什么时候刮风，什么时候不刮风。凭我在这儿看到的一切，我知道什么时候运气会变坏，准确得很。”

“你的预见大概也得力于屋顶上生长的这些东西吧？”文但尔问，把烛光举高一些，拱顶下挂着许多参差不齐、阴暗潮湿的菌类植物，使人看了很不舒服，感到厌恶。“在我们的酒窖里，这种东西想必很多？”

“这倒是，乔治少爷，”乔伊·莱德尔回答，退后了一两步，“不过如果你肯听我一句话，你还是别管它们好。”

文但尔拿起刚才插进两只酒桶的木棒，轻轻拨了拨垂下的真菌，问道：“是吗？为什么呢？”

“主要还不是因为它们也来自酒桶，可以让你看到，一个管酒窖的天天待在这么个地方，肚子里会吸进一些什么东西，也不是因为在它们生长的某个阶段，那儿的蛆在你一不小心的时候就会掉在你的身上;这还有其他原因,乔治少爷,”乔伊·莱德尔回答,依然保持着一定距离。

“其他什么原因?”

“如果我是你,我决不去拨它们,先生。至于原因,等你离开这个地方,我会告诉你的。现在,请你先瞧瞧它们的颜色,乔治少爷。”

“我看到了。”

“行,先生。现在我们离开这儿。”

他拿着蜡烛走了,文但尔也拿着蜡烛跟在后面。等文但尔追上他以后,两人便一起朝外走,经过拱门时,文但尔瞅着酒窖管理员,说道:“怎么,乔伊?那颜色。”

“乔治少爷,它们像不像凝结的血块?”

“也许有些像。”

“我看非常像,”乔伊·莱德尔咕哝道,庄严地摇摇头。

“好吧,就算很像吧,说它们非常像也可以。那又怎么呢?”

“乔治少爷,他们说……”

“谁?”

“我怎么知道是谁?”酒窖管理员回答,显然觉得问得不合情理,有些生气了。“他们就是他们!那些懂得一切的人,你知道。至于他们是谁,你既然不知道,我怎么知道?”

“确实。讲下去。”

“他们说,那种黑糊糊的真菌,如果有一朵正好掉在哪个人的胸口,他就非给人杀死不可。”

文但尔大笑起来,蓦地站住,瞅着酒窖管理员的眼睛,只见他讲那些话时,神情恍惚,目光盯在烛光上。就在这时,他突然觉得胸口给一只手重重拍了一下。他立即转过脸去瞧那只拍他的手,发现那是他同伴的手,它正从他胸口打掉一簇或者一朵黑菌,这时他还能看到它们在飘向地面。

一时间他不觉一愣，向酒窖管理员瞅了一眼，酒窖管理员也瞅了他一眼。但过了一会，他们已到达地窖的台阶脚下，看到了亮光；在愉快地跨上台阶以前，他吹灭了蜡烛，也把迷信观念一起送走了。

怀尔丁退场

第二天早上，怀尔丁独自出门了，给他的办事员留下了一个口信。他说："如果文但尔先生找我，或者如果宾特利先生要见我，告诉他们，我到育婴堂去了。"他的合伙人对他说过的话，他的律师按照同样的考虑向他提出的劝告，只是使他毫不动摇地坚持自己的观点。找到那个失踪的人，把他侵占的地位还给他，现在成了他生活的最大目标，到育婴堂查询显然是澄清事实的第一步。因此酒商首先找育婴堂。

本来熟悉的房屋外表，如今在他眼中变了，正如壁炉架上那幅画像的神色在他眼中也变了。他与这地方有过最亲密的关系，他的童年时代是在这里度过的，但这种关系早已永远结束了。他在门口说明自己的目的时，一种陌生的厌恶情绪控制了他。他独自坐在接待室，等待财务总管接见时，心隐隐作痛。会见开始后，他只是强自克制才能保持平静，说明了他来访的原由。

财务总管听着，脸上表现了必要的注意力，但也只是注意而已，别无其他。

等轮到他开口时，他说道："我们对陌生人提出的一切查询，不能不采取审慎态度。"

"你们不应该把我看作陌生人，"怀尔丁单纯地答道。"从前我也是这里收养的孤儿之一。"

财务总管客气地答道，这情况使他对他的客人产生了特殊的兴趣。尽管这样，他仍不得不知道客人前来查询的动机。怀尔丁没有讲多余的话，把他的动机毫不掩饰地告诉了他。

财务总管站起身来，带他走进了存放登记册的屋子。“这些册子所能提供的一切材料，都可以听凭你查阅，”他说。“事情已过去多年，据我看，这是我们所能给你的唯一帮助。”

册子查过了，有关的记载找到了，那是这么写的：

“1836年3月3日。一名男性婴孩，名沃尔特·怀尔丁，被领养后离开育婴堂。领养人之姓名及状况如下：姓名：简·安·米勒夫人，孀居；地址：格鲁姆桥温泉菩提树公寓；介绍人：格鲁姆桥温泉之约翰·哈克牧师，伦巴德街之银行家贾尔斯、杰里米及贾尔斯等先生。”

“全在这儿了？”酒商问。“你们与米勒夫人后来通过信吗？”

“没有，如果有什么消息，也会记在这本子上。”

“我可以抄录这些记载吗？”

“当然可以！你有些心神不定。让我给你抄吧。”

“看来我唯一的希望，”怀尔丁说，伤心地瞧着那份抄件，“便是上米勒夫人住处查访，还有她的介绍人也许能帮助我吧？”

“我看目前这是唯一的办法，”财务总管答道。“如果你还有什么要我帮助，我很乐于效劳。”

怀尔丁告别之后，带着这些安慰的话，走出育婴堂的大门，开始了调查的长途旅行。旅行的第一站当然是伦巴德街的银行办事处。他提出了自己的要求，但两个合伙人拒绝接见无关的客人，第三个合伙人在提及一些不可避免的困难之后，答应让一个职员查一下账册上米勒夫人的名字。格鲁姆桥温泉的孀妇米勒夫人查到了，但是名字上画了两条长线，墨水已经褪色，在这一页的底部写明：“该账户已于1837年9月30日注销。”

这样，旅行的第一站走完了，它的结果是此路不通！于是怀尔丁送了张便条到瘸腿胡同，通知他的合伙人，他还要过几小时才能回家，然后他搭上火车，向旅行的第二站出发，那就是格鲁姆桥温泉米勒夫人的住处。

母亲们和孩子们与他一起坐在车上,母亲们和孩子们在车站上互相会面,母亲们和孩子们也出现在他进去打听菩提树公寓的店铺里。到处都有人类最亲切、最紧密的关系欢乐地呈现在欢乐的阳光中。到处都使他想起他宝贵的迷梦竟被如此残忍地惊醒,那虚假的回忆也像镜花水月一般消失了。

他到处打听,都没有打听到菩提树公寓这个地方。路过一家房产经纪人事务所时,他精疲力竭地走进屋子,作了最后的尝试。房产经纪人指指街对面一幢荒凉的房子,它有不少窗户,可能作过工厂,但后来成了旅馆。那人说:"十年以前它就是菩提树公寓,先生。"

第二站走完了,又是此路不通!

但还有一线希望。那个有关的牧师哈克先生,也许还能找到。来了几个主顾,房产经纪人忙于接待他们,怀尔丁走到街上闲逛,跨进一家书铺,打听约翰·哈克牧师现在的住址。

书铺老板似乎真的吃了一惊,感到意外,但没有回答什么。

怀尔丁重复了他的问题。

书商从柜台上拿起一本素净的灰色封面的精致小书,递给这位顾客,打开了扉页。怀尔丁念道:

"约翰·哈克牧师在新西兰殉难记。由他从前的一位信徒记述。"

怀尔丁把书放回柜台,说了声"对不起",也许他讲话时想起了自己目前的苦难。缄默的书商听到道歉,弯了弯腰。怀尔丁走出了书店。

最后的第三站也走完了,结果还是此路不通。

现在什么办法也没有了;在处处碰壁之后,除了回伦敦以外,已无其他选择。在回家的路上,酒商不时掏出抄自育婴堂登记册的几行字看看。绝望表现为许多形态,有一种也许是最可悲的,那就是始终想用希望伪装自己的绝望。怀尔丁几次想把无用的纸条丢出车窗,几次又缩回了手。他想:"说不定它还有用。只要我还活着,我决不抛弃它。在我死后,我的遗嘱执行人会发现它与遗嘱封在一起。"

提到遗嘱,好心的酒商想起了一个新主意,尽管这并不能减轻他心头的负担。他必须立即拟定遗嘱。

把"此路不通"这句话用在这件事上,是从宾特利先生开始的。在发现秘密后他们进行的第一次长谈中,那位明智的先生曾经一边摇头,表示反对,一边重复了百把次:"此路不通,先生,此路不通。我相信,时至今日,你已无能为力,因此我的忠告是:安于现状,不要自寻烦恼。"

在漫长的磋商过程中,一大瓶四十五年陈葡萄酒不断滋润着宾特利先生的执法喉咙,但他喝得越多,越找不到解决问题的办法,每次放下空酒杯,他总是老调重弹:"怀尔丁先生,此路不通。还是安下心来,感谢上帝吧。"

毫无疑问,正直的酒商急于立遗嘱,是出自复杂的良心活动;不过他这么做(这与他的正直并不矛盾),也许是在无意识中把自己的困难推给接替他的另外两个人,试图从这种前景中得到一点宽慰。就算是这样吧,他还是怀着满腔热情,按照他新的设想,毫不迟疑地要求乔治·文但尔和宾特利先生在瘸腿胡同与他会面,共商机密要事。

到了那里,宾特利先生对新合伙人说道:"我们三个人必须关起门来讨论,但是,在我的朋友(也是我的委托人)把他进一步的想法告诉我们以前,我要指出,文但尔先生,我赞成我从他那儿了解到的你的意见,我认为那也是每一个明白事理的人的意见。我曾告诉他,他必须不折不扣地保守秘密。我当着他的面,也背着他的面,叮嘱过戈德斯特劳大娘；如果人还可以信任（这是应该写得大大的“如果”），我想她至少在这一点上还可以信任。我曾向我们的朋友（也是我的委托人）指出，到东到西随意打听，不仅会引起歹徒的觊觎，使他们仿效全英国所有的骗子行事，而且也是糟蹋家产。现在你瞧，文但尔先生，我们的朋友（也是我的委托人）并不想糟蹋家产，相反，他只是要求把它交还他认为——但我不能说我也认为——合法的所有者，只要能找到这位合法所有者。除非我完全错了，我不相信能找到，但这点可以存而不论。怀尔丁先生和我至少同意，不能让家产受到损害。目前，我向怀尔丁先生的要求作了让步，答应每隔一段时间，在报上登一则启事，谨慎地要求凡是知道那个从育婴堂收养的婴孩下落的人向我的事务所报告。我向我的委托人保证，这样的启事会定期见报。据我们的朋友（也是我的委托人）说，我与你今天在这儿是接受他的指示，不是向他提供劝告。我准备接受他的指示，尊重他的意愿；但是请你注意，这并不表示我赞同他的意见或愿望，我并不认为它们符合我职业上的观点。”

宾特利先生这么说，他是对文但尔讲的，但却是指向怀尔丁的。尽管他关心他的委托人，他还是为这位委托人的堂吉诃德作风觉得有趣，认为他的行为既滑稽又不可思议，所以他不时用闪闪发亮的眼睛瞅他一下。

“这是再也清楚不过的，”怀尔丁说。“但愿我的头脑也能像你的一样清醒，宾特利先生。”

“如果你发觉头脑又开始嗡嗡作响，”律师提醒他道，露出了担心的目光，“它不妨暂停——我是指这次会晤。”

“谢谢你，没有事，”怀尔丁说。“我以前头晕，那是……”

“不要使自己太兴奋，怀尔丁先生，”律师劝告道。

“不，我没有兴奋，”酒商说。“宾特利先生和乔治·文但尔，如果我要求你们共同作我的遗产管理人和遗嘱执行人，你们不致犹豫或反对吧？你们能立刻答应我吗？”

“我答应，”乔治·文但尔回答，很干脆。

“我答应，”宾特利说，不太干脆。

“谢谢你们两位。宾特利先生，关于我最后的愿望和遗嘱，我的指示是简单而明确的。如果你们愿意，请马上记下。我把我所拥有的、属于我个人的全部财产，毫无例外、毫无保留地交给你们两人，我的遗产管理人和遗嘱执行人，并委托你们把它全部转交给真正的沃尔特·怀尔丁，如果在我死后两年内找到这个人，并证明无误的话。万一找不到，那么我委托你们把它全部作为捐款和遗赠，转交育婴堂。”

接着是静默，谁也没有看别人一眼，最后宾特利问道：“怀尔丁先生，这就是你的全部指示吗？”

“是的。”

“关于这些指示，怀尔丁先生，你完全拿定主意了吗？”

“一点不错，拿定主意了，再也不会改变。”

“那么现在要处理的只是技术问题，”律师说，耸了耸肩膀，“即赋予它们书面形式，然后签名和公证。这事急不急？是不是要立刻办理？你离死还早着呢，先生。”

“宾特利先生，”怀尔丁严肃地答道，“我什么时候死，这是你和我都无法预料的。如果可以，我希望尽快办理，了却我的一桩心事。”

“我们又是律师和委托人了，”宾特利答道，他现在几乎有些同情他了。“如果下星期天仍今——在这里，同一时间——对文但尔先生和你都合适的话，我就在日记中照此记下会晤的日期。”

时间约定了，一切如期进行。遗嘱正式签字和封好后，提请公证，然后交由宾特利先生保存，与其他委托人的文件一起，分别放进了各个保险柜，这些保险柜外面贴有各个委托人的姓名，排列在他的咨询室的铁架子上，使那个法律圣殿成了小型的委托人家族的墓穴。

怀尔丁怀着比过去更大的热情，重又投身在从前感兴趣的问题上了；他开始建设他的宗法制家庭，这不仅得到了戈德斯特劳大娘，也得到了文但尔的大力协助，不过文但尔关心的也许是怎样才能尽快宴请奥本赖泽一家。最后，家务事安排得有条不紊，终于完成了，奥本赖泽家的监护人和被监护人都接到了赴宴的邀请，朵尔太太自然也不例外。如果文但尔以前是深深沉浸在爱情中——这句话丝毫不包含怀疑的意思——这次宴会更使他沉入了爱情的万丈深渊。然而，尽管他想尽办法，他还是不能与迷人的玛格丽特单独讲一句话。有时幸福的机会似乎已唾手可得，冷不防处在薄翳状态的奥本赖泽突然出现在文但尔的旁边，或者朵尔太太的阔肩膀来到了他眼前，尽管从到达这儿直到离开，除了在宴会席上，这个一言不发的管家婆从不面对别人；在筵席上饱餐一顿以后，她也马上退入客厅，那张脸始终对着墙壁。

然而，在快活的、尽管也是心神不定的四五个钟头中，玛格丽特终究是可以看到，可以听到，偶然也可以接触到的。在参观古老阴暗的地窖时，文但尔便牵着她的手；在夜间明亮的屋子里她向他唱歌时，他也站在她的旁边，拿着她脱下的手套，为了换取这副手套，哪怕要他拿出全部四十五年的陈葡萄酒，哪怕它们已储藏了四十五个四十五年，哪怕每打实价高达四十五个四十五镑，他也在所不惜。然而当她离开，熄灯器使瘸腿胡同的一切归于沉寂之后，他依然在痛苦中思索：她有没有想到他爱上了她！她有没有想到他迷上了她！她有没有发觉她已赢得了他的心、他的灵魂、他的一切！她是不是考虑过这一切！我的天，她是这样还是那样，是最高音还是最低音，是在线上还是线下！可怜啊，人这颗永不平静的心！想想吧，几千年前的木乃伊也曾同样行事，后来才终于大彻大悟，永远平静了！

第二天怀尔丁问道："乔治，你觉得奥本赖泽先生怎么样？"（关于奥本赖泽小姐，我想我是不必多问的。）

"我说不上来，"文但尔答道，"我也从来不知道该怎么说他。"

"他见多识广，也很聪明，"怀尔丁说。

"无疑很聪明。"

"还是一个不坏的音乐家。"（昨晚他弹琴唱歌，都很不错。）

"毫无疑问，是一个不坏的音乐家。"

"能说会道。"

"是的，"文但尔一边想一边说，"能说会道。怀尔丁，你可知道，我想起他总觉得有些奇怪，他不善于保持沉默！"

"你这是什么意思？他讲话虽多，并不讨厌。"

"是的，我不是那意思。但是在他沉默时，你不能不隐隐感到他不可信任，尽管这也许是极不公正的。不妨想想你认识和喜欢的人。任何你认识和喜欢的人。"

"这很容易，我的好朋友，"怀尔丁说。"就拿你作例子吧。"

"这我可没有料到，没有估计到，"文但尔笑道。"好，就拿我来看吧。你不妨回想一下。你对我的脸发生兴趣、感到满意，是不是主要根据我沉默时的脸色（尽管它的表情千变万化，时刻不同）？"

"我想是的，"怀尔丁说。

"我也这么想。现在你瞧，奥本赖泽讲话时——换句话说，当他可以用语言掩护自己的时候——他给人的印象相当不错，但是当他失去这种掩护的时候，他给人的印象就不太好了。就因为这样，我说他不善于保持沉默。匆匆回顾一下我所认识但并不信任的那些脸，我不免想——现在我是认真讲这话的——它们没有一张是善于保持沉默的。"

这种相面学说对怀尔丁还是个新花样，他起先有些迟疑，不愿相信,后来问自己,戈德斯特劳大娘是不是善于保持沉默,于是想起,她的脸在宁静状态也是绝对可以信任的;这样,他很高兴,因为人们通常总是喜欢相信他们需要相信的一切。

但是由于他恢复精神或健康十分缓慢,他的合伙人为了引起他的兴趣,想出了另一个主意——也许这与奥本赖泽也不无关系——向他提起了家务安排方面的音乐计划:如何在公司内成立一个歌咏学习组,充当附近教堂的唱诗班。学习组很快建立了,其中两三人已具备一定的音乐知识,唱得还马马虎虎,唱诗班跟着成立了。它由怀尔丁亲自领导,主要也由他训练——他把他的职员都当成了孤儿,想培养他们唱圣诗的能力呢。

奥本赖泽和他的侄女既然懂得音乐,邀请他们参加合唱队的事马上获得通过。监护人和被监护人也同意了,或者监护人代表两人同意了,这必然使文但尔的生活跨进了一个神魂颠倒、心猿意马的阶段。因为每逢星期日,聚集在发霉的克利斯托弗-雷恩教堂做礼拜的相亲相爱的会众,一共二十五人,那里从来没有出现过她那样的嗓音,那种可以照亮最黑暗的角落、使墙壁和柱子像他的心一样颤动的嗓音!至于朵尔太太,她坐在高背长凳的一角,始终背对着所有的人和所有的事物,在礼仪上永远不会出现错误——就像一个人,医生要他每月服一次药,他为了免得忘记,便天天吃药一样。

但这些美妙的礼拜日,还是怎么也比不上宗法制家庭举办的周三音乐会。在这些音乐会上,她会坐在钢琴前面,用自己的语言为他们唱家乡的歌,从山顶上向文但尔呼唤:“起来,离开那趴在地上的国家,离开那拥挤的城市,跟随我登上高山,愈走愈高,融化在蔚蓝的、遥远的天空中;上来,走向我超越一切的高山,在这儿与我相爱!”这时,那美丽的紧身胸衣,那织花袜子,那银搭扣皮鞋,会像宽阔的前额和明亮的眼睛一样,不断反映出小羚羊那样的跳动,直到一曲终了才停止。

她那些歌声不仅使文但尔陶醉，也对乔伊·莱德尔发生了强烈的吸引力，只是方式不同而已。乔伊坚决拒绝参加合唱，对音阶和乐曲之类的东西表示了最大的蔑视——确实，它们对不会唱的人很少魅力——把歌咏活动只当作无聊的玩意儿，认为那像一群伊斯兰教托钵僧在哗啦哗啦念经。但是有一天，他听了一支合唱曲，发现那不全是乱七八糟的东西，于是承认他的两个酒窖管理员到了一定的时候也许还可以有些成就。韩德尔的一支赞美歌获得了他进一步的称许，不过他坚持认为那个大音乐家一定没有长期待在外国的酒窖中，还把这话讲了好多次；他认为，只要待在酒窖中，不论情形如何，头脑就会糊涂，就写不成乐曲。第三次是贾维斯先生当众演奏笛子，一个临时工演奏小提琴，他们的两重奏竟使他拍案叫绝，情不自禁地大喊："再来一遍！"狂热的程度不下于向一位表演精彩的歌剧明星喝彩。不过这已是他对同伴的成就所作的最后一次赞扬，因为两重奏是在第一次周三音乐会上演出，紧接着便是玛格丽特·奥本赖泽的歌唱，他坐在那儿，张大了嘴巴，听得入了神，等她唱完，便在原地蓦然站了起来，露出庄严肃穆的神色，先向大家，尤其是怀尔丁先生，鞠了个躬，然后以万分感激的口吻开口道："听过这种歌以后，你就可以安心睡觉了！"这以后，他对全家的音乐才能再也不肯用任何话加以赞美了。

从此，玛格丽特·奥本赖泽和乔伊·莱德尔开始彼此认识，并有了好感。他的赞美使她乐得开怀大笑，但又有些不好意思，以致音乐会结束后，乔伊鼓起勇气问她，他的头脑有些糊涂，但愿他没有冒犯她吧？她作了宽宏大量的回答，他听了快活得连连鞠躬。

"你能带来好运，小姐，"乔伊说，又鞠了个躬。"公司的命运要靠你这样的人才能改变。"

"是吗？我能改变命运？"她表现了美好的诧异，用流利的英语答道。"我想我不太明白。我很笨。"

"小姐,怀尔丁少爷使公司的运气变坏了,"乔伊把心里话告诉她,不过她还是不太明白,"这在乔治少爷到来以前已开始了。我这么说,他们会发现我的话没错。老天爷!你要多到这儿来为它的命运唱几次,小姐,它没法靠自己的力量改变命运!"

说了这话,又连连鞠躬之后,乔伊退出了屋子。但是他成了一个特权人物,因为哪怕偶然的胜利在年轻漂亮的小姐眼中也是可爱的,玛格丽特下次来时便笑嘻嘻地要找他。

"我的乔伊先生在哪儿哟?"她问文但尔。

于是乔伊走到前面,与她握了手,从此这成了这儿的一个惯例。

还有一个惯例也与这事有关。乔伊的听觉不太好。他自称这是"蒸汽"造成的,也许这是事实;但不论原因是什么,这后果是肯定的。第一次音乐会时,大家看见他沿着墙壁往前挤,把左手搭在左耳上,一直走到离歌唱者相当近的地方才坐下;他便是在这时向同事们的业余演奏表示前面提到的那些赞美的。但到了下一个星期三,大家发现,乔伊这架吃饭机器吃饭时受了伤,据同桌的人谣传,这是因为他吃得太快,他急于赶去听奥本赖泽小姐唱歌,担心找不到能听清每一个音符和音节的座位。这谣言传进了怀尔丁耳中,他出于好心,当晚在玛格丽特开始演唱以前,便把乔伊叫到了前面。这样,在后来的晚会上,这成了一个惯例,每逢玛格丽特唱歌以前,把手放上琴键时,总要问文但尔:"我的乔伊先生在哪儿哟?"于是文但尔照例把他带到前面,让他待在她旁边。这样,他便在众目睽睽之下,向朋友们的演唱表示极度的轻蔑,唯独对玛格丽特刮目相看,站在那儿端详着她,温驯得像识字课本中用后腿站立的犀牛——这成了那个惯例中的一个细节。还有一个细节是这样,每逢歌唱结束,他还沉醉在歌声中,觉得余音缭绕的时候,有些胆大的人便会从背后问他:"乔伊,你觉得怎么样?"非要他回答不可,于是他像临时想起似地说道:"听过这种歌以后,你们就可以安心睡觉了!”

但是瘸腿胡同这些简单的娱乐和小小的戏谑,注定是短命的。一开始它们就掩盖着一个严重的问题,那是这个宗法制家族的每个成员都了如指掌的,只是大家心照不宣,谁都不讲罢了。那就是怀尔丁先生的健康已每况愈下。

单单是他一生的感情受到重大打击,他或许还能忍受,单单意识到他是在靠另一个人的财产得到欢乐,他也或许还能忍受,但是两者加在一起,这就超过了他的承受能力。两个孪生的幽灵缠住了他,他的忧郁变得深重了。这两个永不分离的鬼与他一起坐在餐桌上,一起从他的盘子里吃菜,从他的杯子里喝酒,夜里又守在他的床边。他想起他假想的母亲的爱,总觉得这是窃取了别人的爱。他在职员们的尊敬和爱戴下感到兴奋时,又觉得他是在用欺骗手段给他们创造幸福,因为只有那个他不认识的人才有责任和权利这么做。

在这些心事的重压下,他的背逐渐弯了,他的步子逐渐失去了弹性,他的眼睛总是朝着地面。他明白,那个伤心的错误不是他造成的,但是他找不到补救的办法,因为日子一天天、一周周过去,没有人对他的姓名和财产提出要求。于是他开始变得神思恍惚,头脑不时出现昏昏沉沉的感觉。他会无缘无故失去知觉,有时几个钟头,有时整整一天一夜。有一次他坐在餐桌上首正用晚餐,他的记忆突然停止,直到天亮一直迷迷糊糊。还有一次,他正给人们的歌唱打拍子,记忆又停止了;到了半夜以后,他和他的合伙人在月光下的院子里散步时,这种现象又再度出现。他问文但尔(他是始终体谅、关心和帮助他的),这是怎么回事?文但尔只是答道:“你身体不太好,如此而已。”他在人们的脸上寻求解释。但他们总是尽量掩饰:“看到你气色这么好,太高兴了,先生,”或者“但愿你正在康复,先生。”他终于一无所得。

最后,在两人合伙才五个月时,沃尔特·怀尔丁病倒了,女管家担任了他的护士。

“躺在这儿的时候，戈德斯特劳大娘，我仍叫你莎利，你不在意吧？”可怜的酒商说。

“在我听来，先生，它比任何名字更自然，我也更喜欢它。”

“谢谢你，莎利。我想，莎利，最近我一定经常在发病。莎利，你说是吗？请你对我讲实话。”

“确实这样，先生。”

“啊！我明白了！”他平静地答道。“莎利，奥本赖泽先生说，世界这么小，人们时常相遇，这是不足为奇的，他们会在不同的地方，不同的生活阶段，重又来到一起。但是莎利，说来奇怪，我总觉得我仍会死在育婴堂中。”

他向她伸出了手，她温柔地握住它。

“你还不会死，亲爱的怀尔丁先生。”

“宾特利先生也这么讲，但我想他是错了。我觉得仿佛我又成了孩子，莎利。我的耳边听到了轻轻的哄孩子入睡的摇篮曲。”

过了一会，他又用平静的声音说道：“请你吻我一下，保姆。”很清楚，他相信自己是睡在育婴堂的宿舍里。

正如从前俯在失去父母的孤儿身上一样，莎利向这个没有父亲、没有母亲的成人俯下了身子，把嘴唇贴在他的前额上，小声说道：

“上帝保佑你！”

“上帝保佑你！”他用同样的声调回答。

又过了一段时间，他睁开眼睛，变得清醒了，说道：“你听了我的话，莎利，不要动我，我躺得很舒服。我想我的时间到了。我不知道你认为怎样，莎利，但我……”

他失去了知觉，过了一会又挣脱了无意识状态。

“我不知道你认为怎样，莎利，但我觉得是这样。”

当他一丝不苟地说完这句口头语以后,他的时间到了。他死了。

第二幕

文但尔求爱

夏季和秋季过去了。圣诞节和新年即将来临。

作为遗嘱执行人,应该忠实履行对死者的责任,文但尔和宾特利为怀尔丁的遗嘱作了几次认真的商讨。律师一开始就宣称,在那件事上简直不可能采取任何有效的行动。对那个失踪的人,显然可以作的调查,全由怀尔丁本人进行过了;时间和死亡没有提供丝毫可以发现他的线索,改变那个结论。登报寻找财产所有人,必须说明各种细节,这势必惊动英国半数的骗子,鼓励他们冒名顶替,自称为真正的沃尔特·怀尔丁。“如果我们发现了一个找到失踪者的线索,自然应该追查到底。但如果没有,我们不妨等到怀尔丁的周年忌日时再另作计较吧。”宾特利这么主张。因此,尽管怀着最大的诚意,想实现朋友的遗愿,文但尔还是不得不把这事暂时搁在一边。

在把注意力从过去转向未来时,文但尔依然发现自己面对着难以预测的前景。从他首次造访索荷广场后,已过了好几个月,在这段时间里,他向玛格丽特表达爱情的语言,每逢机会适当的时候,已从眼睛的语言扩大为手的语言了。

他在这条路上的障碍是什么?一个无法搬开的障碍一开始就出现在他的路上。不论机会看来如何美好,文但尔想与玛格丽特单独谈话的努力,毫无例外只能得到相同的结果。在完全不可能的情况下,在根本想不到的场合,奥本赖泽始终会突然出现在他面前。

随着一年最后几天的过去,文但尔得到了一个意外的机会,可以与玛格丽特一起度过一个晚上,他决定利用这机会,与她单独谈谈。奥本赖泽送来一张热诚的便条,邀请他在元旦上索荷广场参加他们的家庭便宴。条子上写道:“届时只有我们四人。”但文但尔在心中决定:“必须找到只有我们两人在一起的机会!”

在英国,元旦是与设宴和赴宴联系在一起的,此外别无其他。在外国,元旦是一年中送礼和收礼的大节日。把外国风俗移植到英国,这是个难得的时机。于是文但尔毫不犹豫,着手实现自己的企图。他的唯一困难,是决定给玛格丽特的新年礼物应该是什么。这位农村姑娘矜持的自尊心,对她和他之间社会地位的悬殊具有病态的敏感,如果礼物太贵重,势必引起她的抵触情绪,对他不利。一个穷人的钱袋所能购买的礼物才万无一失,能为赠予者打开通往心灵的道路。坚决抵制了钻戒和宝石的诱惑,文但尔买了一枚热那亚的金丝工艺品别针——他在珠宝店中所能找到的最简单、最朴素的饰物。

在宴会的当天,玛格丽特迎接他时,他把礼品偷偷塞进了她手中。

“这是你在英国度过的第一个元旦,”他说。“我想让你像在家乡欢度新年佳节一样,好吗?”

她表示了感谢,望着首饰匣有些不安,不知道里边可能是什么。打开匣子,发现文但尔故意用这种简单的纪念品作礼物,她立即看透了他的用心。她不禁喜形于色,向他转过脸去,那目光似乎在说:“承蒙你向我表示好意,我很高兴。”在文但尔眼中,她从没像这时那么迷人。她的冬装——铁青色绸裙子上是黑丝绒紧身胸衣,胸衣领口镶着一圈柔软的天鹅绒,紧紧围住了脖子——把她的头发和皮肤衬托得更是熠熠生辉,光艳照人。她转身走到镜子前面,取下她戴的别针,把他的新年礼物别在那里,这时文但尔的目光才离开她,移向远处,他发现室内还有别人。接着,奥本赖泽那双手已充满深情似地挟住了他的胳膊弯;接着,又听到了奥本赖泽的声音在向他感谢他对玛格丽特的关心，口气中依然含有一丝几乎难以察觉的嘲弄意味。（“这是一件朴素的礼物，亲爱的先生，可是体现了这么美妙的机智！”）这时他才发现，屋里还有一位客人，但也是除他以外唯一的一位，据奥本赖泽介绍，这是他的同胞和朋友。朋友的脸萎靡不振，朋友的身体却肥胖臃肿。他的年纪看来正处在人生的秋季。这天晚上，他表现了两种突出的能耐。一种是沉默的能耐，另一种是喝酒的能耐。

朵尔太太不在屋内。他们在餐桌旁坐下时，似乎也没有给她留下位置。奥本赖泽解释道：“好心的朵尔保持着简单的习惯，总要在中午用正餐。晚上她会向你们表示歉意的。”文但尔不免纳闷，不知这会儿好心的朵尔是否已另有高就，不再刷奥本赖泽的手套，却在煮奥本赖泽的饭菜了。有一点至少是肯定的：端上桌子的菜每一盘都精致细巧，绝非英国的粗糙饮食所能比拟。菜肴鲜美可口。至于酒，只要看那位无声的朋友眼睛老是骨碌碌打转，便知道他喝得心花怒放，十分起劲。有时看见满满一瓶酒放到桌上，他便喊一声：“好！”看到拿走一只空瓶，又喊一声：“啊！”——这便是他对欢乐的晚宴的全部贡献。

沉默有时是有传染性的。玛格丽特和文但尔在各自的心事的重压下，似乎感染了那位无声的朋友的影响。维持谈话继续不断的责任，全部落到了奥本赖泽肩上，奥本赖泽也勇敢地承担了这责任。他表现了一个文明的外国人的坦率胸怀，对英国唱起了赞歌。每逢其他话题枯竭之后，他便回到这永不干涸的源泉，从而使谈话重又不断奔流。奥本赖泽如能生为英国人，哪怕牺牲一条胳臂，一只眼睛，或者一条腿，他也在所不惜。出了英国，就找不到真正的家庭，真正融洽的天伦之乐，真正美丽的女人。他不得不请亲爱的玛格丽特小姐原谅，因为他认为她之所以动人，照他看来是由于英国人的血液一定在从前某个时期流进了他们闭塞的、无名的祖先的血管中。考察一下这个英国民族，端详一下这些高大的、整洁的、丰满的、强壮的人民！看看他们的城市！多么宏伟的公共建筑！多么秩序井然、文明高尚的街道！多么值得赞美的法律，它把正义的永恒原则与英镑、先令和便士的另一永恒原则融为一体，可以把它应用于一切民事纠纷，从损害一个人的荣誉起，到损害一个人的鼻子为止！你糟蹋了我的女儿，好，若干英镑，若干先令，若干便士！你朝我脸上一拳，把我打翻在地，好，若干英镑，若干先令，若干便士！一个国家有了这么丰富的物质文明，还会不欣欣向荣，永无尽头吗？奥本赖泽展望未来，简直看不到尽头。奥本赖泽要求大家允许他按照英国的方式，用祝酒抒发他的热诚。我们小小的宴会不成敬意，现在请用简陋的甜点，请让英国的赞美者按照民族习惯发表他的祝酒词！文但尔先生，为英吉利光辉的海岸干杯！为你们的民族美德、你们的美好气候、你们的迷人妇女干杯！为你们的天伦之乐、你们的家庭、你们的人身保护法、你们的其他一切制度干杯！总而言之，为英国干杯！万岁，万岁，万万岁！

奥本赖泽刚把英国式的欢呼喊完最后一个字，无声的朋友刚把杯子里的酒喝完最后一口，宴会便给轻轻的叩门声打断了。一个女仆走进屋子，把一张便条送到主人手中。奥本赖泽皱起眉头，打开便条，露出并非伪装的烦躁表情读了一遍，便把它转交给他的同胞和朋友。文但尔看到这些动静，精神陡然一振。难道这张令人烦躁的小小便条竟是他的帮手不成？他翘首以待的机会真的终于来了？

"我看，没有别的法子了吧？"奥本赖泽对他的同胞和朋友说，"恐怕只能我们走一趟了。"

无声的朋友交还了信，耸耸肥大的肩膀，自己斟了最后一杯酒，胖胖的手指绕在瓶颈上有些依依不舍，放下前还像情人似的，把瓶颈轻轻捏了一把。他那对圆球形眼睛望着文但尔和玛格丽特，好像前面隔着一层烟雾，只觉得朦朦胧胧。他终于把粗大的嗓门活动了一下,送出了一句完整的句子:“我真想再喝一点酒。”由于用力过度,他的呼吸有些急促,哼哼哧哧地走向门口。

奥本赖泽向文但尔露出了深深忧虑的表情。

“我这么震动,这么惊慌,这么担忧,”他开始道。“我的一个同胞遭到了不幸。他没有熟人,又不懂得你们的语言,我和我的好朋友别无选择,只得前去帮助他。我无法表达我的歉意。它使我不得不中止与你的欢聚,我真不知该怎么形容我惋惜的心情!”

说到这里他停住了,显然在等待文但尔拿起帽子告辞。谁知文但尔看到机会终于到来,说什么也不肯这么做。他用奥本赖泽自己的武器,与他巧妙地周旋。

“请你不必担心,”他说。“我可以在这里等你回来,这算不得什么。”

玛格丽特涨红了脸,转身朝墙角靠窗的绣花架走去。薄翳从奥本赖泽的眼睛上升起了,微笑也在奥本赖泽的嘴唇上变得有点勉强了。告诉文但尔说他并无把握一定能很快赶回来,就难免会得罪一个人,而这个人的好感对他是具有实际商业价值的。他只得以尽可能优雅的姿态接受自己的失败,声称文但尔的想法使他深感荣幸和高兴。“这么坦率,这么友好,这么具有英国气派!”他显得忙忙碌碌,似乎在找什么需要的东西,然后从通往邻室的折门出去了一会,戴着帽子和手套回到室内,宣称他要尽早赶回家来,接着碰了碰文但尔的胳膊弯,便在无声的朋友的陪同下走了。

文但尔转身走向靠窗的墙角,玛格丽特便在那儿埋头刺绣。他蓦地发现,仿佛从天花板上掉下来的,或者从地板下钻出来的,那个刚才还没见到的名为朵尔太太的障碍物,忽然以她固有的姿势,面对火炉,出现在那里了!她欠起一半身子,从肩上扭转一半头,瞧了瞧文但尔,便重又坐下。她在干活吗?是的。仍像以前一样,给奥本赖泽刷手套?不,给奥本赖泽补袜子。

现在事情没有指望了。两个严重的问题出现在文但尔面前。是不是可以把朵尔太太丢进火炉？火炉装不下她。是不是可以把朵尔太太不当作活人，只当作一件家具？能不能设想，这位可敬的管家婆是一只五斗柜，只是有一块披头的黑纱暂时放在柜顶上？完全可以这么设想。于是文但尔便照此行事，这倒比较轻松，不费力气。他刚在老式窗台上坐下，挨近玛格丽特和她的绣花架，五斗柜便抖动了一下，但并没有发表意见。大家想必明白，硬木家具是轻易无法移动的，因此它具有这个优点：不必担心给人撵走。

美丽的玛格丽特俯在绣花架上使劲绣花，好像这是生死存亡的搏斗；她显得异乎寻常地沉默，也异乎寻常地紧张，红润的血色从她脸上消失了，剧烈的颤动控制了她的手指。文但尔的激动也不输于她，他觉得重要的时刻到了，他必须对她温柔体贴，慢慢引导，首先向她倾诉他急于倾诉的心愿，然后听取他急于听取的更甜蜜的倾诉。一个女人的爱情是绝对不能靠冲锋陷阵夺取的，它只会在潜移默化中不知不觉地献出自己。它爱走迂回曲折的道路，爱听含情脉脉的低语。文但尔带着她回忆从前在瑞士一起旅行的日子。他们想起了当年的经历，唤醒了欢乐的往事。玛格丽特的紧张心情逐渐消逝了。她露出微笑，感到有趣，望着文但尔，手中的针动得慢了，针法也有些乱了。在谈话中，他们的声音越变越轻，他们的脸越靠越近。那么朵尔太太呢？朵尔太太的行动大有天使气概。她没有回头看一次，没有说一句话，一心替奥本赖泽补袜子。每只袜子她都得套在左胳臂上，不时把它举得高高的，对着光线端详她的手艺，接着又出现了一些微妙而无法形容的时刻，仿佛朵尔太太全身倒坐着，正在仔细观察她自己那只翘在空中的尊贵的脚。随着时间一分钟一分钟过去，这种脚朝天的动作造成的间隔也越来越长了。那块黑纱头巾还不时在点动，突然向前扑下，然后又恢复原状。一小堆袜子从朵尔太太的膝头轻轻掉到了地上，但谁也没有注意。一个大线球也照袜子行事，慢条斯理地滚到了桌子底下。黑纱头巾又不停地点动，向前扑下，终于不再恢复原状。在情人的喁喁低语中，出现了一个复杂的声音，它有些像一只大猫在呜呜直叫，又像什么人在刨一块薄薄的木板。自然规律和朵尔太太共同帮了文但尔的大忙。这位杰出的妇女睡着了。

玛格丽特站起身来，打算——与其说是从打鼾中，不如说是从有声的休息中——唤醒朵尔太太。但文但尔把手按在她胳臂上，迫使她轻轻退回了她的椅子。

"不必打扰她，"他小声道。"我正想告诉你一个秘密呢。现在让我讲吧。"

玛格丽特重又坐下。她想取她的针。但是没有用，她的眼睛看不清楚，她的手不听使唤，她什么也找不到。

"我们刚才谈的是我们初次见面和一起旅行的幸福时光，"文但尔说。"现在我要向你公开一件事。我一直隐瞒着它。我谈到我第一次游历瑞士时，我把我带回英国的全部印象都告诉了你，只有一点没讲。你能猜到这是什么吗？"

她的眼睛盯在绣花架上，一动不动，她的脸别了过去，不再看他。惊慌的迹象开始出现在她精致的丝绒紧身胸衣上，别针的周围。她没有回答。文但尔毫不留情，追问了一遍。

"你能猜到我还没告诉你的，我在瑞士的这个印象是什么吗？"

她的脸朝他转了回来，一丝微笑在她的嘴唇上跳动。

"也许是对那些高山的印象吧？"她狡猾地说。

"不，比那种印象美好得多。"

"那么是对那些湖泊的印象？"

"不。湖泊不会在我的回忆中一天天变得越来越亲切。湖泊跟我目前的幸福和未来的希望也没有关系。玛格丽特！一切使生活变得宝贵的东西，对我说来，只在于你的一句话。玛格丽特，我爱你!”

他拿起了她的手,她的头垂下了。他把她拉到身边,望着她。泪水从她垂下的眼睛中流了出来,缓缓地淌在她的脸颊上。

“唉,文但尔先生,”她悲伤地说,“请你不如保守这个秘密,这对我更好。难道你忘记我们之间的距离了吗?这是永远、永远不可能的!”

“我们之间只有一种距离,玛格丽特,那就是你制造的距离。亲爱的人,你的善良是没有人可以超过的,你的美貌也是没有人可以超过的!好吧!只要一句话就成了,告诉我,你愿意做我的妻子!”

她痛苦地叹了口气。“可是想到你的家庭,”她嗫嚅道,“再想想我的家庭!”

文但尔又把她拉近了一些。

“如果你老是考虑这种障碍,”他说,“那么我只能这么想,那就是我有什么冒犯了你。”

她吃了一惊,抬起了头。“啊,哪儿的话!”她真诚地喊道。在这些话通过她的嘴唇的一刹那,她发现了它们可能包含的意义。她在不知不觉中供认了自己的心情。可爱的红晕涌上了她的脸。她用力挣扎了一下,离开了情人的怀抱。她抬起头,用恳求的目光注视着他。她试图开口。但话还没出口,文但尔的嘴唇已贴到了她的嘴唇上。“放我走吧,文但尔先生!”她说,声音微弱。

“叫我乔治。”

她把脸贴在他胸口。她的整个心灵终于奔向了他。“乔治!”她小声说。

“说你爱我!”

她的胳臂轻轻地围上了他的脖颈。她的嘴唇胆怯地触及了他的面颊,发出了那美妙的几个字:“我爱你!”

在接着而来的宁静中,大门开了又关的声音,通过冬日沉寂的街道清晰地传进了他们的耳朵。

玛格丽特一惊,站了起来。

“让我走吧!”她说。“他回来了!”

她匆匆走出屋子,顺便拍了拍朵尔太太的肩膀。朵尔太太哼哼哧哧地醒了,先从一个肩膀,又从另一个肩膀向后瞧瞧,又低头看看膝头,发现那里既没有袜子和线团,也没有补袜子的针。与此同时,上楼的脚步声越来越近。“我的天!”朵尔太太说,像在对火炉讲话,浑身瑟瑟发抖。文但尔捡起袜子和线团,把它们从她背后一古脑儿丢下去。当它们像雪崩一样落到她宽大的膝头时,她喊了第二遍“我的天!”

房门开了,奥本赖泽走进屋子。他首先向周围扫了一眼,发现玛格丽特不在。

“怎么!”他喊道,“我的侄女走了?我离开时她没在这儿陪你?这是不可原谅的。我马上喊她回来。”

文但尔拦住了他。

“我请你不必再打扰奥本赖泽小姐,”他说,“你已回家,但怎么没见你的朋友呢?”

“我的朋友得留在那儿,安慰我们那位不幸的同胞。这是一个伤心的场面,文但尔先生!家庭必需品都进了当铺——一家人哭得泪人儿似的。我们默默拥抱在一起。只有我的朋友保持着冷静,令人钦佩。他当场派人去买了瓶酒。”

“奥本赖泽先生,我能单独与你谈一句话吗?”

“当然可以。”他转身对朵尔太太道:“我的好老太太,你困了,该睡了。文但尔先生不会怪你的。”

朵尔太太站了起来,斜着身子开始了从火炉到卧榻的旅行。她掉了一只袜子。文但尔替她捡起袜子,打开了一扇折门。她走了一步,又掉了三只袜子。文但尔又像刚才一样俯下身去捡袜子,奥本赖泽走到前面一再道歉，警告似地瞪了朵尔太太一眼。朵尔太太看到这目光，吓得把全部袜子都掉到了地上，然后战战兢兢地赶快离开这个是非之地。奥本赖泽用两只手捧起所有的袜子，喝道："快走！"随即把手向空中一挥。朵尔太太喊了声："我的天！"在纷纷扬扬飞来的袜子中逃进了隔壁屋子。

"文但尔先生，"奥本赖泽说，关上了门，"这些家庭琐事老是搅得人不得安宁，你说是吗？我为此感到害羞。这个新年过得真是糟透了，今天晚上好像什么也不顺利。请坐，别客气；说吧，要不要给你来点什么？是不是再向你们尊贵的英国习惯表示一点敬意？我一向欣赏你们所说的乐天态度。我提议再喝几杯淡酒。"

文但尔谢绝了淡酒，同时对那种尊贵的习惯保持着必要的敬意。

"我想与你谈一件跟我有切身关系的事，"他说。"奥本赖泽先生，我对你的侄女一开始就怀着不同寻常的爱慕之情，这点想必你早已注意到了？"

"你太好了。我代表我的侄女感谢你。"

"也许你已看到，近来我对奥本赖泽小姐的爱慕，已发展成一种更温柔、更深厚的感情……"

"是不是称它友谊更好，文但尔先生？"

"还是说爱情比较更接近事实。"

奥本赖泽从椅上霍地立起身来。隐约可见的肌肉颤动，那种即将改变脸色的前奏，突然出现在他的脸上。

"你是奥本赖泽小姐的监护人，"文但尔继续道，"我要求你把最大的恩惠给予我，那就是允许她嫁给我。"

奥本赖泽猛然坐回了椅子，说道："文但尔先生，你使我不知怎么说才好。"

"我可以等待，"文但尔答道，"等到你知道怎么说的时候。"

“在那以前，我想问你一句话。你还什么也没对我侄女讲吧?”

“我已向你的侄女说明了我的全部心愿。我有理由希望……”

“怎么!”奥本赖泽打断了他的话。“你没有先征得我的许可，便向我的侄女求婚，跟她谈了这事?”他拍了一下桌子，这是他第一次在文但尔面前控制不住自己。“先生!”他怒冲冲地喊道，“这是怎么一种行为? 作为一个体面人对一个体面人讲话，请问，你根据什么理由这么做?”

“我的理由只是这符合我们英国的习惯，”文但尔平静地答道。“你不是称赞我们英国的风俗人情吗? 如果我说我为这件事感到后悔，那么这不是老实的态度，奥本赖泽先生。我能向你讲的只有一点:在这件事上我没有不尊重你的意思。说明这点之后，我要求你明白告诉我，你不能同意我的求婚理由是什么?”

“我认为理由充足得很，”奥本赖泽答道，“我的侄女与你社会地位不同。我的侄女是一个穷苦农民的女儿，你却是一位绅士的儿子。承蒙你看得起我们，”他又道，降低了声调，逐渐恢复了他习惯的彬彬有礼的态度，“这是我们应该十分感激的，事实也是这样。但是差距太显著，牺牲也太大。你们英国人是高傲的民族，文但尔先生。我对这个国家作过深入的观察，因此我了解，你提出的这种婚姻在这里只能引起鄙视。没有一只手会伸向你的农民妻子，你最好的朋友也都会抛弃你。”

“等一下，”文但尔说，现在是他打断了对方的话，“我毫无自高自大的意思，但我可以说，我对我们一般英国人，包括我的亲友们在内，了解得比你清楚。任何人，只要他的意见是值得听取的，都会认识到，我妻子本人即足以证明我的婚姻是正当的。如果我不能肯定——注意，我是说肯定——我为她提供的地位她可以大胆接受而不必感到丝毫羞愧，那么我决不可能(不论这会使我多么难过)要求她做我的妻子。你是不是认为还有别的障碍? 你对我个人是否有什么不满?”

奥本赖泽摊开双手,谦恭地表示了异议。“对你个人不满!”他喊道。“亲爱的先生,这么一个问题本身对我就是痛苦的。”

“我们两人都是从事商业活动的,”文但尔继续道,“你自然希望我向你证明,我有力量养活我的妻子。我可以用两句话说明我的经济状况。我从父母那里继承的财产是两万英镑。其中半数我只有终身利息所有权①,如果我死了,留下一位遗孀,这份财产便归她继承。如果我死了,留下一些孩子,这笔钱便在他们成年后由他们平分。我的财产的另一半可由我自行支配,它们已用作酒业公司的资金。我打算大力发展这企业。从它目前的状况看,我投资所得的利润还不会超过一千两百镑一年。加上我享受终身所有权的那些钱的利息,总数目前可达到一年一千五百镑收入。我有充分把握,可在不久的将来扩大这数目。如果这样,从我的经济地位看,你有没有异议?”

奥本赖泽被迫退入了最后一道防线,他离开座位,在屋里踱来踱去。这个时候,他简直不知再说什么或做什么好。

“在我回答最后一个问题以前,”他在心里郑重考虑了一会以后说道,“我想我们还是先回到玛格丽特小姐这方面来。你刚才说的话似乎暗示,你对她所怀抱的那种感情,已得到了她相应的答复?”

“我的快乐是无法估计的,”文但尔说,“因为我知道了她爱我。”

奥本赖泽默默站了一会,薄翳来到了他的眼睛上,隐约可见的肌肉颤动也在他脸上出现了。

“对不起,请允许我走开几分钟,”他说,态度彬彬有礼,“我得

① 指可以终身使用利息,但不得动用本金的财产。

找我的侄女谈一下。”说完这些话，他便鞠躬告退了。

文但尔剩下一人后，不免要考虑奥本赖泽的动机了（这是这样的会见必然产生的后果）。他想方设法阻挠他的求爱，现在又想方设法阻挠他的求婚，可是这门亲事的有利性质，哪怕他用尽心计也不能否定。因此从表面上看，他的行为是无从解释的。那么这究竟是为什么呢？

他不得不透过表面寻找问题的答案。他想起奥本赖泽是与他年龄相仿的青年，同时，严格说，玛格丽特只是他同父异母的长兄的女儿。于是文但尔以一个情人的敏感和嫉妒心理问自己，他面对的会不会不仅是一个必须说服的监护人，也是一个可怕的情敌？这思想进入了他的头脑，但仅此而已。玛格丽特的亲吻在他脸上留下的感觉尚未消失，它温柔地提醒他，现在哪怕一分钟的猜忌也是对她的背叛。

仔细想想，另一种个人动机似乎更合情理，足以真正解释奥本赖泽的行为。玛格丽特的文雅和美貌是那个小家庭中珍贵的装饰品。它们赋予了它一种特殊的社会魅力，一种特殊的社会价值。奥本赖泽因而掌握了某种力量，随时可以依靠它提高他家庭的地位，也随时可以利用它或多或少地达到他个人的自私目的。他这种人难道肯放弃手头的有利条件，忍痛牺牲，不索取尽可能多的代价吗？与文但尔的联姻，对他提供了确凿的利益，这是毫无疑问的。但是在伦敦还有千百个人拥有比文但尔大得多的财产，广泛得多的势力。这个人野心勃勃，是不是还在觊觎更大的利益，不满足于他侄女目前的婚事所能提供的一切？正当文但尔一心考虑这些问题时，那人又走进了屋子，至于他是否准备作出回答，事实即可证明。

奥本赖泽重又坐下，他的态度发生了显著的变化，不再显得有恃无恐，他的嘴角留有明显的迹象，说明他刚经历过的激动还没有完全平息。是不是他提到文但尔或他自己时讲了什么，引起了玛格丽特的反抗,使他第一次领教了侄女坚定不移的意志?可能这样,也可能不是这样。只有一点是肯定的:他的神色像一个人刚碰了钉子回来。

“我同我的侄女讲了,”他开始道。“我发现,文但尔先生,哪怕在你的影响下,她也没有完全看不到你的要求在社会上可能遇到的阻力。”

“我想问一句,”文但尔答道,“这是不是你跟奥本赖泽小姐谈话的唯一结果?”

从奥本赖泽的薄翳中,一道亮光闪了一闪。

“你掌握了局面,”他答道,用嘲笑的声调表示了屈服。“如果你坚持要我同意,我的同意只能用这句话表达。我的侄女和我一向志愿相同,文但尔先生。现在你来到了我们中间,你的志愿便成了她的志愿。在我的国家中,我们知道自己打败后,便光明磊落地投降。我现在便光明磊落地投降,但这是有条件的。让我们回到你的经济状况上来。亲爱的先生,你的状况叫我不能满意,尽管从我的地位看,我向你提出这点,未免显得不自量力。”

“你的意思怎样?”

“蒙你向我的侄女提出求婚。但目前(在万分感激和尊敬之余)我希望你放弃这要求。”

“为什么?”

“因为你还不够富有。”

这一反对意见正如讲话人所预计的,完全出乎文但尔的意料之外。一时间他开不出口。

“你的收入是一千五百镑一年,”奥本赖泽继续道。“在我那悲惨的国家中,这样的收入会使我跪在你面前说:‘真是像国王一样富裕!’但是在富足的英国,我会依然坐在椅上,说道:‘这是一份仅可温饱的财产,亲爱的先生,如此而已。也许它足够一个妻子过你这个等级的生活,如果她没有社会偏见需要克服的话。但是一个出身卑微的外国人,面对着你们的全部社会偏见,你的收入再加一倍也不够。'先生!如果我的侄女嫁给了你,她从取得她的地位开始,就走上了你们所说的艰难的上坡路。是的,是的,这不符合你的观点,尽管这样,它现在是,以后也永远是我的观点。为我的侄女着想,我要求这条上坡路尽可能平坦一些。凡是她能得到的对她有帮助的物质条件,她都应该得到,这是符合一般情理的。现在,请你告诉我,靠你一千五百镑一年,你的妻子可以在时髦的住宅区有一幢房子,有一个仆人给她开门,有一个管家侍候她用膳,有一辆马车供她出门乘坐吗?我在你的脸上看到了回答——你的脸说:不能。很好。再问你一件事,这便完了。拿你们国内受过教育的、多才多艺的、美丽可爱的妇女来看,一位小姐,凡是在时髦的住宅区有一幢房子,有一个仆人给她开门,有一个管家侍候她用膳,有一辆马车供她出门乘坐的,是不是一开始就按照自己的估计,取得了这四大条件?是这样,还是不是这样?"

"不用绕圈子,"文但尔说。"你的看法无非是条件问题。你的条件是什么?"

"亲爱的先生,我的最低条件是你必须一开始就能给你的妻子提供这四大条件。你目前的收入得增加一倍,否则,不论怎么精打细算,在英国也无法办到。你刚才说,你可以大大提高你的公司的利润。那就干吧,提高它!我毕竟不是一个坏人!等到你能满足我的条件的一天,只要拿出明确的证据,证明你的收入已增加到三千镑一年,你再来找我的侄女求婚,包你一举成功。"

"请问,你有没有把你的打算告诉奥本赖泽小姐?"

"当然讲过。她至少还得考虑一下我的意见,文但尔先生,这不是你能完全做主的。她接受了我的意见。换句话说,她愿意接受她的监护人为她的利益所作的指导,承认她的监护人对人情世故有着透彻的了解。”他朝椅背上一靠，对自己的地位充满信心，因此心平气和，镇静自若。

对自己的利益作任何公开申辩，按照文但尔目前的处境，都无济于事（至少在这时）。他发现自己真的给逼得无路可走了。不论奥本赖泽的反对是不是真的来自他对这件事的观点，或者只是为了拖延婚事，以便最后把它彻底推翻——不论事实如何，文但尔方面的任何反抗都是同样没有用的。除了让步毫无办法，只能尽量争取最好的效果。

“我要对你强加给我的这些条件提出抗议，”他开始道。

“这自然，”奥本赖泽答道，“老实说，我是你的话，也会提出抗议。”

“不过算了，”文但尔继续道，“我接受你的条件。但是在这前提下，必须允许我提出两点要求。首先，我希望允许我探望你的侄女。”

“啊哈！探望我的侄女？让她也像你一样迫不及待要求结婚？假定我不同意呢？你恐怕也会不顾我的反对径自找她吧？”

“当然这样！”

“多么可爱的坦率！多么高尚的英国作风！文但尔先生，你可以在某些日子跟她会面，至于哪些日子，我们回头一起商定。还有呢？”

“你对我的收入提出的异议，完全出乎我的意料，”文但尔接着说。“我希望得到保证，不致再发生第二次变化。关于我结婚的财产资格，按照你目前的观点，是要求我具有一年三千镑的收入。你能保证将来你在英国的阅历扩大后，你的估价不致上涨吗？”

“用普通的英语讲，你是不相信我的话？”奥本赖泽说。

“在我通知你，我的收入已增加一倍时，你能马上相信我的话吗？”文但尔问。“如果我没有记错的话，一分钟以前，你不是还要求我提出明确的证据吗?”

“你还真有一手,文但尔先生!你把外国人的精明和英国人的稳健结合在一起了。请接受我最良好的祝贺。也请接受我的书面保证。”

他站起身,走到靠近餐具柜的写字台旁边坐下,写了几行字,一边把条子交给文但尔,一边低低鞠躬。他的保证有了白纸黑字的形式,签名和日期也一丝不苟。

“这保证你满意不满意?”

“满意。”

“听到这话,我很高兴。我们打了小小一个回合——事实证明双方旗鼓相当,都很精明。我们的交涉已暂时告一段落。我对你没有恶感,你对我也没有恶感。来,文但尔先生,好好握一次英国式的手。”

文但尔伸出了手,对奥本赖泽从一种态度迅速转变为另一种态度,有些困惑。

“什么时候我可以再见到奥本赖泽小姐?”他起身告辞时问。

“请你明天再来一次,”奥本赖泽说,“这事到那时再确定。在你走前,请再喝一杯水酒!不用了?好吧,好吧!我们把这杯酒存着,等你有了三千镑一年,准备结婚时再喝吧。啊哈!什么时候可以实现?”

“根据我对企业资金的估计,大约再过几个月,”文但尔说。“如果我的估计不错,我现在的收入那时可提高一倍……”

“并且可以结婚!”奥本赖泽补充道。

“并且可以结婚,”文但尔重复道。“我打算从现在起一年内把这事办完。晚安。”

文但尔遇到了麻烦

第二天文但尔走进办公室时,瘸腿胡同原来枯燥的商业活动在他眼中出现了新的面貌。现在它关系到玛格丽特的利益了！怀尔丁死后留下的整个公司，本来只是为实现商业利润在运转——账目的结算、债务的估计、存货的清点等等——现在却取得了新的意义，成了能否迅速结婚的指示器。文但尔审阅了会计提供的账册，核对了办事员们呈报的收益和支出以后，把注意力转向了下一步的存货盘点工作，通知酒库提出库存报告。

酒窖总管理员刚把头伸进经理室，他的神色就已说明那天早上一定发生了什么特殊情况。乔伊·莱德尔的动作忽然变得活跃了！一种几乎像高兴的表情来到了乔伊·莱德尔的脸上！

"怎么回事？"文但尔问。"出了什么乱子？"

"我想指出一件事，"乔伊回答。"文但尔少爷，我从来没有自命为先知。"

"谁说过你自命为先知啦？"

"根据我听到的关于先知的故事，"乔伊继续道，"没有一个先知是一辈子生活在地下的。不论他从毛孔中吸进什么，没有一个先知会接连几十年从早到晚吸进酒。在怀尔丁少爷改变公司名称时，我对他说过，总有一天他会发现，他这是改变了公司的运气，但当时我是自命为先知讲这话的吗？不，不是的。我讲的话有没有应验呢？有，现在便应验了。在佩伯尔松叔侄时代，文但尔少爷，从这些门中运进的每一批货物，从没出过差错。可现在出现了差错。请注意，这事发生在玛格丽特小姐到来以前。因此，我说玛格丽特小姐的唱歌会给公司带来好运这一点，还是绝对可靠的。先生，请你瞧瞧这个，"乔伊举起食指，指着报告上有关的一条说道，不过从这只指头看，它的毛孔吸进的不是别的，主要还是污垢。"在我办事的公司里呱呱乱叫，这不符合我的天性，但我认为请你看看这个，是我神圣的职责。"

文但尔读到的内容如下："关于瑞士香槟的说明：从德弗雷尼公

司运到的最后一批货物中发现质量不一致。"文但尔没有往下看，立即查阅手边的大事记。"那是怀尔丁先生在世时的事，"他说。"那批酒属于优质名酒，因此他全部收下。瑞士香槟质地醇厚，难道不对吗？"

"我没有说它质地不纯，"酒窖总管答道。"它可能在我们主顾的酒窖中变质，也可能到了我们主顾的手中发生问题，但我可以保证，它不会在我们这里变坏。"

文但尔继续读那条说明："我们发现，酒箱数目与本子上记的完全符合。但是其中六箱的标记与其他各箱的略有不同，打开以后，发现箱内装的是红葡萄酒，不是香槟酒。我们猜想，这是由于标记相似，才在纳沙特尔发货时弄错了。其余各箱并未发现类似情况。"

"就是这些！"文但尔喊道，把报告扔在一旁。

乔伊·莱德尔的眼睛盯住了扔开的纸，有些泄气。

"看到你这么满不在乎，我很高兴，先生，"他说。"不论发生什么事，记住在一开始的时候你不要把它放在心上，这总会使你得到宽慰的。但有时一个错误会引起另一个错误。一个人不当心做了错事，把一片橘子皮丢在人行道上，另一个人不当心踩在皮上，于是事情发展到医院里，最后是一个人终生成了瘸腿。我很高兴你这么满不在乎，先生。在佩伯尔松叔侄时代，我们从不这么满不在乎，总要查个水落石出。但我并不想对我的公司呱呱乱叫，文但尔少爷，我希望你一切顺利。请别见怪，先生，"酒窖总管说，开了门想走，但在掩上门以前，又把不祥的脑袋探进了屋子，"我承认我给酒熏糊涂了，老是瞎操心。但我是佩伯尔松叔侄公司的老职员，我希望你弄清那六箱酒的事。"

剩下一人以后，文但尔不禁哈哈大笑。他拿起了笔，心想："我还是给德弗雷尼公司写封信吧，免得过后忘了。"于是他立即写了下面这封信：

亲爱的先生们:我们盘点存货,在贵公司上次运到的货物中发现了一点小错误。六箱装的是红葡萄酒,现退还贵公司。此事不妨采取简单的办法予以纠正:如目前香槟酒有货,请贵公司另行运出六箱,如目前无货,请从本公司汇交你们的货款(五百镑)中,将六箱货款记入贷方。专此问好。

怀尔丁公司

信从邮局寄出了,事情也就从文但尔心头消失了。他有其他重要得多的事需要考虑。当天稍晚一些,他便去拜访奥本赖泽,这是他们昨天约定的。一星期中确定了几个晚上他可以与玛格丽特见面,不过始终得有第三者在场。奥本赖泽虽然客气,但对这点毫不退让。唯一的让步是可由文但尔自行选定这个第三者。根据过去的经验,他毫不迟疑地选择了那位给奥本赖泽补袜子的高明太太。听得这责任落在自己肩上,朵尔太太的智力活动突然发生了新的飞跃。等奥本赖泽的目光从她身上离开以后,她便向文但尔偷偷挤眼睛。

时间在流逝,与玛格丽特在一起的欢乐的夜晚来了又去了。从文但尔写信给瑞士公司后,到了第十个早上,复信送到了他的桌上,与当天的其他信件放在一起:

亲爱的先生们:请允许我们为我们的疏忽表示歉意。同时我们得遗憾地通知你们,你们指出的错误引起了我们一个非常意外的发现。这件事对你们和我们都关系重大。它的详情如下:

由于上次运给你们的那批优质香槟酒目前已无存货,我们决定按照你们的提议,将六箱货款作为应付贵公司的款项记入贷方。在采取这一步骤时,必须按照商业往来手续,查阅银行账目及我们的账册。查阅结果证明，本公司从未收到过你们所说的那笔汇款，事实上它也从未划入我们的银行账户中。

在事情的这个阶段，不必多谈细节，免得有渎清神。毫无疑问，这笔钱已在你们汇交我们的过程中被盗窃。关于进行这一骗局的手法，我们发现了某些特点，因此可以得出结论，盗取者估计在年终结账使真相必然败露以前，可将窃取之款项解交我们的银行。在通常情况下，这还有三个月的期限。在这段时期内，要不是你们的信，我们对被盗的事可能会一无所知。

我们提出的这最后一点情况，可使你们看到，在这件事上，我们所要对付的不是一个普通的窃贼。到目前为止，我们还不能确定窃贼是谁。因此我们希望你们检查一下该款的收据（它当然是伪造的，也必然是以我们的名义寄给你们的），我们相信，这对我们的破案会有一定帮助。请你们看看，该收据是全部手写的，还是有编号的印刷品，只需填上数目即可。这似乎是个小问题，但你们可以相信，确定这点具有十分重大的意义。我们迫切等待你们的答复，并致以崇高的敬意。

德弗雷尼公司

文但尔把信放在桌上，定了定神，使自己从突然到来的打击中平静下来。目前提高企业利润对他具有最大的迫切性，可是偏偏在这当口，公司面临着损失五百镑的危险。他想到了玛格丽特，一面从口袋里掏出钥匙，打开墙上的大保险柜，公司的账册和文件都保藏在那里。

他正在柜里寻找那张伪造的收据，突然听到就在他的背后出现了说话的声音。

“非常对不起，”那声音说，“恐怕我打扰了你。”

他转身一看，发现玛格丽特的监护人站在他的面前。

“我来看看,你有没有什么事要我帮忙,”奥本赖泽继续道。“我有些私事,必须到曼彻斯特和利物浦去几天。你们在那儿有没有事要我一起办理?我可以作为怀尔丁公司的旅行推销员,为你们竭尽绵力。”

“对不起,请等一下,”文但尔说,“我们过一会儿再谈。”他又转过身去,在文件中继续寻找。“你来得正是时候,我正需要你友好的帮助,”他又道。“今天早上我从纳沙特尔得到了一个非常坏的消息。”

“非常坏的消息!”奥本赖泽喊道。“从德弗雷尼公司来的?”

“是的。我们寄给他们的一笔汇款失窃了。我面临着损失五百镑的危险。那是什么?”

他蓦地旋转身子,再一次朝屋里看了一下,发现他的信件夹丢在地上,奥本赖泽正跪在那儿,捡起丢散的信。

“这都怪我不当心!”奥本赖泽说。“你这个可怕的消息使我吃了一惊,我退后一步……”他显得专心致志在收拾落在地上的信件,以致没有讲完。

“不必费心,”文但尔说。“办事员会收拾的。”

“真是个可怕的消息!”奥本赖泽反复道,依然在收拾信件。“真是个可怕的消息!”

“你不妨读一下信,”文但尔说,“你就会看到我丝毫没有夸大。信就摊在我的写字台上。”

他重又寻找,过了一会便找到了伪造的收据。那正如瑞士公司说的,是有编号的印制的单据。文但尔记下了号码和日期。他重新放好收据,锁上了大铁箱,这才有空注意奥本赖泽,发现他正坐在屋子另一头一扇窗的凹处看信。

“还是坐在炉边吧,”文但尔说。“那儿太冷,你好像受不住呢。让我按铃叫他们添些煤炭。”

奥本赖泽站起身子,慢慢走回写字台。“玛格丽特听到了,一定也像我一样难过,”他亲切地说。“你现在打算怎么办?”

“这全得看德弗雷尼公司要我怎么办了,”文但尔答道。“我对情况一无所知,只能按照他们的要求行事。我刚才找到的收据是有编号的印制的发票。他们对这问题似乎特别重视。你在瑞士的公司工作过,对他们的办事方式应该是了解的。照你看,他们的目的是什么呢?”

奥本赖泽愿意考虑一下。

“让我看看收据怎么样?”他说。

“你病了不成?”文但尔问,原来奥本赖泽的脸色这时第一次出现了明显的变化,这使他吃了一惊。“请你靠近火炉一些,你好像在发抖,但愿你不致生病才好。”

“病不了!”奥本赖泽说。“也许我着了凉。不过你们英国的气候不致难为一个崇拜你们英国风俗的人吧。让我瞧瞧收据。”

文但尔打开了铁箱。奥本赖泽拿了把椅子,靠近壁炉坐下,把双手举在火上。看到文但尔拿了收据走来,他又催促道:“让我瞧瞧。”正在这时,一个工友拿了一筐煤炭走进屋子,文但尔吩咐他把火生旺一些。工友立即照办,但匆忙之间出了一点乱子。在他跨前一步,拿起煤斗时,脚在地毯边上绊了一下,结果一筐煤炭全都倒进了壁炉围栏,原来的一点火也给盖住,冒出了一阵浓浓的黄烟,连一丝可以挽回的火星也没有了。

“笨蛋!”奥本赖泽偷偷说,瞪了那人一眼,目光那么凶,使那人许多天以后还不能忘记。

“你是不是到职员们的大办公室去?”文但尔问。“他们那儿有火炉。”

“不,不。没有关系。”

文但尔把收据递给他。奥本赖泽观看收据的兴趣,像炉火那样一下子消失得无影无踪了。他朝单子大致瞧了一眼,便说:“不,我不明白这是怎么回事!很遗憾,我无法帮助你。”

“我给纳沙特尔的信今晚就可发出,”文但尔说,第二次把收据锁进了铁箱。“我们只能等待,看事情怎么发展再说。”

“今晚寄信,”奥本赖泽接口道,“让我想想。过八九天你可以收到回信。到那时我已回来了。如果你要我作你们的旅行推销员,我愿意效劳,请你在这期间随时通知我好了。你会写信告诉我怎么办?非常感谢。但愿你尽早收到纳沙特尔的答复。谁知道呢?说不定这只是一场误会,亲爱的朋友。勇敢一些,勇敢一些!”他进屋时丝毫没有匆忙的样子,现在拿起帽子告辞时,却显得那么焦急,仿佛一分钟也不能耽搁。

留下一人后,文但尔在屋里来回打转,细细琢磨。

他从刚才的会见中听到和看到的一切,使他以前对奥本赖泽的印象动摇了。他第一次产生了一种感觉,似乎在这问题上,他对另一个人的判断过于片面和严厉。奥本赖泽听到从纳沙特尔来的消息以后,他的惊异和忧虑是诚恳真挚的,这再也明白不过,它不是出于礼貌所作的虚假表示。尽管他自己也遇到了麻烦,从他的神色看,他还好像真的病了,身子不太舒服,症状已开始露头,但是对朋友的不幸,他还是从言谈举止上表现了真诚的同情。这以前,文但尔为了玛格丽特的缘故,一直想改变对她的监护人的看法,但都没成功。现在,他天性中一切宽大的因素终于联合一致,推翻了他直至目前无法回答的疑问。他想:“谁知道呢?说不定我对那个人的表面观察全都错了。”

时间在流逝,与玛格丽特在一起的欢乐的夜晚来了又去了。从文但尔写信答复瑞士公司后,又到了第十个早上;复信又与当天的其他信件一起,放在他的桌上了。

亲爱的先生:我的主要合伙人德弗雷尼先生已因急事前往米兰,在他外出时(经他的同意和授权),现由我就五百镑汇款失窃事再次写信给你。

你发现伪造的收据是用我们有编号的、印制的单子填写的,这引起了合伙人和我无法表达的惊异和忧虑。在你们的汇款被盗期间,能够开启我们收藏票据簿的保险箱的钥匙,只有三把。我的合伙人有一把,我有一把,第三把由一位先生保管,这人当时在本公司担任重要职务。我们一向像相信自己一样相信这个人,但现在怀疑落到了他身上。我不便告诉你这人是谁,因为我们还在调查中,而调查结果可能证明他是无事的。请允许我保守秘密,这是出于良好的动机。

我们现在必须进行的调查相当简单。这就是由我们聘请的一些行家,对你们那张收据上的笔迹进行鉴定,把它与我们掌握的其他笔迹样本互相比较。由于业务上的理由,我不便把这些样本寄给你,这想必能得到你的谅解。我只能请你把收据送至纳沙特尔,与此同时,还得提请你注意一件事。

如果事实证明,我们现在怀疑的人确实是伪造和盗窃的作案者,我有理由担心,目前他已有所防备。对他不利的唯一证据在你们手里,他必然不惜一切手段企图销毁它。因此请你务必勿把收据交付邮寄。你必须立即派遣专人将它送下,派遣的人必须是在贵公司任职多年,可以信任,又习惯于旅行,懂得法语的;他必须是一个勇敢的人,正直的人,尤其必须是稳妥可靠,在路上不致与陌生人随便搭讪因而受骗的人。关于目前采取的这步骤,除你们的使者外,请不要告诉任何人,此事必须绝对保密。收据能否安全送达,就看你对我提出的这一劝告,能否不折不扣地付诸实施了。

我只有一点补充:抓紧时机具有极端重要性。我们遗失的收据簿不止一本，如不及时抓住窃贼，将来难保不发生类似的诈骗事件。

罗兰敬上

（代表德弗雷尼公司签字）

谁是嫌疑分子？处在文但尔的地位，这是不便多问的。

那么派谁把收据送往纳沙特尔呢？勇敢的人和正直的人，在瘸腿胡同不难找到。但是习惯于国外旅行，能讲法语，又确实稳妥可靠，不致在路上与陌生人搭讪因而受骗的人，在哪里呢？只有一个人能同时满足这许多要求，那个人就是文但尔本人。

离开公司是一种牺牲，离开玛格丽特是更大的牺牲。但五百镑是否损失却决定于目前的调查，而不折不扣地履行罗兰先生的劝告，又是他信中坚持的不容小看的事。文但尔越想越觉得，他必须做的是什么已十分清楚，于是说道："走！"

他把信和收据一起锁好时，连带想起了奥本赖泽。他觉得，嫌疑分子是谁还是可能猜到的。奥本赖泽应该知道。

这思想刚掠过他的脑海，门开了，奥本赖泽走进了屋子。

"在索荷广场，她们告诉我，你昨天晚上可能回来，"文但尔一边寒暄，一边说，"你在外地办事顺利吗？身体好一些没有？"

非常感谢。奥本赖泽的事办得很顺利；奥本赖泽的身体也好多了。现在有什么消息？纳沙特尔回信怎么说？

"回信非常奇怪，"文但尔答道。"事情变得更复杂了，但他们要求我，关于下一步行动必须绝对保守秘密，对任何人都不例外。"

"对任何人都不例外？"奥本赖泽重复道。讲这话时，他像在琢磨什么，走到屋子另一头的窗口，向外眺望了一会，突然向文但尔旋转身来。"一定是他们忘记了吧？"他接着道，"难道对我也不例外？"

“信是罗兰先生写的，”文但尔说。“你讲得不错，他一定把你给忘了。我完全没有想到这点。你刚才进屋时，我正想跟你商量呢。现在我已受到正式约束，尽管它也许不想把你包括在内。这种事很伤脑筋！”

奥本赖泽那双带薄翳的眼睛紧紧盯住了文但尔。

“也许不仅伤脑筋而已！”他说。“我今天早上来不仅想听听消息，而且愿意担任送信或商谈的人——看你要我干什么。你想不到事情多么巧。我收到了一些信，使我不得不立即回瑞士一次。不论你要送信件、文件或其他什么，我都可以代劳，直接送达德弗雷尼和罗兰两人。”

“你正是我所需要的人，”文但尔答道。“五分钟前，我才决定亲自去纳沙特尔，因为没有办法，我找不到一个可以代我做这事的人。现在让我再看看信。”

他打开了保险柜取信。奥本赖泽先向周围扫视了一眼，看清他们确实只有两人，便跟在后面走了一两步，站在那里打量文但尔。文但尔比他高，毫无疑问力气也比他大。奥本赖泽转身走开，在壁炉前烤火。

这时，文但尔正在第三次阅读信上最后一段话。警告写得明明白白，最末一句又坚持必须不折不扣照信中的话办。那只在暗中指引文但尔的手，只能做到这一步。问题涉及一笔巨款，骇人的怀疑需要证实。如果他自作主张，胡乱行事，万一发生意外，不能达到预期的目标，该谁负责呢？作为企业的负责人，文但尔只有一条路可走。他又把信锁进了铁箱。

“这实在不好办，”他对奥本赖泽说，“罗兰先生一时疏忽，弄得我十分为难，不得不对你采取错误的态度。可是我能怎么办呢？我面对着一个十分严峻的问题，又完全是在暗中摸索。我除了听从别人的指导，别无他法，我不能自作主张，唯有按信上的指示行事。我想,你应该谅解我吧?你知道,要是没有这种约束,我一定很高兴接受你的帮助。"

"不必多讲了!"奥本赖泽答道。"我处在你的地位,也会这么做。我的好朋友,我并没有怪你。你的赞美我很感激。不管怎样,我们可以结伴同行,"奥本赖泽又道,"你像我一样马上动身吧?"

"马上动身。当然,我得先跟玛格丽特讲一声!"

"这自然!自然!今天晚上就可以同她讲。来吧,顺便让我搭你的车一起上车站。我们坐今晚的邮车动身,怎么样?"

"好,搭今晚的邮车。"

文但尔驱车上索荷广场的住宅时,比预料的晚了一些。他的突然离开,使公司业务上的许多问题必须马上解决。他预定献给玛格丽特的时间,被不可推卸的职责残忍地占去了一大部分。

他进屋时,使他惊讶和欣慰的是发现玛格丽特独自待在会客室中。

"乔治,我们只有几分钟时间,"她说。"但是朵尔太太对我很好,这几分钟我们可以单独在一起。"她用胳臂围住他的脖子,焦急地轻声说道:"你没有做什么事得罪奥本赖泽先生吧?"

"我?"文但尔吃惊地喊道。

"嘘!"她说,"我要求你小声一些。你知道我拿过你一张相片。今天下午,它正好放在壁炉架上。他拿起它端详了一会——我从镜子中瞧见了他的脸。我知道你得罪了他!他是残酷无情的,有仇必报,而且像坟墓一样深不可测。不要与他一起走,乔治……千万不要!"

"我的好人,"文但尔答道,"你是在自寻烦恼,用想象吓唬自己!奥本赖泽和我的友谊从没像目前这么好。"

还没来得及多谈一句,隔壁屋里突然响起了一个庞大的身体走过地板的震动声。随着这震动声而出现的便是朵尔太太。这位好心的人喊了一声:“奥本赖泽!”立刻在火炉旁坐惯的地方坐了下去。

奥本赖泽肩上用皮带挂着一只挎包,进了屋子。

“你准备好没有?”他问文但尔。“你有什么要我拿吗?你没有带旅行包。我有一只。这是装文件的袋子,可以供你使用。”

“谢谢你,”文但尔说。“我只有一份重要文件,那是必须由我亲自保管的。它在这里,”他又说,拍拍外套胸前的口袋,“在到达纳沙特尔以前,它只能放在那儿。”

他讲这些话时,玛格丽特抓住他的手,重重捏了一下。她把眼睛转向奥本赖泽。文但尔还没看清一切,奥本赖泽已转过头去,向朵尔太太道别了。

“再见,我可爱的侄女!”他又向玛格丽特说。“走吧,我的朋友,向纳沙特尔出发!”他轻轻拍了拍文但尔胸前的口袋,朝门口走去。

文但尔最后一眼看的是玛格丽特。玛格丽特最后一句话是:“不要去!”

第三幕

在峡谷中

文但尔和奥本赖泽踏上旅途的时间是2月中旬左右。这年冬季特别冷,气候对旅行很不利。因此两位旅客到达斯特拉斯堡时,发现所有的大客栈几乎都空空的。他们在城里遇到了几个为商业事务从英国或巴黎出发,打算前往瑞士内地的人,但即使这些人也半途折回了。

今天瑞士有许多铁路,人们可以舒舒服服旅行,但那时还几乎或完全不可能。有些刚开始建造,更有不少尚未完成。至于通车的那几条,路上从前的一些大山口依然如故,到了冬季,交通常常中断;还有一些铁路存在薄弱地段,新工程在那里很不安全,不是遭到严重的冰冻,便是冰雪突然融化。这最后一类铁路遇到一年最恶劣的气候,火车很难通行,因此得看天气开车,或者在最危险的几个月中干脆停开。

在斯特拉斯堡流传着不少故事,讲继续旅行多么困难;故事之多几乎比传播这些故事的旅客更多。其中不少照例荒诞不经,但是不太离奇的那些,却由于人们毫不犹豫的折回,增加了可信的程度。不过,既然通往巴塞尔的路还没断,文但尔前进的决心没有动摇。奥本赖泽的决心当然以文但尔的为转移,他看到他已走投无路,只能孤注一掷了:不是自己毁灭,便是毁灭文但尔携带的罪证,甚至文但尔本人。

这两个旅伴彼此的心情是这样的:奥本赖泽由于文但尔的行动迅速,面临着灭亡的危险,他看到,在文但尔的努力下,包围圈每小时都在缩小,因此他恨他,对他充满了比野兽更凶残、更狡猾的仇恨。他心中始终对他怀有一种本能的敌对情绪,这也许来自绅士与农民的古老对立,也许来自他开朗的天性,也许来自他体面的外表,也许来自他对玛格丽特取得的成功,也许在那一切基础上,最后两点才是要害所在。何况目前在他眼里,他便是对他跟踪追击的猎人。至于文但尔,他一向宽大为怀,不愿保留最初那种模糊的不信任态度,现在更觉得非把它清除不可,因此总是提醒自己:“他是玛格丽特的监护人。我们建立了完全友好的关系,他主动要与我做伴,对这种毫无必要的旅行,他不可能有什么私心杂念。”当他们走过了比通常长一倍的旅程,到达巴塞尔以后,除了上述那些因素,又有一件事增加了奥本赖泽在他心中的分量。

他们吃了晚饭,单独待在客栈的房间里,它俯瞰着莱茵河——这一段河水又急又深,浪花喷溅,喧声不绝。文但尔靠在睡椅上,奥本赖泽踱来踱去,有时在窗口站一会,瞧瞧城里的灯火在黑暗的河道上形成的曲折反光(可能在想:"如果我把他丢进河里!"),有时重又来回打转,眼睛瞧着地面。

"如果要偷,在什么地方动手?如果必须杀死他,又在什么地方下手?"就这样,他在踱来踱去,河流在奔驰,奔驰,奔驰。

负担变得越来越重,终于使他站住了,心想不如让他的朋友也增加一点负担。

"今晚莱茵河浪声不断,"他笑道,"简直跟我家乡古老的瀑布差不多。就是我母亲常带旅客参观的那条瀑布,我有一次跟你讲过了。它的声音会随着气候变化,正如一切瀑布和流水的声音一样。我记得在钟表匠那儿当学徒的时候,有时它仿佛整天在对我说:'我的小可怜虫,你是谁?我的小可怜虫,你是谁?'有时山口升起了风暴,它的声音变得瓮声瓮气,我记得它又似乎在说:'轰隆隆'轰隆隆,轰隆隆。揍死他,揍死他,揍死他。'好像我的母亲在大发脾气——如果她真是我母亲的话。"

"如果她真是?"文但尔说,躺的姿势慢慢变成了坐的姿势。"如果她真是?为什么说'如果'?"

"我怎么知道?"另一个漫不经心地答道,举起双手,又随即把它们放下了。"这有什么大惊小怪的?我的身世暧昧不清,你叫我能说什么?在家里我年纪很小,可他们不论男的女的,都是大人,我所谓的父母也都老了。既然这样,还有什么是不可能的?"

"你是不是怀疑……?"

"我告诉过你,我怀疑他们两人的婚姻,"他答道,又伸起了双手,仿佛要把这个无利可图的话题丢开。"反正我来到了世上。我不是出生在上等人家。其余跟我什么相干?"

"至少你是瑞士人,"文但尔用眼睛前前后后打量了他一会以后,说道。

"我怎么知道?"他粗鲁地回答,站住后从肩上回头瞧了瞧。"我对你说,你至少是英国人。但你怎么知道这是真的?"

"因为我从小就听人们这么讲。"

"哦!我也是那么知道自己的。"

"还有,"文但尔又道,继续思索着,有些欲罢不能,"我最早的一些回忆也这么告诉我。"

"我也一样。我的回忆也那么告诉我——如果它们可信的话。"

"难道你不相信它们?"

"但我必须相信。在这个小小的世界上,什么也不如'必须'重要。必须。这短短的两个字,却比长长的理论或证据更有力。"

"你与故世的怀尔丁是同一年出生的。你们的年纪几乎相同,"文但尔说,又若有所思地打量着这个在屋里踱来踱去的人。

"是的。几乎相同。"

奥本赖泽可能是那个失踪的人吗?在事物奥妙莫测的联系中,他经常挂在嘴上的所谓世界很小的理论,是否还包含着他本人还没有意识到的更微妙的意义?在戈德斯特劳大娘说明那个婴孩已给带往瑞士以后,紧接着便从瑞士寄来了那封介绍他的信,这是否因为他就是长大了的那个婴孩?世界上不明真相的事太多了,因此那是可能的。文但尔与奥本赖泽的交往得以死灰复燃,发展成目前这种亲密关系,最后使他们一起来到这里,度过今天的冬夜,这可能是机会,也可能是天意,随你怎么说,反正同样不可思议;从这个角度看,他们似乎在共同努力,奔向一个持续不断的、符合要求的目标。

文但尔思绪万千,心潮澎湃,眼睛露出沉思的目光打量着奥本赖泽——他仍在屋里踱来踱去,倾听河流的声音:"如果要偷,在什么地方动手?如果必须杀死他,又在什么地方下手?"故世的朋友的秘密,不可能从文但尔的嘴边轻易泄漏,但是正如他的朋友死于它的压力下一样，他接手以后虽然轻松一些，仍不能不感到托付的重担，因此任何线索，不论多么隐晦，他也有责任追查到底。他迅速地问自己，他愿意这个人是真的怀尔丁吗？不。尽管他认为他对他的不信任毫无根据，他还是不愿由这个人来代替从前那个真诚、坦率、略带孩子气的合伙人。他又迅速地问自己，他愿意这个人变得富裕吗？不。他对玛格丽特的权力已经太多了，财富只能赋予他更大的权力。他愿意这个人作为玛格丽特的监护人，事实却证明他与她根本没有亲属关系，甚至间接的、遥远的关系也没有吗？不。但是这些考虑与他对死者的忠诚是不相容的。他得留意，不让它们影响他的情绪，它们只是一闪而过的杂念罢了，他要做的还是履行庄严的责任。他也确实这么做了，因此很快便用毫无恶意的目光打量他的朋友，看到他在屋里踱来踱去，以为他是在伤心地思考自己的身世，却不知道他正在计划用暴力杀害另一个人，更不知道他要杀死谁了。

从巴塞尔前往纳沙特尔的路，并不如原来传说的那么难走。最近的气候使它好转了一些。不论马车和骡车，当晚天黑以后都陆续到达，据说路上并无不可克服的困难，只是要有些耐心，挽具、轮子、车轴和鞭绳也得牢固一些才成。于是两人雇定了一辆马车，讲好第二天一早天亮以前就动身。

“你旅行时，夜里要不要锁上房门?”奥本赖泽问，这时他还没回自己的房间，站在文但尔的房间中壁炉前面，对着木柴火烤手。

“不锁。我太会睡，不容易叫醒。”

“你很会睡，不容易叫醒?”他追问道，露出了羡慕的目光。“多么幸福!”

“什么幸福，这对旅馆里的其他人可毫无好处，”文但尔答道，“如果我锁上房门，早上叫我非把大家吵醒不可。”

“我也一样，”奥本赖泽说，“让房门开着。但是作为熟悉这一带的瑞士人,我得劝你,在我的国家旅行时,一定要把文件,当然还有钱,放在枕头底下。一定得放在那里。"

"这可不是对你的同胞的赞美,"文但尔笑道。

"我认为,"奥本赖泽说,又把朋友的胳膊肘轻轻碰了一下,算是告别和祝福的拥抱,"我的同胞与世上大多数人并无不同。世上大多数人是能捞则捞,决不客气的。再见!别忘了,明天早上四点钟。"

"再见!四点钟。"

留下一人后,文但尔把木柴拨成一堆,撒了一层炉子里的白灰在上面,然后坐到椅上,让思想平静一些。但是新近出现的问题仍在头脑中盘旋,河流的奔驰声更是火上加油,骚扰着他。他坐在那里思索,原有的一点小小的睡意也烟消云散了。他觉得躺下也是白搭,因此没脱衣服坐在火边。玛格丽特、怀尔丁、奥本赖泽、他当时正在办的事,以及与它无关的许许多多希望和疑虑,立即占有了他的思想。仿佛什么都有力量控制他,唯独睡眠没有。消失的睡意似乎还离他远远的。

他坐在炉边想了很久,蜡烛烧完了,烛光灭了。但没有关系,炉火的光就够了。他改变了姿势,把一条胳臂搭在椅背上,用手支着下巴,继续沉思。

空气在奔驰的河流影响下送来阵阵清风,火焰摇曳不定,他坐在炉火和卧床之间,他那扩大的黑影也随着在床边的粉墙上不时跳动。他的姿势使它显得有些像在默默哀悼,又有些像扑在床上俯首祈求。他的眼睛端详了它一会,他感到困惑,头脑中出现了一个不愉快的幻觉,仿佛那不是他的,而是怀尔丁的影子。

只要改变一下位置,就可以使它消失。他移动了一下座位,造成不安的幻影不见了。现在他坐在炉边小旮旯的阴影中,面对着房门。

门上装有笨重的长铁闩。他发现铁闩正在又慢又轻地向上竖起。门开了一条缝,又关上了,仿佛只是风把它吹了一下。但是他看到,铁闩已从搭扣上落下。

门又缓缓开了,终于越开越大,已可以容纳一个人通过。然后它便固定在这个位置上,仿佛有人在门外小心拉住了它。接着一个人影进了屋子,默默地站在门口,脸朝着床。最后黑影向前跨了一步,轻轻叫道:"文但尔!"

"什么事?"他答道,从座位上一跃而起。"这是谁?"

这是奥本赖泽。当文但尔从出乎意外的地方向他走去时,他吃惊地叫了一声。"还没上床?"他说,本能地摆出搏斗的架势,抓住了对方的双肩。"那么出了什么事?"

"你这是什么意思?"文但尔说,挣脱了身子。

"先告诉我,你是不是病了?"

"病了?没有。"

"我做了个恶梦,梦见了你。这是怎么回事,你还没睡,还穿着衣服?"

"我的朋友,我也可以问你,这是怎么回事,你还没睡,却脱了衣服?"

"我已告诉你为什么了。我做了个恶梦,梦见了你。醒来后我想再睡,但怎么也睡不着。我躺在床上放心不下,不知你是不是安全;可又拿不定主意来看你。我在门口犹豫了几分钟。你有做梦,自然会觉得我这样未免可笑。你的蜡烛在哪儿?"

"点完了。"

"我屋里还有一支没用过的。要我给你拿来吗?"

"拿来吧。"

他的房间很近。他只离开了几秒钟,回来后,便拿着蜡烛,跪在壁炉前点火。他把一块木炭吹着,点亮了蜡烛。文但尔俯视着他,发现他的嘴唇煞白,几乎没法吹气。

“说真的,”奥本赖泽开口道,把点亮的蜡烛放在桌上,“那是一个恶梦。你瞧我这样子!”

他光着脚,红法兰绒衬衫的领圈歪在后面,衣袖挽到了胳膊弯上面,此外他只穿一条衬裤或内裤,裤子长到脚踝骨,裹在身上,显得紧紧的。从外表看,他的神气显得既温顺又粗野,他的眼睛非常亮。

“我想,说不定要与窃贼搏斗,像我梦见的一样,”奥本赖泽说,“因此你瞧,我脱了外衣,做好了准备。”

“还准备了武器,”文但尔说,瞧着他的腰带。

“这是旅行用的匕首,我出门时总随身带着,”他漫不经心地回答,用左手把匕首从刀鞘中抽出一半,又推了回去。“你没带这种东西吗?”

“什么也没有。”

“也没手枪?”奥本赖泽问,看看桌上,又转身看看还没睡过的枕头。

“一支也没有。”

“你们英国人胆子不小!你要睡了吧?”

“我早已想睡了,可是睡不着。”

“做了个恶梦以后,我也睡不着。我的炉子跟你的蜡烛一样灭了。我可以坐在你这儿吗?两点钟!离四点已不远,不必再费手脚上床睡觉了。”

“我现在也一点不想上床,多费周折,”文但尔说,“你坐在这儿做伴,我很欢迎。”

奥本赖泽回转自己屋里,整理一下衣着,很快便披着一件宽大的斗篷,趿着拖鞋回来了。两人坐在壁炉前面。在那段时间里,文但尔已从屋内的筐子中取了些木柴加在火上,奥本赖泽把带来的一瓶酒和一只杯子放在桌上。

“这恐怕是小酒店的普通白兰地,”他说,一边斟酒,“是我在路上买的,比不上你们瘸腿胡同的东西。但是你的酒喝光了,只得将就一些。天气这么冷,又是夜里最冷的时候。这是一个寒冷的国家,寒冷的客店。有酒总比没有酒好,你不妨尝一口。”

文但尔拿起杯子,喝下了酒。

“你觉得怎么样?”

“喝到嘴里味道有些呛人,”文但尔说,递回杯子时哆嗦了一下,“我不爱喝。”

“你讲得对,”奥本赖泽说,尝了一口,咂咂嘴唇,“喝到嘴里味道有些呛人,我也不爱喝。糟糕! 辣得叫人受不了!”他把杯里剩下的一点酒倒在壁炉里。

两人都把一只胳膊肘搁在桌上,用手支着头,坐在那儿瞧着燃烧的木柴。奥本赖泽注视着火,一动不动;但是文但尔经历了几次神经质的抽搐和震动——其间他还站起来一次,疯狂地向周围瞧了瞧——以后,便陷入了千奇百怪的混乱的梦境。装文件的皮夹子或笔记本,揣在他旅行外套胸前里边的口袋中,外套的钮扣扣得紧紧的;不论他梦见什么,不论嗜眠症似的昏昏沉沉的感觉怎么控制着他的意识,他的思想还是钉住了那些文件,它在向他呼唤,尽管他并不能从梦中醒来。他梦见时间很迟了,他与玛格丽特一起走进了俄罗斯的大草原(有个人影告诉了他这名称),这时,他觉得有一只手伸到了他胸口,轻轻在摸索笔记本的轮廓,可是他对着壁炉醒不过来。后来他坐着一只没篷的船,在大海里触了礁,丢掉了衣服,身上光光的,只裹着一块旧帆布;然而那只手仍在摸索,他的衣服确实仍穿在身上,那只手在每一只口袋外面摸索,但什么也没摸到,这引起了他的警觉,他想醒却醒不来。他走进了瘸腿胡同古老的地窖中,发现巴塞尔旅馆中那只笨重的大床给搬到了地窖中,怀尔丁(他以为他死了，现在他却活了，但他并没觉得太奇怪）摇摇他，轻轻对他说道："你瞧那个人！你没看见他站了起来，正在翻你的枕头吗？他为什么翻枕头，还不是为了寻找你胸口的那些文件吗？快醒醒啊！"然而他还是昏昏沉沉，又进入了梦乡。

他的朋友坐在那里一动不动，把一只胳膊肘靠在桌上，用手支着头，现在终于说道："文但尔！在叫我们了。已过了四点！"文但尔睁开眼睛，发现奥本赖泽那张有薄翳的脸正从旁边打量着他。

"你睡得好香，"奥本赖泽说。"我们天天赶路，天气又冷，你一定太累了！"

"现在我完全醒了，"文但尔说，跳了起来，但脚依然站立不稳。"你一点也没睡吗？"

"我也许打了个瞌睡，但又觉得好像一直在耐心地望着炉火。不论有没有睡，我们必须洗脸和吃早饭，准备动身了。过了四点啦，文但尔，过了四点啦！"

他的声调就是要叫他起来，因为他精神恍惚，又想睡了。在准备出发和吃早饭的时候，他实际常常在打瞌睡，只是保持着机械的动作。直到这寒冷阴暗的一天过去以前，他都处在这种状态，一路上，除了叮当的铃声，刺骨的寒风，趑趄不前的马，愁云密布的山峦，荒凉的树林，他对什么都没留下清晰的印象。最后，车子在路边一家客店门口停下，他又恍恍惚惚穿过牛舍，来到上面的客房。他什么也不知道，只知道奥本赖泽整天坐在他旁边想心事，老是拿眼睛瞟他。

但是他从麻木中醒来时，奥本赖泽不在他身边。赶车的在路对面另一家饭店里喂马，不少大车排成长长一行，车上装满酒桶，马戴着笼头，脖子上围了厚厚的蓝颈套，也在休息。它们来的方向正是这两个旅客要去的地方，奥本赖泽现在不再心事重重，显得又高兴又活泼，正跟最前面的车夫谈话。文但尔伸直手脚，活活血脉，彻底赶走了睡意，走进凉爽的空气中来回跑步。大车队继续前进了，那些赶车的走过奥本赖泽身边时，都与他频频招呼。

“那些人是谁？”文但尔问。

“我们的车夫——德弗雷尼公司的车夫，”奥本赖泽答道。“车上的酒也是公司的。”他低声哼着歌，点燃了一支雪茄。

“今天我一点精神也没有，”文但尔说，“我自己也不知道我究竟怎么啦。”

“昨天你整夜没睡，而且天这么冷，不习惯的人往往会感到头脑充血，”奥本赖泽说。“这种事我见得多了。不过我们这一趟看来是白跑了。”

“怎么白跑了？”

“我们的公司是在米兰。我们在纳沙特尔有个酒厂，在米兰有个丝绸厂，这你知道吧？嗯，丝绸厂突然遇到了比酒厂更大的困难，于是德弗雷尼给召回米兰了。另一个股东老板罗兰在他走后，偏偏又病了，医生们不准他会见任何人。他在纳沙特尔留了封信给你，通知你这些情况。这是公司的押运人告诉我的，你看见跟我谈话的便是这个人。他见了我很诧异，说公司要他遇到你时，把这话通知你。你怎么办？回去？”

“不回去，”文但尔说。

“不回去？”

“不回去！是的。翻越阿尔卑斯山，前往米兰。”

奥本赖泽不再吸烟，看了看文但尔，然后又狠狠吸了一口，上上下下打量了一会道路，又俯下头瞧瞧路上他脚边的石头。

“我负担着非常重大的责任，”文但尔说，“这种失窃的单据还有不少，都可能造成不良的后果，甚至更坏。我必须协助你们的公司，尽快破案，什么也不能使我中途折回。”

“是吗？”奥本赖泽喊道，取下雪茄，笑了笑，向旅伴伸出了手。

"那么我也一样,什么也不能使我中途折回。喂,赶车的!出发。你快一些!我们还得赶路!"

车子走了一夜。有的地方冰雪遍地,有的地方雪融化了一部分,车子大多与步行差不多,而且不时得停车,让溅满污泥的、气喘吁吁的马休息一会。天大亮以后,又行驶了一个钟头,车子才终于在纳沙特尔一家客店门口停下了;为了八十多英里路程,一共大约花了二十八个钟头。

他们匆匆吃了点东西,换了身衣服,立即前往德弗雷尼公司,在那里拿到了运酒的人讲的那封信,信封里装有供比较和检验的一些笔迹,这是为查明伪造单据所必需的。文但尔早已打定主意,要毫不休息,继续赶路,唯一使他们犹豫不决的问题是:从哪一个山口通过阿尔卑斯山?关于圣哥达山口和辛普朗山口的状况,向导和赶骡人的意见大不相同;然而两个山口都还相当远,不论它们最近的经历如何,对两个旅客说来,意义还不大。再说,即使人们讲的都是真的,下一场雪便可在一小时内改变全部状况。但是总的说来,辛普朗山口似乎比较安全,文但尔决定走这条路。奥本赖泽没有或很少参加讨论,他几乎没有讲话。

经过日内瓦和洛桑,沿着湖边的平原前往韦维,然后通过悬岩峭壁之间盘旋曲折的低地,进入罗讷河谷。车轮嘎拉嘎拉向前滚动,滚了一天,滚了一夜,那声音仿佛一只大钟的钟摆在记录着时间的进程。他们所到之处都是彤云密布,冰天雪地,什么变化也没有。他们看到,阿尔卑斯山脉矗立在昏黄的天空下,那些低得多、也比较近的山顶和山坡,都积满冰雪,相比之下,湖泊、急湍和瀑布不再那么洁净,而乡村更显得黯然失色,肮脏不堪。但是一路上没有下雪,也没有随风飘扬的雪片。白茫茫的雾弥漫在山谷中,有的稀些有的浓些,在他们的头发和衣服上凝结成一条条冰凌,这是在他们和阴霾的天空之间唯一发生变化的东西。车轮还在没日没夜地向前滚动。但对他们中间一个人的听觉说来，车轮告诉他的话已与莱茵河告诉他的话不同："偷的时机已经错过，我必须杀死他了。"

最后他们来到了辛普朗山脚的穷苦小镇布里格。到达时天已黑了，但还能看得见，在高耸入云的大山的衬托下，人和人们的工作变得多么渺小。他们必须在这里过夜，这儿有暖和的火炉，有灯光，有饭菜和酒，还可以与向导和车夫重新展开讨论。四天中没有一个人从山口那边过来。雪线以上的雪太软，不能行车，对雪橇说来也不够硬。这是下雪的天气。几天来天上一直积满了雪，奇怪的是雪没有落下，不过雪是一定要落的。没有一辆车子可以通过。要赶路不妨用骡子试试，或者步行；但是不论怎么走，必须有最好的向导，付给他保险费，而且还不能保证成功，他可能把两位旅客送过山口，也可能为了安全，仍把他们带回原处。

在这场讨论中，奥本赖泽没有发表任何意见。他默默地坐在火边吸烟，直等客人走光了，文但尔找他说话才开口。

"呸！这些穷鬼和他们的职业叫我厌烦死了，"他回答时说道。"总是弹那些老调。我还是一个衣衫褴褛的小孩子时，就听他们讲这些话，今天他们还是讲这些话。你和我需要什么？需要一人一只背包，一根登山的木棍。我们不需要向导；他不配做我们的向导，我们才能做他的向导。我们把旅行包留在这儿，一起翻过山去。我和你以前作过登山旅行，我又是山上生的，这个山口我熟得很。什么山口！不如说是一条大路！让这些可怜虫跟别人去唠叨他们的生意经吧，他们休想为了赚钱跟我们要花招，耽误我们赶路。其实他们无非为了赚钱。"

文但尔很高兴，现在问题一下子解决了，不必再争论不休；他生性活跃，喜欢冒险，而且急于赶路，因此极易接受最后那句话，马上照办。两小时内他们便买好了旅行需要的东西，装好背包，上床睡觉了。

到了天亮,他们发现半个镇上的人聚集在狭小的街道上,看他们出发。人们三三两两交头接耳;向导和赶车的在一旁小声议论,抬头瞧瞧天空;谁也没有祝他们一路平安。

他们开始登山时,一直没有变化的天空射出了一线阳光,一时间把镇上的白铁尖屋顶照得银光闪闪。

"这是好兆!"文但尔说(然而他说话时阳光已消失了)。"也许我们给这边的人做了个榜样,他们也会跟在我们后面翻过山口。"

"不,没有人敢跟随我们翻过山口,"奥本赖泽答道,抬头望望天空,又低头看看山谷。"登山的除了我们不会有别人。"

在高山上

这条路对强壮的步行者说来,还是相当好走的,两人登山时,空气越来越清新,呼吸也越来越舒畅了。然而几天来固定不变的阴暗天色依然如故。大自然似乎停止不动了。听觉也像视觉一样,一直在焦急地等待着变化,不论即将到来的变化会是什么样子。沉寂笼罩在周围,像低垂的云层一样严密、深厚——天上有的已不是一朵朵云,而是整整一大片云,那遮蔽了整个天空的一大片云。

尽管光线如此阴暗,像裹在一层雾中,举目眺望,景色并不模糊。在他们后面是低洼的罗讷河谷,虽然它弯弯曲曲,一片铅灰色,显得阴郁、严肃,给人以沉闷的感觉,然而在这荒凉苍白的氛围中,那一缕溪水还隐约可见。在远处和高处,冰川和摇摇欲坠的大雪块凌空悬挂着,那下面却是他们的必经之路。在右边,他们的脚下便是又深又暗的山谷,那里到处是可怕的峭壁和奔腾的急湍。不论走到哪里,一眼望去尽是崇山峻岭。这一切庞大的自然景物显得那么可怕、凶残,变化不定的光线和偶尔出现的一丝阳光,都不足以改变它们肃穆的面貌。两个孤独的旅人历尽千辛万苦,一英里一英里、一小时一小时地前进,即使他们是在一群蹙紧眉头、阴沉着脸、默默无声、木然不动的人——一群与他们同样的人中穿过，他们的心也难免会有些收缩，何况现在，他们的周围尽是大自然无比强大的产物，那一张张阴沉的脸随时可以变成一场灾祸，那么他们如何胆战心惊就可想而知了！

他们向上走去，路逐渐变得崎岖不平、困难艰险了。但是文但尔越往上走，情绪越高，因为终于克服重重阻碍，又走过了这么多路程。奥本赖泽很少讲话，只是怀着一个坚定的目标在向前走。从灵敏和毅力看，两人都具备进行这种旅行的充分条件。那位天生的山民不论发现什么气象预兆，都放在心里，从不告诉对此一无所知的另一个人。

"我们今天能翻过山顶吗？"文但尔问。

"不能，"另一个回答。"你瞧，这儿的雪厚多了，与半里格[1]以下的地方不能同日而语。我们越往上走，雪也会越厚。哪怕现在，雪已几乎深可没膝了。可是白天又这么短！如果我们到得了第五避风口，能在接待站过夜，那就算上上大吉了。"

"夜里有没有刮暴风雪的危险？"文但尔焦急地问，"我们会不会给困在路上？"

"什么危险都可能有，"奥本赖泽说，向前和向上打量了一会，"最好的办法还是保持沉默。你听到过冈特桥吗？"

"我在桥上走过一次。"

"在夏季吧？"

"是的，在旅行季节。"

"对，但在目前这个季节却是另一回事，"奥本赖泽冷笑一声说，似乎有些生气。"这个时候的阿尔卑斯山口，它的各种状况，你们这些出外度假旅游的先生是想象不到的。"

① 长度单位，一里格约合三英里。

“你是我的向导,”文但尔心平气和地说。“我相信你。”

“我是你的向导,”奥本赖泽说,“我会把你送到你的旅程终点。前面就是冈特桥了。”

他们拐了个弯,走进了一条荒凉阴沉的沟壑,那里上面、下面、两旁,全都是厚厚的雪。奥本赖泽一边讲,一边站住,指指桥,露出非常奇怪的表情,端详着文但尔的脸。

“如果我这个向导,先打发你过桥,怂恿你大喊一两声,你就可能使成吨成吨的雪掉到你的身上,不仅当场把你压死,而且一下子把你埋在厚厚的雪堆下。”

“毫无疑问,”文但尔说。

“毫无疑问。但是我这个向导并不希望这样。因此请你轻轻往前走。要不,我们走的时候只要一不小心,雪就会排山倒海似地压将下来,把我压死。让我们往前走吧!”

桥上的雪重重叠叠,不知有多厚,在他们头顶上,也有大块大块的冰雪从突出的一簇簇岩石上挂下来,仿佛他们是在天空暴风雪构成的白云中间行走。奥本赖泽一边慢慢走着,一边用木棍熟练地探测道路,不时抬头瞧瞧,弓起背脊,似乎在尽量避免去想雪崩随时可能发生的危险。文但尔紧紧跟随着他。他们在这条危险的道路上刚走了一半,便刮起了强大的风,接着出现了惊雷般的隆隆声。奥本赖泽把手按住文但尔的嘴巴,指指他们后面刚走过的路面,只见那儿顷刻之间已变得面目全非。崩落的雪块从路上滚滚而下,坠落在下面深谷底部的急湍中。

过了这座骇人的桥不远,便有一家孤零零的客店,他们的到来使困守在客店中的人大惊失色。“我们只是休息一下,”奥本赖泽说,一边在火前掸掉衣服上的雪。“这位先生有非常紧急的事要过山口。文但尔,说给他们听听。”

“一点不错,我有非常紧急的事。我必须尽早穿过山口。”

“你们所有的人都听到啦。我这位朋友有非常紧急的事要过山口,我们不需要别人的劝告或帮助。我就是很好的向导,我的同胞们,我不比你们任何人差。现在,拿吃的和喝的给我们。”

这一天他们又历尽艰险,走过了一段困难得多的路,天黑时终于抵达了预定的宿夜地。接待站中的人也是大惊失色,看他们脱下潮湿的靴子,掸掉衣服上的冰雪。于是奥本赖泽又以同样的口气讲了几乎相同的话。

“朋友们,我们应该彼此了解。这位先生……”

“……有非常紧急的事要过山口,”文但尔笑了笑,顺口把他的话接了下去。“必须从山口过去。”

“你们听到啦?他有非常紧急的事要过山口,必须从山口过去。我们不需要别人的劝告或帮助。我是山地出生的,我可以当向导。我们不要听你们的议论,只要你们给我们晚饭,给我们酒,给我们准备好床铺。”

整个夜里寒冷彻骨,万籁俱寂,气氛可怕。又到了太阳升起的时候,但没有一丝金色的或红色的阳光照在雪上。到处是死一般的苍白,到处是寂静不动的空气,到处是单调阴沉的天空。

他们像昨天一样背上背包,拿着木棍出发了,这时门口响起了一个友好的声音:“旅客们!记住!在这条危险的山路上,有五个避风处,彼此距离不远,然后可以看到一个木十字架,再往前走便是下一个接待站了。注意不要迷路。如果暴风雪来了,马上躲进避风处!”

“这是那些可怜虫的生意经!”奥本赖泽对他的朋友说,向背后的声音鄙夷地挥了挥手。“他们很会做生意,从不放松!你们英国人说我们瑞士人唯利是图。确实有点这样。”

他们把当天早晨能弄到的食物,以及他们认为应该携带的一切,分装在两只背包里。奥本赖泽自告奋勇,把酒放进包里;文但尔携带面包、肉和乳酪,还有一小瓶白兰地。

他们在冰雪中跋涉,一步步向山上攀登——路上的积雪已超过膝盖,其余地方更不知有多深。正当他们跨上漫无边际的荒山上这段最可怕的旅程,向前艰难地行走时,天开始下雪了。起先只是缓缓地、但不停地飘下一些雪花。过了一会,雪便密了,突然,不知什么原因,风雪开始卷动,形成了螺旋形的涡流。随着这最后的变化而来的是一阵冰冷的巨风向他们呼啸而过,似乎本来囚禁在笼里的声音和力量一下子获得了自由。

这段路要穿过几条阴暗的走廊,在这个危险的地点便有一条,它是由山洞与几个庞大的弓状结构连接而成。走廊已近在眼前,他们赶紧钻进那里。这时暴风雪在呼啸怒号,风声、水声、石块和冰雪大量崩落的隆隆声、不仅在这个洞口而且在巉岩峭壁间每个洞口突然响起的骇人噪声,还有那夜一般的黑暗,那猛烈旋转的冰雪,那冲击扑打、有时碎成浪花、使人睁不开眼的冰雪,那周围以破坏为能事的种种疯狂的力量,那顷刻之间取代反常的宁静而到来的惊天动地的变化,那从万籁俱寂中一下子迸发出来的千军万马似的惊人声浪——这一切在万丈深渊边上蓦地出现,可以使人的血变冷,这是哪怕在冰天雪地中显得凝固不动的冷入骨髓的寒气也办不到的。

奥本赖泽在走廊里不停地来回走动,向文但尔做了个手势,要他替他解开背包的扣子。他们可以彼此看见,但听不到彼此的声音。文但尔照他的话做了,奥本赖泽取出那瓶酒,倒出一些,向文但尔招招手,要他别喝白兰地,还是喝这种酒可以暖和一些。文但尔照做了,奥本赖泽似乎也跟着喝了一些。两人并排走来走去,他们都知道休息或睡眠便意味着死亡。

雪从走廊高的一端疾卷而下,如果他们还能出去,就得从这一头出去;折返的路比向前的路困难更大。雪很快积聚在弓形出口处。过了一小时,它已堆得很高,把重又出现的日光大半遮住了。

但雪一到地面便冻结了,可以从它中间或上面爬出去。疯狂的暴风雪逐渐变成了持久的下雪。风不时刮着,但已经断断续续,风停时,大片大片的雪花纷纷落下。

他们在这恐怖的牢房中待了两个小时,奥本赖泽开始寻找出路,先是在雪堆上拼命踩踏,然后俯下头从它上面向外钻,身体从拱顶下擦过。文但尔紧紧跟在他后面,但头脑昏昏沉沉,心不在焉。在巴塞尔袭击过他的嗜眠症又出现了,控制了他的知觉。

他钻出走廊,或者照他后来说的,爬过挡在出口处的雪堆,花了多少时间,他不知道。他开始感到,奥本赖泽似乎扑在他的身上,两人在雪中拼命搏斗。他忽然想起扑在他身上的人腰带里插的东西。他摸到了它,抽出它,向他刺去,又拼命搏斗,又向他刺去,然后挣脱了他,与他面对面站着。

"我答应作你的向导,把你送到你的旅程终点,"奥本赖泽说,"我履行了我的诺言。这里便是你生命的旅程的终点。什么也不能延长它。现在你站着,但已与睡着一样。"

"你是一个恶棍。你对我搞了什么花招?"

"你是一个傻瓜。我给你下了迷药。你是双倍的傻瓜,因为在上路以前,我为了试验,已给你下过一次药。你还是三倍的傻瓜,因为我就是盗取和伪造单据的人,再过几分钟,我就要从你失去知觉的身上,把盗窃和伪造的罪证拿走。"

那个中计的人竭力挣扎,想摆脱嗜眠症,嗜眠症却牢牢控制着他,因此尽管他听到这些话,他依然处在麻木状态,不明白两人中究竟是谁受了伤,不知道他所看到的洒在雪上的血究竟是谁的血。

"我做了什么对不起你的事,"他问,声音显得沉重,沙哑,"你要这么卑鄙……这么杀害我?"

"做了什么对不起我的事?你要把我弄得身败名裂,但是现在你已走到了生命的旅程的终点。你不肯善罢甘休,一定要与我作对,不让我等到我预定的日子归还那笔钱。你对我做了什么?你拦住了我的路,不是一次,不是两次,而是一而再,再而三地拦在我的路上。一开始我就设法把你甩掉,难道不是这样吗?可是你偏要纠缠不清。因此你只得死在这里。"

文但尔试图把思路理一理清,试图有条不紊地讲话,试图把掉在地上的木棍重新捡起,但是他的手够不到它,于是他又试图不用木棍,摇摇晃晃地站起来。一切都没有成功,没有成功!他一个踉跄,又重重地向前摔下,倒在深渊边上。

他失去知觉,昏了过去,再也站不起来,眼睛像给一层布蒙住了,听觉也消失了。后来他又挣扎着用手撑起身体,发现他的敌人安详地站在一旁俯视着他,对他讲话。

"你说我杀害你,"奥本赖泽露出狞笑说道。"这罪名对我无关紧要。但至少为了你的生命,我把我的生命也押上了,因为现在我的周围到处潜伏着危险,我也可能永远走不出这个地方。暴风雪又起来了。雪正在飞旋。我必须立刻拿到单据。每一分钟都关系着我的生死存亡。"

"不准动!"文但尔突然用可怕的声音喊道,全身迸发了最后一丝生命的火花,摇摇晃晃站了起来,用两只手牢牢抓住了伸进他胸口窃取证据的手。"不准动!从我身边滚开!上帝保佑我的玛格丽特!幸亏她永远不会知道我是怎么死的。从我身边滚开,让我瞧瞧你那张杀人犯的脸。让它提醒我……对,提醒我还有什么话要说。"

他使劲眨着眼睛,想恢复视觉;这种时候他也许会迸发出十个人的力气也说不定,这使他的敌人站在一旁,不敢造次。文但尔死死盯住他,结结巴巴地发出了一些话:

"我终于不得不……辜负……死者的……托付……名义上的父母……财产的错误继承……记住这些吧!"

他的头倒在胸前,身子又晃了几晃,像刚才一样倒到了深渊边

《此路不通》

上，就在这时，那双盗窃的手又伸到了他的胸口，开始匆忙地摸索。他突然使劲挣扎，喊了一声："不成！"整个身子向前一滚，掉进了深渊；他终于像噩梦中的幽灵一样，从敌人的魔掌中消失了。

山上的暴风雪一度肆虐之后，又平静了。深山中各种可怕的声音也沉寂了，月亮升起，无声的雪花在轻轻飘舞。

两个人带着两条大狗走出接待站，站在门口。他们向周围仔细打量了一会，又抬头看看天色。狗在雪中打滚，用脚爪扒了雪往嘴里送。

一个人对另一个说道："现在可以出发了，说不定会在五个避风口的一个中找到他们。"他们每人背上背着一只篮子，手中拿着一根粗大的有铁钉的木棍；一根结实的绳子，两头挽成两个圈，套在两人的胳臂上，这样把他们连结在一起。

两只狗突然不再在雪上嬉闹，站在那里盯住了山坡，一会儿伸起鼻子，一会儿垂下鼻子，变得非常烦躁，一起发出了深沉而响亮的吠声。

两个人朝两只狗的脸上看看。两只狗昂起了头，也瞧着两个人的脸，那副神气至少显得同样懂事。

"那么快去救人！救人！快去救人！"两个人喊道。两只狗发出了欢乐的、深沉的、豪迈的吠声，向前飞跑。

"又是两个发疯的家伙！"人们说，吃惊得一动不动，向月光中眺望着。"这种天气在外面赶路！而且一个还是女的！"

两只狗各自咬住了女人的一角衣服，把她拉到前面。她走近后，抚摩着它们的头；她在雪上行走时显得十分熟练。那个跟她一起的大个子男人却与她不同，已经筋疲力尽，气喘吁吁。

"亲爱的向导们，亲爱的旅客之友们！我也是本国人。我们在找两个要过山口的先生，他们今晚应该会抵达接待站。"

"他们早已到达了，小姐。"

“感谢老天爷！感谢老天爷！”

“但是很不巧，他们已经又走了。我们现在正要出发寻找他们。我们不得不等这场暴风雪过去。它来得太可怕了。”

“亲爱的向导们，亲爱的旅客之友们！让我与你们一起去。看在上帝分上，让我与你们一起去。两位先生中的一位是我的未婚夫。我爱他，啊，这么爱他。啊，我多么爱他！你们瞧，我身体很好，我也一点不累。我是农民出身的姑娘。你们不妨看看，我知道怎么把自己缚在你们的绳子上。我可以亲手做给你们看。我可以起誓，我是勇敢的好人。但是让我与你们一起去，让我与你们一起去吧！万一他遭到不测，什么也无能为力的时候，我的爱可以找到他。我跪下了，亲爱的旅客之友们！请你们想想你们的母亲对你们的父亲的爱，答应我吧！”

两个好心的大汉感动了，他们小声合计了一下：“不管怎样，她讲的是真话。她熟悉山路。瞧，她能够来到这儿就是奇迹！但是那位先生呢，小姐？”

“亲爱的乔伊先生，”玛格丽特用英国话对他说，“你留在这儿屋里等我，好吗？”

“如果我知道这是你们两个中哪一个出的主意，”乔伊·莱德尔怒气冲冲，瞧着那两人咆哮道，“我非揍他不可，我宁可给你们半个克朗，也不让你们胡诌。不行，小姐。我不离开你，只要我还有一点力气，我就不离开你，哪怕我不能做什么，我也得为你而死。”

月亮的位置说明再也不能浪费时间，两只狗也露出了烦躁不安的神气，于是两个人迅速作出了决定。那条把他们拴在一起的绳子，换了一条长一些的，四个人联成一行，玛格丽特在第二，酒窖管理员殿后，大家一起向避风口出发。这些地方实际并不远，五个避风口，直到下一个接待站，总共不过两英里，只是这条路危机四伏，白茫茫的一片，什么也看不见。

他们很快就到达了那两个人躲避过暴风雪的走廊。经过第二次风雪的扫荡之后,他们的一切踪迹都已消失。但是两只狗用鼻子前前后后嗅了一会,似乎已有把握。在另一头的拱门那儿,第二次的暴风雪特别猛烈,地上吹积了厚厚一层雪,他们来到这儿时,两只狗变得烦躁不安了,在地上走来走去,寻找失去的目标。

大深渊是在右边,他们经过的地方太偏左了,必须花不少力气才能穿过深深的雪地,回到大路上。领头的人站住脚,寻找路标的痕迹,这时一只狗突然跑到前面一点的地方,扒开那儿的雪。大家跟到那儿,俯身观看,以为可能有人压在雪下,但看到的是一摊污渍,污渍的颜色是红的。

另一只狗这时忽然跑到深渊边上,向下张望,伸出了前爪,免得掉下深渊,它的每只脚都在哆嗦。那只发现污渍的狗现在也跑到它身边,与它一起在那儿跑来跑去,伤心地呜呜哀鸣。最后它们一起站在深渊边上,仰起了头,悲哀地吠叫。

"有一个人躺在下面,"玛格丽特说。

"我也这么想,"领头的人说。"最后两个靠里边站一些,让我们仔细瞧瞧。"

最后那个人从篮子里拿了两把火炬点上,递到了前面。领头的人拿了一把,玛格丽特拿了另一把;他们向下张望,一会儿遮住火光,一会儿把火炬向左移或向右移,一会儿又举高一些或放低一些,因为月光正在深渊中与黑影角逐。玛格丽特突然发出一声尖叫,打破了长时间的沉默。

"我的天!在突出的地方,急湍上面向前伸出的冰块上,我看到了一个人!"

"在哪儿,小姐,哪儿?"

"瞧,在那儿!在狗下面那块突出的冰块上!"

领头的人露出失望的表情,缩回了身子,大家沉默着。但不是所有的人都停止了活动,因为玛格丽特正用灵巧熟练的手指解开绳子,只过了几秒钟,她与那个人便跟绳子分开了。

“让我看看篮子。只有这两根绳子吗?”

“只有这两根,小姐,但是在接待站……”

“如果他还活着——我知道他是我的未婚夫——等你回来,他就死了。亲爱的向导们!保护旅客的朋友们!请你们看着我!看着我的手。如果它们发抖,或者做得不对,你们可以强迫我接受你们的安排。但是如果它们坚定有力,做得很对,就请你们帮助我搭救他!”

她把一根绳子绕在胸部下面和胳臂上,像穿了一件特别的上衣,然后把它挽了几个结,又把这根绳的头与另一根绳的头对齐搓紧,拧在一起打了两个结,把一只脚踹在结上,收紧绳子,又叫两个人帮她把绳子拉紧。

“她真会想办法,”他们互相说道。

“全能的上帝保佑我们!”她喊道。“你们知道,这儿所有的人中,我比大家轻得多。把白兰地和葡萄酒给我,拉住绳子,把我放到他那儿。然后赶快去叫人来帮忙,再带一根更粗的绳子来。你们知道,等绳子放下去以后,我会把它缚在他的身体上,万无一失——你们已经看到我在自己身上怎么做了。不论他是死是活,我必须把他带上来,否则就与他一起死在那里。我真心诚意爱他。我还能说什么呢?”

他们转身看她的同伴,但他已躺在雪上,失去了知觉。

“把我朝他放下去,”她说,接下他们拿来的两个小桶,缚在身上,“否则我宁可摔进深渊中粉身碎骨!我是一个庄稼人,我不会头晕,也不会害怕。这对我算不了什么,我真心诚意爱他。把我往下放!”

“小姐,小姐,他一定活不成了,或者已经死了。”

"活不成也罢,死了也罢,我丈夫的头必须靠在我的胸口死去,否则我宁可让自己掉进深渊,粉身碎骨。"

他们让步了,同意了。按照他们的熟练程度和当时的具体条件,他们尽量小心,让她从山顶滑下去,这时只见她用一只手拨准方向,朝那块悬崖似的大雪块靠拢。他们把绳子慢慢往下放,慢慢往下放,最后传来了声音:"到了!"

"是不是真的是他,他是不是死了?"他们探出头,朝下面大叫。

下面传来了声音:"他失去了知觉,但他的心还在跳动。我摸到了他的脉搏。"

"他怎么会躺在那儿?"

下面传来了声音:"他是躺在一块突出的冰块上。他的身子下面的冰已在融化,我的身子下面冰也在融化。赶快。如果我们死了,我并不抱怨。"

两个人中的一个带着狗,飞也似地尽快走了。另一个在雪上点亮了几把火炬,然后着手让那个英国人恢复知觉。他用雪一再擦他,又给他灌了些白兰地,他才站了起来,但还是迷迷糊糊,不知道自己在哪里。

那个人继续守在深渊边上,不断向下喊话:"勇敢一些!他们马上就到。情况怎样?"下面传来的声音是:"我的胸贴在他的胸口,还能感到他的心跳。我用胳膊搂住了他,让他暖和一些。我已放松绳子,因为我们下面的冰在融化,绳子会使我与他分开,但我并不害怕。"

月亮向山顶后面落下了,整个深渊笼罩在黑暗中。上面在喊话:"情况怎样?"下面回答道:"我们在往下陷落,但我还能感到他的心在跳动。"

最后传来了两只狗焦急的吠叫声,雪地上亮起了火光,说明救援的人到了。二三十个人带着灯、火把、担架、绳子、毛毯、大量可作篝火用的木柴、急救药品和滋补药剂,匆匆赶来。两只狗从一个人跑向另一个人,从一件东西跑向另一件东西,然后又跑到悬崖边上,发出了无声的呼吁:赶快,赶快,赶快!

上面的人向下喊话:“多谢上帝,一切准备好了。情况怎么样?”

下面的人向上回答:“我们还在向下沉落,这儿冷死了。我不再感到他的心脏的跳跃。一个人也别下来增加这儿的重量。只能把绳子放下来。”

燃起了一堆高高的篝火,许多火炬照亮了悬崖的各处。灯在往下移动,一根极粗的绳子在往下移动。可以看到她把绳子绕在他的身上,把它缚牢。

在死一般的沉寂中,传来了喊声:“向上拉绳子!轻一些!”当他挂在空中时,他们可以看到,她那变小的身子似乎在收缩。

几个人把他抬到担架上,但谁也没有欢呼,另一些人又赶忙把另一根粗绳子放下去。喊声再一次从下面传来,打破了死一般的沉寂:“向上拉绳子!轻一些!”直到他们在峭壁边上抓住了她,大家才发出了欢呼,接着又哭了,然后大声感谢上帝,接着又吻她的脚,吻她的衣服,两只狗也靠在她身上揉擦,舔她冰冷的手,用它们正直的脸温暖她冻僵的胸脯!

她突然丢下所有的人,奔向担架扑在他的身上,把充满爱情的双手按在他不再跳动的心口。

第四幕

钟　锁

快活的城市是纳沙特尔,快活的月份是4月,快活的地方是一家公证人事务所,事务所内快活的人是公证人,一位红光满面、精神矍铄、眉清目秀的老人，纳沙特尔的主要公证人，全州远近闻名的沃伊特先生。从职业和为人而言，沃伊特都是深得人心的公民。多年来他的好处说不完，他的怪事也说不完，这使他成了瑞士这个快活的城市中公认的知名人士。他的棕色长大衣，他的玄色便帽，都成了事务所中不可缺少的点缀；他的鼻烟匣，从大小而言，大家相信是全欧洲首屈一指的。

公证人事务所中还有一个人，但他不像公证人那么快活。这是奥本赖泽。

事务所别有风味，富于田园色彩，在英国是无论如何找不到的。它坐落在一个整洁的后院，与美丽的花园隔篱相望。山羊在大门外吃草，一只奶牛离此不到六英尺，似乎在陪伴那儿的办事员。沃伊特先生的办公室不大，但窗明几净，十分雅致，墙上镶有护壁板，显得小巧玲珑。随着季节的不同，玫瑰、葵花、一丈红等等在窗口掩映。整个夏季，沃伊特先生的蜜蜂在事务所自由徜徉，从这个窗口飞进，又从那个窗口飞出，忙忙碌碌，川流不息，仿佛要从沃伊特先生甜滋滋的性情中采集蜜糖。壁炉架上放着一只大八音盒，不时奏送《魔鬼兄弟》[①]的序曲，或者《威廉·退尔》[②]的选曲，吱吱喳喳，十分热闹，以致一旦主顾上门，得赶紧关闭，但等客人一走，八音盒又起劲地响了起来。

“勇敢一些，勇敢一些，我的好小伙子！”沃伊特先生说，拍拍奥本赖泽的膝盖，像父亲一样安慰他。“明天早上你就要在我的事务所中开始新的生活了。”

奥本赖泽穿着丧服，神色闷闷不乐，他拿着一块白手帕，把它举到心脏所在的部位，说道：“这里装满了对你的感激，但是找不到表

---

① 法国作曲家奥柏（1782—1871）所作的歌剧。
② 指意大利作曲家罗西尼（1792—1868）所作的歌剧。

达它的语言。”

“好啦,好啦!不必对我说感激的话!”沃伊特先生道。“我不愿看到一个人垂头丧气。我发现你心事重重,便向你伸出了手,这是出于本能。再说,我还不太老,不致忘记我的年轻时代。你的父亲给我送来了第一个主顾。(那是关于半亩葡萄园的问题,那里几乎从没生长过葡萄。)难道我不欠你父亲的儿子什么吗?我欠了他一大笔人情,现在我把它付给你。我想这已讲得很清楚了,”沃伊特先生又道,对自己感到很满意。“请允许我吸一撮鼻烟,为我的行为表示祝贺!”

奥本赖泽朝地面垂下了眼睛,仿佛他对公证人的吸鼻烟连看一眼的资格也没有。

“我还有个要求,先生,”他说,抬起了眼睛。“我不希望你感情用事。直到现在,你对我的情形还不太清楚。在录用我以前,你应该知道一切对我有利和不利的细节。我要求你的照顾,但我希望这种照顾不仅得到你高尚的感情而且得到你健全的理智的首肯。只有那样,我才能昂起头来,不怕最恶毒的敌人的诬陷,在身败名裂的废墟上重整旗鼓,建立新的声誉。”

“你会如愿以偿的,”沃伊特先生说。“你讲得很好,我的孩子。不用多久,你就可以成为一名出色的律师。”

“那些细节并不太多,”奥本赖泽继续道。“我的麻烦是由于我的旅伴意外身亡开始的,我失去了一位亲密的朋友文但尔先生。”

“文但尔先生,”公证人跟着念道。“一点不错。两个月来这名字我已听到和看到好几次了。那是一位不幸的英国人的名字,他是在辛普朗遇害的。那时你脸上和脖子上也挨了刀伤。”

“那是我自己的刀造成的,”奥本赖泽说,摸了摸伤疤,这一刀从当时看来是不轻的。

“是你自己的刀造成的,”公证人同意道,“这是在你试图搭救他的时候。好了,好了。你做得很对。文但尔。是的。我也有过一个委托人姓文但尔,近来我好几次想到这事,对这种巧合觉得很有趣。”

“是的,世界这么小,先生!”奥本赖泽说。尽管这样,他已在心里牢牢记住,这位公证人从前有过一个委托人也姓这个姓。

“我刚才说过,先生,我的麻烦是从那位亲密旅伴的死亡开始的。那以后呢?我自己脱险了。我到了米兰。德弗雷尼公司对我很冷淡。过了不多久,我被德弗雷尼公司解雇了。为什么?他们没有说明理由。我问他们是不是怀疑我的品德?没有答复。我问他们对我有什么不满?没有答复。我问他们有什么指责我的证据?没有答复。我问我应该怎么想?答复是:‘奥本赖泽君爱怎么想就怎么想。奥本赖泽君怎么想与德弗雷尼公司毫无关系。’这就是一切。”

“很好。这就是一切,”公证人答道,抓了一大撮鼻烟。

“但是难道就这样吗,先生?”

“不能就这样,”沃伊特先生说道。“德弗雷尼公司是我的同乡办的,他们声誉很好,很受人尊重,但是德弗雷尼公司不应该用沉默来损害一个人的名声。你可以对指责提出反驳,但是你怎么对沉默提出驳斥呢?”

“亲爱的主人,”奥本赖泽答道,“你的正直使你一句话就指出了这件事的残酷性质。它是不是到此为止呢?不。接着又引起了别的事。”

“确实,可怜的孩子,”公证人说,安慰似地点了一两次头。“你的监护权遭到了反对。”

“反对这个词太轻了,”奥本赖泽提出了异议。“我的监护权遭到了挑战。我的侄女要否定我的监护权,脱离我的管束,她(朵尔太太与她站在一起)想从那个英国律师宾特利先生的事务所寻找庇护，你要她接受我的管束，但是这个律师对你的通知只是答复道，她不愿这么做。”

“但是他后来写信给我，”公证人说，拿开大鼻烟匣，在它下面的文件中寻找那封信，“说他会来与我磋商这件事。”

“真的？”奥本赖泽答道，有些惊慌。“好吧，先生。难道我不受法律保护？”

“当然不是，可怜的孩子，”公证人答道。“除了重罪①犯人，人人都受法律的保护。”

“那么谁能说我犯过重罪？”奥本赖泽声色俱厉地说。

“没有。你受到了不公正的待遇，但不要急。如果德弗雷尼公司说你犯了重罪，毫无疑问我们知道怎么对付他们。”

他一边这么说，一边把宾特利那封只有三言两语的信递给奥本赖泽，他看过后，又交还了信。

“这个英国律师说要来找你磋商，”奥本赖泽恢复了镇静，指出道，“他的意思无非是说，他要来否定我对我侄女的监护权。”

“你这么想吗？”

“我认为毫无疑问。我知道他。他既固执，又能说会道。亲爱的先生，请你告诉我，在我的侄女成年以前，我的监护权是否不受侵犯？”

“绝对不受侵犯。”

“我必须坚持我的权利。我相信她会承认这权利，因为，”奥本赖泽说，把愤怒的口气换成了感谢和谦逊的口气，“我有你的帮助，先生；你对一个受损害的人如此信任，不仅保护他，还雇佣了他，这使我非常感激。”

---

① 从前英国法律中有所谓重罪与轻罪之分，重罪指叛国、杀人、抢劫等严重刑事罪行。凡犯有重罪者，不得由律师出庭为其辩护。

"请你放心,"沃伊特先生说。"现在不要再谈这事,也不必说感谢的话!明天早上到这儿来上班,你要比另一个办事员到得早一些,在七点到八点之间。你会在这间屋子里找到我,我会亲自指点你开始工作。去吧,去吧!我还有一些信要写。一句话也别再说了。"

奥本赖泽在这种又宽容又干脆的方式下被打发走了,但他很满意,因为他在老人心头留下了一个良好的印象。目前他闲着无事,又想起了牢牢记在心头的那一点:沃伊特先生从前有一个委托人也姓文但尔。

"到现在,我对英国可以说相当熟悉了,"他在院子里的一张长凳上坐下,这么琢磨,"可我从没遇到过这个姓,只有……"他不由自主从肩上回头瞧了瞧,"只有他姓这个姓。难道世界真这么小,哪怕在他死后,我还不能摆脱他吗?他最后自称他辜负了死者的委托,使财产遭到了错误的继承。还要我记住这些。而且要我从他身边走远一些,说是我的脸在提醒他这件事。为什么是我的脸?这是一定与我有关。我相信我没有记错,因为那以后这些话一直留在我的耳边。这个老傻瓜手里会不会保存着什么与这有关的文件?它可以使我发财,并且模糊他的记忆?那天夜里在巴塞尔,他老是琢磨我早年的经历。他这么做会没有目的吗?"

沃伊特先生两只最大的公山羊拼命用角顶他,好像听到了他的思想,知道他对它们的主人不太恭敬,因此非把他驱逐出境不可。他站起身,离开了那里。但是他仍在湖边独自徘徊了好久,一直垂着头,沉浸在思索中。

第二天早上七点到八点之间,他走进了事务所,发现公证人已在等他,正在整理昨天晚上收到的信件。沃伊特先生简单扼要地说明了事务所的日常工作,以及奥本赖泽应该担负的职责。到八点还缺五分的时候,这些工作指导便宣告完成了。

“我得带你看看这屋子和那些办公室，”沃伊特先生说，“但是我先得把这些信件收拾好。它们是市政当局送来的，对它们必须特别慎重。”

奥本赖泽看到这正是弄清他的雇主把机密文件藏在哪里的机会。

“先生，要我给你帮忙吗？”他问。“只要你告诉我把这些文件放在哪里，我替你做好吗？”

沃伊特先生暗暗笑了笑，把刚收到的信件放进文件夹，交给奥本赖泽。

“你不妨试试，”他说。“我的重要文件都放在那间屋里。”

他指指办公室下首一扇笨重的栎木门，门上钉着密密的大头钉。奥本赖泽挟着文件夹，走到门口，不免有些诧异，发现门外没有任何开门的装置。既没有把手，也没有门闩，也没有钥匙，甚至（简直叫你无计可施！）没有锁眼。

“这屋子还有另一扇门吧？”奥本赖泽不得不向公证人请教。

“没有，”沃伊特先生说。“再猜猜看。”

“有没有窗？”

“一扇窗也没有。窗洞已用砖堵死了。进屋子的唯一通路便是这扇门。你猜不出吗？”沃伊特先生大声说，十分得意。“你听，我的朋友，告诉我，你没听到里边有什么声音吗？”

奥本赖泽听了一会，从门口连连后退。

“我知道了！”他喊道。“我在这儿钟表匠手下当学徒时，听到过这种声音。佩林两兄弟终于造出了他们著名的钟锁，现在你得到了它？”

“对啦！”沃伊特先生说。“这是钟锁！就是这么回事，我的孩子！本城老百姓称作‘沃伊特老爹的怪玩意儿’中的一件玩意儿。我的得意杰作！欢笑属于胜利的人。没有一个小偷可以偷我的钥匙。没有一个强盗可以撬开我的锁。除了攻城槌或者一桶炸药,世上没有力量可以打开那扇门,可是我那位藏在里边的小哨兵——他是我可靠的朋友,一直在滴答滴答走着——一到时候便把门打开了。这扇笨重的大门由这小小的滴答声指挥,这小小的滴答声却服从我的指挥。就这样!"沃伊特老爹喊道,一边打了个响指,"我征服了基督教世界的全部窃贼!"

"我能看看它怎么开关吗?"奥本赖泽问。"请原谅我的好奇心,亲爱的先生!你知道,我在钟表行业干过,手艺也还可以。"

"当然,你可以看到它怎么开关,"沃伊特先生说。"现在是几点钟?八点缺一分。注意,再过一分钟,你便可以看到门自动打开。"

果然,一分钟后那扇笨重的门便平稳地、缓慢地、静静地开了,好像有一只看不见的手在把它向里边拉开。门后是一间阴暗的屋子,三面墙上都有一层层架子,从地板直通到天花板。架子上放着一排排匣子,全是瑞士的精细嵌花木工制品,匣子前面刻有公证人的主顾的姓名(大部分还是由彩色花体字母组成的)。

沃伊特先生点了一支小蜡烛,带头走进了屋子。

"你不妨看看钟,"他自豪地说。"这是全欧洲最珍奇的玩意儿。只有不多几个人有权看到它,一饱眼福。我把这权利给予你正直的父亲的儿子——让你与我一起走进这屋子,成为享受这种荣誉的少数人中的一个。瞧!它就在这儿,在门旁右首墙上。"

"这是一只普通的钟,"奥本赖泽惊叹道。"不!不是普通的钟。它只有一根指针。"

"啊哈!"沃伊特先生说。"不是普通的钟,我的朋友。不是,不是。那根指针可以绕钟面转动。我把它拨在哪里,门就在哪个钟点打开。瞧!这针指着八点。这门就在八点打开,你已经亲眼看到了。"

"那么它在二十四小时内只开一次吗?"奥本赖泽问道。

“只开一次?”公证人反问道,似乎这根本不值得一问。“你不了解我的好朋友滴答!我要它开几次门,它就开几次门。它完全按照我的命令行事,我的命令来自这里。你瞧钟面底下。这儿有一条半圆形的钢圈通到墙内,钢圈上有一只针(称作调节器),我的手要它怎么转动就怎么转动。你再仔细瞧瞧,半圆形钢圈上刻着数字,我便按照数字进行调节。数字Ⅰ表示:二十四小时内开一次。数字Ⅱ表示开两次,以后便依次类推。我每天早晨读过信,知道一天有什么事要办以后,便拨准调节器。现在我拨给你看好吗?今天是什么日子?星期三。好!这是我们来复枪俱乐部活动的日子,没有多少事务要办。我准许放半天假。三点钟以后这儿就没事了。让我先把装有市政府文件的这个文件夹放好。行了!在明天八点以前,不必麻烦我的朋友滴答开门了。好!我让钟面的指针仍停在八点上,我把调节器转向Ⅰ,我关上门,于是门就始终关着,直到明天早上八点,谁也休想把它打开。”

灵敏的奥本赖泽马上发觉,他可以用什么办法使钟锁辜负它的主人的信任,听凭他翻阅它的主人的文件。

“等一下,先生!”他看到公证人打算关门,赶紧喊道。“我好像看见匣子附近有什么东西动了一下——在地板那儿,是吗?”

(沃伊特先生转过身去打量了一会。就在这时,奥本赖泽早有准备的手已把调节器从Ⅰ字转到了Ⅱ字。除非公证人再检查一次半圆形钢圈,门就不仅会在明天早上八时,也会在当天晚上八时开启,而这事除了奥本赖泽,谁也不知道。)

“什么也没有!”沃伊特先生说。“你的心事把你弄得神经很紧张,我的孩子。也许是我的蜡烛光造成的影子,或者什么可怜的小爬虫躲在老律师的秘密窟里,发现亮光便赶紧逃走。听!另一个办事员来上班了。开始工作吧,开始工作吧!但愿今天成为你幸运的新起点!”

他心情舒畅,把奥本赖泽推在前面,走出了屋子,吹灭了蜡烛,朝那只安然无恙地蹲在调节器上的钟,恋恋不舍地瞧了最后一眼,才关上栎木大门。

到了三点,事务所下班了。公证人和他所雇佣的职员,除了一个人,都要去看来复枪射击。奥本赖泽推托精神不好,不想参加公共游乐活动。谁也不知道他是怎么回事。大家相信,他是打算独自去散步。

事务所的门刚关了几分钟,公证人明亮的办公室内一只明亮的挂衣橱的门便开了,奥本赖泽走了出来。他跑到窗口,打开了百叶窗,心里很得意,因为对面是花园,没人看到他。他转身回进室内,坐在公证人的安乐椅上。现在他已锁在这幢房子里,还要等五个钟头,才到晚上八点。

他得消磨这五个钟头,有时看看桌上的书报,有时想想心事,有时站起来走几步。太阳落山了。他关上百叶窗,点亮了一支蜡烛。烛光摇曳,时间也越来越近了。他坐在那里,手里拿着表,眼睛盯住了栎木门。

到了八点,门平稳地、轻轻地、静静地开了。

他在外面一排木箱上,一个个查看名字。没有文但尔这个名字!他又搬开外面一排木箱,查看后面的一排。这些木箱更古老,也更破旧。开头四只上刻的是法国人和德国人的姓名。第五只上的名字几乎看不清。他把它搬进办公室,仔细查看。从厚厚一层时间造成的污垢和灰尘后面,他终于看到了一个姓名:“文但尔”。

钥匙用一根绳子挂在箱上。他开了锁,从箱中取出松松的四卷纸,把它们在桌上铺平,仔细阅读。看了还没一分钟,兴奋和贪婪的表情便从他脸上消失,变成了没精打采的惊异和失望。但他琢磨了一会,便动手抄录文件,然后把它们放回箱内,把箱子放回原处,关上了门,吹灭蜡烛,偷偷溜出了屋子。

当这个凶手和窃贼走出花园时，公证人和一个同伴正好来到屋子前面，站在门口。小街上的路灯亮着，公证人掏出了大门钥匙。

"请不要过门不入，宾特利先生，"他说。"务必请进屋内坐坐。今天我们城里放半天假。真有趣，你打听旅馆的路，恰巧问到了我。在你上旅馆以前，让我们先吃点东西，喝几杯。"

"谢谢你，今晚不成，"宾特利说。"我明天十点来找你，行吗？"

"这叫我太高兴了，先生，想不到我这么快就可以为受害的当事人洗雪冤屈，"好心的公证人答道。

"算了，"宾特利反驳道，"你那位受害的当事人不必你操心……但是……有句话只能在你耳边讲。"

他在公证人耳边小声讲了几句，便走了。当公证人的女管家回到家中时，她发现主人愣在门口一动不动，钥匙拿在手中，门却没有开。

奥本赖泽的胜利

场面又变了——移到了辛普朗山脚下，瑞士一边。

在布里格沉闷的小客栈中一间沉闷的房间里，宾特利先生和沃伊特先生正坐在一起，举行双人业务会议。宾特利先生在文件匣中寻找什么。沃伊特先生望着一扇关闭的门，门仿照桃花心木漆成棕色，是通往内室的。

"这时候他应该到了吧？"公证人问，移动了一下座位，望望屋子另一头的一扇门，那是仿照松木漆成黄色的。

"他已经到了，"宾特利听了一会以后，答道。

黄色门由茶房推开，奥本赖泽走了进来。

他先招呼沃伊特先生，态度十分亲热，把公证人弄得有些不好意思，然后向宾特利鞠躬，神色严肃，显得既客气又冷淡。"请问，要我从纳沙特尔赶到这儿山脚下，究竟为了什么？"他问。英国律师向他指指椅子,他坐下了。

“关于这点,在我们的会见结束以前,你便会知道的,”宾特利答道。“现在还是言归正传,请允许我立即开始。奥本赖泽先生,你和你的侄女之间有一些事要办。我现在代表你的侄女。”

“换句话说,作为一个律师,你现在代表违法的行为。”

“讲得好极了!”宾特利说。“要是跟我打交道的人都像你这么干脆,那么我办交涉就容易多了!我代表违法行为,这是你的观点。我要在你和你的侄女之间进行调解,这是我的观点。”

“必须有谈判的双方,才谈得到调解,”奥本赖泽答道。“在这件事上,我拒绝作谈判的一方。法律赋予了我权力约束我侄女的行为,直至她成年为止。她目前还没有成年,我有权管束她。”

这时沃伊特先生似乎有话要说。宾特利制止了他,声音和态度显得既同情又宽容,仿佛他是在制止一个他宠爱的孩子。

“不,尊敬的朋友,一句话也别说。不要让自己激动,这是毫无必要的;让我来好了。”他扭转头,重又对奥本赖泽说道:“我想不出可以把你比作什么,奥本赖泽先生,除非花岗石,但花岗石也会在时间的侵蚀下逐渐风化。为了和好与平静——这可以维护你的尊严——你还是放松一点好。只要你肯把你的监护权让给我认识的另一个人,这人会保护你的侄女,日夜关心她!”

“你这是在浪费你的时间,也浪费我的时间,”奥本赖泽回答。“如果从今天起一星期内,你不把我的侄女归还我,我就得依法起诉。如果你不接受判决,我便得强迫她服从。”

说到最后,他站直了身子。沃伊特先生扭转了头,向通往内室的棕色门看看。

“你应该同情那个可怜的女孩子,”宾特利辩论道。“不要忘记,她的爱人最近刚遇难身亡,她很悲痛!难道什么也不能使你动心吗?”

"是的。"

现在轮到宾特利站直身子了,他望望沃伊特先生。沃伊特先生那只搭在桌上的手开始哆嗦。他的眼睛好像被一种不可抗拒的魔力吸引住了,始终注视着那扇棕色的门。奥本赖泽怀疑地看看他,也把眼睛转到了那个方向。

"有人在那里偷听!"他喊道,蓦地回过头来,狠狠瞪着宾特利。

"有两个人在那里偷听,"宾特利回答。

"他们是谁?"

"你会看到的。"

回答以后,他便提高嗓音,说了下面两个字——日常每个人都在说的最普通的两个字:"进来!"

棕色门开了。文但尔靠在玛格丽特的胳臂上,出现在门口,他脸上阳光晒成的黑色消失了,右胳臂包着绷带,用带子吊在胸口。这个从死里逃生的人,现在又站到了他的凶手面前。

在接着而来的沉默中,只有外面院子里挂在笼中的一只鸟在啼啭,把它的歌声送进室内。沃伊特先生拍拍宾特利,指了指奥本赖泽,小声说道:"你瞧他!"

震惊使坏蛋愣在那里,浑身麻痹了,只有血液还在流动。他的脸死一般的苍白。唯一保持不变的颜色便是那条青紫色的伤疤,他的受害者在他脸上和脖子上留下的一条刀伤的痕迹。他说不出话,喘不出气,眼睛和四肢同样一动不动,仿佛文但尔的出现,把他带给文但尔的死亡奉还了他,使他站在那儿动弹不得。

"应该有个人跟他谈谈,"沃伊特先生说。"我怎么样?"

即使在这时,宾特利还是不让公证人开口,坚持由自己来指挥这次行动。他用手势制止了沃伊特先生,对玛格丽特和文但尔讲了下面这些话:"你们在这儿的露脸已达到了目的。如果你们肯暂时退出,这对奥本赖泽先生恢复他的知觉会有帮助。"

果然如此。两人刚走到门口,随手把门关上,奥本赖泽便长吁一声,松了口气。他回头寻找他刚才离开的椅子,重又坐下。"宽容他一点时间吧,"沃伊特先生替他求情。

"不行,"宾特利说。"我给他时间的话,不知他会利用它做什么呢。"他又转向奥本赖泽,继续道:"好吧,现在由我向你说明一切,不劳你费心了,我可以告诉你,我怎么插手这件事,告诉你在我的建议下,由我个人负责,做了些什么。你愿意听我讲吗?"

"我愿意。"

"事情得从你和文但尔先生出发前来瑞士时讲起,"宾特利开始道。"你们离开英国还不到二十四个小时,你的侄女已采取了一次大胆的行动,尽管你料事如神,你却没有发现。她尾随着她未婚夫的旅行,没有征求任何人的同意或许可,陪伴和保护她的也不是什么了不起的人物,只是文但尔先生公司里的酒窖管理员。"

"她为什么要在旅途中跟踪我?那个酒窖管理员又怎么愿意陪她长途跋涉?"

"她在旅途中跟踪你,"宾特利答道,"那是因为她怀疑你和文但尔先生发生了剧烈的冲突,你们却把事情瞒着她;还因为她有理由相信,你为了自己的利益,或者为了报复,可以不择手段,甚至犯罪。至于那位酒窖管理员,那么她曾向文但尔先生的职员打听(在你刚才离开的时候)他们的老板与你之间发生了什么事,酒窖管理员便是她所询问的一个人,也是唯一向她提供了一点消息的人。一种毫无意义的迷信观念,以及他主人在地窖中遇到的一件偶然而平常的事,使他把文但尔先生与暗杀的危险联系到了一起。你的侄女使他在惊骇之余说出了这点,而这又使她心头的恐怖增强了十倍。他认为他对这件不幸的事负有责任,因此自告奋勇,要作出力所能及的补偿。他说:'如果我的主人遇到危险,小姐,我也有义务赶去救他,至于保护你,这更是我义不容辞的。'于是两人一起出发了——从这件事看,迷信也有它的好处,它使你的侄女决心跟踪你,它也使一个人的生命得到了拯救。我刚才讲的,你听清楚了没有?"

"我都听清楚了。"

"我第一次得到你犯罪的消息,"宾特利继续道,"那是你侄女写信通知我的。你需要知道的只是:她的爱和勇敢救活了遭到你暗害的身体,后来她又悉心护理,使他恢复了生命。他奄奄一息,在她的照料下躺在布里格,她写信要我来看他。动身以前,我通知朵尔太太说,我知道奥本赖泽小姐平安无事,也知道她在哪里。朵尔太太便告诉我,她收到了一封信,是给你的侄女的,她知道那是你的笔迹。我拿了信,对以后可能收到的信作了转寄的安排。到了布里格,我发现文但尔先生已脱离危险,立刻设法让你尽快偿还这笔账。德弗雷尼公司把你解雇,是因为对你产生了怀疑,这是根据我暗中提供的消息办的。把你的假面具撕毁以后,下一步就得清理你对你侄女的监护权。为了达到这个目的,我不仅毫不犹豫地在你脚下暗暗挖掘陷阱——我感到一种职业上的乐趣,要用你自己的办法对付你。根据我的建议,我们向你严密封锁了消息,直到今天才向你摊牌。也是根据我的建议,要让你今天在这里自投罗网(这么做的原因和道理,你与我一样清楚)。你具有恶魔般的毅力,这才使你一直显得坚强无比,只有这个办法才能摧毁你的这种力量。我们运用了这个办法,获得了成功(请你尽量瞧着我)。现在只有一件事要办了,"宾特利最后说,从文件匣中取出了两份短短的手稿,"那就是让你的侄女获得自由。你企图谋杀,又犯了伪造和盗窃罪。我们已掌握了这两方面的证据。如果你被控犯了这些重罪,你像我一样知道,你对你侄女的监护权会怎样。从我个人而言,我宁可采取这个解决办法。但是有些考虑是我不能置之不顾的,因此正如我已经说过的,这次会晤应该以和解结束。在这些纸上签个字,放弃对奥本赖泽小姐的监护权,而且保证你不再在英国或瑞士露脸,我就可以写一张笔据给你，保证我们以后不再向你提出任何控诉。"

奥本赖泽拿起笔，默默地在纸上签了字，放弃对他侄女的监护权。他也拿到了保证书，站了起来，但是并不打算离开屋子。他站在那里，望着沃伊特先生，嘴边露出了一丝奇怪的微笑，布满薄翳的眼中也出现了奇怪的闪光。

"你还在等什么？"宾特利问。

奥本赖泽指指棕色门。"叫他们回来，"他答道。"我离开以前，得当着他们的面讲几句话。"

"你可以向我讲，"宾特利回答道。"我拒绝叫他们回来。"

奥本赖泽转身向沃伊特先生问道："你对我说过，你有过一个英国委托人姓文但尔，你还记得吗？"

"记得，"公证人答道。"那又怎么样？"

"沃伊特先生，你的钟锁欺骗了你。"

"这是什么意思？"

"你这位委托人木箱里的信和证件给我看到了。我把它们抄了一份，现在把抄本带来了。你说，我把他们叫回来，有理由还是没有理由？"

公证人在奥本赖泽和宾特利之间，看看这个，看看那个，一时间吃惊得不知如何是好。他定了定神，把那位同行律师拉到一旁，凑在他耳边小声讲了几句话。宾特利脸上本来忠实地反映着沃伊特先生那副惊异的表情，现在蓦地变了。他年纪轻，手脚灵活，马上跑到内室门口，推门进去，在里边待了一分钟，便带着玛格丽特和文但尔出来了。"现在，奥本赖泽先生，"宾特利说，"这最后一个节目该你表演了。开始吧。"

"在我放弃那位小姐的监护人的地位以前，"奥本赖泽说道，"我想公布一个秘密，这是与她有关的。我的揭露有充分根据，不仅是她，目前在场的任何人都可以进行调查。我掌握着书面证明，这是根据原件抄录的,它们的可靠性,沃伊特先生可以作证。你们记住这点,现在让我从很久以前的一个日子开始讲起——那是1836年2月。”

“请记住这个日期,文但尔先生,”宾特利说。

“我的第一份证明,”奥本赖泽说,从笔记本中抽出了几页纸,“是抄录的一封信,它是一位英国夫人写给她守寡的妹妹的。写信人的名字等我念完以后再讲。收信人的名字现在就可以公开。那是写给‘英国格鲁姆桥温泉的简·安·米勒夫人’的。”

文但尔一惊,张开嘴想讲话。宾特利立刻制止了他,像他制止沃伊特先生一样。“别忙,”固执的律师说道,“把事情交给我好了。”

奥本赖泽继续往下说。

“信的前半部分无关紧要,不念也罢,”他说道。“我只用两句话概括一下。写信人当时的处境是这样:她与她的丈夫长期住在瑞士——那是为了她丈夫的健康,不得不待在那里。他们打算一周内迁往纳沙特尔湖边的新居,请米勒夫人两星期后上那儿作客。这事讲完后,写信人便谈到了家中一件重要的事。她多年来没有孩子——他们夫妇这时已没有希望生育孩子了。他们感到孤单,需要增加生活的乐趣,因此决定收养一个孩子。信中的重要部分便从这里开始,我现在便从这里起一字不差地照念。”他把信的第一页折拢,然后念道:

“……亲爱的妹妹,你肯帮助我们实现我们的新计划吗?作为英国人,我们希望收养一个英国孩子。我相信,这在育婴堂可以办到,我丈夫在伦敦的律师会告诉你怎么做。我请你替我挑选孩子,只是附有这些条件:孩子必须是一周岁以下的婴儿,而且必须是男孩。原谅我给你增添麻烦,要你为我办这件事,然后请你在前来纳沙特尔时,把收养的孩子与你自己的几个孩子一起带来,行吗?

"我必须再谈一下我丈夫对这件事的希望。他决定,为了使我们收作螟蛉的孩子将来不致由于发现他的真实出身,产生任何痛苦,丧失自尊心,他应该用我丈夫的姓,而且长大以后始终相信他是我们的亲生儿子。我们将来留下的一切,将保证由他继承——不仅符合有关这问题的英国法律,也符合瑞士法律,因为我们在这个国家生活这么久,说不定被认为已在瑞士'落户'了呢。还有一事需要防备,即不能留下任何痕迹,让育婴堂事后知道孩子的行踪。我们的姓是很少的,如果我们作为领养人出现在孤儿院的登记簿上,这就难免引起后患。我的妹妹,你们的姓千千万万人都有,如果你肯把姓名留在登记簿上,那就不必担心他们发现什么了。我们根据医师的指示,即将迁居别处,在瑞士的那个地区,大家对我们一无所知,而你,据我猜想,你来看我们时,会为这次旅行雇一个新的保姆。在这种安排下,那情况就会像我自己的孩子现在由我的妹妹送回我的身边。我们从原来的住处只带来一个仆人,那就是我的贴身使女,她是完全可靠的。至于在英国和瑞士的律师,那么保守秘密是他们的责任,这方面我们可以完全放心。我们这个无害的小密谋便是这样,我全告诉你了!亲爱的妹妹,请立即回我一信,让我知道你愿意与我们合作。"

"你还要隐瞒写信人的名字吗?"文但尔问。

"我得把写信人的名字保留到最后,"奥本赖泽答道,"现在我得读第二份证明了,这只是一张纸条,可想而知,也属于这个时期。它是跟我刚才念的信有关的一些文件的节略,是交给瑞士的律师的,内容如下:'1836 年 3 月 3 日从英国孤儿院中领养之男性婴孩,在孤儿院中原名为沃尔特·怀尔丁。领养人登记之姓名为:简·安·米勒夫人,寡妇,孩子系为其在瑞士落户之已婚姐姐领养。'别急!"奥本赖泽看到文但尔挣脱了宾特利的手,站了起来,便赶紧说。"不用多少时间我就可以公开名字了。还有两张纸条,念完便好了。第三份证明!这是甘兹大夫的证明书,他现在还在纳沙特尔开业,证明书的日期是 1838 年 7 月。大夫证明(你们马上可以亲自过目):一,他给那个收养的婴儿看过几次病;二,在开证明书的日期前三个月,收养婴儿作孩子的那位先生故世了;三,在开证明书的这一天,他的遗孀和使女带着收养的孩子,离开纳沙特尔返回英国。现在再补充一个环节,我这根证明的链条便完成了。那个使女直到女主人死时仍留在她身边,那总共没有几年。这使女可以证明,那个被收养的婴孩从童年到少年,又从少年到成年,即目前,是怎么一个人。这里有她在英国的地址,这便是第四份,即最后一份证明,文但尔先生!"

"为什么你向我讲这句话?"文但尔说,看到奥本赖泽把写好的地址扔在桌上。

奥本赖泽向他转过身去,突然露出了胜利的狂喜,说道:

"因为你就是那个人!如果我的侄女嫁给你,她就是嫁给了一个私生子,一个靠孤儿院养育的人。如果我的侄女嫁给你,她就是嫁给了一个无名无姓、来历不明的骗子,一个冒充上等人的假绅士。"

"太好了!"宾特利喊道。"你的发言对我们帮助太大了,奥本赖泽先生!我只有一句话需要补充,那就是她嫁的是——这完全是多亏你的努力——一个继承了一大笔遗产的人,他的出身只能使他农民出身的妻子更感到自豪。乔治·文但尔,我们作为共同的遗嘱执行人,让我们互相祝贺吧!我们故世的亲密朋友在人间的遗愿实现了。我们找到了失踪的沃尔特·怀尔丁。正如奥本赖泽先生刚才说的,你就是那个人!”

这些话,文但尔没有注意。他这时只有一个感觉,只听到一个声音。玛格丽特的手握住了他的手,玛格丽特的声音在悄悄对他说:“乔治,我从没像现在这么爱你!”

幕落下了

5月1日。瘸腿胡同喜气洋洋,烟囱都在冒烟,公司的餐厅中张灯结彩,尊敬的女管家戈德斯特劳大娘忙个不停,因为在今天晴朗的早上,瘸腿胡同的年轻男主人要娶一位年轻的女主人了,不过他们人还在远处,那就是说,还在瑞士的布里格小镇上,它位于她搭救他的地点辛普朗山口的山脚下。

布里格小镇响起了欢乐的钟声,街上旗子飘扬,不断传来鸣枪声和铜管乐器的洪亮乐声。饰有长旗的酒桶从鲜艳的遮篷下陆续运到客店门前的空地上,那儿要大办婚筵,举行庆贺。钟声和旗帜、窗口垂下的条幅、爆竹的鸣响和铜管乐器的声浪,使整个布里格小镇像它那些单纯的老百姓的心一样,沉浸在欢乐中。

昨天夜里有暴风雪,山上盖满了冰雪。但是今天阳光普照,空气新鲜,布里格小镇的铁皮尖屋顶变得银光闪闪,阿尔卑斯山脉像一簇簇遥远的白云出现在深蓝色的天空中。

布里格小镇的当地居民在街上搭了一个常青树木的牌楼,新婚夫妇出了教堂,便得欢欢喜喜地从牌楼下通过。牌楼的那一边写着:“向可爱的玛格丽特·文但尔致敬!”因为人们爱戴她,为她感到骄傲。用新娘的新姓名向她欢呼,是作为对她的热情献礼;为了让她出其不意地看到它,人们特地作了安排,规定她必须从后面一条小路绕道前往教堂,这把她弄得莫明其妙。在盘旋曲折的布里格小镇上,一个小花招是不难付诸实施的。

这样,一切准备就绪,他们来去必须步行。客店里一间最漂亮的房间布置得五彩缤纷,新娘和新郎、纳沙特尔的公证人、伦敦的律师、朵尔太太,还有一个神秘的大个子英国人,大家称他左伊-拉德尔的,都聚集在那里。朵尔太太也变了,自己戴上了没有污垢的手套,不再把一只手伸在空中端详,却把两只手紧紧搂住了新娘的脖子。不过拥抱时仍把宽阔的背脊对着大家,与往常一样。

“宽恕我吧,美丽的小姐,”朵尔太太恳求道,“因为我一直充当了他的一只雌猫!”

“雌猫,朵尔太太?”

“替他监视这么漂亮的一只耗子,”朵尔太太解释道,一边发出了悔恨的哽咽声。

“别这么说,你是我们最好的朋友!乔治,亲爱的,告诉朵尔太太。她是不是我们最好的朋友?”

“毫无疑问,亲爱的。要是没有她,我们怎么能成功呢?”

“你们两人都这么宽大,”朵尔太太喊道,接受了安慰,随即松开了手。“但我是从扮演雌猫开始的。”

“哦!但你是童话中的猫,好朵尔太太,”文但尔说,在她脸上吻了一下,“实际是一个女人。你是真正的女人,你心头的同情充满了真正的爱。”

“我并不想剥夺朵尔太太正在行使的拥抱权,”宾特利先生手中拿着表,插了进来,“我也并不反对你们三个像美惠三女神①似的,挤在墙角里谈私房话,我只是要提醒诸位,出发的时间到了。莱德尔先生,你有何高见?”

“我没事,先生,”乔伊回答,很有礼貌地咧嘴笑笑。“我在地面上待了这么多礼拜,头脑清醒多了,先生。我从没在地面上待得这么久,这对我的头脑大有好处。在瘸腿胡同,我大多待在地下。站

① 希腊神话中妩媚、优雅和美丽三位女神的总称。

在辛普朗山顶,我又离地面太远了。只有这里正好合适,先生。我一辈子都被酒弄得稀里糊涂,可今天我很清醒,待会儿我得举起酒杯,'恭祝他们双双幸福'。"

"我也一样!"宾特利说。"现在,沃伊特先生,我和你充当开路先锋,让我们胳膊挽着胳膊,开步走!"

他们下了楼,来到门口,其余的人在那里与他们汇合之后,大伙儿便不慌不忙向教堂出发,幸福的婚礼开始了。仪式还没结束,公证人给叫走了。婚礼完成时,他回来了,站在文但尔背后,拍拍他的肩膀。

"到边门去一下,不用多久,文但尔先生。一个人去。把新娘交给我。"

在教堂边门口站着两个人,就是接待站的那两个人。他们身上沾满了雪,显得风尘仆仆。两人祝文但尔幸福后,每人把一只大手按在他的胸口,一人怔怔地看着他,一人轻声说道:

"先生,它在这儿。你的担架。就是你用过的那个担架。"

"我的担架在这儿? 为什么?"

"嘘! 别惊动夫人。你那天的伙伴……"

"他怎么啦?"这人看看他的同伴,他的同伴接了下去。两人仍亲热地把手按在文但尔的胸口。

"他在第一个避风口待了几天,先生。天气有时好有时坏。"

"是吗?"

"前天他抵达了我们的接待站,想休息一会。他睡在壁炉前的地板上,没脱外套,决定天黑之前继续赶路,前往下一个接待站。他对那段路非常担心,怕等到明天更不好走。"

"是吗?"

"他一个人出发了。他通过了走廊,但正在这时雪崩……就像在冈特桥附近你们后面发生的那种雪崩……"

"压死了他?"

"我们把他挖出雪堆,他已经被闷死,骨头都压碎了!但是先生,我们得为夫人考虑。我们用担架把他抬到这儿,预备掩埋,这必须通过街道上山,又不能让夫人看到。街上搭了牌楼,在夫人通过以前,不能先让担架通过,绝对不能。因此你们下来时,我们打算把担架停在右首第二条街的石板上,站在前面遮住它。到时候你别让夫人向右边第二条街看。时间十分紧迫。你再不回去,夫人要担心了。再见!"

文但尔回到了新娘身边,用没有受伤的那条胳臂挽住了她的手。人们排成整齐的行列,在教堂大门口等他们。他们走进了行列中自己的位置,开始走下街道,在嘹亮的钟声中,在鸣枪声中,在飘扬的旗子、吹奏的乐曲、呐喊、欢笑和眼泪中,通过欢腾的市镇。她经过时,人们摘下了帽子,朝着她吻自己的手,所有的人都在为她祝福:"上帝保佑这可爱的姑娘!瞧,她多么年轻美丽,又这么正直,搭救了他的生命!"

到了右首第二条街的转角附近,他向她小声说话,把她的注意力引向了对面的窗口。通过街角以后,他说:"别回头看,亲爱的,因为应该这样。"他转过头去,望望后面街上,看到了担架和抬担架的人正在穿过牌楼,但这时他和她,以及整个婚礼的行列已到了山下,正走向阳光灿烂的山谷。

图书在版编目(CIP)数据

中短篇小说选/(英)狄更斯(Dickens, C.)著;项星耀译.
—上海:上海译文出版社,2013.2
(狄更斯别集)
书名原文:Selected Short Stories of Charles
Dickens
ISBN 978-7-5327-5930-9

Ⅰ.①中… Ⅱ.①狄… ②项… Ⅲ.①中篇小说—小
说集—英国—近代②短篇小说—小说集—英国—近代
Ⅳ.①I561.44

中国版本图书馆 CIP 数据核字(2012)第 240110 号

Charles Dickens
SELECTED SHORT STORIES OF CHARLES DICKENS

中短篇小说选
[英] 狄更斯/著　项星耀/译
责任编辑/张建平　　装帧设计/张志全工作室

上海世纪出版股份有限公司
译文出版社出版
网址:www.yiwen.com.cn
上海世纪出版股份有限公司发行中心发行
200001　上海福建中路193号　www.ewen.cc
常熟市华通印刷有限公司印刷

开本 850×1168　1/32　印张 12.75　插页 5　字数 262,000
2013年2月第1版　2013年2月第1次印刷
印数:0,001—6,000 册
ISBN 978-7-5327-5930-9/I·3521
定价:45.00 元